Heróis de Novigrath

ROBERTA SPINDLER

Heróis de Novigrath

Copyright © 2018 by Roberta Spindler

Grafia atualizada segundo o Acordo Ortográfico da Língua Portuguesa de 1990, que entrou em vigor no Brasil em 2009.

Capa e projeto gráfico
Bruno Romão

Ilustração de capa
Gilberto Martimiano

Preparação
Carolina Vaz

Revisão
Valquíria Della Pozza
Renata Lopes Del Nero

Os personagens e as situações desta obra são reais apenas no universo da ficção; não se referem a pessoas e fatos concretos, e não emitem opinião sobre eles.

Dados Internacionais de Catalogação na Publicação (CIP)
(Câmara Brasileira do Livro, SP, Brasil)

Spindler, Roberta
    Heróis de Novigrath / Roberta Spindler. – 1ª ed. – Rio de Janeiro : Suma, 2018.

    ISBN 978-85-5651-059-4

    1. Fantasia 2. Ficção brasileira I. Título.

18-12797   CDD-869.3

Índice para catálogo sistemático:
1. Ficção : Literatura brasileira   869.3

[2018]
Todos os direitos desta edição reservados à
EDITORA SCHWARCZ S.A.
Praça Floriano, 19, sala 3001 – Cinelândia
20031-050 – Rio de Janeiro – RJ
Telefone: (21) 3993-7510
www.companhiadasletras.com.br
www.blogdacompanhia.com.br
facebook.com/editorasuma
instagram.com/editorasuma
twitter.com/Suma_BR

Para todos aqueles que já digitaram ggwp

Tutorial

Jogar havia se tornado um negócio, com corporações milionárias, advogados engravatados e eventos que paravam o planeta. Em Los Angeles, o auditório da sede da Noise Games zumbia com centenas de vozes. As cadeiras confortáveis já não eram suficientes para amenizar a ansiedade de todos. Alguns castigavam os teclados dos notebooks, preparando os primeiros parágrafos das matérias que logo mais tomariam a internet. Outros empunhavam as máquinas fotográficas como armas, registrando até mesmo o momento de espera que parecia não ter fim.

Distrair-se com aplicativos de redes sociais já havia perdido a graça meia hora antes; nenhuma hashtag ou meme era capaz de acalmar os jornalistas e convidados reunidos. A coletiva da Noise Games era o evento da indústria de jogos eletrônicos mais aguardado daquele início de ano. Não só a imprensa estava curiosa, mas jogadores do mundo inteiro queriam saber quais novidades a empresa traria para o seu título de maior sucesso: *Heróis de Novigrath*.

As luzes no palco finalmente se acenderam enquanto os primeiros acordes da popular música de abertura do jogo saíam pelas caixas de som. Na mesma hora, todas as conversas cessaram. Olhos atentos se voltaram para a frente, onde uma mulher na casa dos trinta estava iluminada pelos diversos holofotes. Os cabelos escuros estavam presos em um comprido rabo de cavalo, e óculos de aro grosso e quadrado emolduravam o rosto claro. Era Kate "Lexy" Spring, uma das criadoras de *Heróis de Novigrath* e principal relações-públicas da Noise Games. Como de costume, vestia-se de maneira casual. Calça de algodão, tênis e uma camisa de mangas curtas com o logo do jogo.

— Boa tarde a todos. Obrigada por esperarem com tanta paciência.

— Sua voz era segura e cativante. — Temos muitas novidades empolgantes para esta nova temporada. Estão preparados?

Naquele instante, o telão gigantesco atrás de Kate se acendeu como um sol. O logo de *Heróis de Novigrath* brilhava em dourado e faíscas vermelhas voavam ao seu redor. Esquecendo-se de que aquele era um encontro profissional, os jornalistas responderam à pergunta de Lexy com a empolgação de um bando de adolescentes que só queria saber de jogar.

Ela sorriu, satisfeita:

— Nós, da Noise Games, temos o compromisso de sempre levar a melhor experiência de entretenimento para nossos jogadores. Por isso, já é tradição que a cada novo ano sejam feitas atualizações que melhorem *Heróis de Novigrath* cada vez mais. É o que chamamos de temporadas. Graças aos mais de duzentos milhões de jogadores que temos ao redor do globo, chegamos à nossa décima quinta temporada. São quinze anos de diversão para o jogador casual e de compromisso com os milhares de atletas que fizeram de *Heróis de Novigrath* um marco do esporte eletrônico. Hoje temos ligas profissionais de HdN em mais de trinta países, nossos campeonatos são televisionados e a paixão pelo eSport tomou proporções nunca antes imaginadas. Fomos os primeiros a competir de igual para igual com esportes consagrados. É um orgulho enorme olhar para trás e ver o que alcançamos, mas também estamos muito animados com o que o futuro nos guarda. E é um pedaço dele que mostraremos agora.

Kate fez uma pausa dramática. A essa altura, a plateia já estava completamente envolvida. No telão, um vídeo começou a passar uma compilação de momentos marcantes do passado do jogo. Como na maioria dos jogos MOBA, abreviação para o termo *Multiplayer Online Battle Arena*, dois times de cinco jogadores cada um se enfrentavam em um mapa com três rotas diferentes. As equipes podiam representar uma de duas facções: os Defensores de Lumnia ou os Filhos de Asgorth. O objetivo era passar pelas torres de defesa das rotas e chegar à base inimiga, destruindo o chamado Monumento de Novigrath. Um infográfico tomou a tela, expondo de maneira clara as regras do jogo. Mesmo que todos ali já soubessem de cor como o HdN funcionava, acompanharam as explicações como se fossem iniciantes ávidos por aprender.

Em *Heróis de Novigrath*, cada pessoa controlava um campeão diferente, com funções próprias: Guerreiro, Mago Carregador, Caçador, Atirador e

Suporte eram as nomenclaturas das classes. Alguns jogadores famosos em cada posição também apareceram em closes lentos e poses imponentes, tudo muito bem editado e com tons épicos graças à trilha sonora orquestrada.

De repente, as imagens já conhecidas foram sobrepostas por algo novo. Um mapa inédito, com texturas em alta definição e arte completamente retrabalhada. Ao mesmo tempo em que mantinha as três rotas tradicionais do jogo — central, superior e inferior —, trazia a sensação de novidade. Alguns dos mais empolgados começaram a aplaudir antes mesmo de o vídeo terminar. O futuro de *Heróis de Novigrath* parecia mesmo muito promissor.

Kate Spring ficou orgulhosa.

— Um mapa completamente remodelado, campeões com visual aperfeiçoado e retrabalhado, e isso é apenas o começo.

Ela deu um passo para o lado, recebendo no palco um homem bem jovem, com cabelos arrepiados, pescoço comprido e pele negra. Ao microfone, ele se identificou como Dennis "KillerBee" West, programador sênior de HdN. Durante a meia hora seguinte, explicou detalhadamente outras mudanças no jogo, nada tão visível quanto a repaginada no mapa. Era o balanceamento de certos campeões e também a inclusão de novos itens, detalhes que no final faziam toda a diferença para a experiência do jogador. Ao terminar, despediu-se do público com um aceno.

O monitor voltou a escurecer. Sozinha novamente, Kate passou os olhos pela plateia e escolheu o primeiro jornalista a lhe fazer perguntas.

— Pedro Hernandez, do Game Central — apresentou-se. — Gostaria de saber como as mudanças no visual vão interferir nos campeonatos. Haverá atrasos?

— Com certeza não. Manteremos todo o calendário com a mesma data. As mudanças serão implementadas a partir de hoje, então, quando os campeonatos locais começarem, todos os jogadores já vão estar acostumados com o novo visual. O Campeonato Mundial continua marcado para julho, como informamos anteriormente, na casa do eSport: a Coreia do Sul.

As perguntas foram respondidas com paciência. Kate lidava muito bem com a curiosidade dos repórteres, criando uma expectativa positiva. No final, o sucesso da coletiva pairava no ar com o perfume dos milhões de dólares que a empresa lucraria. Todos voltaram a aplaudir e alguns até chegaram a ficar de pé. A representante da Noise Games não se retirou do palco. Com um sorriso de quem escondia um segredo, aguardou. Farejando o rastro de mais uma novidade, os jornalistas logo se calaram.

— Para encerrar nosso encontro, tenho algo mais para mostrar a vocês. Um novo campeão a pisar no Domo de Batalha em breve e que com certeza será muito desejado pelos jogadores que defendem os Filhos de Asgorth. Conheçam Zorrath, a criatura do abismo!

Kate finalmente saiu do palco, deixando a plateia com a prévia em gráficos 3-D do monstro peludo e escuro chamado Zorrath. Os rugidos altos e realistas a acompanharam até os bastidores do auditório. Atrás do imenso telão, foi recebida por um grupo de assistentes e colegas da empresa. Vários a parabenizaram pela apresentação, mas ela não parou para receber os elogios. Seu sorriso luminoso se apagou assim que ficou longe dos holofotes. Puxou o celular do bolso, caminhando apressada na direção dos elevadores.

A porta se abriu com um apito breve. Ela apertou o botão do quinto e último andar do prédio largo da Noise Games. Durante a subida, suas feições continuaram extremamente sérias. Os dedos irrequietos batucavam nas coxas, mas os olhos estavam distantes, mirando algo muito além da porta prateada do elevador. Quando esta se abriu novamente, revelando um corredor comprido e bem iluminado, Kate pareceu despertar. Caminhou até a última sala e destrancou a porta com a chave tirada do bolso. Não se deu ao trabalho de ligar a luz do escritório bem decorado. Foi direto à mesa, repleta de papéis e estatuetas de personagens do jogo, e ligou o monitor do computador.

A luz azulada da tela iluminou seu rosto, dando-lhe um ar quase fantasmagórico. Sentou-se na poltrona de couro e digitou sua senha. Não pensou nem duas vezes antes de clicar no ícone vermelho e dourado de *Heróis de Novigrath*. Assim que entrou no jogo, o monitor piscou como se estivesse falhando. Uma mão escura e enfaixada com panos esfarrapados surgiu do meio da tela, atravessando-a como se fosse uma janela aberta. A visão deixaria qualquer um atônito, mas Kate nem se mexeu. A única mudança em sua fisionomia concentrada foi uma ruga no meio da testa, que se aprofundava cada vez mais com a proximidade do braço mumificado.

A mão tocou em sua bochecha, e Kate instintivamente prendeu a respiração. Os dedos se espalharam por seu rosto, como uma aranha que abre as patas para saltar, cobrindo olhos, nariz e boca. Os óculos de aro grosso caíram no chão com um baque surdo, enquanto uma voz, que parecia vinda das profundezas de uma tumba, deslizava pelas caixas de som.

— O trabalho não pode parar, Lexy. Asgorth deve se fortalecer ainda mais até a abertura do portal.

— Eu sei — ela respondeu, a voz abafada pela mão que fedia a mofo. — Estamos fazendo o possível. Tudo aconteceu como prevíamos.

Os dedos se apertaram em sua pele clara, criando veios vermelhos por causa da pressão crescente. Kate foi puxada para mais perto do monitor, quase entrando no estranho portal de onde aquela mão sinistra saía.

— Você fez bem. Agora, alimente-nos com sua força.

A luz voltou a piscar, em uma miríade de cores tão rápidas que chegava a ser desnorteante. Os ombros de Kate tensionaram, mas ela não tentou resistir. Sentia o corpo enfraquecer a cada instante de contato, como se sua energia fosse sugada por um canudinho. O escritório escureceu, apesar de seus esforços para manter os olhos abertos. Em nenhum momento pensou em pedir ajuda ou impedir a coisa que se alimentava dela. Os lábios se mexiam sem parar, murmurando palavras silenciosas de devoção. Havia muito tempo, a criadora deixara de deter o domínio sobre suas criaturas. Agora não passava de uma serva leal, à espera do momento em que finalmente se encontraria face a face com seus verdadeiros mestres.

Nível 1

— Vamos acabar com esse bando de noobs!

Os cliques do mouse eram frenéticos. Os olhos fixos na tela do computador mal piscavam. Com uma precisão que se assemelhava ao tocar de um piano, os dedos dançavam nas duas primeiras linhas do teclado. O suor se acumulava na pele escura, mas ele não tinha tempo para secá-lo. Mordia o lábio, tenso. A respiração era ofegante como a de um corredor, não a de alguém sentado em frente a uma mesa torta. Mas de fato ele corria. Dentro do jogo, caçava. E estava pronto para o abate.

O lanceiro se movia sorrateiro pelo arbusto. No córrego ao seu lado, dois campeões lutavam. Um deles era sua aliada, a arqueira de cabelos vermelhos e roupas esvoaçantes. O outro, um monstro disforme com carne pútrida e foices nas mãos, era o oponente que precisava derrubar. Ativou a habilidade Clamor da Batalha e uma aura avermelhada o envolveu. A velocidade aumentou junto com sua fúria. Avançou sobre o inimigo, que nem desconfiava de sua presença. A lança derramou sangue escuro.

Aproveitando o momento, a arqueira aliada lançou flechas flamejantes. O monstro pútrido não teve chance. Desapareceu em uma nuvem de pó, pronto para retornar dali a trinta segundos.

— Isso! Lindo *gank*! — Ele comemorou a emboscada, gritando e digitando.

Endireitou a postura na cadeira, clicando em outra parte do mapa. Precisava abater mais alguém do time inimigo para garantir uma vitória segura. Deixou a arqueira golpeando a última torre que protegia a base adversária e sinalizou com o mouse a direção que pretendia seguir. Sentia-se confiante. A selva era seu local preferido, onde fazia as melhores jogadas.

Avistou o mago inimigo na rota do meio, conjurando magias nas tropas que saíam da base a intervalos regulares e ajudavam os campeões a derrubar as torres de defesa. Aproximou-se sem ser visto, protegido pela mata. Sinalizou para o resto do time que pretendia atacar, mas recebeu negativas como resposta. Vários sinais vermelhos piscaram no mapa que ocupava o canto esquerdo da tela. Ordens para que recuasse. Mensagens tomaram o chat.

<DesteMoR123> É um bait. Vai dar ruim, lek.
<YANgst> Ag tá 5x4. Espera o time! Krl!

Aguardar a chegada dos outros o faria perder a chance da tocaia. Podia muito bem acabar com aquele mago e escapar. Naquela noite, tinha cerca de mil e trezentos espectadores na sua stream, era o recorde do mês. Fazia muito tempo que suas transmissões ao vivo pelo computador não passavam dos mil participantes. Aquilo trouxe a esperança de que o período de vacas magras tivesse passado. Queria mostrar suas mecânicas aprimoradas para que os haters de plantão engolissem todo o veneno.

No fim, o orgulho falou mais alto. O dedo indicador apertou a tecla R e ativou o *ultimate*, a habilidade mais forte de seu campeão. O lanceiro girou em alta velocidade, como um pião que causava dano em área e lentidão. Rodopiou para cima do mago inimigo, que tentou se defender com uma saraivada de bolas de energia. Já esperando por aquele ataque, ele desviou com facilidade, apertando o F do teclado. Usou de maneira ofensiva a Translocação, habilidade normalmente utilizada nas fugas e que o teleportava por um pequeno espaço do mapa.

Sorriu, pois sabia que aquela bela finta já lhe renderia um vídeo elogioso no YouTube. Querendo mais, apertou a tecla W e ativou seu Grito de Guerra, que atordoava o inimigo por dois segundos. A barra de vida do mago diminuiu de imediato, bloquinhos vermelhos que derreteram. Teve certeza de que aquele abate estava consumado. Seu time já se aproximava pelos dois lados do mapa e, quando se agrupassem, levariam a base inimiga com facilidade.

Ele só não esperava que o caçador adversário aparecesse para frustrar seus planos. O lagarto verde saltou do meio dos arbustos e cuspiu a Cola Verde sobre o lanceiro, impedindo seus movimentos. Em seguida, ativou a habilidade Tiro Rápido. As balas de suas pistolas o acertaram em cheio, deixando sua vida na metade.

— Não! Merda!

Os cliques no mouse ficaram mais frenéticos. Gastara a Translocação no início do ataque e agora não tinha nenhuma forma de se afastar do lagarto. Foi a vez de o mago agir. Seu *ultimate* consistia em um verdadeiro gêiser de energia que brotava do chão, uma habilidade bem difícil de acertar. No entanto, como a Cola Verde aprisionara o lanceiro, o abate foi inevitável.

Quando sua tela perdeu a cor e o contador de retorno marcou quarenta segundos, ele assistiu, impotente, ao resto do seu time ser dizimado. Espalhados e desorganizados, os quatro foram vítimas fáceis para o ímpeto dos adversários. Quando todos morreram, as torres perderam o bônus de defesa, sendo destruídas com rapidez. O lanceiro voltou à vida bem no momento em que os campeões inimigos batiam no Monumento de Novigrath, uma pirâmide de pedra e ouro cuja destruição significava a derrota.

Ele ainda conseguiu matar o mago obscuro, que permanecia com a vida baixa, mas seu esforço foi inútil. As letras sangrentas da derrota tomaram a tela e o chat enlouqueceu.

<**DesteMoR123**> PQP, cara! Eu avisei! GG caçador lixo.
<**LeKdoidO**> Time lixo! Caçador noob do krl!
<**LeKdoidO**> Reporta esse Epic, MDS! Idiota!
<**YANgst**> VSFD! KRL! FDP!
<**KiLLerPopey333**> Eu ia subir de nível, que ódio! Te odeio, Epic.

Ele saiu da partida sem digitar mais nada. Apertou ESC com raiva e jogou o mouse longe. Maldito lagarto e sua habilidade de camuflagem. Droga! Devia ter comprado uma Sentinela Roxa para revelar inimigos invisíveis. Passou as mãos pelos cabelos, xingou alto algumas vezes e chutou a cadeira de rodinhas. O pé latejou como se tivesse atingido um muro de concreto. Foi só então que se lembrou da webcam ligada e das mil e trezentas pessoas assistindo ao seu ataque de fúria. Ao ler o chat, não encontrou nenhuma palavra de apoio. Na verdade, seus seguidores começaram a repetir insistentemente a palavra LIXO. Irritado, olhou direto para a câmera e mostrou o dedo médio.

— Lixo são vocês. Vão tomar no…

Ele encerrou a stream.

Respirou fundo, tentando se acalmar. Não foi a primeira nem a última vez que fez besteira em uma partida. Levantou a cadeira torta e se sentou, esfregando os olhos. Na parede oposta, alguns troféus e medalhas o lembravam do tempo em que era considerado um dos melhores jogadores de *Heróis de Novigrath*. Campeão Regional e Campeão Brasileiro, antes de o cenário do país ser forte o suficiente para uma classificação automática para o Campeonato Mundial; e diversas medalhas de desafios nacionais e internacionais. Tanta promessa, tantos elogios, para no fim terminar xingado por um bando de moleques.

Ainda se lembrava do seu tempo de *gaming house*, quando morava em uma mansão com os companheiros de time. Os melhores computadores, os melhores equipamentos, alimentação controlada para aumentar a performance, tudo para que fossem campeões. Agora, vivia em uma quitinete em Santos e possuía apenas uma cama no único quarto, uma televisão, a mesa do computador, um sofá mofado na sala, um micro-ondas e uma geladeira na cozinha suja. Vendera o armário no mês anterior e suas roupas ficavam empilhadas em um canto. Os fãs o abandonaram, só restando os haters e seu prazer em vê-lo cada vez mais para baixo. Os patrocínios desapareceram junto com o interesse dos times. Tudo por causa de um maldito erro.

O Campeonato Mundial de *Heróis de Novigrath* sempre foi o seu sonho. Desde que conheceu HdN, com catorze anos, seu objetivo era lutar de igual para igual contra os melhores do mundo. Aos dezesseis começou a jogar profissionalmente e, no ano seguinte, entrou para um dos times grandes. Chegou perto de alcançar sua meta aos dezoito. A final do Campeonato Sul-Americano daria a tão desejada vaga para o Mundial. Aquele momento o perseguiria para o resto da vida.

Sempre foi conhecido por suas jogadas ousadas. Pedro Silva Gonçalves, ou apenas EpicShot, o caçador, aquele que fazia as coisas acontecerem. A personalidade forte trouxe muitos conflitos, principalmente depois do surpreendente fracasso no Campeonato Sul-Americano, antiga classificatória para o Mundial. Quando se deu conta, havia enterrado a própria carreira. Depois do fracasso, aos dezenove anos, o time que representava foi rebaixado. A partir daí ele foi perdendo espaço, até acabar no ostracismo. Com vinte e cinco anos, era considerado velho demais para o cenário competitivo de HdN. Escondia o princípio de calvície embaixo da vasta coleção de bonés, mas o excesso de peso já era visível. Dera sua alma para aquele jogo e o que recebera em troca? O dinheiro se foi na mesma velocidade com que veio, desperdiçado em festas e produtos inúteis. Como parou de estudar no ensino médio, o melhor emprego que arranjou foi como atendente de uma rede de fast-food. Se havia mesmo um fundo do poço, estava atolado nele.

Foi até a cozinha e pegou um energético na geladeira. Bebeu tudo em goles rápidos, jogando a lata em uma pilha no canto da sala. Quantos já havia tomado naquele dia? Para ganhar um dinheiro extra, precisava transmitir suas partidas on-line, as famosas streams. Quanto mais pessoas o assistissem, mais centavos de dólar acumulava com anúncios. Infelizmente, seu público era composto por desocupados que se divertiam xingando os outros. Terminava a maioria das transmissões se sentindo o lixo que eles tanto gostavam de gritar que ele era, mas não podia parar. Precisava daquele dinheiro.

Retomar os estudos chegou a passar por sua cabeça, mas no fim faltou de propósito no dia da matrícula. Fazer um supletivo era como confirmar o seu total fracasso como jogador profissional. Abriu a cortina, observando o final de tarde com certa surpresa. O domingo já chegava ao fim e com ele sua folga. Respirou fundo e foi para o quarto, ligando a TV pendurada na parede; provavelmente sua próxima venda, se as contas não fechassem. Um comercial anunciava o início das qualificatórias para o Campeonato Brasileiro de HdN. Os jogadores dos times classificados nos anos anteriores apareceram em poses de impacto. Garotos e garotas jovens, considerados ídolos por suas habilidades em um jogo de computador. Quem teria imaginado, anos atrás, que aquilo seria possível? Alguns rostos eram conhecidos, gente que ainda estava começando na sua época e que agora ocupava seu posto. A inveja o perfurou como uma injeção dolorosa.

Heróis de Novigrath era uma paixão mundial. Possuía a maior comunidade do planeta, e os campeonatos contavam com os prêmios mais altos e direitos de transmissões vendidos para as principais redes de televisão. Ser um jogador profissional trazia fama e dinheiro, mas também uma rotina estafante. Muitos só viam a família duas vezes no ano. Os torcedores achavam que os pro-players eram como robôs, quando na verdade eles lidavam com uma pressão diária quase insuportável.

Sentindo um aperto na garganta, Pedro resolveu mudar de canal. O comercial do campeonato o deixou mais deprimido. Perdeu algumas horas vendo um reality show sobre gente famosa e rica até que os apitos frenéticos do seu celular não pudessem mais ser ignorados. O *flood* só podia ser por causa da sua última stream. Inúmeras pessoas o condenavam, alguns até criaram memes o ridicularizando. Nem se deu ao trabalho de ler todas as mensagens.

Devia descansar para acordar cedo no dia seguinte, mas as latinhas de energético cobravam seu preço. Como o sono estava tão distante quanto o sucesso, resolveu voltar a jogar. Escolheu uma conta alternativa e de nível mais baixo, a famosa *smurf*, com a qual poderia se divertir sem estresse. Jogou até os olhos pesarem, perdendo-se naquele verdadeiro túnel do tempo que devorava as horas sem que seu viajante percebesse. Quando deu por si, já eram quatro da manhã e o silêncio do lado de fora provava que toda a cidade dormia.

Pedro desligou o computador e se arrastou para a cama. Caiu no colchão e praticamente desmaiou. Precisaria de mais cafeína dali a algumas horas, senão chegaria à lanchonete como Grimk, o campeão zumbi dos Filhos de Asgorth.

Nível 2

Pedro chegou atrasado ao emprego e levou uma baita bronca do gerente. Aquela tinha que ser a última vez. Depois de longos pedidos de desculpas e da garantia de que não repetiria o erro, pôde trabalhar. Ficou encarregado de fritar as batatas, mas, após cochilar e quase derrubar óleo quente, trocou de lugar com um colega que cuidava do caixa. Pelo menos ali não se machucaria se caísse no sono.

O restante do dia passou devagar. No final do expediente, estava tão pilhado que se sentia como uma garrafa de refrigerante prestes a estourar. Precisava aliviar a tensão e, para isso, nada melhor do que jogar algumas partidas de HdN. Decidiu visitar a lan house de um velho conhecido; pelo menos lá seria o melhor jogador com toda a certeza. Só esperava que o dono não resolvesse cobrar agora as taxas de inscrição de todos os campeonatos amadores de que participou sem pagar.

Assim que chegou à lan, foi cumprimentado por um homem magro e alto. Os cabelos castanhos eram um amontoado despenteado, os óculos de aro grosso escondiam um olhar zombeteiro. Usava uma camisa preta com a estampa da campeã Cynder, uma fantasma pálida e de cabelos esvoaçantes que tinha correntes ao redor dos braços. Seu nome era Murilo, mas todos ali o conheciam pelo nick Tarântula.

— Fala, Epic! — Ele se encostou no balcão. — Não esperava te ver tão cedo. O que foi, quebrou o computador no surto de ontem?

Pedro tentou fingir que aquele assunto não o afetava. Não se surpreendeu que Murilo já soubesse da fofoca da stream. As tretas do mundo competitivo se espalhavam mais rápido do que vírus de pen drive.

— Minha internet tá uma droga — mentiu. — Algum noob na casa que tope jogar contra um pro?

O dono da lan house olhou para a fileira de computadores, quase todos ocupados. Cinco rapazes já jogavam. Duas garotas escolhiam seus campeões. Um senhor idoso dava seus primeiros passos em HdN, discutindo com a tela de tutorial.

— Acho que aquele ali é o seu melhor adversário, tá ligado? — Murilo apontou para o velho.

Pedro forçou uma risada.

— Hilário, Tarântula. Que tal um duelo para calar essa tua boca?

— Opa, Epic. Calma, era brincadeira! — Ele ergueu as mãos em um gesto de rendição. — Mas, falando sério, não dá para você jogar aqui. Não sem antes pagar o que me deve.

Pelo visto, a memória de Murilo não estava tão prejudicada pelas horas de jogo. Pedro deu um sorriso amarelo.

— Ah, cara. Só uma partida, vai. Recebo meu salário daqui a duas semanas.

— Nem vem, mano. Você já me passou esse mesmo papo antes.

Não adiantava discutir. Murilo já quebrara seu galho várias vezes e tinha razão em reclamar. Fez uma anotação mental de separar parte do salário para quitar de vez sua dívida. Ser barrado na lan do bairro seria o último prego no caixão de sua carreira falida. Seu olhar foi atraído para um bolo de figurinhas espalhado no balcão.

— Ué, já lançaram o álbum desse ano?

Pedro apanhou a figura cromada no topo da pilha ao lado do cotovelo do Tarântula.

— Sim, mano. Este ano a Noise prometeu lançar dois álbuns. O próximo vai ser só sobre o Mundial!

Pedro suspirou, lembrando de quando colecionar aquelas figurinhas era uma das suas grandes alegrias enquanto sonhava em se tornar um jogador profissional. Entre seus dedos, a ilustração do caçador mais famoso de Novigrath encheu seu coração com mais nostalgia. Era Yeng Xiao, o lanceiro da facção dos Defensores de Lumnia. Foi jogando com ele que se destacou nos níveis mais altos, chamando a atenção dos times do cenário competitivo. A ligação com aquele campeão era tanta que até o tatuara nas costas. O desenho quase idêntico ao que agora segurava.

— Pode ficar com essa, mano. Eu sei que o Xiao é seu favorito.

Pensou em negar a oferta de Murilo, mas no final guardou a figurinha com cuidado no bolso da calça. Desejou poder voltar ao passado, quando ainda era um garoto com um sonho, para poder recomeçar sua história e não cometer os mesmos erros. Querendo afastar aqueles pensamentos, voltou a atenção para o monitor de cinquenta polegadas que ocupava boa parte da parede oposta. Um vídeo rodava em loop, anunciando Zorrath, a criatura do abismo. Alguns jogadores famosos davam suas opiniões sobre o mais novo campeão. Pedro estava prestes a puxar um novo assunto com Tarântula quando reconheceu um dos rostos na tela.

De todas as pessoas que podiam aparecer, Yuri "Maxion" Cardoso era o cara que Pedro mais desprezava. Antigo caçador do Espartanos e atual técnico do time, tinha uma rivalidade antiga com Pedro. Disputaram o título de melhor jogador da Liga Brasileira em diversas ocasiões. Ao voltar fracassado da classificatória para o Mundial, Yuri o destruiu nas redes sociais e em entrevistas, destilando tanto veneno que conseguiu afastar até patrocinadores fiéis. Eles nunca se tratavam pelos nomes verdadeiros. Eram rivais que não permitiam o mínimo de cordialidade em seus encontros. Sentindo a tensão crescer na postura de Pedro, Murilo tentou distraí-lo:

— Esse Zorrath é muito roubado. Até que enfim vão implementar!

Ainda com raiva, Pedro demorou a responder. Ver o rival colhendo todos os frutos do sucesso enquanto ele amargava aquela vida era como um soco no estômago.

O mesmo vídeo divulgado em janeiro na coletiva anual da Noise Games tomou o monitor, apagando o sorriso cínico de Yuri. Pedro suspirou aliviado e tentou prestar mais atenção no monstro de Asgorth que se tornaria sensação muito em breve. Pelo escuro, olhos vermelhos, presas afiadas e garras enormes. Era uma mistura de javali e leão e parecia bem assustador. As habilidades foram descritas em seguida.

— A espera acabou, mano! Tá todo mundo comentando sobre o Zorrath. — Murilo retomou o assunto, entusiasmado. — Tô louco para testar, parece que ele sai ainda essa semana.

Pedro também sentiu aquele impulso de gastar, mas, como preferia os campeões da facção dos Defensores de Lumnia, ficou mais chateado do que empolgado. O fato de seu odiado rival ter feito propaganda positiva também pesou em sua opinião sobre o novo campeão.

— Isso vai quebrar o jogo. Os Filhos vão ter muita vantagem.

— Para de reclamar, Epic! — Murilo era simpatizante da facção de Asgorth. — Daqui a pouco eles vão lançar um herói absurdo para os Defensores também.

A discussão continuou por alguns minutos, mas Pedro não conseguiu convencer o colega de que os criadores de HdN sempre favoreciam os Filhos de Asgorth. Fazer um fanboy mudar de ideia era tão fácil quanto mudar uma montanha de lugar. Deixou-o falando sozinho e foi buscar um refrigerante nos fundos da loja.

Abriu o freezer, demorando um pouco para escolher o sabor. Foi quando ouviu uma voz grossa e conhecida às suas costas.

— Meu golpe será devastador.

Levou um susto e quase deixou a latinha cair. Passou anos escutando a mesma frase nos fones de ouvido, uma espécie de voz da consciência. Era uma das provocações usadas por Yeng Xiao. Virou de maneira brusca, mas não viu ninguém além dos jogadores em seus computadores. A lan continuava em seu ritmo habitual. Balançando a cabeça, bebeu um longo gole do guaraná. Precisava diminuir a dose de energéticos. Retornou ao balcão do Murilo sentindo um gosto amargo na boca que nada tinha a ver com a bebida. Tirou uma nota de dois reais do bolso.

— Nossa, assim você vai me deixar rico, mano. — O dono da lan abriu um sorriso debochado.

Pedro o ignorou, buscando no bolso a figurinha do lanceiro. Será que estava mesmo ouvindo coisas?

— Epic. Dá pra parar de sonhar acordado, mano?

Ele levantou a cabeça, pronto para revidar, mas engoliu suas palavras no momento em que viu o guerreiro de quase dois metros parado ao lado de Murilo. Como se tivesse levando um empurrão, deu alguns passos para trás e tropeçou no desnível do piso. Caiu sentado no chão, derramando refrigerante na roupa.

— Qual é, mano? — Murilo soltou uma gargalhada. — Esse guaraná tem álcool e eu não sabia?

Ele se levantou em um salto. Queria confirmar que não via coisas, que Xiao estava mesmo ao lado do colega, mas o lanceiro havia desaparecido e Murilo o encarava como se tivesse surgido um terceiro olho em sua testa.

— Chega de gracinha, Tarântula! — Pedro deu um soco na mesa. — Cadê o cara fantasiado de Xiao? Quer tirar onda comigo?

— Ei, não tem Xiao nenhum aqui! Que parada é essa, Epic?

A confusão no rosto do amigo amenizou a raiva de Pedro. No lugar, surgiu uma frustração enorme. Ao olhar para os lados, percebeu que as pessoas nos computadores o observavam, espantadas. Cerrou o punho, amassando a figurinha, e foi embora sem dar explicações.

Só parou de correr duas quadras depois; o sedentarismo acabou com o seu pouco fôlego. Longe da lan house, começou a se arrepender do seu descontrole. Mais uma vez, passou vergonha na frente de um monte de estranhos. Na mão direita, a figurinha de Xiao havia virado uma bolinha de papel. Jogou-a no lixo mais próximo, tentando achar uma explicação para o que vira. Não dormia direito havia mais de três dias e estava tomando energético feito água: tudo aquilo finalmente havia afetado sua cabeça. A visão do lanceiro só podia ser uma alucinação. Precisava descansar.

Voltou para casa com aquela resolução na cabeça, mas assim que abriu a porta do apartamento percebeu que havia algo estranho. Uma brisa fria balançava as persianas. Nunca abria aquela janela, principalmente porque ficava bem atrás do computador e qualquer chuvinha poderia danificar a única posse da qual ainda se orgulhava. O cômodo escuro lhe causou arrepios, e ele se apressou em ligar a luz. Encontrou tudo quieto, mas a sensação ruim permaneceu.

Sentou em frente ao computador e checou seu e-mail. Vários spams, algumas mensagens da mãe cobrando que fosse visitá-la no próximo feriado, duas notificações de mensagens no fórum de HdN. Não quis lê-las, pois provavelmente eram mais xingamentos. Tirou o boné, coçando os cabelos pretos cada vez mais ralos.

— Nada de joguinho hoje. — O plano era tomar um banho e desabar na cama.

— Os campos de batalha clamam por seu nome!

E lá estava a voz outra vez. Pulou da cadeira como se tivesse levado um choque, derrubando o mouse e o teclado com o susto. Virou na direção do som e teve certeza de que tinha pirado. No meio da sua sala, Yeng Xiao o encarava com a lança em riste. Sua armadura era preta e vermelha, placas de ferro que cobriam o corpo como escamas. Um cinto grosso envolvia a cintura com uma presilha em formato de leão. Penachos dourados ornamentavam o elmo e as ombreiras. Aquela roupa era idêntica à usada no jogo. Os braços grossos mostravam músculos que pareciam ter sido esculpidos.

— Epic... — Pela primeira vez, Xiao disse algo diferente das falas preestabelecidas do jogo. — Eu...

Ouvir aquela voz deu um nó nas entranhas de Pedro e ele reagiu de maneira instintiva. Apanhou o teclado no chão e o jogou na cara do lanceiro. Não esperou para ver se tinha quebrado um nariz ou, pelo menos, feito um arranhão. Saiu correndo e se trancou no banheiro.

Escorregou pela porta, encolhendo-se no piso de ladrilhos. Batidas fortes vieram logo em seguida, ribombando na madeira fraca. Abraçou as pernas e escondeu o rosto nos joelhos, tampando as orelhas.

— Vai embora! — gritou. — Sai daqui!

Depois de um tempo, as batidas cessaram. Pedro não teve coragem de sair, imaginando que o lanceiro continuava do lado de fora, espreitando como o caçador que era. Chegou a pensar em ligar para a polícia, mas o que falaria? "Alô, tem um personagem de *Heróis de Novigrath* no meu quarto! Mande reforços!"? Aquilo soava tão ridículo que já imaginava as gargalhadas do outro lado da linha. Mandar mensagem para seus colegas de jogo também estava fora de cogitação. O máximo que conseguiria seria ver a conversa sendo postada nos fóruns, fazendo a alegria dos seus haters.

Acabou adormecendo no meio daqueles pensamentos conturbados. Foi a pior noite da sua vida e, quando acordou, a dor nas costas beirava o insuportável. Sua boca tinha gosto de desinfetante e ele nem quis imaginar o motivo. Olhou para o relógio do celular e constatou que havia perdido a hora para o trabalho. Xingou baixinho, certo de que seria demitido se não aparecesse para dar explicações. Mesmo assim, não ousou sair. Colou a orelha na porta, tentando escutar o outro lado. Tudo parecia quieto.

— Chega, para com isso — falou em voz alta. — Não tem ninguém lá fora.

Não podia ficar preso naquele banheiro para sempre. O estômago reclamava de fome, a boca seca implorava por água, que ele não teve coragem de tomar da torneira enferrujada. Seu emprego estava em risco e com ele o apartamento e os poucos pertences. Tinha que sair dali. Abriu uma fina fresta na porta. Do outro lado, havia roupas sujas espalhadas pelo chão da sala e o computador piscava na hibernação. Nada de estranho. Esperou mais alguns instantes, ouvindo com atenção. Não queria ser surpreendido por alguma tocaia, e Xiao era especialista nelas. No fim, deu uma risada amarga. No que estava pensando?

Sentindo-se ridículo, saiu do banheiro quase aos tropeções. Olhou para todos os lados, entrou no quarto e na cozinha, mas não encontrou nada. No entanto, o teclado quebrado o avisava de que algo havia acontecido. Apanhou as pecinhas com um olhar desolado. Mais um gasto que abriria um rasgo em sua conta bancária. Tentou encontrar uma explicação lógica para tudo aquilo. Talvez tivesse atirado o teclado contra a parede, achando que via Xiao. Era a única resposta que fazia sentido.

Sabia que precisava correr para o trabalho, implorar por mais uma chance ao seu gerente. Entretanto, o vício de checar o computador e as redes sociais falou mais alto. Ligou o monitor, encontrando o vídeo sobre o campeão Zorrath aberto. Um nó se formou em sua garganta quando avistou o rosto pálido e os cabelos cheios de gel de Yuri "Maxion".

— A escuridão cresce enquanto a luz perde seu brilho diante da dúvida.

A voz conhecida causou arrepios. Virou o rosto, dando de cara com Yeng Xiao sentado na cadeira de rodinhas. Ele era grande demais para aquele pequeno móvel. A pose relaxada, com as pernas cruzadas, quase o fazia parecer um cosplayer rico. Entretanto, a lança na mão direita era verdadeira, as feições idênticas às artes do jogo. Sobrancelhas retas e pretas assim como os cabelos compridos presos em um rabo de cavalo. O lanceiro de Lumnia estava ali ao seu lado, respirando e completamente real.

— Por favor, não grite. — Ele pediu assim que Pedro abriu a boca. — Você não quer assustar os vizinhos, quer?

Pedro mal podia acreditar que o grande guerreiro estava vivo e ainda por cima fazia piada com a sua cara. Tentou controlar a vontade de voltar correndo para o banheiro.

— Eu estou alucinando — falou, mais para se convencer.

Recebeu um leve soco no ombro, mas que doeu do mesmo jeito. O punho do lanceiro era enorme, e a armadura, pesada.

— Isso pareceu uma ilusão?

Massageando o ombro dolorido, Pedro engoliu em seco. Não sabia o que esperar, sua mente estava em branco pelo choque.

— O que você quer de mim? Como pode estar fora do jogo?

— É uma longa história. — O guerreiro suspirou. — Pretendo contá-la a você. Está disposto a ouvi-la?

Pedro já tinha a resposta na ponta da língua:

— Por favor, me deixa em paz. Eu já tenho problemas de mais.

Xiao o encarou com uma expressão séria. Pedro se encolheu como se o olhar o diminuísse.

— Isso não será possível, Epic. Você é meu escolhido, não há outra pessoa que possa me ajudar.

Pedro queria gritar, mas em vez disso escondeu o rosto entre as mãos.

— E como um ex-jogador fracassado pode ajudar o grande lanceiro de Lumnia? Fala sério!

Uma mão pesada pousou em seu ombro, desta vez confortando em vez de causar dor. Xiao continuou em um tom mais suave, bem diferente daquele que os jogadores estavam acostumados a ouvir em suas frases *in game*:

— Temos uma longa história juntos, Epic. Um elo que não vai ser quebrado por qualquer dificuldade. Lembre-se: A batalha mais árdua é a que dá a vitória consagradora.

Aquela última frase era mais um dos seus lemas, algo que sempre repetia quando o jogador o escolhia para a luta. Pedro já ouvira aquilo milhares de vezes, mas ficou arrepiado. Nunca pensou que receberia incentivos do seu herói favorito. Era surreal. Vê-lo vivo e falante o assustava, claro, mas havia se convencido de que precisava tratar a situação com naturalidade. Não se livraria dele aos gritos, então ouviria o que ele tinha a dizer.

— Por que está atrás de mim? Como saiu do jogo?

Xiao coçou o queixo esculpido.

— Eu não saí do jogo, Epic. Não como você imagina. Ainda pertenço a Novigrath, meu mundo, e não posso me ausentar dele por muito tempo. Mas os limites entre a minha realidade e a sua estão cada vez mais misturados e não sou o único que pode transitar por aqui.

Pedro se remexeu na cadeira.

— Você está dizendo que todos os campeões do jogo ganharam vida? — Sua voz tremeu mais do que gostaria.

— *Heróis de Novigrath* tem quinze anos de existência. É muito mais do que um jogo, muito mais do que um eSport. Milhões de pessoas nos assistem, nos consomem e nos adoram. Eles são mais do que fãs, jogadores e telespectadores, são como devotos e nos alimentam com sua energia.

— Que droga isso significa? — Pedro franziu a testa. Aquele papo de que os jogadores alimentavam os campeões soava bastante sinistro.

Xiao se apressou em continuar:

— Significa que a crença humana nos deu força e nos mantém vivos. Extrapolamos o imaginário, o ambiente virtual, graças a vocês. Já ouviu aquele ditado que diz que o maior poder humano é a fé? Pois nós nascemos da sua fé, Epic, e da fé de outros incontáveis jogadores.

A respiração acelerada espelhava as batidas do coração de Pedro. Sua mente deu um nó.

— Isso é impossível. As coisas não ganham vida só porque um bando de malucos acredita nelas. Se fosse assim, outros jogos estariam andando por aí!

— *Heróis de Novigrath* é diferente, e você sabe disso. Não é apenas entretenimento, ele faz parte da vida das pessoas. Elas jogam, conversam sobre isso, têm ambições por causa do jogo. Gerou até uma série de filmes, que já está na quarta continuação. Chegamos a um nível que nem mesmo o mais famoso blockbuster consegue competir. Nenhum outro jogo tem a mesma força. Somos unanimidade nos quatro cantos do planeta. Inspiramos pessoas em Angola, São Paulo, Dubai, Nova York, no Japão...

Aquilo era verdade. Nenhum outro game tinha tamanho alcance. Por isso mesmo, os quinze anos de HdN eram justificáveis. As pessoas amavam jogar, amavam assistir aos campeonatos e comprar souvenirs. Era mesmo uma espécie de fé. Aquela constatação o fez estremecer.

— Desde o início da história, os humanos tiveram suas devoções. Cada época contou com seus representantes. Religiões, dinheiro, artistas... Agora é a nossa vez. — Xiao fez uma breve pausa. — Não sei como tudo começou, mas lembro que um dia descobri que Novigrath não era o único mundo que existia. A parti daí, quis conhecer quem me fortalecia a cada batalha. Meus companheiros sentiram o mesmo e os Filhos de Asgorth também. É por causa deles que estou aqui.

Pedro se lembrou dos campeões da outra facção. Monstros com sede de sangue, zumbis de carne pútrida, criaturas feitas de sombras que se alimentavam de almas... Pensar que seres daquele tipo também andavam pelo mundo real causava enjoo.

— Nosso despertar aconteceu junto com a explosão de popularidade do jogo entre os humanos, e durante alguns anos vivemos em harmonia. Novigrath ganhou forma e cor, ficou ainda mais vistosa e maior. Tanto os Defensores de Lumnia quanto os Filhos de Asgorth estavam satisfeitos, apenas saboreando o existir. No entanto, esse balanço frágil começou a mudar. O mundo vasto fora de Novigrath se transformou em um alvo estratégico e os dois lados passaram a disputar jogadores. Essa é a nossa nova batalha. As terras do nosso mundo não interessam quando é daqui que vem a energia que nos mantém vivos.

Ele fitou o monitor, onde o vídeo de Zorrath continuava em loop.

— Sinto dizer que os Filhos de Asgorth estão vencendo a batalha. Eles agora têm o controle de quase todos os desenvolvedores da Noise Games e também dos melhores times do mundo. Isso faz com que tenham ainda mais destaque no jogo e, consequentemente, mais pessoas alimentando-os com sua energia, o que aumenta ainda mais o seu poder. Sua influência não para de crescer, colocando os Defensores de Lumnia em uma posição desesperada.

A urgência na fala do lanceiro alarmou Pedro. Ele sentia que muito mais estava em jogo ali do que apenas o domínio de Novigrath.

— Como os Filhos podem influenciar os desenvolvedores e os jogadores? A fantasma Cynder apareceu para eles e pediu ajuda com jeitinho?

Ele não conseguia imaginar a sua reação se uma das figuras obscuras de Asgorth viesse pedir seu auxílio. Provavelmente se atiraria pela janela.

— Os métodos deles são mais sutis, na maioria das vezes, Epic. Promessas de poder e dinheiro, mentiras que não revelam suas verdadeiras intenções, encantos que ludibriam os desenvolvedores a fortalecer Asgorth. Quanto maior a influência, mais as pessoas perdem o livre-arbítrio e agem de acordo com o que os Filhos desejam. Eles podem se manifestar fisicamente, assim como eu estou fazendo agora, mas é claro que não fazem isso a não ser com aqueles que já influenciaram.

— O que vai acontecer se os Filhos vencerem? Vocês vão perder Novigrath?

Os lábios de Xiao formaram uma linha reta de preocupação.

— Não somente Novigrath, mas o seu mundo também. O plano final de Asgorth é acabar com a barreira entre as duas realidades. Eles querem governar os humanos.

Pedro xingou baixinho, sem saber se acreditava naquilo ou se procurava um médico.

— Eles podem fazer isso? — Sua voz falhou.

— Infelizmente, podem. Imagine o que monstros sedentos por poder podem fazer aqui, Epic. Seria um mundo de terror. Vão obrigar os humanos a adorá-los, alimentando-se de sua energia até que todos estejam ocos. Vão travar guerras e causar destruição, como foram criados para fazer. Nós lutamos para detê-los, mas estamos perdendo a batalha. E agora eles têm uma imensa vantagem. — Apontou para Zorrath. — O novo campeão foi criado com a única intenção de dar um fim a esta guerra. Ele é mais forte do que todos nós, *overpower*, como vocês jogadores gostam de dizer. E foi tudo proposital. Nossa única vantagem é que ele ainda é novo e não tem todo o poder para o qual foi concebido. Temos que derrotá-lo antes que isso aconteça, pois ele abrirá a passagem entre os dois mundos. É por isso que preciso de sua ajuda, Epic.

Pedro endireitou a postura como se tivesse levado um choque. Impedir invasões ou derrotar monstros criados para dominar o mundo estava bem fora da sua lista de talentos.

O lanceiro percebeu sua hesitação.

— O despertar total de Zorrath está marcado. Será na final do Mundial deste ano. Tudo depende do time vencedor. Se um dos aliados de Asgorth vencer, o poder deste novo campeão atingirá o ápice e ele poderá passar para esta realidade, junto com todos os outros. A invasão será concretizada.

O Campeonato Mundial já possuía proporções épicas, mas agora ganhava o viés sombrio de um filme de terror. Pedro engoliu em seco.

— Há alguma chance de eles perderem? Você mesmo disse que os melhores times do mundo são aliados dos Filhos.

Seu olhar procurou o monitor bem na hora em que o rosto de Yuri voltou a aparecer. Seria ele um dos aliados de Asgorth?

Xiao segurou sua mão. O toque transmitia confiança, mesmo que a situação parecesse insana.

— Você sabe como o favoritismo em um campeonato desse tipo é relativo. Tudo vai se resolver na batalha entre os jogadores, pois são vocês que nos dão poder. Alguns campeões dos Defensores já escolheram seus representantes, formando times para enfrentar os rebentos de Asgorth. Chegou a minha vez de fazer isso, e quero que você seja o meu técnico.

— O quê? Você não pode estar falando sério!

Pedro sentiu o peso da responsabilidade como um bloco de concreto sobre os ombros e foi tomado por um pavor inexplicável.

Xiao não era um campeão conhecido por seu senso de humor. Sempre sisudo, falava mais do que sério. O futuro dos Defensores de Lumnia estava em jogo.

— Um dia você já foi meu melhor jogador, Epic. Marcou na pele a ligação que temos. — Tocou nas costas de Pedro, no local exato da tatuagem. — Quero que comande e oriente o grupo que lutará pelos Defensores. Não há mais ninguém em que eu confie para realizar tal tarefa.

Pedro começou a andar de um lado para outro. Todo aquele papo sobre a união de realidades, sobre o poder da crença humana, era maluquice. Tinha que ser.

— Olha, você quase me convenceu. Não sei de quem foi essa ideia, mas eu não vou cair nela. Pode falar para os teus amigos que a pegadinha não rolou, que o Epic aqui não é otário o suficiente.

— Você está deixando o medo falar — retrucou Xiao.

— Nem que essa loucura toda fosse verdade eu ia aceitar uma proposta dessas, cara! Não tenho nenhuma pretensão de salvar o mundo ou qualquer bobagem desse tipo. Só quero ficar na minha. Vai embora!

Xiao chegou mais perto, disposto a discutir. Sua altura e porte físico eram opressores, e Pedro deu um passo para trás. No fim, o lanceiro soltou um suspiro triste.

— Você sabe que sou real, sabe que tudo o que contei é verdade. Pense no que está em risco. Seu sonho sempre foi ir ao Mundial, provar que era capaz. Se der as costas para isso, estará aceitando a vitória dos Filhos de Asgorth. Posso entender seu receio, mas não vou aceitar sua covardia. Sei que você é melhor do que isso.

Depois de palavras tão impactantes, a figura musculosa sumiu bem diante dos olhos de Pedro, como uma miragem levada pelo vento. Angustiado, o ex-jogador puxou o ar pela boca com inspirações cada vez mais rápidas. As paredes do apartamento pareceram se fechar, encurralando-o em um espaço cada vez mais apertado. Correu para a porta e saiu. Não tinha condições de treinar nenhum time, quanto mais um que carregasse nos ombros um fardo tão grande.

Um fracassado nunca poderia salvar o mundo.

A praia era o seu refúgio, o único ponto de tranquilidade no meio do caos da sua vida on-line e off-line. Não havia muito movimento naquela manhã nublada, afinal era meio de semana e a maioria das pessoas tinha lugares mais importantes para estar. Dois ou três corredores se aventuravam na areia. No mar, apenas um surfista solitário podia ser visto. As ondas se chocavam contra a praia com tanta força que pareciam raivosas. Aquela agitação refletia muito bem o estado de espírito de Pedro. Agarrava as próprias pernas em um abraço nervoso enquanto observava o oceano cinzento à frente. As roupas estavam cobertas por uma camada de areia molhada. Tremia de leve, mas não sabia se era por causa do vento ou pelos últimos acontecimentos. O que faria com sua vida dali para a frente? Como fugiria das palavras de Xiao?

Perdeu a noção de quanto tempo ficou ali. Devia ter ido direto para o trabalho, implorar para que o gerente não o demitisse, mas aquela preocupação estava bem longe da sua lista de prioridades naquele momento. Olhava para o mar, mas o que via eram os campos de batalha de Novigrath e os campeões de Asgorth que ameaçavam deixar os limites do jogo. Não parava de imaginar as consequências da invasão. O pânico das pessoas ao descobrirem que aqueles monstros eram reais, as mortes que poderiam acontecer... Zorrath destruindo tudo em seu caminho. As visões o faziam se sentir mal.

Risadas altas interromperam o silêncio da praia. Um grupo chegava animado, como se não tivesse nenhuma preocupação na vida. Pedro ergueu a cabeça e, ao reconhecer um dos rostos entre os estranhos, revirou os olhos. Mesmo no vento da praia, o cabelo de Yuri "Maxion" continuava engomado por gel. Fazia anos que ele não vivia mais em Santos, por isso sua aparição inesperada fez Epic franzir o cenho. Depois de Xiao, não acreditava mais em coincidências.

Ao avistar o rival na areia, Yuri abriu um sorriso cheio de dentes. Tinha a mesma idade de Pedro, mas parecia mais novo. Nos eSports, devido aos jogadores se aposentarem bem cedo, era até comum que alguns deles virassem técnicos relativamente rápido, ainda mais se tivessem bons contatos.

Pedro sabia que os poucos anos que Yuri levou para chegar a treinador do time Espartanos não eram uma anomalia, mas não podia afastar a sensação de que ele não merecia aquele crédito todo.

Yuri trocou algumas palavras com os cinco jovens que o acompanhavam e se aproximou de Pedro, que se levantou com rapidez, buscando uma forma de escapar. A última coisa que queria era ouvir o desdém do rival. Infelizmente, o técnico do Espartanos percebeu sua intenção e se apressou.

— Horário estranho para pegar um solzinho na praia, não é? O que foi? Cansou de causar polêmica nas streams?

Fazia quase dois anos que eles não se encontravam pessoalmente, desde um campeonato presencial a que Epic decidira assistir como torcedor, mas o incômodo que Pedro sentia ao lado do rival só parecia ter aumentado. Respirou fundo, sem paciência para os joguinhos do outro.

— Me deixa em paz, Maxion. Só quero ficar sozinho.

— Eu estou aqui com meus jogadores. Você deve ter ouvido falar deles. — Yuri ignorou o pedido de Pedro e apontou para os cinco rapazes que o observavam de longe, dando risadinhas convencidas. — Quer dar uma volta com a gente?

Pedro preferia se afogar no mar a aceitar a simpatia falsa de Yuri. Nem se esforçou em esconder o desconforto em suas feições.

— Não mesmo.

Tentou se virar para ir embora, mas o treinador do Espartanos foi mais rápido, segurando-o pelo pulso. Quando seus olhares se cruzaram, Pedro pôde jurar ter visto um brilho avermelhado nos olhos escuros dele. Engoliu em seco.

— O que quer de mim? Como sabia que eu estaria aqui?

As palavras de Xiao voltaram a ecoar em sua mente. Os melhores times do mundo estavam do lado de Asgorth. O Espartanos estaria entre eles?

— Você é um fracassado, sabia? — continuou Yuri. — Não sei por que nos mandaram vir aqui. Os Filhos de Asgorth são muito mais poderosos.

Aquelas palavras confirmaram todos os receios de Pedro. Ele tentou puxar o braço de volta, mas o aperto de Yuri parecia de aço. Seus olhos brilharam vermelhos novamente, e as unhas de suas mãos cresceram, espetando a pele de Pedro.

— Não pode ser... — As palavras escaparam em um sussurro incrédulo.

— Patético, Epic. — Yuri balançou a cabeça, mas seu olhar brilhava com satisfação. — Agora vem com a gente e não faz escândalos desnecessários.

Sem saber o que fazer, Pedro olhou para os cinco jovens, que observavam a conversa dos dois adultos com expressões entediadas, como se seu técnico ameaçar alguém fosse a coisa mais normal do mundo. Humilhado, Pedro deixou-se arrastar pela areia sem saber para onde seria levado. Sentia raiva de Yuri, mas principalmente de si mesmo. Desejou com todas as forças que Xiao o ajudasse.

— Um verdadeiro herói nunca foge de uma briga.

Aquela frase, aquela voz! Abriu os olhos e viu, incrédulo, seu desejo ser realizado. Xiao surgiu no caminho entre o técnico e seu time. Sua postura imponente ficava ainda mais ameaçadora por causa da lança em riste. A armadura brilhava sob a luz do sol.

— Não tente nos impedir! — ameaçou Yuri.

O braço livre do treinador Espartano foi tomado por pelos negros e as unhas se transformaram em garras compridas. Era um pedaço do avatar do lobisomem Drynarion, mais um Filho de Asgorth.

— Os humanos estão aqui — falou Xiao, com uma calma perturbadora. — Seus mestres querem mesmo que todos vejam este embate?

Os garotos do time olharam para os lados, constatando que o movimento crescia na orla. Aquela breve distração foi o suficiente para Yuri recuar. Largou o braço de Pedro, que agora exibia cortes superficiais causados por suas unhas.

— Tudo bem. Você venceu. — Yuri caminhou até seu time, que parecia tão irritado com aquela interrupção quanto seu treinador. Antes de partirem de vez, Yuri fez questão de encarar Pedro. — Nós vamos nos encontrar de novo e você não terá tanta sorte.

Quando Pedro e Xiao se viram sozinhos, o ex-jogador olhou para o braço ferido e praguejou. Ao seu redor, nenhum banhista parecia notar o lanceiro de dois metros que o acompanhava.

— Eles não podem me ver se eu não quiser. — Xiao pareceu ler seus pensamentos.

Pedro assentiu, mas nada mais parecia fazer sentido em sua vida.

— Yuri usou os poderes do jogo... — Sentia o cansaço pesar no corpo, como se tivesse virado noites seguidas jogando. — Isso é insano.

— A culpa foi minha, Epic. Eles souberam que o procurei. Devia ter imaginado que os Filhos não ficariam parados enquanto busco reforços. — O lanceiro franziu o cenho. — Não temos mais tempo, preciso de sua resposta.

Antes, *Heróis de Novigrath* era o trabalho de Pedro, onde encontrava diversão e alimentava sua competitividade. As coisas mudaram de forma repentina e ele não se sentia preparado. Deu passos vacilantes até o mar, ajoelhando-se sem se importar em piorar o estado de suas roupas já cheias de areia. Jogou água no rosto e nos cabelos. O gosto do sal na boca e o ardido nos arranhões no braço pareceram desprendê-lo dos últimos resquícios de medo.

Ao se levantar, encharcado, tocou no ombro de Xiao sem se importar que as pessoas achassem que estava falando sozinho.

— Se é para quebrar a cara de otários como Maxion, estou dentro. Vamos formar essa equipe e ganhar o Mundial.

Nível 3

Naquela manhã quente em Belém, os alunos chegavam à Escola Estadual de Ensino Médio Gustavo Bjerg em ondas. Primeiro os apressados, correndo para pegar os melhores lugares da sala mesmo que ainda houvesse vinte minutos para os portões se fecharem. Depois, vinham os bem-humorados, conversando e rindo alto, algo bem fora do normal em uma segunda-feira. A maré continuava com os concentrados na música que explodia em seus fones de ouvido, os zumbis com olheiras de uma noite maldormida, os irritados, os solitários e, por fim, os atrasados.

Cristiano chegou faltando um minuto para os portões se fecharem. A camisa amassada do uniforme marrom deixava nítida a pressa com que saltou da cama. Aquele dia de aula não o animava nem um pouco, mas seguiu resignado para a sala de informática no segundo andar. Enfrentaria duas horas da matéria mais inútil de todos os tempos, com o professor mais zerado do planeta, mas de que adiantava reclamar? Aprenderiam a mexer em alguns programas idiotas que ninguém mais usava e depois teriam que decorar atalhos para a prova de múltipla escolha. Era uma perda de tempo, assim como as malditas fórmulas de química que não entravam na sua cabeça de jeito nenhum.

A sala de informática contava com quinze computadores ultrapassados e repletos de vírus para uma turma de trinta alunos. Cristiano escolheu seu lugar a dedo, o último PC do fundão, colado na parede. Seu colega, Júnior, com quem normalmente fazia parceria naquela matéria, já estava lá.

— Pensei que ia chegar atrasado de novo. — Esticou o punho fechado para o outro dar um leve soco. O tradicional cumprimento de bom-dia. — E aí, beleza?

— Beleza. — Cristiano pendurou a mochila na cadeira e largou o corpo no estofado rasgado. — Foi barra acordar. Fiquei jogando até tarde.

— Imaginei. — Júnior sorriu. — E aí, chegou no top 10?

Cristiano fez uma careta, passando as mãos nos cabelos estilo escovinha. O rosto de pele escura ganhava um ânimo novo quando o assunto era *Heróis de Novigrath*, os olhos brilhavam como dois faróis.

— Faltou uma vitória, cara! A minha mãe me obrigou a desligar o pc bem na hora que ia começar a última partida.

— Tu é doido, Cris! — Júnior achou graça. — Aposto que nem estudou para a prova de química do quarto tempo.

Os olhos arregalados foram resposta suficiente.

— Não acredito! Você esqueceu?

Ele sentiu um pânico momentâneo, mas logo recuperou o ar despreocupado. Alargou o sorriso, mostrando os dentes brancos e levemente espaçados. Tinha cara de moleque travesso desde criança, e aquilo continuava evidente mesmo aos dezesseis.

— Não tô nem vendo. — Deu de ombros. — Vou arranjar um jeito de não fazer a prova hoje. Duvida?

Júnior o encarou, tentando descobrir o que o amigo tramava.

— Toma cuidado, cara. Lembra quando você tomou laxante de propósito pra escapar da educação física? Aquilo não terminou nada bem.

— Sei o que eu tô fazendo, Júnior. Confia na *call*.

— Essa tal *call* que você tanto me pede pra confiar sempre gera mais confusões. Essa vida louca é demais até pra você.

A aula começou pouco depois. O professor falava de maneira lenta, como se estivesse com sono. Escrevia no quadro branco, explicando detalhes do programa de edição de planilhas. Por que eles precisavam estudar aquilo? E por que com aquele cara mais lento do que tartaruga com verme? Ver um tutorial no YouTube era muito mais instrutivo. E, se havia uma palavra que resumisse tudo de velho e ultrapassado no mundo, essa seria "planilha". Decidiu fazer coisa melhor da vida e parou de prestar atenção na aula. Tomou o mouse da mão de Júnior, navegando pelas pastas bagunçadas do diretório principal do computador.

— Tá fazendo o quê? — o amigo perguntou aos sussurros.

— Vou jogar...

O fato de quebrar uma regra da escola não importava nem um pouco. Havia instalado *Heróis de Novigrath* naquele computador fazia algumas semanas, justamente para superar o tédio mortal. Criou um caminho oculto que o pessoal da manutenção nunca acharia e não podia esconder a satisfação em ser mais esperto do que aqueles adultos chatos.

Assim que viu a tela de carregamento do jogo, Júnior ficou pálido.

— Ah, cara. Se o professor te pegar, vou levar a culpa também.

— Ele não vai me pegar. Nem vai vir aqui para o fundo, você sabe como ele é preguiçoso. É só ficar tranquilo e de bico calado.

Entrou na sua conta, verificando o ranking dos jogadores. Uma vitória simples o levaria ao seleto grupo dos dez melhores jogadores do Brasil, junto com pro-players que ele admirava. Aquele era o primeiro passo para o seu maior objetivo, atrair a atenção de algum time profissional.

Jogar HdN era o auge do seu dia. A realidade da escola e de casa, onde os pais sempre cobravam notas melhores, parecia um inferno particular. No entanto, quando se conectava como Fúria, virava uma pessoa diferente. Sonhava em jogar profissionalmente. Ganharia dinheiro com o jogo, e se fosse o melhor podia até ficar milionário e alavancar uma legião de fãs. Seria como Diogo "Pedra" Follman, do Espartanos.

Para todos aqueles desejos acontecerem, precisava jogar o máximo possível e aprimorar suas habilidades. Já tivera diversas reuniões com a direção da escola e seus psicólogos, e ninguém conseguiu mudar suas convicções. Sim, aquele era um caminho difícil. De mil jogadores bons, apenas dois se destacavam o suficiente para entrar no cenário competitivo. Não ligava para probabilidades. Se havia algo que possuía de sobra, era confiança em si mesmo.

Ao contrário da maioria dos amigos, preferia jogar pelo lado dos Defensores de Lumnia. Concordava que os Filhos de Asgorth contavam com personagens absurdamente desbalanceados, mas as mecânicas daqueles que defendiam a outra facção eram mais do seu agrado. Com eles, a habilidade individual imperava, e o que Cris mais gostava era mostrar quanto podia carregar o time sozinho.

Escolheu como campeão Kremin, a maga de fogo. Sua rota preferida era a do meio, onde tinha liberdade para enfrentar os oponentes em um duelo. Assim, ganharia quem fosse o mais talentoso, o que normalmente o favorecia. Assim que a partida se iniciou, esqueceu da escola, da aula chata e da cara apavorada de Júnior. Só a vitória importava. Conseguiu o primeiro abate do time logo aos cinco minutos de jogo e sorriu. Era muito melhor do que o cara do outro lado.

— Uau! Você é bom mesmo. — Depois de um tempo, nem Júnior prestava mais atenção na fala lerda do professor.

— Você não viu nada. Agora vou ser *tryhard* de verdade.

Receber elogios sempre fazia com que Cris se sentisse o máximo. Resolveu se mostrar. Em vez de destruir as torres, começou a perseguir os inimigos, procurando por mais abates. Conseguiu encaixar um combo bastante difícil e soltou um gritinho de comemoração. Foi seu primeiro deslize. Alguns alunos perceberam que ele não estava prestando atenção na aula, e não demoraria muito para um dedo-duro dar com a língua nos dentes. Tinha que terminar a partida antes disso. E não, naquele tipo de jogo não existia pausa. Isso era algo que muitos pais nunca entenderiam. A partida só terminava quando um dos Monumentos de Novigrath fosse destruído ou um time decidisse se render. Largar um jogo em andamento, ou *quitar*, como os jogadores falavam, era uma das atitudes mais tóxicas que alguém podia ter em HdN e, se virasse algo recorrente, resultaria no banimento da conta.

Cris não tinha a mínima intenção de *quitar* daquela partida praticamente ganha. Digitou apressado no chat, tentando organizar o time para uma última investida.

<_**Fúria**_> Galera, vamos dar o GG. Tô na aula e vou me ferrar se me pegarem.

<**Calipso**> HUEHUEHUE! Vc é lokão, lek!

<_**Fúria**_> Lokão e no rank. Bora, maluco! Dá o GG!

Os cinco tomaram a rota central, derrubando as torres restantes. A vitória foi inevitável. O símbolo dourado de que estava no top 10 tomou a tela no exato momento em que o professor parava às suas costas. Cristiano sentiu o olhar de censura perfurá-lo como uma faca afiada, mas não se importou. Era o décimo melhor jogador do servidor brasileiro!

— Consegui! — Saltou da cadeira, erguendo os braços como se tivesse acabado de vencer um campeonato.

— A única coisa que você conseguiu, sr. Cristiano, foi uma visita à direção — disse o professor. — Saia da sala agora!

Ele demorou mais do que o necessário. Pegou a mochila, desconectou sua conta do HdN, tudo bem devagar. Ouviu comentários sussurrados dos outros colegas, alguns o chamavam de babaca, outros confirmavam que ele era um baita jogador. Decidiu focar mais nesses últimos. Quando chegou à porta da sala, acenou debochado.

— O próximo passo é o Campeonato Brasileiro. Vejo vocês por lá!

Vaias tomaram a sala, e Cris saiu gargalhando. Todos aqueles idiotas iam morder a língua quando ele alcançasse seu sonho. E agora estava mais perto do que nunca! Já se imaginava no Espartanos ou no Glória, sendo tratado como o mais precioso talento. Virou o corredor, assoviando. Pretendia dar o fora sem nem mesmo falar com o diretor, mas o velho Pereira já o esperava de braços cruzados no meio do caminho. Ele só sinalizou com o dedo e Cris o seguiu até a diretoria.

A conversa foi longa. Ameaças de expulsão, avisos para que tomasse jeito na vida, uma ligação para seus pais, que por sorte não estavam em casa. Cris recebeu a bronca com uma expressão de tédio. Aquela aparente indiferença só serviu para deixar o diretor mais irritado.

— Não sei mais o que fazer com você, Cristiano — ele desabafou, depois de várias perguntas sem resposta. — Sei que o jogo é importante, mas não pode ser sua única meta na vida, filho. Acorde agora ou será tarde demais.

— Eu estou bem acordado, diretor Pereira. — Cris ajeitou a postura na cadeira, encarando o homem mais velho de igual para igual. Para um garoto baixinho e franzino, até que conseguia meter medo em gente grande. — O senhor é que deveria parar de perder tempo tentando me passar lição de moral. Já escuto muito isso lá em casa. Assina logo a suspensão e vamos acabar logo com essa história.

O diretor Pereira ficou claramente insatisfeito por um garoto de dezesseis anos peitar sua autoridade, mas não demorou muito para dar um sorriso convencido. Cris não gostou nada daquela expressão. Será que a expulsão finalmente deixou de ser uma ameaça? Surpreendeu-se ao sentir o nervosismo fazer suas pernas tremerem.

— Você ainda não vai ser suspenso. Não antes de fazer a prova de química.

Se Cris tivesse uma metralhadora de palavrões, estaria dando uma saraivada de tiros raivosos naquele exato momento. Um suor frio cobriu sua testa, mas ele forçou seu conhecido sorriso debochado. Tiraria um zero em química, fazer o quê? Só esperava que o pai não quebrasse o computador se repetisse de ano.

Quem não ficou nada feliz com sua falsa confiança foi o diretor Pereira.

— Espere aqui. Vou falar com o professor Arinaldo e pedir para que ele venha passar a prova. — Franziu o bigode espesso e se levantou.

O garoto ouviu o clique da fechadura sendo trancada quando o diretor saiu da sala. Estava preso ali! Isso com certeza era inconstitucional, ou pelo menos contra os direitos humanos. Bom, não importava. O velho se achava mais esperto só porque era adulto, mas tinha se esquecido de fechar a janela.

Cris colocou a mochila nas costas e se inclinou para o lado de fora. Estava no segundo andar. Uma queda não o mataria, mas com certeza quebraria alguns ossos. No entanto, o cano que descia da calha d'água quase servia como uma escada.

— Não vou fazer prova nenhuma, Pereira. Quero ver quem vai me obrigar.

Pendurado no cano, ele percebeu que descer por ali era mais difícil do que tinha imaginado. Atividades físicas não eram mesmo o seu forte, por isso fugia da educação física como um vampiro fuga da luz do sol. Quase caiu por duas vezes, mas depois de alguns minutos tensos conseguiu enfim chegar ao chão. Àquela altura, o diretor já tinha retornado à sala e gritava por seu nome como um carcereiro que descobriu a fuga do prisioneiro mais perigoso. Cris saiu correndo antes que ele resolvesse olhar pela janela.

Chegou aos fundos do terreno da escola, onde sabia que o muro era mais baixo e livre dos cacos de vidro que serviam para espantar os ladrões. Escalou de maneira desajeitada e caiu sentado do outro lado. Massageou a bunda dolorida quando ficou de pé. Ainda tinha três horas antes de precisar voltar para casa, podia gastar aquele tempo em uma lan house.

Estava pronto para dar o fora quando percebeu que um cara estranho o observava na calçada. Era um tiozão meio gordinho que se vestia como moleque e usava boné.

— O que foi? Perdeu alguma coisa? — Cris entrou no modo defensivo com que sempre tratava os adultos.

O estranho, que lhe parecia um tanto familiar, sorriu.

— Você é o Fúria?

O nick do jogo soou como um alerta em sua mente. Como ele podia saber quem era e onde estudava? Deu um passo para trás, desconfiado.

— Não se assuste. Soube que conseguiu o top 10 agora há pouco. Parabéns.

— Quem é você?

— Meu nome é Pedro, mas pode me chamar de Epic.

Aquele nome deixou tudo mais claro. EpicShot, o ex-jogador. Já tinha visto alguns vídeos antigos dele no YouTube.

— Tenho uma proposta para você, Fúria. Uma proposta irrecusável.

Nível 4

Samara odiava andar de ônibus, mas naquele dia saiu do cursinho atrasada e se voltasse a pé para casa demoraria demais. Como preocupar a avó era a última coisa que queria, obrigou-se a enfrentar seu medo mais profundo. Já no ponto, enquanto aguardava a chegada do ônibus como se ele fosse o trem fantasma que a levaria para uma viagem de pesadelos, sentiu as mãos pesadas de nervosismo apertarem seu pescoço. Batia os pés no chão, o suor se acumulando na nuca e nas axilas. Nem mesmo o vento forte que sacudia seus cachos aliviava aquela sensação ruim.

Quando viu a forma retangular do veículo, fez trêmula um sinal e quase derrubou seus cadernos e livros. Uma senhora perguntou se estava tudo bem. Samara forçou um sorriso e tratou de subir na escada que mais parecia uma boca aberta, pronta para devorá-la. Por sorte, havia lugares de sobra lá dentro e não precisaria ir em pé, porque realmente achava que suas pernas não aguentariam. Sentou perto da janela, agarrando a barra de ferro no banco da frente, temendo que o motorista ligasse o modo rally e arrancasse como um louco. Os sons do motor eram como rosnados, causando uma verdadeira revolução em seu estômago. As lembranças vieram sem que pudesse evitar.

O som de metal se retorcendo. O grito dos passageiros. O pai de pé, buscando a mala que estava no guarda-volumes próximo ao teto. O choro da mãe que foi diminuindo como uma chama que se apaga...

Ela balançou a cabeça com força, tentando se livrar daquelas visões de três anos antes, mas que continuavam vivas na memória. A viagem que comemoraria seus quinze anos acabou se tornando um terrível pesadelo. Ela nunca soube muito bem o que aconteceu, mas o ônibus fez uma curva fechada e perdeu o controle. Quando se deu conta, tudo girava ao seu redor.

Sofreu apenas escoriações leves, o que todos garantiram ter sido um milagre. No entanto, seus pais e mais cinco passageiros não tiveram a mesma sorte.

O trauma foi tão grande que perdeu um ano inteiro na escola. Não queria sair de casa nem falar com ninguém. No fim, foi morar com a avó. Perdeu contato com quase todos os amigos, exceto Ângela, com quem estudava desde criança. Foi ela quem lhe apresentou *Heróis de Novigrath*. Disse que era um jogo que todos comentavam no colégio. Naquela época, Samara passava a maior parte do tempo deitada na cama, então qualquer atividade que a tirasse da apatia já era uma grande vitória.

O jogo a resgatou da depressão, preenchendo o vazio da perda dos pais. Aos poucos, voltou a se socializar e retomou os estudos. Jogar virou um analgésico para a dor que tentava paralisá-la diariamente.

O ônibus passou por um buraco, sacudindo tanto que quase a fez gritar. Olhou pela janela, rezando para que aquele tormento acabasse. O rosto negro perdeu um pouco da cor por causa do medo. Pensar em HdN aliviava aquela sensação.

Infelizmente, seu tempo estava cada vez mais apertado por causa do cursinho, impedindo-a de jogar tanto quanto gostaria. A data do vestibular se aproximava, e Samara não sabia o que fazer. Por um lado, vê-la entrar na universidade sempre fora um dos grandes sonhos de seus pais, e ela queria dar aquele presente a eles, mesmo que não estivessem mais presentes. Por outro, já fazia algum tempo que pensava mais sobre *Heróis de Novigrath* do que nas disciplinas obrigatórias. No fundo, sentia-se culpada por ainda não ter decidido que caminho seguir.

O que mais a agradava no jogo era a chance de calar a boca de moleques babacas, que infelizmente não eram raros no ambiente virtual. Idiotas que mal sabiam escrever, mas adoravam xingar alguém só por ser mulher. Jogava melhor do que todos eles e adorava fazê-los engolir cada insulto. Nunca pensou em jogar profissionalmente, mas a ascensão de talentosas pro-players mostrou que as mulheres mereciam mais espaço no cenário competitivo brasileiro. Sentia um frio na barriga ao se imaginar fazendo parte daquele seleto grupo.

Um sinal vermelho forçou o motorista a dar uma freada brusca. O ônibus cantou pneu, e um homem mais desatento acabou caindo. Alguns passageiros xingaram o motorista, mas ele os ignorou. Aquilo foi a gota d'água para

Samara. Ficou de pé, dando o sinal de parada. Faltavam duas quadras para chegar à pequena vila onde morava e preferia fazer o resto do caminho a pé.

Ventava bastante em Recife naquela noite quente. Samara tirou um chiclete da bolsa e o mastigou com gosto. Era uma mania que tinha desde criança. Levava pelo menos duas embalagens cheias consigo e as consumia de maneira voraz durante o dia. Gostava do açúcar extra no corpo e de fazer bolas com a goma. Sua avó sempre reclamava daquele hábito, dizendo que ela ia estragar todos os dentes. Um argumento tão infantil que a fazia rir, mas de certa forma trazia um calor reconfortante ao peito. Dona Clotilde era a pessoa mais importante na sua vida, uma verdadeira guerreira que segurou uma barra enorme cuidando de uma adolescente traumatizada. Uma mera reclamação sobre chicletes era completamente aceitável.

Depois de mais dez minutos de caminhada, já se sentia bem melhor. Os últimos fantasmas do acidente foram exorcizados pelo vento e pelo chiclete. Esperava que não retornassem tão cedo. Chegou à entrada da Vila Danaga e deu um suspiro aliviado. Sua casa ficava no final da rua estreita. Dois andares, paredes verdes, janelas gradeadas e vários vasos de plantas perto da fachada.

Como de costume, Sam abriu o portão, caminhando pelo corredorzinho ao lado do muro alto, que a levaria à porta dos fundos. Tirou a chave da bolsa, destrancando os cadeados e a fechadura. Ao entrar na cozinha, foi recebida pelos miados pidões de Cibella, sua gata malhada e manhosa. Ela se esfregou nas suas pernas cansadas, deixando uma boa quantidade de pelo na calça.

— E aí, gracinha? Cadê a vovó? — Samara coçou as pequenas orelhas.

Cibella deu um miado mais longo, parecendo responder às perguntas. Era uma gatinha muito esperta que honrava o nome da inventora mais famosa de Novigrath. A campeã tinha orelhas de gato e uma cauda sinuosa, e criava robôs e construtos que a ajudavam na batalha contra os Filhos de Asgorth. Era a personagem favorita de Samara. No seu quarto, a garota tinha uma coleção de bichos de pelúcia e miniaturas da Defensora de Lumnia. Ainda pretendia fazer uma tatuagem da personagem, mas precisava primeiro convencer a avó. Não seria uma tarefa fácil.

Abriu a geladeira e pegou suco de laranja. Jogou o chiclete já sem gosto no lixo e bebeu direto da garrafa. Depois de matar a sede, procurou algo para comer. Foi aí que estranhou a ausência de dona Clô. Normalmente, ela já teria ouvido seus barulhos e ofereceria ajuda para preparar o jantar. Será que tinha ido dormir?

Samara olhou para a escada de cimento que ficava próximo à geladeira e viu que o segundo andar estava escuro. Depois de olhar o relógio, constatando que ainda era relativamente cedo, ficou preocupada. Foi então que ouviu vozes baixas vindas da sala. Cibella soltou mais um miado agudo, correndo para lá com o rabo erguido. Desconfiada, Samara seguiu a gata.

No corredor, reconheceu a risadinha contida da avó. Havia mais duas pessoas na sala. Eram vozes masculinas que Samara não identificou. Encontrou dona Clô sentada na sua cadeira de balanço. Ela vestia a sua tradicional camisola, coberta apenas por um xale rosa, o que significava que as visitas não tinham sido esperadas.

Sam observou os dois homens com atenção redobrada. Um deles era um adolescente, talvez mais jovem do que ela. Uma mochila enorme descansava entre suas pernas e o olhar aborrecido garantia que já estava cansado de esperar. O outro vestia uma camisa estampada de *Heróis de Novigrath*, calçava um par de tênis surrados e segurava um boné vermelho. Levantou-se assim que notou a presença da garota, puxando o companheiro consigo.

— Ah, Samara, minha filha. — Sua avó finalmente a avistou, acenando para que se aproximasse. — Esses dois moços vieram falar com você. Disseram que é sobre aquele jogo que você tanto gosta.

Relutante, Samara entrou na sala. Depois daria uma bronca na avó por deixar homens desconhecidos entrarem em casa só porque mencionaram *Heróis de Novigrath*. E se eles fossem malucos ou ladrões?

— Não se preocupe, Titânia. — O homem mais velho percebeu seu receio. — Sua avó só deixou a gente entrar depois que eu dei todas as minhas credenciais. Foi uma longa entrevista. Ela é muito cautelosa.

O uso do seu nick deixou Samara abismada. Começou a pensar em espionagem, hacks e quebra da privacidade da sua conta. Sentiu vontade de puxar a avó pelo braço e se trancar na cozinha. O garoto cruzou os braços, soltando uma risadinha. Aquilo a irritou.

— O que querem comigo?

O homem mais velho tirou um papel amassado do bolso, estendendo-o na direção dela. As primeiras linhas foram o suficiente para que reconhecesse a linguagem de um contrato. O coração acelerou.

— Isso é o que eu estou pensando?

O homem assentiu devagar. O garoto revirou os olhos, parecendo entediado.

— Aceita logo! Demoramos dois dias para chegar aqui, quero dormir!

Ele recebeu uma cotovelada do companheiro e calou a boca.

— Desculpe pela grosseria do Fúria. Ele está um pouco estressado por causa da viagem de ônibus. — O homem encarou Samara com um brilho renovado no olhar. — Quero você no meu time, Titânia.

Claro que não poderia aceitar logo de cara. Nem conhecia aqueles dois. Leu o nome Pedro Gonçalves no contrato, mas aquilo não significava nada para ela. Precisava de referências e garantias sobre o tal time, além de uma boa conversa com a avó. No entanto, a palpitação no peito ficou mais forte e um tremor tomou as mãos que seguravam o contrato. As dúvidas que trazia até então se dissiparam. Uma cortina finalmente foi erguida, revelando o caminho que sempre sonhou seguir.

Nível 5

Os dedos se moviam em uma rápida sequência de riffs. A música impetuosa deslizava da guitarra até o cabo revestido que a ligava a uma pequena caixa de som. O som reverberava na janela de vidro. Adriano sacudia a cabeça como um verdadeiro *headbanger*. As roupas largas, a pulseira de *spikes* e a pesada bota de couro só serviam para alimentar o visual de metaleiro. O cabelo azul e comprido era a única cor vibrante no meio de tanto preto, resultado de uma aposta entre ele e o irmão. Quem perdesse o x1, um duelo em que somente duas pessoas se enfrentavam na rota central de HdN, teria que usar a tintura por pelo menos um mês. Aquilo tinha acontecido três meses antes, mas o garoto tomou gosto pela nova cor.

De olhos fechados, ele se deixou levar pela distorção pesada. Sorriu ao chegar ao momento do solo. Aquela era sua parte preferida do sucesso do Iron Maiden, banda que o levou a gostar de heavy metal. Os lábios se moviam em silêncio. Cantar não era seu forte, mas a letra da música pedia para sair de uma forma ou de outra. Trouxe a guitarra para mais perto, chegando à parte mais complicada. Ágil, conseguiu executar todas as notas no tempo certo.

Considerava a música parte primordial de sua vida. Aprendera a tocar violão e teclado sozinho, aos treze anos. Cinco anos depois, possuía vários instrumentos em casa e gravava vídeos para o YouTube com versões personalizadas de sucessos do metal e também algumas trilhas sonoras de games clássicos. Naquele momento, ensaiava para mais uma gravação. Queria que tudo saísse perfeito quando ligasse a câmera para valer.

Pisou no pedal, mudando o tom da distorção, e encerrou a música com o último conjunto de acordes apressados. Levantou-se da cama, fazendo uma reverência como se estivesse diante de milhares de fãs. Colocou a guitarra no suporte e desligou a caixa de som, que assobiava uma mistura de microfonia e zumbidos. Respirou fundo, alongando os braços doloridos. Tocar era tão exaustivo quanto uma bateria de exercícios na academia e, para falar a verdade, ele preferia muito mais estar rodeado por música do que por halteres e barras de ferro. Talvez por isso continuasse magricela e desengonçado. Ainda bem que não ligava nem um pouco para a aparência.

A porta do quarto se abriu no mesmo instante em que se sentava em frente a um dos computadores na mesa comprida. Adriano virou para trás já sabendo quem ia encontrar. Na verdade, via aquele rosto todos os dias no espelho.

— Terminou o ensaio? — perguntou Pietro, seu irmão gêmeo.

Era uma versão arrumada e encorpada de Adriano. Cabelos curtos, pretos e engomados, camisa de botão bem passada e calça jeans tão limpa que parecia saída da loja.

— Acabei agora mesmo — respondeu Adriano. — Você demorou, Pato. Pensei que tinha esquecido do nosso compromisso.

Quando criança, Pietro tinha um pato de pelúcia que era praticamente sua segunda sombra. Andava com o bicho para cima e para baixo, chegando a levá-lo para tomar banho. Aquilo lhe rendeu o apelido inusitado que os anos não conseguiram mudar.

— É claro que não esqueci, Adi. — Pietro usou seu apelido também. Só se tratavam pelos nomes quando o assunto era muito sério ou estavam com raiva um do outro. — Mas o Fred ficou me segurando depois do cinema. Não deu pra vir antes.

Adriano cruzou os braços diante da desculpa esfarrapada. Conhecia o irmão bem demais para saber quando estava mentindo.

— Fala sério. Você preferiu ficar com seu namorado do que vir jogar?

Pietro desviou os olhos, com ar culpado.

— Eu nem me atrasei tanto assim, vai. E essa é a semana de provas do Fred na faculdade, só vamos poder sair no fim de semana que vem. Dá um tempo, Adi!

Quando o relacionamento com Fred ficou sério, Adriano deu toda a força para que o irmão finalmente se assumisse para a mãe. O pai já havia saído da vida dos garotos fazia tanto tempo que não se importavam com seu paradeiro. Dona Sandra apoiou o filho com amor incondicional. Agora,

Pietro já até tinha autorização para que Fred dormisse em casa em alguns fins de semana. A felicidade dele contagiava Adi também, mas ele nunca admitiria. Afinal, irmãos tinham que se provocar.

— Tá, tá. Mas para de trocar nossas partidas no HdN pelo seu namorado, cara. Assim eu me sinto traído.

O comentário ressentido trouxe um sorriso ao rosto de Pietro.

— Você fala isso porque não consegue *upar* sem mim. Precisa do suporte aqui para subir de nível!

Adriano e Pietro eram gêmeos idênticos, mas com personalidades completamente opostas. A única coisa que ainda tinham em comum, além do quarto que dividiam por obrigação, era o amor por *Heróis de Novigrath*. Descobriram o jogo juntos, por isso foi natural formarem uma dupla para jogar na rota inferior do mapa. Era ali que o atirador e o suporte ficavam a maior parte do tempo, e a boa interação entre os dois significava uma melhor chance de vitória. Por possuírem uma sincronia invejável, subiram de nível com rapidez. Com um ano de jogo, já estavam entre os trinta melhores do Brasil, algo que os deixou bastante orgulhosos.

Adriano era o atirador. Adorava a ideia de carregar o time para a vitória. Seus campeões causavam mais dano do que todos os outros, mas pecavam na defesa, por isso precisava ser bastante habilidoso e cauteloso. Era aí que entrava o suporte. A classe tinha como obrigação manter o atirador vivo e, no decorrer do jogo, o restante do time. Um bom suporte fazia toda a diferença, e as equipes profissionais mostravam isso a cada dia. Pietro amava ser suporte. Não tinha interesse em ser o mais forte, como seu irmão tanto queria, mas sim em manter a equipe unida.

— É claro que não preciso de suporte nenhum para me carregar, mano — o garoto de cabelos azuis se defendeu. — Para de se vangloriar e vamos logo com isso. Não podemos jogar até muito tarde, senão a mãe vai pirar.

Dona Sandra até entendia a paixão dos filhos pelo jogo, mas se preocupava bastante com o estudo dos dois, já que não passaram no vestibular na primeira tentativa. Por isso, as regras da casa eram estritas. Jogos só até a meia-noite, não importava se era dia de semana, feriado ou época de férias.

Pietro sentou-se na cadeira ao lado de Adriano, ligando o PC. O monitor logo revelou um papel de parede ilustrado, com traços grossos e cores quentes. Era mais um dos diversos desenhos de Pietro sobre os campeões de HdN: um homem jovem, com uma túnica esvoaçante e um cajado luminoso, que parecia preparado para lançar magia sobre inimigos invisíveis.

Adriano admirava muito o talento do irmão, que fazia ilustrações e montagens incríveis. Depois de muito incentivo, conseguiu convencê-lo a colocar à venda alguns desenhos na internet. Foi dessa maneira que Pietro acabou conhecendo Fred, que também curtia HdN e encomendou uma caricatura. Os dois logo perceberam que tinham muito em comum, além de morarem em São Paulo. Adriano adorava dizer que *Heróis de Novigrath* era o melhor cupido.

— E o vídeo novo, vai sair quando, Adi? — perguntou Pietro enquanto o jogo carregava.

— Ah, acho que vou gravar amanhã depois da aula. A música já tá no papo. E, sabe, tô pensando em fazer algo diferente para o próximo. Talvez mostrar umas das minhas músicas originais, aquelas que vão bombar quando eu tiver minha própria banda...

— De novo essa história? — Pietro revirou os olhos. — Qual é o nome ridículo que você inventou para essa superbanda agora? Abate Insano? Protetores de Novigrath?

— Tô falando sério, mano — falou Adriano, digitando a senha para entrar no jogo. — E Abate Insano é um nome muito maneiro, viu?

Pietro deu uma risada irônica.

— Esses nomes conseguem ser mais toscos do que o seu nick.

— Ei! LordMetal666 é superoriginal! — reclamou Adriano com falsa indignação. — Além disso, é muito melhor que o seu! Roxy, que nome mais idiota...

— Quanta inveja — retrucou Pietro. — Você sabe que sem mim não ia chegar nem ao top 50, quanto mais ao top 30!

— Vai sonhando, suporte não carrega ninguém...

— É mesmo? Vou provar agora que você tá errado, Adi. Fica ligado na próxima partida porque esse suporte aqui não vai mais te ajudar.

Na escolha de campeões, Pietro selecionou Ayell, o curador de Lumnia. O avatar era de um jovem exatamente igual ao da ilustração que o garoto usava no desktop. Tinha uma pedra verde encravada no peito, de onde tirava todos os seus poderes de cura. Já Adriano, como era mais do seu estilo, escolheu a atiradora que dava mais dano. Lauren, a caçadora de sombras. Adorava aquela heroína com suas armas variadas.

Saber quando escolher as armas certas e os melhores combos para fazer mais dano diferenciava um bom jogador de um medíocre. Adriano conhecia aquele caminho, mas paciência nunca fora seu forte. Seu estilo de jogo saía do agressivo e beirava o suicida. Nunca teria chegado longe se não fosse pela sincronia perfeita com o irmão. Nas raras vezes em que jogava sem ele, não conseguia a mesma performance e ficava frustrado. Mas claro que nunca daria o braço a torcer e admitiria aquilo.

Assim que a partida começou, Pietro foi passear pelo mapa, querendo provar que o gêmeo não se viraria sozinho na rota inferior. Adriano apertou os lábios, aceitando a provocação. O suporte e o atirador inimigos logo se aproveitaram da vantagem numérica e o pressionaram contra a torre. Foi flanqueado com facilidade e abatido apesar de seus esforços. Xingou baixinho.

— O que foi? — provocou Pietro. — Eu não ouvi direito.

— Cala a boca, noob! — Adriano se endireitou na cadeira, olhando para o monitor como se ele fosse um alvo luminoso. — Agora vou jogar pra valer. Pode continuar ajudando o idiota aí no meio.

Depois de mais três mortes, Adriano já estava berrando palavrões e tendo ataques no chat do jogo. Com certeza, seria reportado por comportamento tóxico.

— Ei, não dê *rage*, Adi. — Pietro manteve a expressão maliciosa. — Eu posso voltar para a linha, basta pedir com jeitinho. Vai, não é tão difícil.

Adriano aproveitou os segundos que lhe restavam antes de ressuscitar para prender os cabelos azuis em um coque emaranhado. Coçou a barba rala que tentava cultivar fazia alguns meses, mas que se acumulava de maneira incômoda somente na ponta do queixo. Debatia-se entre a vontade de vencer o jogo e o orgulho ferido. No fim, o lado competitivo falou mais alto.

— Você venceu, Pato. — As palavras saíram como se doessem.

— Como é? Não entendi.

Para a satisfação de Pietro, Adriano explodiu:

— Vem me ajudar logo! Não quero *feedar*! — disse, pensando nos jogadores que sofriam muitos abates e com isso fortaleciam o inimigo.

Com o triste status de zero abate, seis mortes e zero assistência, Adriano já *feedara* mais do que um jogador de nível baixo. Entretanto, Pietro não ousou cutucar ainda mais a ferida. Afinal, a competitividade estava no sangue e perder não agradaria a nenhum dos irmãos.

Com o auxílio do suporte, a campeã de Adriano conseguiu se fortalecer. Obteve três bons abates, comprou itens e aumentou sua resistência e ataque. No entanto, o outro time soube aproveitar bem a vantagem inicial e não permitiu a virada. Apesar do esforço dos gêmeos, *tryhardando*, como os jogadores falavam, as letras da derrota estamparam seus monitores.

— Ah, que saco! — Adriano empurrou a cadeira para trás. — Isso tudo é culpa sua, Pato! Se não tivesse me *trollado* no início…

— Quem disse que eu não servia pra nada foi você, Adi. Eu acho muito bem feito. Respeita o suporte.

Pietro se defendia, mas também parecia irritado com a derrota. Levantou-se, ficando cara a cara com o irmão. Era alguns centímetros mais alto, mas já tinham brigado tanto durante a infância e adolescência que nenhum dos dois conseguia se intimidar. Trocaram olhares carrancudos.

— Essa partida foi uma baita perda de tempo. Agora estamos mais longe do top 20. Droga!

— Para de reclamar, Adi. Parece criança.

Adriano considerou a possibilidade de acertar um tapa na nuca do irmão. Não fez isso porque sabia que ia levar a pior, já que mal conseguia matar um inseto. Voltou a se sentar, soltando um novo xingamento quando leu os dados detalhados da partida.

— Se eu tivesse conseguido mais mil de ouro, completava meus itens…

— Isso não ia adiantar nada. O resto do time também não sabia lutar em equipe. O problema não foi só o *early game*.

— Ah, cala a boca. Agora você quer tirar o corpo fora?

Eles ficaram em silêncio, cada um sofrendo com a indigestão da derrota. No fim, Pietro deu um soco de leve no ombro do irmão.

— Quer jogar mais uma? Prometo que dessa vez vou te carregar.

Adriano bufou, cruzou os braços, fingiu birra e aceitou a oferta. As discussões entre os dois sempre terminavam assim. Não havia ressentimento que vencesse a vontade de jogar. Além disso, encerrar o dia com derrota acabava com o humor de Adi e costumava lhe dar insônia. Não queria perder nem dez minutos de sono por causa de uma partida injusta como a anterior.

Antes que entrassem em uma nova partida, o celular de Pietro tocou. Os acordes de um K-pop animado subiram de volume rapidamente. Pato era viciado naquele tipo de música coreana.

— Deve ser o Fred. — O garoto puxou o aparelho do bolso, franzindo a testa quando olhou para a tela. — Número bloqueado. Estranho.

Mesmo desconfiado, Pietro resolveu atender. Adriano pôde ouvir um pouco da voz abafada que vinha do outro lado da linha. Perguntou baixinho quem era. Em resposta, recebeu um sinal para que ficasse quieto.

— Isso mesmo, meu nome é Pietro e meu irmão se chama Adriano. Quem é que está falando? Como conseguiu esse número?

A expressão de Pietro logo passou de desconfiada para perplexa. A ruga na testa ficou mais profunda.

— Você tá falando sério? Eu vou ter que falar com ele sobre isso. Não posso decidir agora.

Adriano começou a roer as unhas. Quando ficava nervoso, a primeira reação do seu corpo era sentir fome. Para provar isso, seu estômago roncou alto e a boca começou a salivar. Abriu a gaveta da escrivaninha e apanhou uma barra de chocolate. Queria mesmo era um sanduíche com todas as sobras da geladeira, mas só sairia do quarto quando soubesse exatamente o motivo daquela estranha ligação. Quem poderia ter deixado Pato tão surpreso? Qual era o assunto da conversa?

Minutos depois, Pietro desligou, soltando um suspiro pesado. Ficou de olhos fixos no celular, como se ainda não acreditasse em tudo o que havia escutado. Adriano teve que repetir a mesma pergunta três vezes para ser ouvido.

— Quem era, Pato?

Parecendo despertar de um transe, o garoto levantou a cabeça devagar e coçou os cabelos duros de gel. Estava até um pouco pálido.

— Era um cara chamado Pedro Gonçalves. Disse que é ex-jogador de HdN e que está formando um time para competir no Campeonato Brasileiro. — Respirou fundo, pois agora vinha a informação principal e em que ainda custava a acreditar. — Disse que quer nós dois como atirador e suporte. Temos dois dias para decidir.

Nível 6

Aline saiu da aula com uma baita dor de cabeça. Estava no segundo período de ciências da computação e, apesar de gostar bastante do curso, considerava cálculo uma matéria maldita. Teria prova no dia seguinte e já estava triste por ter que trocar suas preciosas horas de *Heróis de Novigrath* por um último corujão de estudo. Seus pais não admitiriam uma nota abaixo da média, e ela precisava se esforçar ao máximo para deixá-los orgulhosos.

— Ei, Aline! — A voz às suas costas soou apressada. A garota queria ignorar o chamado e ir embora de uma vez, mas seus pais a ensinaram a ser educada, então se obrigou a parar.

Um garoto com pinta de rato de academia correu até ela com um enorme sorriso no rosto. Aline se esforçou para não corar, mesmo sabendo que toda aquela simpatia tinha um motivo muito claro.

— O que foi, Rodolfo? Tenho que ir pra casa.

O colega de turma deu uma risada rouca.

— Qual é, Aline! Virou a Cinderela agora? Tem que voltar pra casa antes da meia-noite?

Aline desejou que um buraco se abrisse sob os pés do garoto e o engolisse de uma vez, calando aquelas gracinhas que só ele achava divertidas. Cruzou os braços quando outros colegas de turma passaram pelos dois. As risadinhas irônicas nem foram discretas, mas, enquanto a garota só queria sair dali, o bonitão arreganhou ainda mais os dentes clareados artificialmente. Parecia encontrar um prazer mórbido em fazê-la se sentir desconfortável.

— Então, Aline. A prova de cálculo é amanhã e eu queria saber se posso fazer dupla com você. O Arquimedes disse que daria essa chance pra gente...

Arquimedes era o professor carrasco que, miraculosamente, resolveu ser bonzinho com a turma depois das notas baixíssimas da última avaliação. Aline foi a única que se manteve na média, por bem pouco. Claro que isso atiçou a fome dos predadores de nota, gente como Rodolfo, que não estudava nada, mas queria se dar bem da mesma maneira.

— Desculpa, Rodolfo — respondeu, olhando para as próprias sandálias prateadas que evidenciavam os dedos inchados. — Eu vou fazer a prova sozinha. Não gosto de trabalhar em dupla.

Ela sempre foi uma pessoa introspectiva, que gostava mais de ouvir do que de falar. Chamar atenção lhe causava um pavor quase físico, até porque os problemas com a balança começaram ainda na infância. Baixinha, acima do peso e descendente de coreanos, era um alvo fácil para os idiotas da escola. Sua inteligência e notas altas acabavam incitando ainda mais as provocações. As pessoas pareciam não aceitar que ela pudesse ser boa em alguma coisa mesmo tendo uma "aparência de loser". Quando chegou à adolescência, o que já era ruim só piorou. As piadas ridículas dos colegas de classe se tornaram ainda mais frequentes. As tentativas de amizade sempre tinham segundas intenções, pessoas que só queriam ganhar um dez às suas custas. Exatamente como Rodolfo.

Ele não parecia disposto a aceitar aquela dispensa com facilidade. Coçou a cabeça, arrepiando o cabelo de propósito, e forçando os músculos do braço definido.

— Vamos, me ajuda nessa e podemos até dar uma volta juntos no meu carro depois. Que tal?

O sangue tomou o rosto de Aline, em uma mistura de raiva e vergonha. Queria mandar o idiota para o inferno, mas a coragem para falar o que pensava fugiu correndo e ela não tinha fôlego para alcançá-la.

— Estou esperando uma resposta, Aline — insistiu ele, chegando mais perto. Era tão alto e forte que parecia uma muralha.

Os olhos de Aline se arregalaram, e o cérebro pareceu entrar em curto. Só queria que aquela conversa acabasse, por isso assentiu derrotada. O bonitão bateu palmas, comemorando.

— Maravilha! Então está combinado! — Ele fez um sinal de positivo, afastando-se alguns passos. — Amanhã faremos a prova em dupla. Trate de estudar bastante, viu?

O que Aline mais sentia naquele momento era raiva de si mesma. Já vivera aquela situação tantas vezes, por que não conseguia se livrar dos interesseiros? Voltou a caminhar, triste. Agora teria que carregar aquele traste marombeiro nos ombros mesmo sem querer.

As pernas curtas e roliças se moviam depressa. Era melhor dar logo o fora antes que mais alguém resolvesse lhe pedir favores. Os saltos da sandália ecoavam no piso de concreto. Nem mesmo o vento agradável da noite paulista conseguiu amenizar seus neurônios fervendo. O estacionamento da faculdade estava quase deserto naquele horário. A maioria dos alunos já tinha ido embora e só restavam uns poucos cujas aulas terminavam depois das onze. Entrou no carro, seu presente de aniversário de dezoito anos, e ajustou o espelho retrovisor.

Já na rua, no meio de um tráfego tranquilo, ligou o rádio e escolheu um dos seus CDs favoritos. A boyband de K-pop BIGBANG tomou as caixas de som com seu ritmo dançante e eletrônico. Adorava os cinco rapazes, e o básico de coreano que havia aprendido com a avó paterna foi usado para decorar as letras de suas músicas preferidas. Era uma das poucas coisas que lhe agradavam em ser descendente de coreanos. De resto, estava cansada de ouvir piadinhas racistas como "flango" ou de ser chamada simplesmente de "japa". No ensino médio teve um problema sério com aquilo. Foi uma época muito difícil e que até hoje machucava.

Ao chegar em casa, um apartamento de luxo em um dos bairros mais ricos de São Paulo, encontrou o pai assistindo ao último jornal da noite. Ele acenou com a cabeça sem desviar os olhos da tela. Chamava-se Joo Sung e era um ortopedista conceituado que viera para o Brasil ainda criança. Construiu uma vida no país e casou-se com Marta, uma fisioterapeuta brasileira que conheceu em um congresso, vinte anos antes. Para completar a família, ainda havia a mãe de Joo Sung, Mi Young, que, apesar de viver no Brasil há mais de trinta anos, falava bem pouco português.

— Tudo bem, minha flor? — Ele chamava a filha assim desde que ela tinha cinco anos. Aline nunca teve coragem de dizer que já estava velha demais para aquele apelido.

— Tudo — respondeu, desanimada. — Tenho prova amanhã. Vou estudar.

Joo Sung assentiu, interpretando aquela rigidez como dedicação.

— Sua mãe e sua avó já foram dormir. O jantar está no micro-ondas.

— Já comi na faculdade. Vou deitar. Boa noite.

— Boa noite, minha flor.

Quando se trancou no quarto, Aline se sentiu à vontade pela primeira vez naquele longo dia. Largou a bolsa na cama, fitando as paredes cinza do ambiente impecavelmente arrumado. Não havia um único porta-retratos fora de lugar, os bonecos *bobbleheads* de seus ídolos do K-pop enfeitavam as estantes repletas de livros. Sentou-se na cadeira giratória e abriu o ultrabook que hibernava. Antes de madrugar estudando cálculo, decidiu dar uma olhada no seu e-mail e também abrir o cliente de HdN para baixar qualquer possível atualização. Com a proximidade da temporada de campeonatos ao redor do mundo, os desenvolvedores faziam muitos ajustes no jogo, consertando bugs e balanceando as facções.

Começou a jogar *Heróis de Novigrath* no último ano do ensino médio. Encontrou no jogo algo que lhe era muito raro: aceitação. Ali, ninguém julgava sua aparência. O excesso de peso não importava, as espinhas que nasciam do dia para a noite também não. Se jogasse bem, tinha espaço e era reconhecida. Foi como se finalmente encontrasse um lugar para se expressar.

A mecânica do jogo lhe parecia fácil e a rota do topo tornou-se sua posição favorita. Gostava dos embates longos, dos pequenos testes de habilidade e das estratégias. O mundo real era chato e opressor, enquanto o virtual mostrava que seu talento não tinha limite. Não foi difícil descobrir qual dos dois preferia. No entanto, seus pais nunca permitiram que fugisse das responsabilidades. Consideravam uma formação algo indispensável, e Aline não conseguia negar seus pedidos. Às vezes a necessidade de ser uma boa filha a irritava.

Assim que o e-mail carregou, notou que sua caixa de entrada estava atulhada. Estranhou. Tinha uma verdadeira obsessão em não permitir que mensagens novas se acumulassem. Com a testa franzida, achou ainda mais bizarro que o remetente fosse o mesmo em todas elas, um tal de epic_shot@grabmail.com. Não conhecia o endereço e logo pensou que se tratasse de spam. Entretanto, os assuntos pareciam conversar diretamente com ela.

From: EpicShot [NOMNOM, ISSO NÃO É UM VÍRUS]   18h32pm
From: EpicShot [NÃO APAGUE O E-MAIL SEM LER]   18h33pm
From: EpicShot [LEIA A MENSAGEM, NOMNOM]   18h34pm
From: EpicShot [VC NÃO VAI SE ARREPENDER]   18h35pm

E os e-mails continuavam até ocuparem toda a tela. Ela verificou que existiam pelo menos quarenta e-mails iguais àqueles. Coçou a cabeça. Não havia nenhum anexo neles, então a possibilidade de ser um vírus era menor. Talvez o tal Epic pedisse para ela clicar em algum link suspeito ou para cadastrar seus dados de cartão de crédito. O que a deixou realmente intrigada, porém, foi o uso do seu nick. Seria um de seus colegas do jogo querendo lhe pregar uma peça? Se aquela suspeita se confirmasse, iria bloqueá-lo na hora. Já tinha que lidar com muitos idiotas na vida real, pelo menos na internet podia se livrar deles com um simples clique.

A curiosidade acabou vencendo a desconfiança e ela abriu o primeiro e-mail. Encontrou um texto longo de um tal de Pedro "EpicShot" Gonçalves. Ele se apresentava como técnico e empresário. Tinha a intenção de montar um time de HdN para disputar uma vaga no Campeonato Brasileiro e queria que ela fosse a jogadora da rota do topo. Falava de uma vasta pesquisa entre os jogadores do top 30 e que NomNom logo havia chamado sua atenção. Os últimos parágrafos se resumiam a elogios para suas habilidades com os campeões dos Defensores de Lumnia.

Aline leu a mensagem mais duas vezes antes de começar a acreditar nela. Depois, abriu mais três e-mails, verificando que o conteúdo era o mesmo. Um calor desconfortável se espalhou pelo rosto e pescoço. Mesmo sem se ver no espelho, sabia que placas vermelhas tomavam sua pele, algo normal quando ficava muito nervosa.

Suspirou, balançando a cabeça. Nem devia levar aquelas mensagens a sério. O tal Pedro podia ser um baita golpista e a história de time, uma desculpa para arrancar seu dinheiro. Mesmo que ele pedisse a ela que procurasse por seu nome no Google, que desse telefone e outros dados para contato, Aline ainda usava a descrença como escudo. Além disso, se o convite fosse mesmo verdadeiro, estaria disposta a jogar com tanta seriedade? As cobranças viriam, os *trolls* iriam se fazer com sua aparência e Aline odiava chamar atenção. A pequena liberdade que encontrou no jogo terminaria de vez.

Deletou todos os e-mails com uma estranha sensação de culpa. Não entendeu o sentimento, pois realmente acreditava que era a melhor decisão. Agitada, não conseguiu se concentrar nos estudos. As fórmulas lhe pareciam um bando de garranchos disformes. Desistiu depois de quase dez minutos relendo o mesmo parágrafo. Rodolfo ficaria decepcionado ao saber que ela faria a prova tão zerada quanto ele. Pensar nisso a fez sorrir, mas as dúvidas relacionadas ao jogo logo voltaram.

Jogar de forma competitiva significava enfrentar os melhores. Mesmo que estivesse no top 30, enfrentar as estrelas das primeiras posições em uma competição seria bem diferente. Em vez de sentir receio, surpreendeu-se ao constatar que queria jogar contra os pro-players.

Como a mente sofria uma avalanche de ideias sobre *Heróis de Novigrath*, decidiu fazer algo que lhe era completamente incomum. Largou os estudos para jogar. Entrou na sua conta com certo receio, temendo que o pai descobrisse sua transgressão. No entanto, o apartamento estava silencioso; provavelmente Joo Sung já dormia.

Ela engoliu em seco, sentindo como se fosse cometer um crime. Procurava uma partida quando a janela pequena do chat surgiu no canto inferior esquerdo do monitor. Era uma mensagem privada dentro do jogo. Franziu o cenho, pois somente amigos adicionados podiam enviar MPS uns aos outros. E o usuário chamado EpicShot definitivamente não era seu amigo. As mãos molhadas de suor deslizaram pelo mouse e pelo teclado. Aquele cara era um stalker ou algo do tipo? Fechou a janela sem ao menos ler a mensagem e o bloqueou. Não demorou nem dois minutos para que o apito agudo do chat retornasse.

— Isso é impossível — falou, descrente. — Eu acabei de te bloquear!

Como se ele pudesse ouvir suas reclamações, a janela piscou de novo.

<**EpicShot**> NomNom, não fique assustada. Eu tenho uma conta especial, por assim dizer. :p

Aquilo já era demais. Aline se levantou da cadeira, a mão indo direto para o botão de energia do ultrabook. Nem que tivesse que desligá-lo na marra, ia se livrar daquele Epic. Mais uma vez, o estranho mostrou um sexto sentido assustador.

<**EpicShot**> Espera! NomNom, eu sei que vc ficou tentada com o convite. Está a fim de jogar!

— Você não sabe de nada — murmurou ela, sentindo-se ridícula por falar com seu computador. Mesmo que muitas coisas estranhas estivessem acontecendo, Epic ainda não era capaz de ouvi-la. Ou será que era?

<**EpicShot**> Pesquise sobre mim e vai ver que fui um jogador bem famoso. Agora quero montar uma equipe forte. Já tenho todas as rotas definidas, menos o topo. Quero você, NomNom. Sei que tem o perfil certo.

Ela não resistiu e voltou a se sentar. Digitou com tanta raiva que as teclas estalavam.

<**NomNom**> Vc não me conhece! Me deixa em paz!
<**EpicShot**> Amanhã vou me reunir com o time num shopping, vou mandar o endereço para o seu e-mail. Aparece por lá. Vc vai poder conhecer o resto do pessoal e tirar suas dúvidas. Te espero! =)
<**NomNom**> EU NÃO VOU! Seu doido!

Ele desconectou sem ler a última mensagem.

Aline era um destroço voando no meio de um tornado de raiva, medo e excitação. Aquela, sem dúvida, tinha sido a situação mais estranha que já vivenciou. Não tinha mais cabeça para nada, nem mesmo para jogar. Caiu na cama ainda com a roupa da aula. Mesmo com os olhos fechados, os pensamentos pulsavam. O que seus pais diriam se revolvesse jogar profissionalmente? Claro que não aceitariam numa boa, mas será que a impediriam de tentar aquela nova carreira? Colocou o travesseiro no rosto, abafando um lamento.

— Eu não vou. Eu não vou — repetiu várias vezes, tentando se convencer.

No final, só conseguiu pegar no sono depois de verificar o endereço do shopping e o horário marcado para o tal encontro. Não que pretendesse ir, de jeito nenhum. Só precisava saber...

Só isso...

Nível 7

A praça de alimentação do Solo Shopping estava bem movimentada na hora do almoço. Quase todas as mesas ocupadas, filas intermináveis nas lanchonetes e restaurantes, um enxame de vozes falando ao mesmo tempo. Pedro se arrependeu de ter marcado o encontro naquele horário. Esperava sozinho à mesa, enquanto Cris e Samara tinham ido comprar alguma coisa para comer. Os gêmeos ainda não haviam chegado, apesar de terem confirmado que entrariam no time. No entanto, era Aline quem mais o preocupava. Será que ela viria? Ficou com a impressão de que a garota era bastante retraída. Mesmo que aceitasse entrar na equipe, seria a escolha certa?

Xiao havia selecionado a dedo os cinco integrantes, obtendo informações privadas nos servidores do HdN que deixariam muitos hackers com inveja. Com todos aqueles dados nas mãos — endereços, nomes verdadeiros, nicks e idades —, coube a Pedro recrutar o time, o que acabou se mostrando mais trabalhoso do que *upar* uma conta do nível mais baixo até o top 10.

Cris morava em Belém e foi o primeiro recrutado justamente por causa da distância. Era um garoto que o fazia se lembrar bastante de si mesmo naquela idade. Cheio de empolgação e confiança excessiva. Tinha muito talento, e Pedro logo entendeu por que Xiao o escolhera. Era o único no top 10, talvez o mais habilidoso da equipe em formação. O maior problema tinha sido convencer os pais dele a permitirem que viajasse para longe. A primeira conversa em sua casa foi bem difícil, e o pai do garoto praticamente expulsou Pedro a pontapés.

Depois disso, ele pensou que Xiao escolheria um novo candidato, mas o lanceiro insistiu. Mais uma série de conversas frustrantes com o pai de Cristiano e até mesmo com o diretor da escola levaram a um entendimento. A determinação de Cris, junto com a promessa de fazer o Enem no ano seguinte, foi fundamental para que recebesse autorização de viajar e morar com Pedro. A vontade do garoto de se tornar jogador profissional era inabalável.

Com Samara, que morava em Recife, a negociação foi mais rápida, porém igualmente complicada. Esperta e atenta, a garota fez sua pesquisa direitinho e, na segunda visita de Pedro à sua casa, já sabia do passado nada agradável do ex-jogador. Perguntou onde ele arranjara dinheiro para bancar o time, exigindo garantias da seriedade daquele projeto. A história que ele contou, de um investidor interessado em novos talentos, não era tão longe da verdade assim. Não sabia explicar como, mas Xiao tirou sua conta do vermelho, colocando uma quantia que permitiu todas aquelas viagens e que também garantiria uma vida tranquila por alguns meses. Poderia bancar os cinco jovens, alimentá-los e protegê-los, além de encomendar uniformes, equipamentos e uma minivan para levar o time para os torneios.

A desconfiança da garota só passou quando falou com o patrocinador pelo celular. Foi bem esquisito para Pedro ver Xiao conversando com Samara por telefone de maneira natural, enquanto estava sentado no sofá ao seu lado, mas ainda completamente invisível para qualquer um, exceto Pedro. A ligação parecia atravessar estados, mas na verdade eles estavam mais próximos do que nunca. No fim, ela assinou o contrato e se juntou à equipe. Cris não ficou muito feliz, pois Titânia era a décima segunda do ranking, ou seja, apenas duas posições atrás da dele.

Perceptiva por natureza, Samara notou a insatisfação do garoto e não fez nada para amenizar o clima. As posições dos dois eram as únicas que ainda não estavam definidas, e ela fez questão de disputar a rota central. Pedro resolveu ignorar a rixa até que os últimos membros fossem contratados.

Para seu alívio, os gêmeos e Aline viviam na capital nacional do esporte eletrônico, São Paulo, a apenas algumas horas de Santos, onde ele morava. Acomodou Cris e Sam no seu apartamento, garantindo que a estada ali era temporária, e gastou a última semana indo atrás dos três jogadores restantes.

Agora, tão perto de fechar o time, as dúvidas o corroíam por dentro. No último mês, envolveu-se de corpo e alma naquele projeto, mas e se fracassasse? E se não conseguisse treinar aqueles garotos tão diferentes entre si? As escolhas de Xiao lhe pareciam no mínimo estranhas. Tinha dois jovens prontos para o cenário competitivo, como Cristiano e Samara, mas também talentos em ascensão e que claramente precisavam de um período maior de amadurecimento. Haveria tempo de prepará-los para a classificatória aberta do Campeonato Brasileiro?

A falta de confirmação de Aline era seu principal problema no momento, fazendo-o roer as unhas. Quando deu por si, sentiu a mão pesada de Xiao em seu ombro. Depois de tantas conversas, já não se espantava em ser o único a ver um homem de armadura no meio da praça de alimentação do Solo Shopping.

— Ela vai aparecer, Epic. Tenha paciência.

— Se NomNom está tendo dúvidas agora, imagina quando descobrir a verdade. Vai sair correndo para nunca mais voltar — comentou ele com amargura.

— É por isso mesmo que ainda não é hora de contarmos a verdade a eles. A responsabilidade que carregarão nos ombros não será fácil. Vamos poupá-los até o momento certo.

— E quando vai ser isso? Quando estivermos no Mundial?

Pedro queria falar mais, mas foi interrompido pela chegada ruidosa dos gêmeos.

— Ele tá ali, Pato! Olha o boné!

Já apareceram conversando alto. Não tiveram dificuldade em reconhecer Pedro, que os visitara duas vezes para tratar dos detalhes do contrato. Sentaram nas cadeiras vagas, cumprimentando o futuro treinador. Elétrico, Adriano tamborilava os dedos compridos na mesa e sacudia as pernas magras como se estivesse com vontade de ir ao banheiro. A bermuda folgada com o bolso cheio de moedas tilintava de maneira irritante. Pietro era mais contido. Camisa com estampa do Pernalonga, cabelo perfeitamente penteado com gel, feições calmas e olhar atento.

— Viemos conhecer nossos companheiros de time. — Ele ergueu uma das sobrancelhas, curioso com a aparente solidão de Pedro. — Onde eles estão?

— Fúria e Titânia foram comprar um lanche. Já devem estar voltando. E vocês, não estão com fome?

— Falta um membro... — insistiu Pietro.

— Nossa jogadora do topo é a Aline, ou melhor, NomNom. Ela está... — Pedro comprimiu os lábios, sem saber o que responder. Xiao, atrás dos garotos, lançou um olhar que pedia confiança. Ele respirou fundo. — Ela está atrasada, mas vai vir.

Os gêmeos se entreolharam, mas Adriano logo amenizou o clima.

— Quando vamos começar os treinos? E os uniformes, você já escolheu? Eu tenho umas ideias bem maneiras, podíamos usar caveiras e bastante preto...

Pietro só revirou os olhos, enquanto Pedro esboçava um sorriso diante da empolgação do atirador. Cris e Sam não demoraram a retornar com o almoço. O garoto trazia um amontoado de batatas fritas, hambúrguer de três andares e copão de milk-shake. Pedro se perguntou como alguém tão pequeno podia comer tanto. Já Samara voltou com um prato de salada. Trocaram rápidos cumprimentos com os gêmeos. Entre uma mordida e outra, Cristiano os interrogou. Posição no ranking do jogo, campeões favoritos, itens que costumavam escolher; foi um exame tão completo e detalhado que Pedro até fez piada:

— Se continuar curioso assim, acho que vou te colocar como assistente técnico, Fúria.

O garoto não gostou.

— Eu sou um mago carregador, Epic. Não aceito nada além disso.

Samara balançou a cabeça, soltando um suspiro inconformado.

— Você é muito babaca, garoto. Para de se achar a cereja do bolo.

— Sou o melhor do time e mereço o melhor lugar!

A antipatia entre os dois só crescia, e Pedro fez uma nota mental de resolver aquele assunto o mais depressa possível. Corriam o risco de desestruturar o time antes mesmo do primeiro campeonato.

Os gêmeos perceberam a rivalidade, mas, em vez de alimentar a discussão, Pietro tentou acalmar os ânimos.

— Então, o que vocês fazem quando não estão jogando HdN?

O tato do garoto em contornar uma situação problemática fez Pedro reconhecer o motivo principal de Xiao tê-lo escolhido. Era um líder nato. A discussão foi esquecida com rapidez, e o grupo tentou se conhecer melhor e encontrar pontos em comum. Pedro participou pouco, sempre procurando Aline no meio de tantos rostos desconhecidos.

— Epic, é melhor comprar um sanduba do que comer os dedos — provocou Cris enquanto devorava as últimas batatas fritas.

O treinador se recompôs depressa, mas o estrago já estava feito. Os garotos ficaram em silêncio, pressentindo que algo estava errado. Pietro não precisou se esforçar para desvendar o mistério.

— Nosso time está incompleto e pelo jeito vai continuar assim.

O comentário acabou com a boa interação entre os jovens. Até Adriano deixou a animação de lado.

— Mas você tem um reserva em mente, não?

Pedro não respondeu. Dizer que não tinha mais ninguém porque o lanceiro invisível que guiava seus passos não o ouvia ia pegar mal.

— Vou comprar um refrigerante, galera. Já volto.

Quando se virou na direção da lanchonete, pronto para fugir, deu de cara com uma garota cujo rosto só havia visto em fotos. Ela apertava as próprias mãos, torcendo os dedos. Os olhos castanhos fitavam o chão com um interesse fora do comum.

Mesmo que Aline fosse a timidez em pessoa, Pedro ficou tão aliviado que sentiu vontade de abraçá-la. Só não o fez porque sabia que tal gesto a faria sair correndo. Abriu seu melhor sorriso.

— Aline! Você chegou bem na hora. Vem, senta com a gente.

Apontou para a mesa, onde quatro pares de olhos a fitavam com curiosidade. Aline só faltou desmaiar com aquela atenção súbita, voltando a fitar os próprios pés.

— Ótimo, outra garota — comentou Cris, ácido.

Aquilo atraiu o olhar fulminante de Samara.

— O que foi? Algum problema em ter garotas no time?

— Se queremos ganhar alguma coisa, sim. Garotas não jogam bem.

Sam ficou de pé e deu um tapa no copo do garoto. O refrigerante caiu sobre o colo dele em cheio, manchando sua calça jeans.

— Ficou maluca?! — Cris levantou em um salto.

— O maluco aqui é você, garoto — respondeu ela, nem um pouco arrependida. — Que tal aprender a ter mais respeito pelas pessoas?

A briga, claro, só contribuiu para que Aline ficasse mais retraída. Ela já dava alguns passos para trás, provavelmente arrependida de ter vindo. Xiao observava a tudo com desgosto.

— Galera, vamos parar com isso! — Pedro elevou a voz e atraiu até a atenção de pessoas em outras mesas. Pousou a mão no ombro de Cris, encarando-o com um olhar de censura. — Eu sei que você tem mecânicas excelentes, mas não quero um idiota na equipe.

— Mas foi *essa garota* que jogou refrigerante em mim! — Cris tentou se defender.

— E você ofendeu ela antes, assim como a Aline. Não criei esse time para brigar, mas para vencer. O que você prefere?

O garoto abriu a boca, mas não falou nada. Deu um muxoxo insatisfeito e se encolheu na cadeira. Samara finalmente deu atenção à aterrorizada Aline.

— Ainda estamos nos acertando, não liga. Você é muito bem-vinda! Senta aqui com a gente. — Ela apontou para a cadeira vaga entre ela e Adriano.

Com passos hesitantes, Aline se integrou ao grupo. Ainda lançou um olhar desconfiado para Cris, mas ele usava todos os guardanapos disponíveis na mesa para amenizar o estrago na calça. Não prestaria atenção em nada por enquanto.

Pedro focou sua atenção na mais nova jogadora; ainda precisava ter certeza de que ela estava no time. Tirou o contrato da mochila e o entregou nas mãos trêmulas dela.

— Leia tudo com bastante atenção e se tiver alguma dúvida é só nos perguntar. Estamos nessa juntos, NomNom. Quero que sejamos como uma família. Vamos brigar de vez em quando, mas honestidade e união acima de tudo.

Enquanto Aline lia o contrato, Pietro decidiu esclarecer as próprias dúvidas.

— Quando e onde vamos começar a treinar?

— Nosso primeiro objetivo é a classificatória para o Campeonato Brasileiro — explicou Pedro. — Vamos treinar on-line duas vezes por semana e juntos uma vez, na lan house de um conhecido meu. Ainda não tenho condições de garantir uma *gaming house*, mas isso virá como consequência do nosso trabalho. Vocês dois e a Aline, que moram aqui em São Paulo, vão continuar em casa. Sam e Cris ficam comigo em Santos.

Enquanto Adriano recuperou a atitude elétrica, falando sobre estratégias novas e campeões inusitados, Pietro se manteve sério.

— Desculpe falar isso, Epic, mas essa sua ideia de time está me parecendo pouco profissional. Cadê o patrocinador que tanto encheu a boca para nos convencer a entrar nessa? Ele tem grana, mas não pode bancar uma *gaming house*?

A resposta veio na voz de Xiao, e Pedro só repetiu as palavras exatas.

— Considere esse primeiro mês o nosso teste final. Até eu estou nessa berlinda. Se passarmos na classificatória, ganharemos quinze mil reais de prêmio do próprio campeonato. Com essa grana, teremos a confiança do meu investidor. A partir daí, ele vai nos bancar por completo, mas primeiro nós temos que mostrar serviço.

O discurso foi convincente e até Cristiano parou de se secar para escutá-lo. Adriano e Pietro prometeram se esforçar ao máximo. Samara não falou nada, mais interessada na reação de Aline que, pela primeira vez, encarou todos da mesa.

— Estou longe de ser a melhor jogadora do cenário. — Sua voz saiu tão baixa que as conversas nas mesas vizinhas quase a abafaram. — Como vou ajudar o time a chegar ao Campeonato Brasileiro? Não entendo você ter me escolhido, Pedro.

— Por favor, pode me chamar de Epic. — Ele sorriu. — Aline, eu vi você jogando. Vi todos vocês jogarem. Antes de fazer minha escolha, sabia o que queria. Jogadores novos com vontade de chegar longe. Sei que todos aqui têm isso.

Ele fitou cada um deles. Xiao estava certo. Apesar das diferenças, todos ali possuíam aquela fagulha de competitividade.

— Eu não entrei nessa para brincar. Temos um mês para a classificatória e vamos nos preparar da melhor maneira. Não esqueçam que a nossa meta é o Mundial. Somos um time novo, mas acredito no nosso potencial.

Os garotos concordaram, empolgados. Só Aline permaneceu cética, apesar da vermelhidão causada pelo nervosismo já ter desaparecido do seu rosto.

— Se eu aceitar, quais são as minhas garantias? Pesquisei sobre você, Epic. Sei que costuma causar muita polêmica. Como espera ser um bom técnico?

— O contrato é bem claro, NomNom. Todos vão receber um salário mensal que vai aumentar conforme atingirmos nossas metas. Vou dar todo o suporte para vocês e quero que confiem no meu trabalho. Sei que minha reputação não é das melhores, mas essa é a minha chance de voltar ao cenário competitivo. Não vou estragar isso.

Dessa vez, Xiao não precisou lhe dar as palavras certas. Falava aquilo do fundo do coração. Podia parecer egoísta, mas o principal motivo de aceitar aquela missão não era salvar o mundo, mas provar que ainda tinha relevância no cenário de HdN. Pedro abriu um largo sorriso quando viu Aline tirar uma caneta prateada da bolsa e assinar seu nome. Ela lhe devolveu o contrato, soltando a respiração como se estivesse aliviada.

Adriano ergueu os braços e deu um gritinho de comemoração.

— É isso aí! O clã está formado!

A animação dele contagiou os outros. Pietro relaxou, Samara também deu gritinhos animados e Cris esqueceu a calça molhada. Aline olhou para os lados e finalmente sorriu.

Nível 8

O primeiro dia de treino começou cedo para Samara. Acordou às seis da manhã com o despertador do celular e, com uma toalha no ombro, foi para o banheiro. Ao passar pela sala, viu Cris e Pedro ainda ferrados no sono. O treinador até soltava roncos esporádicos, espremido no sofá. A tela do computador estava ligada e as caixas de som zumbiam. Pelo menos tinha um quarto para si e com isso alguma privacidade. Era muito melhor do que dormir em um colchonete, como Cristiano.

Tomou um banho rápido e colocou roupas limpas. Enquanto penteava o cabelo cacheado em frente ao espelho, notou que seu rosto parecia mais cansado. Aqueles últimos dias tinham sido bem loucos, com Pedro saindo para recrutar o restante do time e ela se revezando com Cris nos treinamentos on-line. O único computador da casa era motivo de disputa, e Sam odiava ter que esperar para jogar. A competição pelo mouse e teclado já ocasionara diversas brigas, mas mesmo assim a garota estava empolgada.

Sorria só de pensar que semanas antes não sabia o que fazer da vida e que agora podia se considerar uma jogadora profissional de HdN. Depois de conhecer Pedro, sua vida mudou com uma rapidez impressionante. Achou que a avó não aceitaria aquela decisão, mas dona Clô foi sua maior incentivadora.

A despedida entre as duas foi bastante emotiva. Era a primeira vez desde a morte dos pais que Sam sairia da proteção da avó, e estaria mentindo se negasse o medo que congelava sua barriga. No entanto, a hora havia chegado. Tinha a liberdade para escolher o melhor para si e optou pelo jogo. A vida útil de um pro-player de alto nível durava em média até os vinte e seis anos, depois disso os reflexos já não ajudavam e o tempo de reação aumentava. Samara tinha apenas dezoito, mas não queria fechar a janela curta que seu corpo lhe dava. Preferia se desiludir agora a se arrepender por não tentar.

Ao sair do banheiro, encontrou Cris emburrado de pé em frente à porta. Ele murmurou alguma reclamação incompreensível e passou por ela sem ao menos dar bom-dia. Não se importou, quanto menos palavras trocassem, melhor. Estava animada para o primeiro treino, pois finalmente decidiriam as posições finais do time. Queria jogar na rota central justamente para que o garoto engolisse suas provocações. Ele podia ser bom, mas sua atitude tóxica prejudicava todo o time de Pedro.

O fato era que até mesmo o treinador se preocupava com as atitudes intransigentes de Cris. Samara já havia percebido os olhares que ele lançava quando achava que ninguém estava vendo. A bronca na praça de alimentação fora a gota d'água, e ela realmente esperava que o garoto mudasse de atitude. Ele era um babaquinha, mas seu amor pelo jogo parecia transcender tudo. Ao pensar nisso, sentiu uma pontada de inveja. Tinha que admitir que nunca vira alguém tão esforçado. Mesmo quando o cansaço ameaçava derrubá-lo, Cris insistia em praticar mais. Era o único traço da sua personalidade que ela admirava.

Demorou mais meia hora até que Cris estivesse pronto e Pedro saísse do sofá. Como técnico e figura de responsabilidade, Sam achava que ele não dava um bom exemplo ao ser o último ao acordar. Pela milésima vez, tomaram um café amargo e comeram torradas com margarina. A garota realmente esperava que o investidor liberasse mais dinheiro em breve. Aproveitou enquanto Pedro tomava banho para ligar para a avó e verificar se estava tudo bem. Duas semanas longe dela e já sentia uma vontade intensa de abraçá-la. Manteve o tom alegre, garantindo que estava feliz. Na despedida, recebeu as recomendações de praxe para que se comportasse e tomasse cuidado naquela cidade estranha.

— Filha, bom treino hoje! Tenho certeza de que seu time vai ficar muito forte e vencer os *nubos*.

A tentativa errada de dona Clô em usar a linguagem do jogo fez Samara rir.

— *Nubos*, vó?

— Ué, Sam, não é assim que vocês chamam os jogadores do time adversário? Comprei umas revistas sobre o jogo. Estou inteirada agora. Ah, e o neto da nossa vizinha da frente, o Jorginho, prometeu que vai me explicar como tudo funciona quando vocês estiverem jogando.

Jorginho tinha onze anos e jogava HdN havia pouco tempo. Samara nem conseguia imaginar o que o "especialista" ensinaria de errado à sua avó.

— Beleza, vó. Daqui a pouco a senhora vai começar a jogar e derrotar uns noobs também! Essa é a palavra certa.

— Não duvide, filha! — Sentiu que a avó gostou da ideia, e Samara temeu por seu PC.

Quando desligou, a sensação de vazio logo tomou seu peito. Ficar longe da avó era um saco, mas queria deixá-la orgulhosa com suas conquistas. Com Pedro devidamente arrumado e Cris já dando ataque por não aguentar esperar, foram para a lan house. Ao chegarem, Murilo "Tarântula" trocou cumprimentos com Pedro e apresentou a loja aos adolescentes.

Como Aline e os gêmeos ainda não tinham aparecido, Sam teve a liberdade de jogar partidas simples só por diversão. Treinava com um mago carregador quando sentiu a presença de Cris às suas costas. Ele deu uma risada quando a viu executar uma ótima jogada.

— Nem tenta, garota. A rota do meio já é minha e você sabe.

— Isso ainda não está decidido, moleque. Então segura a onda e fica caladinho.

Ela pôde sentir a raiva dele crescendo, a mente maquinando uma resposta. Sorriu, adorando a sensação de deixá-lo sem palavras. Foi nessa hora que os demais integrantes apareceram. Para variar, Adriano chegou fazendo estardalhaço. Cumprimentou Murilo com tapinhas no ombro, elogiando a estrutura da lan. Depois começou a falar sobre a viagem e de como Aline dirigia devagar.

— Eu acho que se viesse de bicicleta chegaria antes dela. Tá louco!

Aline se encolheu ainda mais no seu canto. Pietro passou um braço comprido por seus ombros e a sacudiu de leve.

— Não dê bola para o bobo do meu irmão. Ele só está brincando. E nós ficamos muito agradecidos pela carona.

Ela pareceu aliviada com o agradecimento. Samara não a conhecia muito bem, mas simpatizou com a garota logo de cara. Primeiro porque era muito bom ter outra garota no time. Segundo, ficou impressionada com a força de Aline. Apesar da grande timidez, venceu o medo de conviver com pessoas estranhas e topou entrar na equipe. Quando seus olhares se cruzaram, Sam abriu um sorriso caloroso, recebendo um aceno fraco em resposta.

Todos se reuniram ao redor de uma mesa de lanches nos fundos da lan house. Murilo pretendia perambular por ali, mas Pedro logo o mandou embora.

— Marquei uma partida com o time de um conhecido meu. Eles também estão se preparando para a classificatória, então acho que será uma boa forma de começarmos.

Pedro respirou fundo e olhou para o lado, como se estivesse vendo algo muito interessante na parede. Samara já tinha reparado naquela mania do treinador. Algumas vezes, ele ficava quase fora do ar, enquanto roía as unhas de maneira nervosa. Outras, recolhia-se para um canto isolado e falava sozinho em voz baixa. Nos primeiros dias de convivência, ela achou aquilo muito esquisito. Depois, começou a se acostumar.

Alheio aos seus pensamentos, Pedro acordou do transe e continuou:

— Pietro e Adriano, quero nesse primeiro treino analisar a sincronia de vocês dois com o resto do time. Sei que são muito bons como dupla, mas agora não estão sozinhos.

Os gêmeos assentiram com vigor. Pedro mudou o foco de sua atenção.

— Aline, jogue o que sabe e mantenha a cabeça tranquila. Você não tem nada a provar, estamos apenas começando.

A resposta dela foi um sussurro tão baixo que nenhum deles conseguiu entender. Samara mastigou seu chiclete com mais força ao perceber que o técnico agora a encarava.

— Sam e Cris. Vocês são meus melhores jogadores, e sabem disso. Os dois podem exercer a função de caçador e mago carregador e foi por isso que adiei essa decisão ao máximo.

O coração de Samara acelerou como acontecia quando ela estava prestes a descobrir o resultado de uma prova. Ao seu lado, Cris também se agitou. Para ele, ser o mago carregador era uma questão de honra, enquanto para ela era apenas a posição em que mais se sentia confortável. Mas não queria perder, não depois de todos os comentários preconceituosos que Cristiano destilara.

— Admito que ainda não tenho certeza de quem escolher. Por isso, pensei em usarmos a partida de hoje como um teste. Titânia no meio e Fúria como caçador.

Como esperado, Cris odiou a ideia.

— Nem pensar! Eu sou o melhor mago.

Sam abriu um sorriso. Mesmo que fosse apenas um teste, já se sentia bem.

— Eu sou o técnico, Fúria. — Pedro se irritou. — Quero testar a formação assim primeiro.

— Não! — insistiu Cristiano, tremendo de raiva. — Se eu não for o mago, prefiro cair fora.

Os gêmeos e Aline arregalaram os olhos. Até mesmo Samara se assustou com aquela reação. Diante da expressão convicta do garoto, duvidou que estivesse blefando.

— Eu sou bom, mais do que isso até. Sou um dos melhores. E outros times vão me procurar, mais cedo ou mais tarde. A escolha é sua, *treinador*. — Ele usou um tom irônico, claramente desafiando a autoridade de Pedro.

Samara esperou que Pedro mandasse aquele moleque para longe. No entanto, ele se calou e voltou a fitar a parede à esquerda. Meneou a cabeça algumas vezes, como se estivesse ouvindo a voz da consciência.

O silêncio fez a tensão aumentar. De pé, Cris apoiou os punhos fechados sobre a mesa e resolveu pressionar.

— O que me diz? Está disposto a estragar todos os seus planos? Ainda dá tempo de encontrar outro jogador do meu nível?

Aquela foi a gota d'água para Sam.

— Isso é ridículo, Epic. Você não pode dar o braço a torcer por causa desse moleque!

Pietro concordou com ela, claramente desconfortável com o showzinho de Cris. Aline baixou os olhos, igualmente incomodada. Adriano mantinha uma expressão de choque no rosto antes tão animado. Qualquer que fosse a ilusão que alimentara, foi esmagada pelo peso da dura realidade. Eles eram pessoas muito diferentes. As brigas seriam inevitáveis, principalmente com o gênio difícil de Cris.

Pedro se debatia em um conflito interno que Samara não compreendia. Para ela, a situação era bem simples: Cristiano merecia uma bronca. O impasse duraria um bom tempo, se não fosse por Murilo, que se aproximou devagar e pigarreou.

— Caras, desculpem a intromissão, mas eu ouvi tudo lá da frente. — Ele coçou a cabeça, sem graça. — Bem, vocês não tentaram ser discretos…

Pedro estreitou os olhos, irritado. Abriu a boca, provavelmente para xingar o amigo, mas engoliu as palavras quando ele falou de novo.

— Eu tenho uma sugestão para resolver o seu probleminha, Epic. — Tarântula deu um sorriso maroto. — Você pode me mandar ir embora depois, beleza? Só escuta.

Samara e os outros o encararam, curiosos.

Ele continuou:

— Que tal fazer um duelo para escolher o mago carregador? Os dois parecem talentosos, mas em um x1 vamos saber de verdade quem é o melhor.

Para Samara, o embate um contra um nunca seria prova de melhor mecânica. As variáveis eram enormes, principalmente dependendo dos campeões escolhidos. Mesmo com todas as atualizações do jogo, havia personagens desbalanceados que levavam vantagens sobre outros. Ser um bom jogador de duelo era muito diferente de ser eficiente no modo tradicional. Não havia fase de banimentos, e os dois participantes só saberiam o campeão que iam enfrentar no momento em que o jogo carregasse. Era uma escolha cega.

De maneira nenhuma acreditava que a posição disputada por ela e Cristiano deveria ser decidida daquela forma. Esperava que seus companheiros de equipe pensassem o mesmo, mas encontrou um silêncio permissivo. Cris abriu um sorriso daqueles que a deixava com raiva só de olhar.

— É uma ótima ideia! E justa! Isso eu posso aceitar.

A garota procurou Pedro, que parecia aliviado por ter encontrado uma solução. Por um instante, ela sentiu vontade de agir como Cris e garantir que sairia do time se tivessem que decidir posições por duelos. Entretanto, aquilo seria se rebaixar ao nível do garoto, e se recusava a ser tão idiota.

— Todos vocês sabem que um x1 não prova nada, né? É uma vitória vazia. — Tentou um último argumento, mas foi interrompida por uma risada de Cris.

— Quer desistir antes de tentar?

O sangue dela ferveu. Nunca gostou de jogar duelos, mas agora venceria de qualquer maneira, só para tirar aquela expressão convencida do rosto dele.

— Acho melhor *você* desistir, Fúria — devolveu a provocação, e se levantou. Era mais alta e sabia que isso o incomodava. — Eu não vou pegar leve só porque você é um pirralho.

— Eu *não sou* pirralho! — Ele empinou o queixo, em uma tentativa inútil de ganhar altura. — Tenho dezesseis anos!

— Ué, e isso não quer dizer que mal saiu das fraldas?

A discussão ia continuar, mas Pedro virou o boné para trás, finalmente acordando para a vida.

— Parem com isso. O x1 é a melhor saída. Vão para os pcs se prepararem. Será uma melhor de três, quem vencer ganha o direito de jogar como mago carregador. O perdedor será o caçador do time.

Diante da tela de carregamento do jogo, Samara estalou os dedos e se concentrou. Tirou um novo chiclete do bolso, mascando com força. Ignorou os colegas às suas costas e os comentários sussurrados. De maneira inconsciente, a mão procurou a correntinha de prata no pescoço. Tocá-la lhe trazia boas lembranças dos pais. Era uma espécie de ritual quando ia fazer uma prova ou tomar decisões importantes.

A primeira partida começou. Samara sabia que Cris optaria por um campeão tradicional da linha do meio, justamente para provar que era o melhor na posição. Por isso, escolheu Yeng Xiao, reconhecido como um dos caçadores mais fortes.

— Ah, já está se preparando para sua nova posição? — provocou Cris.

Ele podia falar quanto quisesse, mas a vantagem daquele embate estava do lado de Sam. Xiao era excelente contra magos.

Havia três formas de vencer um duelo. Destruir uma torre, conseguir um abate ou matar o maior número de soldados das tropas em dez minutos. A estratégia de Samara era derrotar Cris com um abate, já que tinha um campeão que possibilitava essa luta.

O garoto ainda tentou se proteger embaixo da torre e focar nas tropas, mas a pressão de Sam era pesada demais. Ele perdeu vida com rapidez e teve que voltar para a base por duas vezes para se recuperar. Aquilo abriu espaço para a garota atingir a torre. Em uma tentativa desesperada de reverter sua situação difícil, ele tentou um ataque sorrateiro, contornando a rota central para pegá-la pelas costas. Atenta, ela usou a Translocação no momento certo, desviando das rajadas mágicas. Ativou o *ultimate* em que Xiao girava com a lança e acabou com a partida. Precisou de cinco minutos para arrancar o sorriso do rosto de Cris e se sentiu muito bem com isso.

— O que houve, Fúria? — Mesmo sabendo que outra partida a esperava, ela teve que provocar. — Você não era o rei do x1?

Ele nem desviou o olhar do monitor. Respirava rápido, a mão apertando o mouse com força. Pedro se aproximou e tocou seu ombro. Ao mesmo tempo, Pietro pediu para Samara maneirar.

— Ele não vai pegar leve comigo, cara — respondeu ela. — Não vou dar fair play para um idiota.

Cris mudou de estratégia para a segunda partida. Escolheu um assassino atirador, campeões típicos do estilo de Adriano. Viria para o tudo ou nada, tentando um abate cedo. Samara previa uma mudança, mas não esperava que ele saísse tanto da sua zona de conforto. Optou por usar um campeão do topo, com muita agilidade, mas pouco poder de dano. Sua melhor chance de vencer era derrubar a torre.

A partida se arrastou. Enquanto Fúria tentava alcançá-la de qualquer jeito, usando a movimentação acima da média de Yumu, o sapo ninja, Titânia permanecia evitando o combate e empurrando suas tropas na direção da torre. Faltando apenas um minuto para o embate terminar, ela tinha diminuído a vida da torre pela metade e acumulado mais ouro. Estava com a vitória na mão.

Foi então que algo estranho aconteceu.

Notou um reflexo no monitor, um homem vestido de armadura com uma lança enorme. A distração foi tão alarmante que ela teve que se virar para trás para ter certeza de que não via coisas. No entanto, só encontrou as expressões surpresas dos colegas de time. Foi um movimento rápido, mas que lhe custou a vitória. Cris aproveitou o momento e a atacou com tudo o que tinha, conseguindo o abate faltando dez segundos para o fim do tempo.

Em meio aos gritos de comemoração do garoto, Samara franziu a testa, sem entender o que havia acontecido. Pedro a observava de maneira peculiar, como se estivesse incomodado. No fim, ela teve que se conformar com aquela derrota boba e com as gracinhas de Cris. Ainda havia mais uma partida.

Ela não conseguiu pensar direito na próxima estratégia. A lembrança do reflexo ainda a perturbava. Teve quase certeza de que sentiu uma presença bem perto das suas costas, como se alguém segurasse no encosto da cadeira. Aquilo ainda causava arrepios.

O chiclete em sua boca era uma borracha sem gosto, mas ela continuou mastigando com raiva. Com a falta de concentração, preferiu escolher um campeão na sua zona de conforto. Cibella, com suas orelhas de gato e invenções variadas. Cris também teve a mesma ideia e foi de Kremin, a maga de fogo. Nenhum dos dois heróis tinha muita vantagem sobre o outro, então seria um embate bastante parelho.

O jogo começou estudado, ambos preferiram focar nas tropas a partir para o ataque. Graças às pequenas torres que Cibella construía ao seu redor, Samara tinha mais facilidade para limpar as levas de soldados, por isso chegou primeiro ao nível 6, habilitando seu *ultimate*. Nele, Cibella invocava uma armadura especial ao redor do corpo felino, ganhando defesa, dano e tamanho.

Cris estava com a vida pela metade quando o *ultimate* de Sam ficou disponível. Uma oportunidade melhor para ganhar o jogo dificilmente viria. Por isso, ela deixou a cautela de lado e se preparou para investir. No entanto, o reflexo misterioso voltou, desta vez acompanhado de uma voz masculina grave.

— Fúria não está preparado para perder a posição, não agora.

Ela quase se desconcentrou, mas sua competitividade a manteve no jogo. Usou o *ultimate* de Cibella e atacou Cris, sugando a vida da maga Kremin com um único golpe. O garoto nem teve chance de reagir, levando o abate e afundando na cadeira com o peso do que aquela derrota representava.

Samara deveria comemorar, mas continuou sentada. O rosto franzido encarava o monitor, onde o reflexo que a atrapalhou tanto continuava visível, ganhando cada vez mais nitidez. Ela conseguiu distinguir a lança de Xiao e a expressão séria do guerreiro. Um calafrio percorreu sua espinha.

— Preciso dele no time, Titânia.

Ela balançou a cabeça, sem saber o que pensar. Acabara de ouvir e ver Yeng Xiao, mas aquilo era impossível. Olhou para trás, só para encontrar seus colegas de time com feições confusas, sem entender por que ela nem ligara para a vitória.

— Vocês não ouviram nada? — perguntou Sam, perplexa. — Alguém falando?

Aline negou junto com os gêmeos, Murilo olhava para ela como se um chifre crescesse em sua testa e Pedro parecia mais interessado em tirar Cris da cadeira, onde ele permanecia imóvel, fumegando de raiva.

Ela até pensou em falar a verdade, que ouviu claramente Yeng Xiao dizer que precisava de Cris no time. No entanto, mudou de ideia. Só ganharia mais olhares estranhos e talvez a desconfiança do resto da equipe. Se é que ainda teria uma... Pelo rosto raivoso de Cristiano, ele estava prestes a ir embora para nunca mais voltar.

Sam segurou na correntinha de prata, a mente vagando para o momento em que viu o reflexo. Realmente, parecia-se com Xiao. Será que estava imaginando coisas? Sentiu a mão áspera de Pedro trazendo-a de volta à realidade. Ele a encarava como se quisesse dizer algo importante, mas não na frente de todas aquelas pessoas. No fim, forçou um sorriso conciliador.

— Parabéns pela vitória. A posição de meio é...

— Do moleque chorão que está ali sentando como se essa derrota tivesse sido o fim do mundo — disse Samara, surpreendendo ao técnico e a si mesma.

Cris a encarou sem acreditar. O conflito era visível em seu rosto. Desejava a posição acima de tudo, mas não queria dar o braço a torcer. Sam balançou a cabeça negativamente. Não importava se a voz misteriosa fora uma alucinação ou não; se Cris saísse do time agora, nem chegariam a jogar o primeiro campeonato... Ser sensata nunca feriu tanto seu orgulho.

— Sam, você tem certeza? Fizemos o x1 justamente para decidir quem ficaria com a posição, e agora você não faz mais questão dela? — perguntou Pietro, tão confuso quanto todos ali.

Ela deu de ombros, tentando fazer pouco-caso da situação.

— Acho que posso jogar bem na selva. Vai ser um desafio.

Cris bufou, mas não ousou provocá-la. No fundo, apesar de ser orgulhoso, ele só se importava consigo mesmo e com sua ideia idiota de ser o astro do time. Já aceitara a posição que Sam lhe entregara de mão beijada como se as derrotas nem tivessem acontecido. Típico.

O sorriso falso nos lábios de Sam fraquejou quando ouviu um sussurro.

— Obrigado, Titânia.

Ela só faltou pular de susto, mas quando se virou não encontrou nada além da cadeira vazia e do computador onde jogara.

— Sam, você tá bem? — Aline parecia bem preocupada.

Com esforço, ela tentou se acalmar. Sua cabeça latejava com as coisas bizarras que tinham acontecido. Aquele x1 tinha sido uma péssima ideia.

Quando Pedro perguntou se estava disposta a continuar o treino, ela concordou, mesmo que fosse mentira. Não queria mais problemas, principalmente durante a primeira partida que o time jogaria junto. Fitou Pedro, que permanecia ao seu lado com uma expressão tensa.

— Eu tomei essa decisão pelo bem do time, mas acho melhor você rever seus conceitos como treinador e parar de tratar o Cris como uma criança mimada — desabafou Samara. — Ele não vai carregar as partidas sozinho. *Heróis de Novigrath* é um jogo de equipe.

Antes que Pedro pensasse em uma resposta, ela tirou o chiclete da boca e o esmagou na mão dele. Voltou ao computador sem se importar com a cara de nojo do técnico. Desta vez, aumentou o volume dos fones ao máximo. Não queria ouvir nada além dos sons do jogo e das vozes de seus companheiros.

Nível 9

Pedro nunca imaginou que coordenar um time desse tanto trabalho. Desde a briga por posições entre Sam e Cris, tudo era motivo de confronto. Já participara de equipes em que o clima não era amistoso e sabia que a falta de união acabava prejudicando o desempenho. No entanto, fazer aqueles garotos confiarem uns nos outros parecia impossível.

O mês de treinos passou com uma rapidez impressionante e o dia da Classificatória para o Campeonato Brasileiro chegou. Aconteceria no conhecido ginásio Gabriel Holler, nome de um dos primeiros brasileiros a jogar em um time estrangeiro de HdN. Oito times passaram da fase on-line e entraram na etapa final, inclusive o deles.

Na frente do ginásio, o treinador tirou o boné, apertando-o nas mãos. Observou o símbolo do time, lembrando-se do momento de sua criação. Pietro criou um logo sensacional a partir do nome mais votado pelos integrantes do grupo. Claro que houve muita discussão até chegarem a um consenso, mas pela primeira vez foi uma briga divertida em vez de tensa. As ideias malucas de Adriano causaram risadas, e até mesmo a fechada Aline gargalhou quando o ouviu dizer que "Lhamas Samurais" era um nome poderoso.

Foi Samara quem teve a melhor ideia, que até mesmo Cris concordou ser o nome certo. Vira-Latas. A princípio, o nome parecia depreciativo, mas ele se encaixava perfeitamente no perfil do time. Todos os jogadores eram desconhecidos, sem fama ou conquista alguma, e o técnico tentava aos poucos se reerguer. Eram vira-latas, sem nenhuma estima ou favoritismo, mas que traziam consigo as manhas aprendidas nos momentos difíceis e a vontade de sobreviver naquele cenário tão competitivo.

Pietro desenhou um cão cinza estilizado que usava um boné com o logo de *Heróis de Novigrath*. Abaixo dele, letras cromadas em vermelho e preto. Todos concordaram que era o símbolo perfeito e o parabenizaram pelo talento. Aquele foi um dos primeiros momentos em que realmente se sentiram um time.

Pedro recolocou o boné na cabeça, mais determinado, ajudando o restante do time a descer da van dirigida por Murilo, que havia se transformado quase em um auxiliar técnico. O público não era massivo como nos campeonatos principais, mas estava presente em boa quantidade. Quando passaram ao lado das filas de entrada, rumando para a porta de acesso das equipes, receberam acenos e gritos. Ninguém da família do time compareceu. A avó de Samara e os pais de Cris moravam muito longe, e estes últimos não estavam nada satisfeitos com a nova carreira do filho. A decisão de Aline também não foi bem-vista por sua família, e a mãe dos gêmeos trabalhava no horário das partidas.

O namorado de Pietro era o único conhecido no meio da multidão. Usava a camisa do Vira-Latas e gritava incentivos. Pietro abriu um largo sorriso quando o avistou, mas não pôde parar. Jogariam justamente a partida de abertura e precisavam se reunir quanto antes para acertar os últimos detalhes.

Dentro do ginásio, o palco ganhava destaque logo de cara. A classificatória estava longe de ser tão impressionante quanto o Campeonato Brasileiro, mas fez o queixo dos vira-latas cair. Computadores alinhados em duas fileiras, cadeiras profissionais que mais pareciam saídas de uma nave espacial, com encosto anatômico e estofamento cromado. Pendurado no teto, um telão enorme mostrava cenas dos campeonatos antigos, aguardando a hora de transmitir o jogo para o público. Luzes vermelhas e roxas piscavam sem parar. O visual era lindo.

A reunião pré-jogo foi relativamente rápida. Pedro explicou mais sobre o modelo daquele campeonato, que teria duas chaves: a dos vencedores e a dos perdedores. Então, uma derrota não significava o fim. Mesmo assim, pediu aos garotos que se esforçassem. Era melhor evitar a pressão da chave de baixo, onde qualquer erro poderia levá-los à desclassificação.

— Essa é a nossa chance, galera. Joguem sério e deixem as briguinhas de lado. Ninguém acredita na gente, e eu vejo isso como uma grande vantagem. Vamos surpreender os analistas e o público.

Pedro estendeu o braço, pedindo aos jogadores que pousassem as mãos sobre a dele.

— Nós precisamos de um grito de guerra. Adriano, o que diz?

O atirador abriu um sorriso e pensou rápido.

—Vira-Latas! Vira-Latas! AUUUUUUUU!

Aproveitaram os minutos restantes para usar o banheiro e vestir o uniforme. A televisão pendurada na parede mostrava imagens do lado de fora do ginásio, onde ainda havia gente na fila. Pietro e Adriano se sentaram no sofá, conversando sobre os últimos detalhes de sua rota. Aline se distraía com seu caderninho de estratégias. Samara ficou mais isolada, mascando chiclete e mexendo no celular. Durante aquele mês, ela praticamente virara a social media do time. Criou contas em diversos sites e as atualizava diariamente com informações sobre o dia a dia do Vira-Latas.

Cris ouvia música alta nos fones de ouvido e parecia pilhado para subir no palco. Pedro se aproximou dele, sabendo que era o seu maior problema dentro do time. Depois que garantiu seu lugar na rota central, ele agia como se mandasse nos outros, querendo que todas as suas ideias fossem atendidas.

—Quero falar com você — falou Pedro, sério.

Cris se preparou para a bronca.

—Qual foi, Epic? O jogo já vai começar...

—É rápido, Fúria. Dois minutinhos.

O garoto cruzou os braços, concordando de má vontade.

—Eu confio completamente nas suas habilidades individuais, cara. Não tenha medo de fazer jogadas ousadas.

O elogio pegou Cris de surpresa. Ele levantou uma sobrancelha.

—Eu não vou me acovardar, Epic. Você sabe disso.

—É claro que sei, por isso estou falando. Você é bom, ninguém duvida disso, mas às vezes esquece o básico. Pode fazer jogadas difíceis, impressionar com sua mecânica, mas não deixe o seu time para trás. Não ignore as informações deles, principalmente as de Titânia.

Cristiano comprimiu os lábios, pronto para retrucar.

—Ei, nada de fazer careta pra mim. — Pedro o sacudiu de leve. — Sam é a caçadora, ela vai fazer jogadas para você, vai criar brechas. Acompanhe.

—Eu não vi você agir em conjunto com o seu time na classificatória para o Mundial — rebateu ele, depressa.

Pedro o encarou com uma mistura de seriedade e tristeza.

—É, eu não joguei com o time e veja só onde isso me levou. Quer seguir os meus passos, garotão?

— Claro que não — murmurou Cris, mal-humorado. — Não tenho perfil de fracassado.

Os dedos de Pedro apertaram o ombro do garoto.

— Eu vou te falar uma coisa, Fúria: tem vezes que eu me vejo em você. O mesmo perfil. Então, se quer tanto ser diferente, faça o que eu digo.

Ficaram se encarando por um tempo. Cris se recusava a confirmar qualquer coisa. Uma organizadora sorridente abriu a porta da sala, avisando que estava na hora. Cris pareceu aliviado em fugir do olhar de censura do técnico. Foi o primeiro a sair, ansioso para mostrar ao mundo suas habilidades.

Pedro suspirou, sabendo que ainda tinham muito a trabalhar.

A plateia recebeu os times com aplausos entusiasmados. Na frente do palco, o apresentador berrou o nome de cada jogador. Pedro já estava na primeira fileira reservada às comissões técnicas, ao lado de Murilo, com os olhos fixos no telão. Pelo menos na escolha dos campeões, os garotos seguiram as suas orientações. No entanto, a partida foi um show de horrores. Com rotações quase inexistentes, o jogo se resumiu a brigas generalizadas. Por sorte, o time adversário estava tão perdido quanto eles.

Os comentários sarcásticos dos apresentadores deixaram Pedro envergonhado. Falavam que um time tão desorganizado só poderia ter um treinador de fachada. No fim, foi Aline quem salvou a pátria. Enquanto os outros focavam em lutas sem sentido, ela resolveu se manter na linha do topo e derrubar torres. Era a estratégia chamada de *split push*. Quando a equipe inimiga se deu conta, o campeão da garota já estava dentro da base, destruindo o Monumento de Novigrath.

A vitória veio com um sabor amargo, mas foi um alívio para Pedro. Levantou o dedo do meio na direção da mesa dos comentaristas, mandando que engolissem as críticas. Claro que aquilo lhe rendeu uma chuva de vaias, mas não ligou. Voltou para a sala de espera com vontade de abraçar Aline até que ela ficasse vermelha como um tomate, mas terminou mantendo a postura séria.

— O que aconteceu? Esqueceram tudo o que treinamos? Se jogarem desse jeito contra um time mais forte, nem NomNom vai conseguir carregar vocês.

Os garotos ainda estavam felizes demais com a primeira vitória e não ligaram muito para suas orientações. Uma hora depois, foram para o segundo jogo, dessa vez contra os Mágicos de Novigrath, uma equipe mais preparada e conhecida pelo público. A derrota foi inevitável. Os jogadores adversários deram uma aula de trabalho em equipe. A torcida estava do lado deles, ainda mais depois dos xingamentos de Pedro.

A volta para a sala foi marcada por brigas e até alguns empurrões entre Cris e Pietro. Pedro foi rápido em separar os dois, mas não conseguiu colocar ordem no caos. Cristiano fez jus ao seu nick Fúria e continuou gritando:

— Esses idiotas não sabem jogar. E você, NomNom, para de ficar sozinha no topo e vem lutar junto com a gente!

— Cala a boca! — Samara foi defender a amiga. — Aline foi a única que fez algo útil.

— Ela só morreu como uma noob! Garota idiota!

— Eu não sou idiota! — gritou Aline, a voz aguda. — O único idiota aqui é você, Cris!

A explosão da garota foi tão chocante que todos se calaram. Até mesmo Cristiano perdeu a vontade de xingar.

— Olhe para o próprio umbigo antes de apontar o dedo para os outros! O que você fez nas duas partidas? — Mesmo tremendo, ela insistiu: — Ficou tentando mostrar quanto é habilidoso, que pode solar qualquer um. Mas e daí? Escuta o que os analistas falam sobre você. Escuta!

Ela apontou para a televisão na parede, onde dois ex-jogadores acabavam de massacrar a performance do Vira-Latas, principalmente a de Cristiano. Ele engoliu em seco.

— Vocês querem colocar a derrota nas minhas costas.

Pietro deu um passo à frente.

— Não. É você que quer se livrar da culpa. Todos fizemos besteira, mas você se acha perfeito. Acorda, cara, e para de agir como um noob tóxico.

Cristiano não aguentou mais os olhares de censura. Cravou as unhas nas palmas das mãos. Pedro pressentiu que ele ia explodir, mas não foi rápido o suficiente.

— Quer saber? Eu cansei de vocês, seus lixos. Podem se virar sem mim. Falou! — E ele foi embora, batendo a porta com força atrás de si.

Quando o garoto partiu, houve um alívio imediato, mas também preocupação. A situação que já era ruim ficou ainda pior. Adriano praguejou.

— Eu vou atrás dele.

— Não, Adi. Deixa o Cristiano ir. Todo mundo precisa esfriar a cabeça. — Pietro segurou o irmão.

— Mas nós não podemos competir com quatro jogadores!

Samara assentiu devagar.

— Ele vai voltar. Não esquenta. O importante agora é bolarmos uma estratégia para o próximo jogo. Estamos na chave dos perdedores, não podemos mais dar mole…

A garota se virou na direção de Pedro, esperando que ele tomasse a frente na conversa. Entretanto, ele continuou calado, como se procurasse alguém que se escondia atrás dos móveis da sala.

— Epic? Tá na Disney?

Ele piscou algumas vezes, coçando a parte de trás da cabeça. Onde estaria o Xiao?

— O que a gente precisa é de um capitão que tome as decisões — falou ele, de maneira reflexiva. — É o básico e o que dá para fazer agora.

Aline concordou na hora.

— Roxy deve ser o capitão — disse ela com convicção.

Os outros logo concordaram, deixando Pietro sem graça.

— Tem certeza? Sou apenas um suporte.

— Tá brincando, Pato? — Adriano o abraçou. — Você é o único capaz de manter esse time unido. Aline escolheu bem!

— Tudo bem, eu posso ser o capitão. Mas acho que a Samara precisa tomar as decisões no início do jogo. Como ela é a caçadora, vai ter muito mais visão nesse momento. Depois, quando formos para o *mid game*, eu assumo.

— Cara, o Cris nunca vai aceitar isso — comentou o gêmeo de cabelos azuis. — Vai ser uma choradeira sem fim.

— Ele não está aqui para decidir — disse Samara, decisiva.

Os garotos passaram a discutir estratégias, mas Pedro ficou parado, com o olhar perdido.

— Cadê você, Xiao? — murmurou, angustiado.

Não recebeu resposta alguma. Teria que sair sozinho daquela enrascada.

Nível 10

Quando Cris saiu da sala de reuniões, não esperava encontrar cobranças igualmente ruins do lado de fora. Correu para a lateral do ginásio, onde ficavam as lanchonetes, os estandes com produtos do jogo e os banheiros. Só queria um lugar quieto, mas, para todo o lado que virava, deparava-se com olhares curiosos e dedos apontados. Os olhos ardiam por causa das palavras de Aline. Se desabasse na frente de todas aquelas pessoas, só lhes daria mais motivos para chacota. Por sorte, encontrou um banheiro interditado, com fitas amarelas na frente da porta. Era o lugar perfeito.

Entrou no ambiente escuro, ignorando a placa de aviso e o chão molhado por algum vazamento. Ligou a luz e fechou a porta atrás de si, abafando o som da multidão. Das quatro lâmpadas fluorescentes, apenas duas funcionavam. Uma delas piscava de tempos em tempos, deixando a penumbra do banheiro ainda mais intensa. Passou pelos cubículos e seus tênis logo ficaram encharcados. Abrigou-se no último, sentando na tampa rachada da privada e abraçando as pernas. A mão direita formou um punho e socou a divisória repleta de pichações indecentes.

Havia estragado tudo. Aquela derrota e a péssima apresentação do time minaram qualquer chance de impressionar os analistas e a plateia. Só de imaginar os colegas da escola vendo seu fracasso na televisão, sentia as lágrimas descerem mais grossas pelo rosto. O pai esfregaria na sua cara que jogos eletrônicos nunca foram o caminho, que ele estava certo desde o início em ridicularizar seu sonho.

Os soluços ficaram incontroláveis e ele resolveu calá-los com mais socos na parede. A mão formigava dolorida, mas não parou. A divisória tremia sob a força de sua frustração. Por que tinha sempre que estragar suas melhores oportunidades? Quem iria contratá-lo depois daquele fiasco?

Não nutria mais nenhuma ilusão. Seu time o odiava. Não por terem inveja do seu talento, aquilo era mais uma ideia idiota que tinha colocado na cabeça, mas por causa de seu comportamento babaca durante todos os treinos. Se não melhoraram de performance, foi ele o principal responsável. Via o Vira-Latas como uma mera escada para chamar a atenção de times melhores. No entanto, com o desastre sacramentado, dava-se conta do tamanho da mancada.

Aos poucos, a raiva deu lugar ao entorpecimento. Não sabia ao certo quanto tempo havia passado, mas desconfiava que o jogo da repescagem, aquele que poderia trazer o Vira-Latas de volta para o campeonato, estava prestes a acontecer. Limpou as lágrimas devagar e secou o nariz escorrendo na camisa. Será que Samara e os outros ao menos se importavam com sua ausência? Talvez preferissem perder a vaga no Campeonato Brasileiro a jogar ao seu lado outra vez. Soltou uma risada amarga. Não, aqueles caras amavam o jogo tanto quanto ele. Não desistiriam enquanto ainda tivessem um fiapo de chance.

Cristiano estava dividido. Parte de si preferia continuar escondida naquele banheiro malcheiroso e encharcado. Seria muito mais fácil perder por W.O. do que voltar com o rabo entre as pernas. No entanto, sua parte mais orgulhosa se recusava a aceitar a derrota. Queria calar a boca dos analistas que se achavam entendedores de tudo. Não ia abandonar a partida, muito menos o próprio time. E, dessa vez, prometeu para si mesmo que ia escutá-los.

Saiu do cubículo, encharcando os pés outra vez. Olhou para a mão dolorida de tanto socar a parede e se surpreendeu com o que viu. Uma luz arroxeada encobria todo o seu punho, como um neon bizarro. Seus olhos se arregalaram sem compreender o que estavam presenciando. Sacudiu o braço, como se pudesse se livrar do brilho, mas nada aconteceu. A reação seguinte foi instintiva: correu até a pia mais próxima e abriu a torneira, esfregando as mãos como se estivessem contaminadas. O que aconteceu então quase o fez desmaiar de susto.

Os dedos da sua mão direita se transformaram. Na verdade, toda a mão deixou de existir e em seu lugar surgiu uma garra metálica com três ganchos. Ela abria e fechava de acordo com a vontade de Cris, emitindo um leve ranger de engrenagens. Uma pedra preciosa brilhava bem na base e era a origem da luz forte que o envolvia. Mesmo diante do choque, reconheceu a arma. Ela pertencia a Dannisia, maga carregadora de Novigrath.

Com um gemido esganiçado, Cris saltou para trás. Definitivamente, lavar as mãos piorou ainda mais as coisas. Desengonçado, acabou fechando os ganchos na porcelana da pia. A garra ficou presa ali, e ele se deparou com o toco brilhante no final do antebraço. A mente tentou buscar uma explicação para aquela loucura, mas tudo o que conseguiu pensar foi que sua mão havia sumido.

O pânico o sufocou e ele acabou escorregando no piso molhado. Com um grito, viu a garra se desprender da pia e retornar ao seu pulso, trazendo um pedaço da porcelana consigo. A dor da queda até que serviu para clarear um pouco a mente apavorada. Quando olhou de novo para a mão direita, seu coração pareceu voltar a bater ao ver dedos em vez de metal. Ainda não fazia ideia do que tinha acabado de acontecer, mas tinha certeza de que não estava alucinando. A pia quebrada continuava ali, provando que tudo aquilo fora muito real. Sentindo o medo gelar sua espinha, procurou abrigo no único lugar onde seria recebido com o mínimo de cordialidade. Voltou para o Vira-Latas com o rabo entre as pernas e o coração na mão.

Cristiano entrou na sala sem fôlego e coberto de suor. Esperava olhares de censura ou até xingamentos por ter sumido, mas o que encontrou foi alívio. Pietro abriu um sorriso quando o viu, e Aline agradeceu aos céus. Samara, que andava de um lado para outro, tirou o celular do bolso.

— Vou ligar pro Adriano e avisar que ele apareceu. Nós só temos dois minutos! — Ela foi para os fundos da sala, para ter mais liberdade de falar.

Pedro se aproximou de Cris, os olhos arregalados ao notar o estado encharcado das roupas dele. Sua preocupação foi tudo de que o garoto precisou para desabar de vez. A angústia que acumulava no peito forçou passagem, junto com os soluços. Abraçou o técnico com força, escondendo o rosto em seu peito para que os outros não o vissem chorar.

— Epic! Ah, meu Deus, cara! Minha mão virou uma... garra... Eu não sei o que aconteceu. Ah, meu Deus!

As palavras cortadas refletiam a confusão da sua mente. Tinha vergonha de parecer tão fraco diante dos companheiros, mas controlar os próprios sentimentos era como nadar contra a correnteza.

Pedro respirou fundo, guiando-o até uma cadeira. Sinalizou para que Aline buscasse um copo d'água.

— Aqui, tome isso. — Ele entregou o copo ao garoto, observando-o beber.

Adriano chegou instantes depois, escancarando a porta. Sua expressão furiosa se desfez quando avistou Cris.

— Caramba, o que tá pegando?

Ninguém respondeu à pergunta. O silêncio pesado só fazia com que Cris se sentisse pior. Pietro foi o primeiro a despertar e lembrar o que realmente importava. Pigarreou para chamar atenção.

— Epic, nós temos que ir. Já estouramos o prazo.

Pedro meneou a cabeça devagar, sem tirar os olhos de Cris.

— Vão na frente e preparem tudo. O Fúria já vai.

Pietro empurrou os outros para a saída. Como um bom capitão, ficou assegurando que tudo ficaria bem. Samara e Adriano ainda lançaram olhares receosos para trás, mas seguiram para o palco sem falar mais nada. Cristiano não pôde esconder o alívio em ficar sozinho com o treinador. Queria dizer muita coisa, mas as palavras simplesmente não eram suficientes.

Pedro olhou para o relógio, contando o tempo para a partida começar. Em seguida, voltou a fitar o garoto, e seu rosto possuía um estranho ar de tristeza.

— Escuta, Fúria. Não sei o que aconteceu, mas você está seguro aqui com a gente. Não precisa ter medo.

O garoto limpou as lágrimas com as costas das mãos. Não estava muito convencido de que algum dia se sentiria seguro outra vez, não depois do que viu.

— Eu estava no banheiro e minha mão... se transformou, cara! Não sei o que tá acontecendo, Epic. Não sei o que fazer...

A cada novo detalhe, a expressão de Pedro se agravava. Ele virou a cabeça, como se estivesse olhando para alguém do outro lado da sala. Aquele comportamento só contribuiu para aumentar o nervosismo de Cris.

— Você tá me escutando?

Pedro balançou a cabeça, encarando Cristiano com um olhar direto.

— Você ainda quer jogar?

A pergunta era simples, mas cheia de significado. Somente alguém que dedicava grande parte da sua vida a um jogo sabia quanto desistir era tentador, em certos momentos. Cris endireitou a postura. A saída lhe foi oferecida, mas ele não podia aceitar.

— Isso é tudo o que eu sei fazer — desabafou. — Você não entende... Eu vivo pra esse jogo, cara. Fora dele sou só mais um idiota que não consegue tirar uma nota decente. Não posso aceitar essa realidade. Sou mais, preciso ser mais.

Pedro apertou as mãos dele, em um gesto de conforto.

— Eu entendo, Fúria. Somos muito parecidos, já te falei isso antes.

O garoto deu uma risada amarga.

— É... E pelo visto eu vou seguir exatamente o mesmo caminho que você.

Aquele comentário poderia ter magoado Pedro em outra ocasião, mas não agora. O técnico se levantou e puxou o garoto, então buscou uma camisa seca, entregando-a a ele.

— Não vai seguir, não. Ainda dá tempo de fazer a coisa certa. Esquece tudo o que aconteceu lá fora. — Ele apontou para o símbolo do Vira-Latas no uniforme. — Qualquer que seja o problema, nós vamos resolver depois, como um time de verdade faz. Estamos juntos, garoto. Agora sobe naquele palco e mostra quanto você é bom.

Cristiano se sentiu mais leve depois daquela conversa. O medo não havia sumido, mas Pedro tocou em um assunto que ele dominava melhor do que ninguém. O jogo era sua saída de emergência, o lugar onde sempre se sentiu bem, mesmo quando o mundo ao redor ameaçava desmoronar. Quando jogava, esquecia as notas baixas, a pressão dos pais, a falta de grana, o bairro perigoso... Em Novigrath, era o décimo melhor jogador do Brasil, era alguém importante.

A confiança que sempre o impulsionava para a frente retornou com força total. Tirou a camisa e colocou o uniforme seco. Sim, podia fazer aquilo. Podia ajudar seu time a vencer. Na verdade, jogar era o que mais precisava naquele momento.

— Obrigado, treinador. Prometo que não vou decepcionar vocês.

Ao chegar ao palco, foi recebido com vaias ruidosas da plateia, mas não ligou. Fez questão de tocar no ombro dos quatro companheiros e pedir desculpas. Seus olhares surpresos o fizeram sorrir. Sentou-se no seu lugar e segurou o mouse como se fosse a arma que ia protegê-lo. E, de certa forma, era mesmo. Assim que colocou os fones, ouviu a voz de Adriano.

— Tá mais calmo, Fúria? Não vai chorar no meio do jogo, mano!

Era uma brincadeira para aliviar o clima tenso, e Cris a recebeu de bom grado. Era impressionante como a personalidade expansiva de Adriano os acalmava. Até Aline, a mais fechada do grupo, ria das bobagens do garoto de cabelo azul. Cris sentiu que o peso sobre seus ombros ia diminuindo a cada gracinha. Pela primeira vez, estava realmente junto com a equipe, sem se achar superior.

A escolha de campeões foi rápida. Optaram por uma formação segura, que focava principalmente em lutas cinco contra cinco. Quando a vez de Cris chegou, sua decisão foi instintiva. Dannisia, a maga vingadora. Uma voz doce sussurrava em sua mente, dizendo que dali para a frente aquela seria sua principal heroína. A mão direita voltou a formigar, mas ele não se assustou. Sentiu-se capaz de realizar o impossível.

O mundo ao seu redor começou a mudar, e sua percepção do próprio corpo ficou diferente. Os abafadores acoplados nos fones de ouvido calaram o público, mas outros sons ganharam força. O canto das cigarras, o vento que sacudia os arbustos verdes, a água corrente do rio, tudo pareceu mais real. Cheiros diferentes invadiram suas narinas e o clima ficou úmido, exatamente como em uma floresta tropical. Ele piscou algumas vezes; não era mais Cristiano, um garoto de dezesseis anos que amava jogar, mas sim a maga que perdeu a mão em um combate e jurou vingança eterna.

Movia-se com agilidade pelo chão de terra batida, destroçando os soldados de Asgorth com sua garra mágica. Os ganchos se abriam e fechavam, transformando os braços apodrecidos dos soldados sombrios em poeira negra. Inebriado com aquele poder, Cris soltou uma risada alta e cristalina. Era estranho ouvir sua voz mais aguda, tão diferente da habitual. Tinha consciência de que estava em um corpo diferente, mas a personalidade forte de Dannisia guiava suas ações de maneira quase automática. Sentia-se como ela, deleitava-se com a magia que borbulhava em seu interior, implorando para ser usada.

Sua imersão era tamanha que não sentiu o tempo passar. Cada luta lhe parecia de vida ou morte. Os ferimentos eram dolorosos, e os sons da batalha, reais ao extremo. Quando se juntou com os quatro aliados e investiu contra a base adversária, podia sentir as respirações ofegantes e cheirar o suor em seus corpos. Venceram em tempo recorde, sem dar chance nenhuma para o outro time. No entanto, ele não comemorou a vitória.

Jogaram mais três partidas, incluindo a grande final contra o time que antes os tinha mandado para a chave dos perdedores. Os momentos fora do jogo era que pareciam falsos. Não se lembrava de quase nada das reuniões entre as partidas. Só se sentia desperto dentro do jogo. E ali fazia um estrago.

Na final, o Vira-Latas parecia um time renovado. Rotações sincronizadas, bom controle de objetivos, rapidez para concluir o cerco às torres. Fúria foi eleito o *most valuable player*, ou MVP, do campeonato, fazendo com que todos os analistas engolissem as previsões negativas.

Quando o símbolo de vitória estampou os monitores da grande final, ele finalmente despertou. Voltou a si como se acordasse de um longo e profundo sonho, sacudido pelas mãos pesadas de Adriano, que gritava como um lunático. Olhou para os lados, dando-se conta de que eram campeões. Aline e Samara se abraçavam, Pietro socava o ar. A plateia parecia em choque.

— Cara, você foi absurdo! — Os gritos de Adriano quase o deixaram surdo.

A realidade foi assentando e o sorriso de Cristiano aumentou. Abraçou os companheiros, mas ainda estava abalado com tudo o que vivenciara.

O apresentador se aproximou com as medalhas de primeiro lugar e o cheque da premiação. Lágrimas encheram os olhos do garoto. Por quantos anos sonhou com um momento como aquele? Deixou que a alegria nublasse as perguntas que martelavam em sua cabeça. Pelo menos por aquele breve momento, aproveitaria o sabor inebriante de ser campeão.

Pietro, o capitão do time, ergueu o cheque gigante enquanto uma chuva de papel picado era cuspida por dois canhões nos cantos do palco. As luzes dos holofotes ganharam as cores do Vira-Latas. Ele apontou para o namorado no meio da multidão, dedicando a vitória a ele. Adriano uivou alto, como um verdadeiro louco. Seus companheiros riram e repetiram o gesto. Não demorou muito para que boa parte do público também entrasse na brincadeira.

Quando desceram do palco, Pedro e Murilo saltaram sobre eles.

— Estamos no Campeonato Brasileiro! — gritou o treinador, eufórico.

De volta à sala reservada, uma multidão de repórteres se amontoava em frente à porta. Pedro deixou que Murilo organizasse a ordem das entrevistas, só pedindo que Cris fosse o último a falar.

— Preciso ter uma conversa rápida com ele antes.

Os outros saíram com olhares desconfiados, principalmente porque o garoto, que tanto desejava ser a estrela, não reclamou de ficar por último. O sorriso que estampava seu rosto desde a premiação desapareceu quando ficou sozinho com o treinador. Olhou para a própria mão, como se ela fosse uma arma prestes a disparar.

— O que tá acontecendo comigo?

Pedro tocou em seu ombro.

— Você foi escolhido, Fúria. Assim como eu. Todas as sensações novas que não consegue explicar têm uma resposta.

Cris sentiu um arrepio percorrer a espinha.

— E que resposta é essa?

Pedro virou o rosto de lado, de novo naquela mania tão esquisita de encarar o nada. Cris estava pronto para reclamar quando uma manopla de ferro surgiu na mão do treinador.

— Nós temos muito que conversar, Fúria, mas não aqui — falou Pedro, sério. — Depois do jantar de comemoração, eu vou te explicar tudo. Prometo.

Cristiano só não desabou porque o treinador o segurava. A manopla desapareceu como se fosse fumaça.

— Calma. Vai lá fora e aproveita o seu momento. — Pedro apontou para a porta, de onde vinham vozes abafadas. — Está ouvindo? Eles querem falar com o MVP do campeonato. Vai deixar que Pietro e os outros levem todo o crédito?

O garoto não sabia o que pensar. De uma hora para outra, sua vida pareceu capotar como um carro desgovernado. Pelo olhar de Pedro, viu que não arrancaria nenhuma resposta dele naquele momento, por isso endireitou a postura. Depois de tantos acontecimentos bizarros, tinha o direito de aproveitar seu momento de fama.

— Depois do jantar, Epic. Não vou esperar mais do que isso.

Cris abriu a porta e foi recebido por flashes furiosos. Acenou com vigor para aqueles que gritavam seu nome. No fim, todo jogador de HdN gostava mesmo era de se gabar depois de um jogo bom.

Nível 11

A comemoração do primeiro lugar foi na Intrépida, pizzaria temática especializada em transmitir campeonatos de HdN. Ainda entusiasmados com a vitória, os garotos faziam brindes por qualquer motivo, criavam gritos de guerra e especulavam sobre a *gaming house*. Pedro já planejara tudo. O apartamento era espaçoso e bem localizado. Só precisava assinar o contrato e fazer os primeiros depósitos. Prometeu fazer aquilo no dia seguinte. A mudança seria rápida, pois o Campeonato Brasileiro teria um nível completamente diferente e treinar seria fundamental.

Aline estava feliz como todos os outros, mas mantinha-se quieta no seu canto, saboreando uma fatia de pizza de atum e ainda tentando acreditar em tudo o que acontecera naquele dia insano. Quando brigou com Cristiano, ficou surpresa com as próprias palavras. Durante toda a vida, acostumara-se a engolir os insultos. No entanto, depois daquele mês convivendo com o Vira-Latas, algo havia mudado.

Sorriu de maneira discreta. O Vira-Latas estava longe de ser perfeito, mas ela sabia que os companheiros dependiam do seu esforço. Aquilo despertou algo há muito esquecido dentro dela: a autoestima. Ainda se achava desengonçada, mas orgulhava-se das pequenas conquistas.

Samara e Adriano eram o mais próximo de amigos reais que já tivera. Foi difícil confiar neles, mas com o passar do tempo percebeu que a boa vontade de Sam era verdadeira e passou a valorizar os momentos que passavam juntas. Com Adriano, era um pouco diferente. Ele tinha um magnetismo difícil de ignorar. Adorava aquele cabelão azul que tanto a fazia se lembrar de um de seus ídolos do K-pop. Às vezes, sentia uma vontade urgente de ajeitar o ninho de pássaro que ele chamava de penteado.

Começando a corar, decidiu prestar atenção em Cristiano, que agia de maneira estranha desde a classificatória. Ele deveria ser o mais feliz do grupo, afinal passara de fiasco a sensação do campeonato, mas mantinha-se com os braços cruzados e feições sérias, seu olhar fixo no treinador. Aline não precisava de mais sinais para sacar que havia algo errado entre os dois.

Foram os últimos a deixar a pizzaria. Se dependesse de Adriano, Murilo, Pietro e seu namorado, Fred, continuariam comemorando até o sol raiar. Cristiano, porém, parecia muito aliviado. Aquilo aumentou ainda mais a suspeita de Aline. Ela comentou com Samara sobre o comportamento do garoto, e a garota confirmou a desconfiança.

— Ele é tão barulhento que quando fica calado a gente logo nota.

A reação de Cris não era apenas estranha: desde que reaparecera aos prantos, abraçando Pedro como se sua vida dependesse daquilo, Aline não conseguia afastar a ideia de que técnico e o garoto estavam escondendo alguma coisa.

Os gêmeos e Fred foram deixados em casa. Adriano despediu-se dando um abraço apertado em cada um dos companheiros, e Aline pensou que fosse desmaiar com o contato. Ele deu uma piscadela ao saltar da van.

— Falou, clã! Durmam bem. Auuuuu!

O uivo acabou acordando os cachorros da vizinhança. Pietro deu um tapa na nuca do irmão, mandando-o calar a boca. Aline ainda sentia as bochechas quentes quando os dois entraram em casa.

Era meia-noite quando a van parou na frente do seu apartamento. Deu um aceno para Samara e desceu. Caminhava para o portão quando ouviu a voz da amiga.

— Espera! — Ela já estava na calçada, correndo em sua direção. Deu um sorriso sem graça, ajeitando a mochila pendurada no ombro. — Posso dormir na sua casa hoje? Uma noite das meninas, que tal?

Aline nunca tivera uma noite das meninas, nem sabia o que aquilo significava. Pensou no que os pais diriam se levasse a amiga para dormir em casa sem avisar.

— Por que agora? Podia ter me perguntando antes.

Samara olhou para trás, onde Pedro aguardava com a porta da van aberta.

— O Epic parece ansioso para conversar com o Cris. Você sabe, tentar descobrir o que está acontecendo com aquele mala. Se eu for com eles, vou acabar atrapalhando.

Depois de trocar olhares com o técnico, Aline percebeu que ele realmente preferia que Samara não fosse com eles. Ainda não entendia o que estava acontecendo, mas achou melhor dar espaço aos dois.

— Tudo bem. Pode dormir aqui hoje.

Com um sorriso, Sam fez um sinal positivo para o pessoal da van.

— Amanhã de tarde espero vocês na lan do Tarântula. Será o nosso último treino fora da *gaming house* — disse Pedro, aliviado. — Não se atrasem.

A van partiu depressa; ainda tinha uma boa jornada até Santos. Aline puxou a amiga para dentro do prédio. No elevador, fez questão de perder tempo procurando a chave da porta da frente. Queria fugir do olhar de Sam.

— Está mesmo tudo bem eu dormir aqui? — Sam já parecia arrependida.

Aline levantou a cabeça depressa.

— É que eu não estou acostumada com isso. Nunca trouxe ninguém aqui.

— É sério? Ninguém da escola? Nem a sua melhor amiga?

A surpresa de Samara a deixou mais sem graça.

— Eu não tenho uma melhor amiga. — Aline não conseguiu disfarçar a amargura na voz. — As pessoas da escola eram más. Preferia ficar longe delas.

— Você não está mais sozinha, NomNom. Quero ser sua amiga de verdade.

A sinceridade de Samara fez Aline sorrir. Não o sorriso forçado que costumava dar, mas um igual ao da conquista do campeonato. Não estava acostumada a se sentir assim.

Esperava encontrar a casa escura e silenciosa, mas ao abrir a porta se deparou com o pai sentado na poltrona cativa. Ele desviou os olhos da revista que lia, encarando as duas garotas.

— Ligamos para o seu celular várias vezes, minha flor.

Apesar da fala calma, Aline reconheceu a raiva e a decepção veladas. Engoliu em seco, temendo uma bronca na frente de Sam. Seria uma ótima forma de convencê-la a nunca mais repetir a tal noite das garotas.

— Acabou a bateria, pai. — Ela mostrou o telefone apagado. Só tinha notado aquilo na pizzaria. — Mas o senhor sabe que eu estava com o time.

O comentário escondia a esperança de que ele tivesse assistido aos jogos, que a parabenizasse pelo campeonato. Porém, Joo Sung não se deu ao trabalho de mudar sua rotina para entender o novo trabalho da filha.

Heróis de Novigrath ameaçava o futuro que planejara para ela, e aquilo já bastava para ele ser contra.

— Você nunca chegou tão tarde em casa. Espero que isso não se repita.

Ele se levantou da poltrona e lançou um olhar desconfiado para Samara, que pela expressão nervosa desejava estar em qualquer lugar, menos ali.

— Você sabe onde estão os lençóis limpos — disse ele, voltando a fitar Aline sem nem ao menos cumprimentar Sam. — Não façam barulho, sua avó tem o sono leve.

Ele sumiu no corredor escuro, acostumado a ter a última palavra em qualquer conversa daquela família. Aline já estava arrependida de ter levado Sam para casa. Foi para o quarto e só torceu para que ela a seguisse.

— Você tem uma casa muito bonita — disse Samara, recuperando-se depressa e tentando acabar com o clima tenso.

Aline continuou calada e tirou o colchão extra e com rodinhas de debaixo da cama.

— Ei, NomNom. Anda, fala alguma coisa. — Sam jogou a mochila em cima da cama. — A noite das garotas não tem a mínima graça se eu ficar falando sozinha.

Desmotivada, Aline se sentou na beirada da cama. Olhou para o computador, pois achava difícil manter o contato visual quando falava dos próprios sentimentos.

— Desculpa pelo meu pai. Ele é muito exigente e não está feliz com a minha escolha.

— Você quer dizer a sua entrada no time? — Samara sentou-se ao seu lado. — Ele foi contra? E a sua mãe?

— Eles querem que eu continue a faculdade. Um diploma é futuro garantido.

— Mas eles conhecem o alcance do jogo? Sabem quanto você pode ganhar com ele, se for realmente boa?

— Dinheiro não importa. Jogar não é um trabalho digno. — Ela repetiu as palavras do pai. Fitou Samara pelo canto do olho, encontrando seu rosto compreensivo. — Isso aconteceu com você? Seus pais respeitaram a sua escolha?

A expressão da garota se fechou. A mão foi para o cordão de prata no pescoço.

— Meus pais morreram. — A resposta veio em um sussurro triste. — Acidente de ônibus. Faz três anos.

— Eu não fazia ideia. Desculpa, Sam.

Samara largou a correntinha, fechando os olhos.

— Tudo bem, Line. Posso te chamar de Line, né? Uma hora eu ia ter que falar sobre isso, não adianta fugir.

— Deve ter sido muito difícil para você. — Aline torceu os dedos. Mesmo com todos os problemas, não sabia o que faria se perdesse os pais.

— Foi uma barra — Sam admitiu com certa relutância. — Eu estava naquele ônibus. Saí com poucos machucados, algo bobo em comparação ao que tantos outros sofreram. Até hoje sinto raiva. Por que sobrevivi e meus pais não?

Sam limpou uma lágrima solitária que descia por seu rosto e continuou:

— Quando descobri *Heróis de Novigrath*, foi como se uma luz tivesse aparecido no final do túnel. Eu não sei explicar direito, mas o jogo me tirou da pior. Esse é meu motivo de estar no Vira-Latas. É assim que me sinto feliz. Acho que meus pais aprovariam, pois de certa forma faço isso por eles também.

Com a convivência nos treinos, Aline tinha percebido que Sam era uma garota forte e determinada, mas não imaginava quanto. Suas histórias podiam ser bem diferentes, mas o alívio que HdN trazia era o mesmo. Não jogavam para ser famosas, como Cris e Adriano, ou para extravasar o lado competitivo, que parecia ser o caso de Pietro. Queriam preencher o vazio que a vida real lhes deixou.

— Você me entende, não é? — Samara percebeu sua emoção. — Não duvide de si mesma. Seu pai pode até não gostar da sua decisão, mas a respeitou. Jogue o seu melhor e mostre que ele estava errado em desmerecer a importância do jogo.

Elas se abraçaram com força. Aline não estava nem um pouco acostumada com aquela intimidade, mas não ficou desconfortável. Talvez fosse esse o significado de ter amizades verdadeiras.

— Obrigada, Sam.

A garota sorriu, como se estivesse parabenizando a irmã mais nova.

— Você mudou bastante desde que nos conhecemos. Ainda me lembro dos primeiros treinos, quando nem conseguia escrever algo no chat. — Sam deu uma risada divertida, deixando a outra vermelha de vergonha. — Mas agora está mais aberta e confiante. Até peitou o idiota do Cris. Daqui a pouco vai tomar a vaga de capitão do Pietro.

— Ah, não. O Pietro é um ótimo capitão! — Aline gesticulou com rapidez. — Mas é verdade que me sinto diferente. E foram vocês quem me ajudaram nisso. Todo o time me fez crescer. Até mesmo o Cris e a sua chatice.

As duas riram juntas. Pelo jeito, falar mal de Cristiano se tornaria seu passatempo favorito. Samara se recuperou depressa, encarando-a de maneira séria.

— Você é uma garota incrível que não tem nenhum motivo para ficar se escondendo. É sério, não se feche nunca mais.

As duas sorriram, selando um pacto silencioso. Samara percebeu que Aline estava com a testa franzida, perdida em pensamentos.

— O que foi? — perguntou, curiosa.

— Acho que estragamos nossa noite das garotas.

— Como assim? Você não gostou da conversa?

— Claro que gostei — Aline apressou-se em dizer. — Mas pensei que nesse tipo de coisa nós ouvíssemos músicas, fofocássemos e falássemos sobre garotos... Não fizemos nada disso.

Samara riu alto, aumentado ainda mais a confusão da amiga.

— Não tem nenhuma regra, Line. A noite das garotas é para *as garotas*. Podemos falar sobre o que quisermos, o importante é nos divertirmos. Você está gostando do papo?

Aline assentiu com força.

— Então esquece os garotos e as fofocas. Nós somos muito mais do que isso.

E, mais uma vez, Samara estava certa.

Como acordaram tarde, as garotas foram para Santos logo depois do almoço. A única que estava em casa era Mi-Young, a avó de Aline. Samara a achou uma graça, mesmo não entendendo quase nada do que ela dizia. Seu português era bem limitado, e as frases, misturadas com coreano.

Aline ficou chateada por não poder conversar com os pais antes de ir treinar. Em breve se mudaria para a *gaming house* e eles teriam menos contato, gostaria que se entendessem antes disso. Pelo menos sua avó parecia contente em vê-la feliz. Aquilo lhe dava esperanças de que Joo Sung e Marta também a aceitassem.

Já no carro, depois de ligar o rádio e escolher um K-pop dançante, Aline sugeriu dar carona aos gêmeos. Depois de uma ligação breve, Sam desligou o celular e deu de ombros.

— Adriano falou que eles vão de ônibus. Pietro quer ficar mais tempo com o namorado.

Mesmo decepcionada, Aline não disse nada. A viagem correu tranquila até passarem pelo pedágio, quando notaram que um motoqueiro parecia segui-las. Ele parou no guichê bem ao lado do delas, levantando o visor cromado do capacete e revelando olhos vermelhos como rubis. As duas se entreolharam, incomodadas.

Alguns quilômetros depois, ele continuava na cola delas. Aline até aumentou a velocidade, indo contra todas as suas crenças de direção defensiva, mas o estranho não estava disposto a perdê-las de vista.

— Qual é a desse cara? — Samara parou de mascar o chiclete. — Será que ele quer nos assaltar?

Nervosa, Aline olhava para o retrovisor a todo instante, desejando que o motoqueiro desaparecesse. No entanto, ele se aproximava cada vez mais. Samara se agitou no banco do carona, agarrando-se ao cinto de segurança.

— Ele quer encostar no carro, Line. Está bem perto, do seu lado!

O homem emparelhou a moto com facilidade, nem parecia que os dois veículos já tinham passado dos cem quilômetros por hora. O visor do capacete permanecia erguido e os olhos eram ainda mais perturbadores de perto, brilhando em um vermelho intenso. Aquele olhar foi o suficiente para paralisar Aline.

O grito de Samara gelou sua espinha, mas quando Aline voltou a olhar para a pista já estavam em cima do carro da frente. Teve que fazer um desvio rápido e acabou perdendo a direção. O grito de Aline se uniu ao de Sam enquanto o carro se inclinava, pronto para capotar. O coração palpitava diante do que estava acontecendo. Os carros atrás brecaram bruscamente. Samara ergueu o braço, em uma atitude instintiva. Aline só pôde presumir que o acidente de ônibus que trouxera tantos traumas estivesse bem vivo na memória dela.

Tudo aconteceu muito rápido. Em um momento estavam se sacudindo no carro, prontas para o impacto com o chão, no outro tudo tinha parado e ao seu redor só existia um intenso e disforme mundo dourado.

— Aline! Você está brilhando!

A voz espantada da amiga a tirou do choque. Ela olhou para baixo e notou a aura dourada que se alastrava pelos painéis e bancos do carro, que agora se encontrava sobre os pneus e corria por um túnel luminoso que parecia infinito. Sam deu um grito assustado, atraindo de volta sua atenção. Aline quase desmaiou quando percebeu que os braços da garota estavam cobertos por chamas.

— E você está pegando fogo!

Samara ofegava, sem saber o que fazer. Sacudiu o corpo, desesperada, mas relaxou quando percebeu que as chamas não a machucavam. Não demorou muito para que elas se apagassem como uma vela soprada pelo vento.

— Você pode mais quando abraça a luz.

Aline ouviu a mensagem que saía das caixas de som do carro e foi tomada por arrepios. Era a voz de Tranimor, um dos campeões da rota do topo. Ele também era conhecido por seus portais ocultos, que o levavam para qualquer lugar do mapa do jogo.

Aquilo não fazia sentido. Assustada, Aline olhou para o lado de fora, sem encontrar sinal do motoqueiro, muito menos da estrada para Santos e de outros veículos. A pressão sobre o carro aumentou, fazendo-o sacudir tal como um avião em área de turbulência. Por um instante, temeu que voltassem a capotar, mas então a viagem insólita acabou.

Em um piscar de olhos, o carro surgiu na calçada, bem em frente à lan house Tarântula Negra. O motor havia morrido e a bateria parecia ter arriado. As poucas pessoas na rua continuaram andando, alheias àquela aparição repentina. Aline soltou o cinto, com as pernas trêmulas. Desceu do carro e se apoiou no capô que soltava fumaça. Do outro lado, Samara se inclinou na direção do meio-fio e vomitou.

— Você tá bem? — perguntou Aline, ainda tentando recuperar o fôlego.

— Eu tinha engolido meu chiclete, mas agora tá tudo bem. — Foi a resposta fraca, antes de mais uma ânsia.

Uma senhora passou bem ao lado de Sam, que finalmente tinha acabado de colocar as tripas para fora, mas nem sequer pareceu se importar com o estado da garota. O carro inclinado, com duas rodas na calçada, também foi ignorado. Algumas pessoas mais distraídas até esbarraram nele, lançando olhares desconfiados para trás, como se não entendessem o que tinha acabado de acontecer. A conclusão de Aline veio tão rápido que ela se surpreendeu por acreditar no que estava dizendo.

— Estamos invisíveis. É outra habilidade de Tranimor.

Samara limpou a boca com as costas da mão. Olhou ao redor e constatou a total ignorância das pessoas.

— Eu não sei o que está acontecendo, mas tudo tem relação com o jogo. Você invocou as habilidades do Tranimor, e eu usei as chamas de Kremin, escutei a voz dela na minha cabeça… E aquele motoqueiro, ele tinha os olhos mais bizarros que eu já vi!

— Como isso é possível? O jogo não é real!

— Eu sei lá, Line, minha cabeça tá pra explodir. Mas… sabe, quando disputei o x1 com o Cris, eu ouvi a voz do Xiao e vi o reflexo dele no monitor. No dia achei que tinha imaginado coisas, que era só estresse, mas agora não tenho mais certeza… Acho que só tem uma pessoa que pode nos ajudar. — Ela apontou para a porta da lan house. — Precisamos falar com o Cris.

O comportamento conturbado do garoto, sua explosão e o choro, tudo passou a fazer mais sentido. Entraram na lan apressadas, deixando para trás um carro invisível e levando consigo o medo do desconhecido.

Nível 12

A noite foi agitada para os gêmeos. Ainda animados com a conquista, ficaram conversando até altas horas. Adriano continuava hiperativo, falando sem parar. Enumerou seus momentos preferidos nas partidas, analisou as jogadas e contou vantagem. Ainda trazia a medalha de campeão no pescoço e a acariciava de tempos em tempos, como se fosse seu novo bichinho de estimação.

Pietro preferia ficar na dele, aproveitando a companhia de Fred, que o abraçava. Mesmo assim, divertia-se com a ladainha do irmão.

— Não esquece que eu te ajudei a fazer essa jogada, Adi. Sem meu *ulti*, você teria morrido contra aqueles dois.

— Detalhes, maninho. Detalhes!

O tempo passava e nada da euforia de Adriano diminuir. Sem se importar que já passavam das três da manhã, ele resolveu tocar violão. Foi preciso que sua mãe entrasse no quarto, furiosa, para que a farra terminasse. Dona Sandra era a única pessoa que ficava assustadora usando pijama.

— Acho que vi a morte agora — comentou Fred assim que ela saiu do quarto.

— Não esquenta. — Adriano fez pouco-caso, mas guardou o violão. — Ela é assim mesmo quando está com sono. E olha, nem quero dizer nada, mas o Pietro teve a quem puxar...

O travesseiro atingiu seu rosto em cheio. Quando se recuperou, Pietro já estava de pé, arrumando o colchonete entre as duas camas de solteiro. Pouco depois que as luzes foram desligadas, os dois já estavam dormindo, mas Adriano continuava se remexendo na cama.

Tentou contar carneirinhos, imaginar as ondas do mar indo e vindo, inspirar e expirar devagar... Não conseguia relaxar. Sentou-se na cama, olhando para Pietro e Fred com uma pontada de inveja. Pensou em acordá-los ou passar pasta de dente em seus rostos, mas desistiu da ideia. Ia acabar levando uma surra em troca de nada e ainda corria o risco de acordar a mãe outra vez.

Olhou para o violão encostado na parede, sentindo a mão coçar. Quando a música o afetava daquele jeito, era praticamente impossível fazer outra coisa senão tocar. Pé ante pé, foi até a escrivaninha e apanhou o celular que deixara carregando. Colocou os fones de ouvido, vasculhando as centenas de músicas armazenadas no aparelho. Escolheu a mais barulhenta possível, *death metal* com tantos gritos que deixariam surdos os ouvidos mais despreparados. Aumentou o volume, imitando os riffs de guitarra no próprio punho.

Três músicas depois, a mente finalmente desacelerou. Os movimentos ficaram mais lentos e o som que explodia nos fones pareceu distante. Os olhos pesaram, incapazes de perceber a fraca luz que emanava da ponta de seus dedos. Sonhou que sua banda de metal tocava na abertura do Mundial de HdN. Ele era o guitarrista e se vestia com a *skin* especial do campeão Octavo. A aparência metaleira fazia parte de uma das promoções do jogo que permitiam comprar aparências diferentes para os heróis, e se encaixava perfeitamente com aquele campeão, que usava a música para atingir os adversários. Adriano sempre achou aquela roupa a mais original de HdN. Foi a única que comprou no dia do lançamento.

Estava na melhor parte do sonho, executando um complicado solo enquanto um show pirotécnico iluminava o céu noturno, quando o celular tocou. De alguma forma, os fones se desconectaram do aparelho durante a noite, fazendo com que a música tema do jogo soasse alta no quarto. Voltando à realidade, Adriano tirou o telefone do meio das cobertas, reconhecendo o número de Samara.

— Atende essa droga, Adi! — A voz mal-humorada do irmão provava que ele realmente tinha puxado à mãe.

Adriano atendeu a ligação antes que levasse outra travesseirada na cara.

— Fala, Sam. Madrugou por quê?

— Tá louco, Adriano? Já é quase meio-dia. Estamos indo para a lan, querem carona?

Ele tirou o celular de perto do rosto para averiguar a hora exata. Surpreendeu-se ao ver que já estava tão tarde. Mesmo assim, a preguiça falou mais alto. Inventou uma desculpa de que Pietro queria ficar mais tempo com o namorado. Preferia dormir mais um pouco e ir de ônibus a saltar apressado da cama.

— O que ela queria? — perguntou Pietro. — Por que você meteu o meu nome na história?

— Consegui mais uma hora de sono pra gente, Pato. Para de reclamar!

Pietro respondeu com o dedo médio, virou de lado e voltou a dormir. Adriano recolocou os fones, escolheu uma nova música e também caiu no sono. Acordou com Fred pronto para ir embora.

— Vou deixar o Fred lá na porta, trata de se arrumar. Estamos mais do que atrasados — ralhou Pietro, como um velho ranzinza.

Bocejando, Adriano se sentou na cama. Sentiu o bafo matutino, mas estava com preguiça de escovar os dentes. Puxou o violão e começou a dedilhar a melodia que o perseguia desde o sono. Ao voltar ao quarto, Pietro fez uma careta.

— Vai tomar banho, Pato. — falou Adriano, sem se intimidar com a cara feia do irmão. — Eu só quero tocar um pouquinho.

Mal-humorado, Pietro pegou uma muda de roupa do armário e entrou no banheiro. Adriano deu uma risadinha, enquanto os dedos se moviam nas cordas de aço. As lembranças do dia anterior voltaram junto com a alegria de ser campeão. A medalha continuava no pescoço, havia dormido com ela sem querer.

Acelerou o ritmo, e a última partida logo se tornou o motivo principal daquela música existir. Havia escolhido justamente Octavo, o maestro. Claro que usou a *skin* especial, que substituía o visual engomado do campeão por roupas pretas e cheias de *spikes*. A batuta de maestro deu lugar a uma guitarra cromada. Todas as jogadas bonitas lhe voltaram à mente. O momento em que conseguiu o primeiro abate, as notas musicais que voavam como flechas, o *ultimate* que enviava uma onda sonora tão poderosa que atordoava qualquer adversário próximo.

De repente, tocar aquela melodia como em um acústico já não era o suficiente. Os momentos épicos mereciam algo mais pesado. Largou o violão sobre o colchão para buscar a guitarra. Com as mãos tremendo, plugou o instrumento na caixa amplificadora. A primeira nota fez com que uma onda de alívio varresse seu corpo. Balançou a cabeça como se estivesse no show dos seus sonhos. Sentia que uma tempestade se formava em seu peito e só aquela música poderia afastá-la.

A caixa amplificadora cuspia as notas pesadas. Não havia ninguém na casa além dos gêmeos, já que a mãe saía cedo e só voltava do trabalho de noitinha, mas seria impossível que os vizinhos não ouvissem tamanha barulheira. Pietro saiu do banheiro com cara de poucos amigos. Vestia apenas a calça jeans e esfregava a toalha branca nos cabelos úmidos. Estava pronto para xingar Adriano, mas suas palavras morreram ao avistar a aura que envolvia o irmão. As mãos na guitarra emanavam uma fumaça que formava notas musicais em pleno ar.

— Mas que mer...

Uma das notas fumegantes raspou seu ombro, queimando como brasa. Tentou chamar por Adi, mas ele continuava alheio ao mundo, balançando a cabeça. Adriano moveu o braço com vigor, executando os últimos dois riffs. Naquele momento, a fumaça que flutuava ao seu redor evaporou, levada por um tsunami sonoro que partiu da guitarra e se alastrou pelo quarto. Janelas, vidros de perfume, espelhos e o boxe do chuveiro viraram montes de cacos. O pior do impacto concentrou-se no armário. As portas de madeira estouraram, roupas voaram para todos os lados e as gavetas desmoronaram no chão.

No meio de todo aquele turbilhão, Pietro foi atirado para o lado como se uma mão o empurrasse. Por sorte, caiu de costas na cama e nenhum destroço o atingiu. Ele se levantou com os olhos arregalados, a toalha branca enrolada de maneira ridícula na cabeça. Fitou o irmão, que ofegava e continuava com as mãos firmes na guitarra.

— O que aconteceu? — Aos poucos, a aura desaparecia e Adriano se deu conta do que tinha acabado de fazer.

— Sua música acabou de explodir todo o quarto — respondeu Pietro com um fiapo de voz.

Adriano olhou para as mãos apertadas na guitarra, notando pequenos rastros de luz correrem de seus dedos para as cordas de aço. Largou o instrumento no chão e desligou a caixa amplificadora. Agarrou os cabelos azuis com força, chegando a causar dor. Se aquilo ainda fosse um sonho, queria acordar imediatamente. Quando nada mudou, foi obrigado a aceitar a verdade bizarra.

— Cara, as janelas...

A preocupação de Adriano era tão pequena que fez Pietro rir. Ele chegou mais perto, desviando com cuidado dos vários cacos de vidro espalhados no chão.

— Esquece as janelas. Eu quero saber é de onde surgiu essa música louca que destruiu tudo!

— Eu não sei, Pato! Eu precisava tocar de qualquer jeito, se não parecia que ia explodir. Será que tem algo errado comigo, mano?

Pietro mordeu o lábio, analisando o quarto revirado.

— Eu não sei o que pensar, Adi — admitiu com relutância.

— É melhor ligar pra nossa mãe. Ela precisa saber o que aconteceu.

Adriano apanhou o celular em cima da cama coberta por lascas de madeira e roupas. Estava pronto para discar o número quando o toque estridente o sobressaltou.

— É o Epic! Caramba, que horas são?

Por um breve instante, o medo de sair do time o fez esquecer as preocupações com o quarto destruído. Atendeu já se desculpando pelo atraso.

— Calma, Adriano — falou Pedro, assustado com o tom do atirador. — Fala devagar que eu não estou entendendo nada.

— A gente teve uns problemas, cara. Não sei se vamos conseguir treinar hoje.

Um silêncio incômodo ocupou a linha e Adriano temeu que Pedro tivesse desligado. No fim, a respiração pesada do técnico lhe trouxe alívio e apreensão.

— O que aconteceu? Vocês estão bem?

— Estamos... — Ele respirou fundo, sem saber como se explicar. — Aconteceu algo bizarro com... hã... a minha guitarra.

Mais silêncio. Pietro quis saber o que Pedro queria. Adriano tampou o microfone do celular, tentando explicar a conversa estranha.

— Lord, eu preciso falar com o Roxy — pediu o técnico.

Sem contestar, o garoto entregou o celular ao irmão gêmeo. Quando Pietro encostou o aparelho na orelha, Pedro já estava no meio de uma frase.

— ... conta o que aconteceu com Adriano.

Pietro respirou fundo, falando sobre a guitarra e a onda destruidora que detonou o quarto. Ao seu lado, Adriano exclamava:

— Ele vai nos chamar de doidos!

Pietro acenou para que o irmão calasse a boca, concentrando-se na resposta do treinador. A ligação terminou com um clique surdo. Pietro devolveu o celular ao irmão, encarando-o de maneira tensa.

— Vai se arrumar, Adi. Nós vamos atrás de algumas respostas.

Durante a viagem de ônibus, Adriano ficou olhando desconfiado para as próprias mãos, como se esperasse que elas entrassem em combustão a qualquer momento. Até evitou escutar música, o que para ele era um verdadeiro martírio. Teve que descontar o nervosismo comendo vários saquinhos de salgadinhos que comprou antes da viagem.

— Cara, quando a nossa mãe chegar em casa e ver aquele estrago, estamos fritos.

— Nós arrumamos um pouco as coisas — disse Pietro, revirando os olhos. — Não vai ser tão chocante assim.

— Mas o que vamos dizer a ela?

— A verdade. Que você tocou muito alto e quebrou os vidros.

— Ela não vai acreditar, Pato! E o armário destroçado?

Pietro esfregou os olhos, cansado.

— Eu sei que isso tudo é absurdo, mas o Epic prometeu explicações.

— Ah, mano. Tô com muito medo, cara — falou Adriano, dando uma fungada nervosa. — E se tiver algo errado comigo? E se eu for tipo um mutante?

— Nossa, Adi, deixa de ser dramático! — Pietro teve que segurar o riso.

Ao chegarem à frente da lan house, os dois se depararam com o carro de Aline ocupando um bom pedaço da calçada. Adi puxou o irmão pelo braço, ansioso para saber notícias das amigas. Será que algo bizarro também acontecera com elas?

Os garotos encontraram os companheiros de time nos fundos da lan, sentados ao redor de uma mesa. Todos ergueram a cabeça quando notaram a presença dos gêmeos. Pedro ficou de pé, mas antes que falasse, Adriano tomou a iniciativa:

— NomNom e Titânia, vocês estão bem? Por que o carro está na calçada?

— Vocês conseguiram ver o carro? — perguntou Aline surpresa.

Adriano franziu a testa.

— É claro que vimos!

Cristiano descruzou os braços, lançando um olhar intenso para o treinador.

— Isso significa que eles despertaram também, Epic?

Confusos, os gêmeos olharam ao redor.

— O que tá acontecendo, gente? — perguntou Pietro, bastante sério.

— É melhor vocês se sentarem. — Pedro apontou para as cadeiras vazias. — Xiao, você quer conversar com eles?

O treinador olhou para trás, como se esperasse a chegada de outra pessoa. Antes que os garotos se sentassem, o vulto de um homem começou a tomar forma. Adriano sentiu as pernas fraquejarem e foi obrigado a se apoiar na cadeira. Soltou um palavrão, os olhos incapazes de se desviar do lanceiro que surgiu como uma miragem.

— LordMetal e Roxy, vocês foram escolhidos para uma importante missão — falou Xiao, como se conversasse com soldados do seu vasto exército. — Chegou a hora de saberem de toda a verdade.

Nível 13

O silêncio tomou conta da lan house. No rosto de cada um de seus jogadores, Pedro reconheceu o choque que ele mesmo sentiu quando soube a verdade. Aline continuava tão ofegante quanto no momento em que havia chegado à lan, Samara não parava de mascar seu chiclete e Cris mantinha o semblante quase raivoso. Foi o primeiro a encontrar Xiao e saber da missão reservada ao time, mas ainda parecia não acreditar. Adriano andava de um lado para o outro com as mãos na cabeça. De cada três palavras que dizia, duas eram palavrões. Pietro ignorava o show do irmão, mantendo o foco no lanceiro, que havia acabado seu discurso fazia alguns minutos. Era o único que aparentava calma, mesmo que as mãos sobre a mesa tremessem. Quando falou, dirigiu-se ao treinador, surpreendendo-o.

— Então, Xiao era o tal patrocinador de quem você tanto falava. Foi ele quem formou o time. Você foi só o garoto de recados que nos enganou por um mês inteiro.

O comentário machucou, mas Pedro não teve como contestá-lo. Seguira as instruções de Yeng Xiao, recitando suas palavras como uma marionete.

— Sei que vacilei, mas Xiao me garantiu que seria melhor esconder a missão até que estivessem prontos. Fizemos isso para proteger vocês, juro.

Pietro deu uma risada sarcástica, e os outros integrantes do time também não receberam nada bem aquela resposta. Samara se levantou de repente.

— Proteger? Eu e a Line quase morremos por causa daquele maluco na moto! E a segurança da nossa família, como fica?

Pedro compreendia a revolta da garota. Ficou tão preocupado com o campeonato que acabou deixando seus jogadores desprotegidos.

— Eu sinto muito, Titânia. Achei que estariam seguros fora do jogo.

— Achou errado! Se algo acontecer com a minha avó...

As ameaças despertaram o poder de Sam. Uma aura avermelhada se acendeu, tremulando como chamas de uma fogueira. Cris e Aline se afastaram. A garota só se deu conta do que tinha feito quando viu a reação dos colegas, mas o fogo se apagou de forma tão inesperada quanto surgiu. Foi a vez de Xiao se manifestar:

— Vocês precisam aprender a controlar essa nova força. Só assim poderão proteger a si mesmos e aos seus familiares.

— Nós nunca pedimos por isso — falou Adriano. — Só queríamos jogar, nos divertir, não essa batalha maluca entre as facções. Eu... não sou um herói. Sou só um pirralho que gosta de um joguinho no computador.

A última frase saiu em um lamento angustiado que refletiu perfeitamente o receio dos outros. Pedro sabia muito bem como todos se sentiam.

— Eu não vou obrigar nenhum de vocês a ficar no time — disse com seriedade. — A *gaming house* só ficará pronta daqui a uma semana. Voltem para casa e fiquem com suas famílias. Pensem no que Xiao contou e tomem uma decisão até lá.

A proposta era tentadora, e Pedro realmente achava que nenhum deles voltaria depois daquela semana. E, para ser honesto, queria também poder fugir.

— E se atrairmos aqueles monstros para nossa casa? — perguntou Aline. — E se o motoqueiro que quase me fez bater o carro voltar?

— Eu dou a minha palavra de que seus lares serão santuários — disse Xiao. — Garantirei que seus familiares estarão protegidos.

Ninguém acreditou muito naquela promessa. As dúvidas ainda os perturbavam.

— Quem era aquele cara, afinal? Um campeão de Asgorth que saiu do jogo, como você? — perguntou Samara, encarando Xiao. — Alguém mais na estrada viu o que ele fez com a gente?

O lanceiro fez questão de ignorar seu olhar desconfiado.

— O homem que causou problemas a vocês provavelmente era alguém controlado por Asgorth. Infelizmente, como já falei, a influência deles cresce mais a cada dia. Eles não precisam gastar energia se materializando neste plano se podem mandar os humanos fazer suas vontades. — Xiao franziu o cenho, claramente incomodado com os métodos do inimigo. — Quanto às outras pessoas, garanto que o que aconteceu não foi claramente visível para olhos normais. Quero dizer, eles podem até ter visto um motoqueiro em perseguição e o desaparecimento do carro de NomNom, mas o portal de Tranimor que trouxe ela e Titânia até aqui com certeza não foi percebido. Somente os despertados podem enxergar os movimentos dos Filhos de Asgorth ou dos Defensores de Lumnia, se estes estiverem camuflados.

— Camuflados? Como assim? — perguntou Pietro se metendo na conversa, ainda mais inquieto.

— Chamo de camuflados aqueles que se escondem dos olhos normais. Como eu agora, por exemplo. Estou aqui, mas somente vocês conseguem me ver. Se um dos clientes se virasse para cá, só enxergaria seis pessoas com expressões bastante preocupadas.

— Quer dizer que os nossos poderes não são visíveis para as pessoas normais? — perguntou Cris, interessado. — Nós estamos camuflados também?

— Enquanto Novigrath e o seu mundo não se unirem por completo, seus poderes continuarão camuflados, pois eles não vêm deste mundo, mas sim da energia dos campeões. Imaginem que há um filtro entre os nossos mundos: eu posso passar por ele, se desejar, mesmo que por pouco tempo, mas também posso enviar apenas minha energia, alimentando Epic com meu poder. As pessoas perceberão os danos causados, mas não conseguirão explicar ao certo de onde surgiram ou como foram feitos. Exatamente como deve ter acontecido na estrada, com NomNom e Titânia.

— Cara, se eu não estivesse vivendo essa maluquice, diria que isso daria um baita RPG. — Adriano passou as mãos pelos cabelos, deixando-os ainda mais despenteados.

O comentário aliviou um pouco o clima pesado. No entanto, Pietro não tinha terminado seu interrogatório e todos ficaram sérios novamente.

— Se os Filhos de Asgorth têm tanta influência no nosso mundo, isso quer dizer que eles podem fazer o que bem entenderem e não vão ser descobertos?

Os cinco jovens fitaram Yeng Xiao com uma expectativa repleta de receio.

— Não pense que os Filhos têm total liberdade para agir, Roxy — contestou o lanceiro. — Toda vez que executam um ataque, eles perdem energia. Assim como os Defensores de Lumnia, as forças de Asgorth não podem permanecer neste mundo por muito tempo. Por isso, utilizam os jogadores. Um ataque de grandes proporções não vai acontecer até Zorrath passar para este lado. Eles sabem que é melhor continuar nas sombras, enganando os humanos, do que fazer algo que realmente chame a atenção e desperte sua desconfiança sobre o jogo.

Um silêncio incômodo se instalou no grupo, apenas o barulho dos frequentadores da lan era ouvido, distante. A responsabilidade que fora jogada em seus ombros pareceu pesar mais depois de todas as perguntas que Xiao respondeu. Pedro só queria acabar com aquele clima tenso, por isso decidiu focar sua atenção em algo diferente:

— Vou ligar para um mecânico ver o seu carro, NomNom.

A garota assentiu sem muita animação, vendo-o pegar o celular. Ele aproveitou aqueles minutos para recuperar a calma. Precisava ser o alicerce do time naquele momento difícil. Assim que a ligação se encerrou, esfregou as mãos suadas na bermuda.

— O mecânico já vem. — Ele pigarreou, incomodado com os olhares desmotivados que recebeu. — Escutem, eu falei sério antes. Não vou forçar vocês a tomar uma decisão agora. Sei que tudo o que Xiao contou é muito para digerir. Esfriem a cabeça e pensem bem sobre tudo o que descobriram.

Cris balançou a cabeça, atraindo a atenção do treinador.

— Eu não preciso de tempo para pensar, Epic. Tomei minha decisão no momento em que você me contou toda a verdade.

Pedro engoliu em seco, já temendo uma desistência.

— Eu não sei quanto a vocês... — O garoto olhou para os companheiros de time. — Mas eu ainda quero ser campeão mundial. Ainda quero ganhar.

— Tá falando sério? — perguntou Samara. — Isso deixou de ser só um jogo!

Pietro e os outros concordaram, mas Cris não se deixou levar.

— Mesmo que nosso time desista, aqueles caras não vão parar. A situação só vai piorar se não fizermos nada. Vocês realmente querem que os monstros de Asgorth venham para o nosso mundo e usem as pessoas feito baterias? Eu realmente acredito que fui escolhido por um motivo. — Cris olhou para as próprias mãos. — Quero controlar essa força.

Pedro não sabia se ficava aliviado ou preocupado com a decisão do garoto. A permanência na equipe mostrava que ele era corajoso, mas também colocava seus defeitos em evidência.

— Você não prefere conversar com seus pais antes, Cris? — perguntou o treinador. — Quando iniciarmos o treinamento, só poderá voltar para casa depois do Mundial.

Isso se realmente conseguissem deter a invasão dos Filhos de Asgorth, mas ele não ousou externar aquela preocupação.

— Estou tranquilo, Epic. Meu lugar é aqui.

Pedro resolveu não insistir. Encarou os outros jogadores, sabendo que seria ingenuidade esperar que mudassem de opinião só porque Cristiano resolveu embarcar naquela aventura maluca. Respirou fundo.

— Sei que a vontade de dizer "não" é bem forte, mas pensem bem durante essa semana. Ninguém vai julgar vocês, não importa o que decidirem.

Ele tentava ser o mais compreensivo possível, mas o comentário baixinho de Cris, dizendo "Eu vou", acabou esquentando os ânimos. Samara só não iniciou uma discussão porque Xiao voltou a falar.

— Sei que escolhi as pessoas certas para este time. Retornarei em uma semana, para saber a resposta de vocês. Até breve, e que Lumnia ilumine seus caminhos.

Ele desapareceu com o sopro do vento, uma imagem que se desligava do mundo real em um piscar de olhos.

Ninguém teve ânimo para treinar depois de toda aquela conversa. Esperaram o mecânico chegar e trocar a bateria do carro de NomNom. Quando o serviço terminou, Aline, Pietro e Adriano se despediram como se pretendessem nunca mais se encontrar de novo. Ao lado de Pedro, Samara estremeceu.

— Eu só quero ver a minha avó, Epic...

Ele assentiu devagar, já esperando aquele pedido.

— Vou comprar uma passagem para Recife quanto antes. Não se preocupe. Você tem todo o direito de voltar para casa e ter esse tempo para colocar as ideias em ordem.

Ela apertou a correntinha no pescoço.

— Não sei o que vou fazer. Só posso prometer que vou pensar no assunto.

Retornaram para o apartamento com a certeza de que, independentemente da decisão que tomassem, a mudança em suas vidas era inevitável.

Nível 14

Pedro e Cristiano se mudaram para a *gaming house* três dias antes do previsto. O apartamento era enorme. Três suítes, duas salas espaçosas e uma cozinha completa. A varanda larga dava uma bela vista da cidade de São Paulo, o que encantou Cris.

Além dos móveis da cozinha, muita coisa ainda precisava ser entregue. As mesas para a sala de treinos já estavam montadas, mas apenas dois computadores foram instalados devidamente. Os outros quatro continuavam embalados nas caixas, como se também aguardassem a resposta dos outros membros do time. Durante todos aqueles dias, Pedro não recebeu nenhum sinal de Samara e dos outros. A garota nem mesmo enviou um mísero e-mail para informar se chegou bem à casa da avó.

Na maior parte do tempo, ele se distraía com a arrumação da casa. Eram ligações e saídas constantes em busca da estrutura perfeita. Entretanto, quando a noite chegava, o medo o perseguia como um espírito vingativo. A presença de Cristiano amenizava a solidão, mas também evidenciava a ausência dos outros. Pedro odiava olhar para as camas vazias e os armários desocupados.

Xiao permaneceu sumido, resolvendo os problemas de Novigrath. Às vezes, Pedro tentava desvendar o que acontecia de verdade dentro do jogo. Era difícil imaginar que aquele mundo não se resumia ao Domo de Batalha. Havia dezenas de cidades, desertos perigosos, florestas inexploradas e mares bravios. Gostaria de um dia conhecer aqueles lugares dos quais o lanceiro falava com tanto amor.

Naquela noite, faltando poucas horas para que a semana estipulada chegasse ao fim, o treinador e seu pupilo dividiam a agonia da espera. Na sala, Cris assistia à televisão, mas não absorvia nada do capítulo entediante da novela. Pedro tentava ignorar seus lamentos nervosos, verificando a planilha sobre os gastos da *gaming house*. Mexia na aba do boné, lutando para manter a concentração. Quando mais novo, nunca imaginou que seu futuro seria examinar contas e cuidar da casa.

— Epic, eu não aguento mais! — Cris explodiu no momento em que a novela entrou no seu décimo comercial. — Era pra gente treinar e não ficar aqui remoendo se os outros vão dar sinal de vida.

— Você pode jogar, se quiser — respondeu de maneira automática. Precisava acertar aquela última soma de gastos. — Já temos internet.

— Não! Eu estou falando de um treino de verdade.

Cristiano ergueu o punho cerrado. Desde que chegara à casa, dedicara-se a aprender mais sobre seus poderes. Entretanto, o máximo que conseguiu foi criar um brilho arroxeado nas mãos, exatamente como fazia agora.

— Eu quero aprender a lutar, quero usar as magias da Dannisia!

Pedro deixou as contas de lado e girou a cadeira, tirando o boné.

— Sem o Xiao, eu não posso fazer muita coisa. Já contei tudo o que aprendi com ele, os exercícios de concentração e as formas de controlar a energia. Agora é com você dominar essas técnicas.

— Eu não consigo. Tem algo errado nessas paradas que você me explicou.

A mão que brilhava em um tom roxo se apagou. O garoto praguejou baixinho. Estava levando a sério toda a missão de deter a invasão, mas demorava a compreender que ser o top 10 do jogo não era garantia de que seria um guerreiro brilhante.

— Calma, Fúria. Amanhã o Xiao deve voltar e aí você vai ter o melhor professor de Novigrath. Nesse quesito eu também sou apenas um noob.

— Mas você já consegue usar o avatar dele! — Cris se referia à armadura que Pedro invocara para facilitar o carregamento das caixas durante a mudança.

— Aquilo é um truque simples e eu nem sei manter por muito tempo. Olha só, se quer tanto treinar hoje, que tal um *duozinho*? Do jogo eu manjo mais do que qualquer um, posso garantir.

Cris manteve a testa franzida. Pedro resolveu lhe dar mais um incentivo.

— Vamos, posso te ensinar uns segredinhos...

A provocação surtiu efeito e o garoto foi para o computador.

— Na real, Epic, só tem nove pessoas melhores do que eu nesse servidor. Não vi o seu nome entre elas. Acho que quem vai ensinar manhas sou eu!

— Isso eu quero ver, moleque.

Jogaram cinco partidas juntos. Por estarem em dupla, tinham a vantagem da comunicação. Talvez para extravasar sua frustração em não controlar os poderes de Dannisia na vida real, Cris sempre escolheu a campeã. No último game, Pedro fez uma partida perfeita, jogando com Xiao. Dez abates, nenhuma morte e doze assistências. Assim que o símbolo de vitória surgiu no monitor, comemorou.

— E agora, Cris? Ainda acha que vai me ensinar alguma coisa?

Era a primeira vez que jogavam juntos, e Cris realmente estava surpreso. Com aquelas partidas, tinha se aproximado bastante do nono colocado do ranking brasileiro.

— Estou impressionado. Achei que tinha pago um *elojober* pra subir sua conta, mas pelo visto você não é um lixo total — admitiu o garoto, sem perder a ironia.

A menção da prática ilegal de pagar alguém para subir de nível, o *elojob*, trouxe uma sombra para o rosto de Pedro. Ele tentou disfarçar, mas Cris percebeu.

— Ei, calma! Eu tava brincando. Sei que não precisa pagar a ninguém e se rebaixar a esse nível vergonhoso de quem faz *elojob*! Mesmo velho, você ainda manja do joguinho.

Pedro sabia que era só uma piada, mas foi inevitável sentir um gosto amargo na boca. Forçou um sorriso e jogou o boné na cara do garoto, antes que ele pudesse falar mais.

— Velho é o teu pai, moleque. Me respeita!

Cris riu, aproveitando aquele raro momento de descontração.

— Agora vai dormir, Fúria. Amanhã, se tudo der certo, os treinos recomeçam. Você não quer parecer um zumbi na frente dos outros, quer?

O garoto colocou o boné do treinador na cabeça, cruzando os braços.

— Ainda está cedo para dormir. Que tal um x1 para terminar a noite?

— Não, Fúria. Por hoje já deu. Tenho que terminar essa planilha.

— E depois não quer que eu te chame de velho, mestre das planilhas!

O dia esperado chegou, trazendo consigo apreensão e dúvidas. Pedro esperava em silêncio com um ar amargurado. Cris tentava demonstrar indiferença, mas lançava olhares preocupados para a porta do apartamento.

Xiao retornou de repente, materializando-se no meio da sala como se fosse a coisa mais natural do mundo. Sua aparência abatida causou estranheza. O rabo de cavalo malfeito não prendia várias mechas arrepiadas. Pelo visto, a situação em Novigrath não estava nada favorável para os Defensores de Lumnia.

— Aconteceu alguma coisa? — perguntou Pedro.

De maneira pouco comum, o lanceiro abandonou sua postura de soldado e puxou uma cadeira para si, apoiando os cotovelos nos joelhos.

— As forças de Asgorth ganharam mais terreno. Perdemos o reino de Yomund. O poder de Zorrath é impressionante. Se conseguir escapar para este lado…

Seu tom os deixou abalados. Para o grande Yeng Xiao se mostrar tão cabisbaixo, as perdas foram muito maiores do que transparecia. Só em pensar que o caos em Novigrath podia se repetir ali, Pedro sentia um frio na espinha. Guerras, pessoas escravizadas por um poder sinistro, monstros governando… Era um cenário de filme de terror.

O lanceiro continuou, com o mesmo tom cansado:

— Além disso, alguns inimigos passaram dos limites ao drenar energia dos humanos. Dois jogares estão mortos e cinco amedrontados demais para continuar.

— Caramba! Nós vimos uma reportagem sobre isso ontem no jornal! — falou Cris, nervoso. — Não pensei que os casos tinham ligação com os Filhos.

— Nem preciso dizer que todos os afetados defendiam times neutros. — O lanceiro fez uma careta de raiva. Os times neutros eram aqueles que não sofriam influência de nenhuma das facções, e ainda estavam alheios à guerra travada dentro e fora do jogo. — A perda deles nos isola ainda mais. Os jogadores aliados aos Filhos estão em maioria.

As palavras desmotivadas de Xiao trouxeram grande desconforto. Se as chances de vencer já eram remotas, agora a facção dos Defensores parecia em completa desvantagem.

Ao perceber que seu desabafo drenava o moral dos companheiros, o lanceiro endireitou a postura.

— Peço desculpas se os assustei, não era minha intenção. Os Defensores de Lumnia sofreram um baque forte, mas a batalha ainda não terminou. O treinamento deve começar hoje mesmo. — Ele olhou para os lados. — Onde estão os outros?

Pedro se remexeu em seu lugar. No fim, não tinha como fugir da verdade.

— Eles ainda não apareceram. Desde que nos despedimos, na semana passada, não tivemos mais contato.

Esperava que a notícia colocasse o lanceiro mais para baixo, mas desta vez sua máscara de confiança permaneceu inabalável.

— Eles vão vir. Tenho certeza de que escolhi as pessoas certas.

Depois de todo o desabafo anterior, Pedro e Cris já não sabiam dizer se aquela crença era verdadeira ou encenada.

Mais uma hora se passou sem nenhum sinal dos outros jogadores. O lanceiro continuava sentado na mesma posição, como uma estátua de cera extremamente realista. Para passar o tempo, respondia às perguntas insistentes de Cris sobre como controlar os poderes de Dannisia.

Pedro verificou os e-mails que mandara para os jogadores no dia anterior, confirmando o endereço da *gaming house* e pedindo notícias. Todos sem resposta. No fim, acabou fixando os olhos na porta de entrada, contando os segundos e rezando para que algo acontecesse.

Já estava desistindo quando o interfone tocou. O barulho estridente quase o fez pular da cadeira. Levantou-se para atender, mas Cris já tinha corrido até a cozinha. Enquanto o garoto conversava com o porteiro, a voz abafada pela parede que dividia os cômodos, Pedro fitou Xiao.

— São eles — o lanceiro afirmou com segurança.

O retorno empolgado de Cris confirmou tudo. Uma onda de alívio varreu Pedro como um banho gelado em um dia de verão. Quando a campainha tocou, fez questão de abrir a porta. Encontrou Pietro, Adriano, Aline e Samara do outro lado, os rostos cheios de expectativa. Traziam mochilas e malas, preparados para a nova jornada. Abraçou cada um deles, deixando claro quanto a presença de cada um ali era importante.

— Entrem — falou Pedro. — Venham conhecer sua nova casa!

— Uau! É enorme! — Adriano abraçava a mochila inchada como se fosse um bicho de pelúcia que afastava seu medo.

Pietro veio logo atrás. Se ficou impressionado com a *gaming house*, não comentou nada. Cumprimentou Cris com um aceno, lançando um olhar intenso para Xiao, que os observava do meio da sala. Aline e Sam foram as últimas a entrar, trazendo suas malas de rodinhas para dentro.

— Vou mostrar os quartos de vocês. — Pedro não escondia a empolgação. — Depois, vamos colocar o assunto em dia. Quero saber o que fizeram nessa semana. Praticaram sozinhos ou deixaram o jogo de lado?

— Fica difícil jogar quando se está de castigo — disse Adriano com um suspiro. — Minha mãe proibiu o computador por causa do estrago que fiz no quarto. Como não podia contar a verdade, acabei levando a culpa sem poder me explicar.

Enquanto o irmão reclamava, Pietro revirou os olhos.

— O pior é que eu também me ferrei, mas admito que não senti muita vontade de jogar nos primeiros dias. Continuar no time foi a decisão mais difícil que já tomei.

Pedro sorriu com sinceridade. Entendia bem o que ele queria dizer.

— E eu sou grato a você por isso. Precisamos da sua liderança, Roxy.

— E acho que só vou servir pra isso mesmo, Epic. — O garoto deu de ombros, fingindo descaso. — Não tive nenhum incidente como Adi e os outros...

O técnico ergueu uma sobrancelha, surpreso com o tom decepcionado que Pietro tentava ocultar, e lançou um olhar curioso para Xiao.

— Seu poder permanece dentro de você, Roxy — falou o lanceiro. — Ele se manifestará quando a hora chegar. Não se preocupe.

— Espero que você esteja certo. Eu só quero proteger o meu irmão e meu time — sussurrou Pietro, inseguro.

Depois de apresentar o restante da *gaming house* e acomodar os jogadores, Pedro retornou à sala de treinamento. Virou o boné para trás, colocando as mãos na cintura.

— Temos quatro computadores para montar, galera. Então, se querem treinar, mãos à obra!

Arrumaram a sala, almoçaram e colocaram a conversa em dia. Xiao participou de boa parte da interação, explicando que os treinamentos se dividiriam em duas etapas. Aquela na qual os garotos exercitariam suas habilidades no jogo, com partidas e análises on-line, e a outra em que os poderes dos avatares seriam trabalhados. Claro que todos estavam ansiosos pela segunda parte.

— O que estamos esperando para começar? — Cris só faltava pular de alegria. — Vocês mesmos disseram que os Filhos ganham mais força a cada dia, temos que recuperar o tempo perdido também!

— Falando em poderes, tenho que mostrar algo pra vocês — comentou Sam, com um sorrisinho nos lábios.

Quando todos os olhares se voltaram para ela, respirou fundo como se fosse se preparar para um discurso importante. Uma aura avermelhada tomou todo o seu corpo e a fez flutuar alguns centímetros acima do chão.

— Vocês sabem que a Kremin tem uma habilidade chamada Voo Rápido, não é? — perguntou a garota, não escondendo o orgulho. — Fiquei uma semana longe, mas isso não quer dizer que parei de praticar.

Aline escondeu a boca com as mãos e Cris só faltou desmaiar de inveja. Adriano murmurou um "Da hora!" e Pietro ficou carrancudo, provavelmente por ainda não ter manifestado nenhuma habilidade.

— Estou orgulhoso dos seus esforços, Titânia. — Xiao pousou a mão no ombro da garota, assim que ela voltou ao chão. Em seguida, encarou os outros jogadores. — Tenho certeza de que todos vocês vão desenvolver seus poderes... — Ele se interrompeu de maneira brusca. Franziu a testa e estreitou os olhos, então puxou a lança presa nas costas no instante seguinte, alarmando a todos. — Preciso voltar a Novigrath — disse ele, tenso.

— Algum problema? — perguntou Pedro.

O lanceiro demonstrou o mesmo cansaço de quando chegou à *gaming house*.

— Sinceramente, espero que não. — Ele ergueu o braço livre, segurando a mão de Pedro. Um cumprimento cheio de confiança. — Inicie a primeira parte do treinamento ainda hoje. Amanhã, começamos o controle dos avatares.

A armadura se tornou translúcida, aos poucos, junto com o restante do lanceiro.

— Mantenham-se confiantes, Vira-Latas — falou antes de desaparecer por completo. — Acreditem na vitória e ela virá.

Quando jogadores e técnico ficaram sozinhos na sala, Adriano soltou um assobio alto, puxando uma cadeira para sentar.

— Cara, uma semana passou e minhas pernas ainda estão bambas.

— Eu sei como você se sente, mano. — Cris sorriu. — Quando ele apareceu hoje de manhã, quase cuspi meu café no monitor.

A conversa leve melhorou o clima que a partida precipitada de Xiao tinha deixado. Por mais que Pedro se preocupasse com a segurança do lanceiro, não podia fazer nada para ajudar os Defensores de Lumnia em Novigrath. No entanto, quanto à batalha que seria travada nos computadores, tinha muita experiência para compartilhar.

— Muito bem, pessoal. Acabou a moleza. Vamos treinar pesado a partir de hoje. — Ele ajeitou o boné. — Tenho muito para ensinar a vocês.

Foram para os computadores e entraram no jogo. Pedro fingiu não ouvir o comentário sarcástico de Cris sobre como o treinador recusou um x1 na noite anterior. Mesmo tentando se manter positivo e bem-humorado, a sensação de que tinha uma espinha de peixe entalada na garganta custou a passar. A batalha de verdade estava apenas começando.

Nível 15

Pietro nem sentiu as semanas passarem. Quando se deu conta, faltavam apenas cinco dias para o início do campeonato. O frio na barriga era constante, o medo de que todo o esforço dos treinamentos não fosse recompensado o atormentava antes de dormir. Além disso, os casos de pessoas passando mal enquanto jogavam HdN só cresciam. Agora, além de pro-players, jogadores casuais também sofriam ataques e desmaios. A mídia noticiava aquilo como ocorrências bizarras, diminuindo um pouco a preocupação, mas Pietro e seus companheiros sabiam da verdade. Asgorth se fortalecia.

Naquela manhã, precisavam gravar os primeiros vídeos promocionais do torneio. Murilo "Tarântula" apareceu para levá-los de van até a Couter Logic Produtora. Antes que descessem para se encontrar com ele, Pedro alertou-os de que, mesmo que olhos normais não pudessem ver, deveriam manter suas habilidades em segredo. Pietro revirou os olhos. Não poderia quebrar essa regra nem que quisesse.

Nunca havia praticado tanto. Ficava quase doze horas na frente do computador, jogando e analisando partidas antigas. Os alongamentos se tornaram imprescindíveis, junto com compressas de gelo nas mãos. Seus companheiros também passavam por aqueles problemas, mas ninguém reclamava. Quando não estava jogando, treinava o controle de seu avatar com Xiao e os outros. Odiava aquela parte da rotina. Enquanto via os colegas cada vez melhores, continuava da mesma maneira. Não fazia ideia de qual campeão o havia escolhido, pois nenhum poder havia se manifestado desde que despertara. Até mesmo o lanceiro se mostrava surpreso com aquele atraso.

A frustração de Pietro crescia a cada fracasso. Todos lhe diziam para ter calma, mas era muito difícil lutar contra aquele sentimento. Principalmente quando o irmão ganhava uma sala de música especial só para treinar as melodias de Octavo e Cristiano se divertia usando a garra metálica de Dannisia nas tarefas do dia a dia. Temia ser o elo fraco da equipe e prejudicar a luta contra os Filhos de Asgorth. Sempre que o horário da prática com Xiao se aproximava, só torcia para que os momentos constrangedores passassem rápido.

Por isso, foi um alívio mudar de ares naquela manhã. Aproveitou a saída para marcar um encontro com o namorado. Fazia dias que mal se falavam. Pietro enviou uma mensagem com o endereço da produtora e o horário em que estariam lá. A perspectiva de revê-lo melhorou muito o seu humor.

— Nossa, Pato, eu nem lembrava mais que você sabia sorrir! — Adriano passou o braço pelo ombro do irmão, enquanto viajavam na van. — Acho que vou pedir pro Fred vir morar com a gente.

— Eu sou totalmente a favor — Cris se intrometeu na conversa. — Pelo menos assim ele para de reclamar dos meus poderes.

Pietro franziu o cenho, mas Pedro veio em sua defesa:

— Fúria, até eu me incomodo quando você decide usar as garras de Dannisia como se elas fossem uma espécie de controle remoto. Dá um tempo.

— Ah, então a Samara pode sair flutuando por aí, mas eu sou um monstro só por pegar minha água sem me levantar?

— Fala sério, moleque! Eu só fiz isso uma vez e foi porque vocês pediram para ver.

A discussão terminou quando chegaram à Couter Logic. Uma mulher se apresentou como a produtora dos comerciais e os levou ao camarim espaçoso. Lá dentro havia um grande espelho na parede e cadeiras giratórias, onde Adriano e Cris se sentaram. Os demais se acomodaram no sofá acolchoado.

Todos estavam um pouco nervosos em ficar diante das câmeras. A noção de que aquela gravação marcava os últimos preparativos para o início do campeonato causava frio na barriga. Faltava tão pouco! Como capitão do time, Pietro foi o escolhido para responder a uma breve entrevista. Teria que falar bem mais que os outros, mas não estava preocupado. Só pensava em se livrar logo daquilo para poder ver o namorado.

A gravação levou praticamente a manhã inteira. Pietro não parava de olhar para o relógio, sabendo que Fred o esperava na recepção. Gravou sua parte com desenvoltura, recebendo elogios do diretor. O problema era que só podia deixar o estúdio quando todos terminassem. Contrariando as expectativas, Aline até que se saiu bem. Foram Pedro e Cris quem mais tiveram dificuldades em se expressar. O primeiro sempre esquecia sua fala e o mago carregador gaguejava tanto que mal se fazia entender. Aquilo arrancou risos de Samara e Adriano.

Quando o diretor gritou o último "corta", Pietro só faltou soltar fogos de artifício. A bateria do celular já estava quase no fim de tanto que conversou com Fred por mensagem. A produtora reapareceu para guiá-los até a saída. Enquanto caminhavam, explicou que os primeiros comerciais já estariam no ar no dia seguinte. A divulgação seria intensa naquela reta final.

Pietro encontrou Fred sentado na sala de espera da produtora, com os olhos vidrados na tela iluminada do celular. O cabelo encaracolado estava maior do que se lembrava e as roupas que vestia eram novas. Ele lhe parecia ainda mais bonito do que da última vez em que se encontraram. Quando levantou a cabeça, abriu um sorriso enorme. Assim que se abraçaram e trocaram um beijo rápido, todos os problemas do capitão pareceram evaporar. Só então se deu conta do quanto estava com saudade. Um mês afastados era demais.

— Nossa, eu pensei que você não ia mais sair daquele estúdio. — Fred deu uma piscadela quando se separaram. — E então, o cinema ainda está de pé?

— Topo qualquer coisa. — A resposta veio de maneira automática. — Só importa que você esteja comigo.

O restante do time se aproximou. Adriano abraçou Fred, chamando-o de "cunhadinho querido". Pietro odiava aquele apelido. Samara e Aline o cumprimentaram com acenos.

— Nós vamos comer alguma coisa, vocês querem ir junto? — convidou Pedro. — Depois o Tarântula pode dar uma carona para o cinema.

— Eu topo! — respondeu Fred, sorridente. — Estou morrendo de fome. Esperei tanto que criei raízes naquela cadeira.

Pietro viu seu encontro se transformar em almoço com o time, mas não reclamou. Entrelaçou os dedos nos de Fred; a companhia dele bastava. Seguiram Pedro e os outros para o estacionamento da produtora, onde Murilo já os aguardava.

O terreno cimentado ficava do outro lado da rua. Era uma construção antiga, readaptada para abrigar carros em vez de gente. Estreita, tinha espaço para vinte vagas. No início da manhã, havia somente a van do Vira-Latas e mais três carros, provavelmente de funcionários da empresa. No entanto, quando retornaram, encontraram um veículo novo que lhes deu calafrios. As conversas morreram assim que reconheceram o símbolo do Espartanos na lataria. Como se esperasse aquele momento para aparecer, Yuri "Maxion" desceu do carro, seguido por seus jogadores devidamente uniformizados.

— Ora, mas que surpresa — falou Yuri. — Pensei que os times da parte de baixo da tabela não precisassem gravar comerciais.

Os espartanos deram gargalhadas. Cris franziu o cenho, pronto para responder, mas Pedro o impediu.

— O que está acontecendo, Pietro? — perguntou Fred, nervoso.

— Tá tudo tranquilo, Fred. É só uma rixa antiga.

Pietro o puxou na direção da van, onde Murilo se encolhia atrás do volante, mas foi impedido de passar por Diogo "Pedra" Follman. O atirador do Espartanos lhes lançou um olhar repleto de desprezo quando notou que estavam de mãos dadas.

Pietro ficou alerta. Colocou-se na frente de Fred e recuou alguns passos. Não demorou muito para que os espartanos os tivessem cercado. A tensão era assustadora. Lado a lado, Sam e Cris mantinham os punhos cerrados. Pedro parecia comprometido a evitar uma briga.

— Vai gravar o seu vídeo, Maxion.

O treinador do Espartanos não recuou.

— Você já foi mais corajoso, Epic. O que foi, está ensinando seus jogadores a serem covardes?

Aquela foi a gota d'água para Cris, que ignorou os alertas de Pedro e usou o avatar de Dannisia. A garra móvel deixou seu punho e foi direto sobre o atirador do Espartanos, prendendo-se em seu tronco e o derrubando no chão. Fred deu um grito, mas Pietro não teve tempo de explicar nada.

Em um piscar de olhos, os mais diversos poderes foram invocados. Raios de energia cruzaram o céu, flechas douradas foram atiradas por Daniel "Scar", o mago carregador espartano. Yuri deixou que o avatar de Drynarion se manifestasse e pulou sobre Pedro com os braços peludos em riste. Por sorte, o treinador chamou pela armadura de Xiao no momento em que as garras atravessaram o seu casaco. Flutuando, Samara usou o fogo de Kremin para tostar os tênis dos jogadores adversários, obrigando-os a pular para trás.

Pietro se jogou no chão, sem saber o que fazer. O coração só faltava sair pela boca. Antes que uma tragédia acontecesse, Aline criou um campo de força ao redor dos vira-latas, isolando-os dos inimigos. Os espartanos caíram para trás com a onda de energia.

Os avatares se desfizeram aos poucos. Yuri recuperou a aparência normal e puxou os jogadores caídos pelas camisas. Nenhum deles se feriu de verdade, somente Diogo "Pedra" estava com um arranhão no braço.

— Vocês estão do lado mais fraco, Epic. Não se esqueça — rosnou ele, antes de partir.

Quando os espartanos foram embora, Aline desfez a barreira e caiu sentada no chão. Estava prestes a perguntar se todos estavam bem quando escutou o grito desesperado de Pietro.

Ajoelhado na frente do namorado caído, o garoto encarava a flecha dourada cravada no peito de Fred. O sangue se espalhava pela camisa branca, e Fred encarava a própria ferida como se ainda custasse a acreditar no que via. A palidez em seu rosto ficou mais evidente quando sua cabeça pendeu para trás.

— Precisamos de um médico! Rápido! — gritou Pietro para os companheiros, que pareciam tão abalados quanto ele.

Samara tirou o celular do bolso, discando apressada. Pietro não registrou nenhuma parte da conversa com a emergência, mantinha atenção total no namorado. As mãos se agarravam na blusa suja de sangue. Sentia os olhares dos amigos nas suas costas, perfurando-o.

— Fica comigo — pediu, mas Fred parecia estar inconsciente.

Sentia raiva da própria incapacidade. Se ao menos tivesse poderes, como os companheiros, poderia ter protegido Fred. Era um idiota que não merecia o posto de capitão e muito menos a missão de lutar contra os Filhos de Asgorth. Seus soluços ficaram mais fortes enquanto as mãos deslizavam até a flecha dourada no peito do namorado. Queria arrancá-la, queria ter o poder para desfazer aquela tragédia.

A tempestade de sentimentos ganhou liberdade como uma represa que tinha suas barragens destruídas. O vento agitou seus cabelos, a pele queimou e os olhos adquiriram uma coloração esverdeada. Agiu de maneira automática, como se soubesse exatamente o que fazer. A flecha se desfez entre seus dedos, virando pó.

Samara deixou o telefone cair, encerrando a ligação. Cris e Aline ergueram as mãos para proteger os olhos. Adriano chamava pelo irmão de maneira insistente. No carro, Murilo ainda se agarrava ao volante, parecendo prestes a desmaiar. Pedro parecia disposto a entrar no olho do furacão, mas foi segurado assim que ia se mexer; ele olhou para trás e se deparou com Xiao.

— Roxy despertou completamente — falou o lanceiro.

A força dentro de Pietro o obrigava a focar somente no ferimento. Ouvia as palavras calmas de Ayell, o curandeiro, ecoando em sua mente. Quando o vento forte se dissipou, o garoto se sentiu fraco, como se tivesse dado parte de si para que o buraco no peito de Fred se fechasse. Gotas de suor escorriam pelo rosto. No entanto, tudo o que importava era que a flecha e o machucado tinham desaparecido.

Fred continuava desacordado, mas a cor retornara ao seu rosto e a respiração se normalizara. Aquilo fez Pietro sorrir e voltar a chorar. Ainda sentia a presença de Ayell, o poder do campeão correndo nas veias. Agradeceu em silêncio. Passara muito tempo questionando se teria alguma habilidade; queria ser um guerreiro poderoso como o irmão ou Samara, mas no fim a cura era do que mais precisava. De fato, não existia opção melhor para um suporte.

— Pato! Você tá bem? — os gritos de Adriano ecoaram pelo estacionamento.

Pietro tentou se levantar, mas as pernas bambearam. Antes que a exaustão o levasse, avistou o rosto orgulhoso de Xiao.

— Você fez bem, Roxy. Pode descansar agora.

Ele não precisou pedir outra vez.

Pietro acordou assustado, quase batendo com a testa no beliche. Olhou para os lados, desnorteado. Por um breve instante, esqueceu onde estava. As lembranças do namorado ferido tomavam todos os seus sentidos. O medo ainda era muito real.

— Cadê o Fred? — perguntou, angustiado. — Cadê o Fred?

Foi o abraço confortador de Adriano que o tranquilizou.

— Calma, Pato! Tá tudo bem. O Fred tá na minha cama, dormindo como um condenado. — Ele apontou para cima. — Você salvou a vida dele, mano.

Pietro empurrou o irmão para o lado e se levantou. Precisava ver o namorado com os próprios olhos, ter a certeza de que não sonhara quando o curou. O coração ficou mais leve quando o avistou. A camisa suja havia sido trocada. A estampa do *Iron Maiden* da camisa do Adriano contrastava bastante com a personalidade de Fred, que odiava aquele tipo de música. Pietro sentiu vontade de acordá-lo.

Depois do alívio, veio a preocupação com as consequências do embate desastroso no estacionamento. De repente, a ânsia por falar com o namorado desapareceu.

— O que eu vou falar pra ele, Adi?

— Cara, o jeito é contar a verdade. O Epic e o Xiao conversaram com o Tarântula agora pouco. Parece que ele também é um despertado recente, porque viu tudo o que aconteceu e quase pirou. Você tinha que ver a cara dele! Ficou mudo por uns cinco minutos, na moral. Depois, desejou boa sorte pro Pedro e saiu correndo.

— Eu não quero que isso aconteça com o Fred! Assim, ele nunca mais vai querer olhar na minha cara.

— Ele gosta de você de verdade. É claro que não vai fugir, mano. Quer que eu chame o Epic para ajudar na conversa?

O garoto negou com um gesto de cabeça. Tinha que resolver aquela situação sozinho. Adriano deixou o quarto, dizendo que ia avisar os outros. Pietro desconfiava que ele só queria fugir da conversa. Não podia culpá-lo.

O barulho da porta se fechando foi o gatilho para que Fred se remexesse na cama e despertasse. Bocejou duas vezes e se espreguiçou. Por fim, notou a presença ao seu lado. Sorriu. Aquele gesto pegou Pietro de surpresa. Esperava encontrá-lo nervoso ou pelo menos confuso com os últimos acontecimentos.

— Oi — falou com a voz ainda sonolenta.

— Oi. Como você tá? — Pietro decidiu começar de maneira cautelosa.

— Tudo bem. — Ele se sentou, jogando as pernas para fora do beliche. Franziu a testa quando percebeu que estava na *gaming house*. — Não íamos para o cinema? E o que eu estou fazendo com essa camisa ridícula?

A pergunta desarmou qualquer plano de Pietro. Segurou a mão de Fred.

— Você não se lembra de nada?

— Nós saímos da produtora onde você gravou os vídeos e almoçamos com os outros. Não foi isso? Tá tudo meio nebuloso aqui dentro. — O garoto encostou o indicador na testa, dando leves batidinhas.

Pietro conhecia Fred bem o suficiente para ter certeza de que ele não estava mentindo. Só não sabia se ficava preocupado ou aliviado com aquela amnésia. Decidiu disfarçar seus receios, abraçando-o com força.

— Nós comemos muito e você acabou sujando a camisa. Achamos melhor voltar pra cá. — Ele deu um sorriso, esperando não parecer muito falso. — Depois, você acabou caindo no sono. Não quis te acordar. Desculpa.

— Ah, devia ter acordado. Perdemos o nosso filme — disse Fred, saltando da cama e pegando o celular do bolso para ver o horário. — Caramba. Tá tarde mesmo. E eu ainda tenho que estudar para a prova de amanhã. Estraguei o nosso encontro.

— Não estragou nada. Prometo que vamos sair antes de o campeonato começar.

Trocaram sorrisos e beijos antes de deixarem o quarto. Assim que pisaram na sala, Pedro e os outros se levantaram de seus lugares. Os olhares apreensivos pegaram Fred de surpresa. Pietro resolveu falar antes que um dos companheiros fizesse besteira.

— Ah, gente! O Fred já tá indo. Ele dormiu demais por causa do almoço. O nosso cinema vai ficar para depois…

Ele deu uma risada tão forçada que se considerou o pior mentiroso do mundo. Pelo menos o restante do time compreendeu a mensagem. As despedidas aconteceram normalmente, mas a suspeita pairava no ar. Quando saíram do apartamento e chegaram ao elevador, Fred deu um suspiro.

— Acho que seu time não curtiu eu ter dormido aqui.

— Que nada. Não esquenta com isso, não. — Pietro deu um beijo estalado nos lábios dele. — Amanhã a gente se fala, certo?

— Certo. — Fred entrou no elevador. — Até amanhã e bom treino.

Assim que se viu sozinho no corredor, Pietro deixou o sorriso falso morrer. Correu de volta para o apartamento. O esquecimento do namorado não podia ser natural. Ao chegar à sala, Xiao já o esperava.

— Conte todos os detalhes da sua conversa com Fred — ordenou ele.

Ao final do relato, houve um silêncio demorado. Aquilo deixou o garoto inquieto. E se tivesse danificado a mente do namorado sem querer? Vendo sua angústia crescer cada vez mais, o lanceiro falou:

— Não precisa se preocupar, Roxy. Fred está muito bem e sem sequelas do ocorrido nesta manhã.

— Mas por que ele não se lembra de nada? — perguntou Pedro, tirando as palavras dos lábios trêmulos de Pietro.

— Acredito que a cura de Ayell não se limitou apenas ao corpo do jovem. A mente também foi sarada. Assim, todas as memórias que o lembrariam da dor também sumiram, para o bem dele. — Xiao coçou o queixo, refletindo sobre aquela teoria. — Além disso, como Fred não é um despertado, sua percepção da luta deve ter sido bem diferente da de vocês. Imagino que a confusão extrema facilitou o trabalho de Ayell. Você não deve temer pela falta de lembranças, Roxy, mas sim agradecer. Os ventos que curam pouparam seu namorado da loucura.

Pietro engoliu em seco.

— Mas ele está mesmo bem, não é? — Precisava daquela confirmação. — Quero dizer, ele não vai se lembrar de tudo de uma hora para a outra e pirar, vai?

Xiao o confortou com um raro abraço. Pietro era o mais alto do time, mas mesmo assim bateu no peito do lanceiro. Sentia-se como uma criança que precisava de colo.

— Você salvou a vida dele, Roxy. Eu disse que suas habilidades estavam aí dentro. — Xiao tocou nos ombros dele. — Fico feliz que apareceram na hora certa.

Pietro se sentiu um pouco melhor, dando um sorriso fraco.

— É isso aí! — disse Adriano, com a empolgação de sempre. — O Pato vai nos curar caso aqueles idiotas do Espartanos voltem!

Ele pensou em dizer que não queria mais confusão, mas seus desejos não mudariam o futuro que os esperava. Quanto mais próximos chegassem do Mundial, maiores seriam os perigos. Sentiu tapinhas reconfortantes em seus ombros. Braços envolveram sua cintura e seu pescoço. O time todo havia se aproximado para um grande abraço coletivo. Um calor gostoso se espalhou por seu peito.

Aline, tão pequenina, havia sumido na confusão de corpos. Cris reclamou de que alguém havia beliscado sua bunda e Samara riu alto quando Adriano acusou Xiao. O lanceiro abandonou sua pose de guerreiro, entrando na brincadeira. Seu sorriso genuíno trouxe confiança a Pietro. Sentiu pela primeira vez em muito tempo que fazia parte do time de verdade.

Nível 16

Os treinamentos intensos fizeram os dias passarem voando e, quando Pedro se deu conta, apenas vinte e quatro horas os separavam do momento mais importante da curta existência do Vira-Latas. Liberou os jogadores naquele último dia, pedindo que se divertissem e buscassem distrações. Tinha consciência de que ainda estavam longe da performance ideal, mas acreditava que cresceriam no decorrer da competição.

Sozinho na *gaming house*, já que Pietro decidira encontrar o namorado e os outros tinham ido ao cinema, Pedro arrumava os últimos detalhes para a ida do time até o estádio. Depois de dobrar os uniformes de cada jogador e separar os moletons e bonés nas mochilas, ele se sentiu como um pai que preparava os filhos para o primeiro dia de aula. Se meses antes alguém dissesse que cuidar de adolescentes o faria se sentir bem, daria uma risada cínica e indicaria uma consulta com um psiquiatra. Agora, considerava aqueles pirralhos quase como sua família.

O Campeonato Brasileiro daria duas vagas para o Mundial. Os times que se enfrentassem na final já teriam sua passagem para a Coreia do Sul garantida. Pedro se sentia mais tranquilo com a chance extra de se classificar, mas não queria que seu time pensasse pequeno. Se não acreditassem no seu potencial, quem acreditaria?

Como em todos os anos, as partidas seriam eliminatórias no estilo mata-mata, divididas em duas chaves. Os dezesseis melhores times do Brasil tiveram seus oponentes escolhidos através de um sorteio. O Vira-Latas caíra na chave menos complicada, longe do Espartanos e do Glória. Só enfrentariam um dos dois grandes se chegassem à final.

Mesmo com o caminho livre dos times mais fortes, Pedro não se permitia relaxar. As outras equipes viriam com igual sede por vitórias e o seu primeiro enfrentamento já era contra um dos aliados de Asgorth. Os kptas eram apontados como a grande promessa da competição.

Com a ajuda de Sam e Aline, ele havia recolhido uma enorme quantidade de informações sobre os kptas. Estilo de jogo, campeões preferidos, jogadores de destaque. Apanhou a pasta com várias notas e refletiu se deveria dar mais uma lida nas páginas que já sabia de cor. Antes que tomasse sua decisão, o celular no bolso da calça começou a tocar. Ficou surpreso ao reconhecer o número de Murilo.

Desde a confusão no estacionamento da produtora, Murilo reagiu mal à verdade sobre Novigrath e seus campeões. Suas palavras exatas foram: "Não tenho nada a ver com essa maluquice. Boa sorte na batalha contra as forças do mal e o escambau. Vou ficar bem longe disso"; depois, passou a não atender mais nenhum telefonema e até fechou a lan. Pedro chegou a pensar que o colega havia sumido como prometera, mas a ligação inesperada desmentia essa ideia. Atendeu, desconfiado.

— Você vai precisar de um motorista amanhã, Epic. Chego às oito. Separa a grana para a gasolina — falou Tarântula, apressado, como se quisesse despejar sua decisão antes que se arrependesse dela.

Pedro piscou algumas vezes, chegando a pensar que a ligação era um trote.

— Tá falando sério? É o Murilo mesmo?

— Claro que sou eu, mano. Me escuta só um segundo. — Ele deu um suspiro que causou uma chiadeira na ligação. — Eu sei que surtei no nosso último papo, mas você tem que me dar um desconto. Aquela maluquice toda, os garotos lutando como se tivessem saído de um filme de super-herói, o Xiao na minha frente, falando que o jogo era de verdade... Na real, minha cabeça deu curto, tá ligado?

A explicação fazia todo o sentido e se assemelhava com os sentimentos de Pedro quando descobriu a verdade. No entanto, algo ainda lhe parecia errado.

— E o que mudou? Por que decidiu aparecer de novo?

Outro suspiro e mais pontadas no ouvido.

— Eu não fechei minha lan por causa de vocês, Epic. Dois dias depois que soube da verdade, uma coisa aconteceu. Que me fez repensar tudo o que eu descobri.

Pedro manteve um silêncio nervoso. O tom grave de Murilo o deixou alerta.

— Um cara não queria parar de jogar. Já eram quase onze da noite e eu tava louco pra fechar a loja. Era um tiozão, sabe, devia ter descoberto o jogo fazia pouco tempo, mas já estava vidradão. Fui falar com ele na boa, explicar que a hora da lan tava no fim. O cara me mandou pro inferno, me tratou supermal. Fiquei louco da vida e decidi desligar o computador na marra. — Ele fez uma pausa para recuperar o fôlego. — Quando puxei o cabo de energia, ele começou a gritar um monte de maluquice como "Asgorth precisa crescer" e "O despertar de Zorrath se aproxima". No fim, tentou me esganar. Pensei que ia morrer, na moral. Então, peguei a primeira coisa que apareceu pela frente, o que no caso foi um teclado, e tasquei na cabeça dele. Ele caiu duro no chão e foi o tempo que tive pra chamar a polícia.

Ao final do relato, a unha do polegar de Pedro já tinha sido roída até o sabugo. O tom de Murilo baixou, como se estivesse prestes a contar um segredo.

— Depois disso, me dei conta de que mesmo longe eu não podia fugir dessa invasão. Fechei minha lan e fiquei pensando sobre o que fazer. Só encontrei um jeito de não me ferrar nessa história.

— E qual é, Tarântula? — Pedro já suspeitava da resposta.

— Vou ficar do lado de quem está preparado para enfrentar essa maluquice. Por favor, Epic, quero ajudar vocês.

O treinador não sabia se ficava aliviado ou indignado com a resposta.

— Pelo visto, você continua o egoísta de sempre, Tarântula.

A risada do outro lado da linha o deixou ainda mais irritado.

— Você sabe que eu sempre fui um cara prático, Epic. Pelo menos não inventei uma mentira qualquer. E então, o que me diz? Sou seu motorista?

Pedro concordou porque se sentia responsável por Murilo. O mínimo que podia fazer era aturá-lo um pouco mais e garantir sua segurança.

— Nós saímos às nove. Não se atrase ou vamos embora sem você. Aline já aprendeu todas as manhas da van.

O tom do outro ficou muito mais leve.

— Mano, vou chegar aí antes de todos vocês acordarem. Pode escrever o que eu digo.

A ligação acabou antes que Pedro pudesse se despedir. Com um suspiro, guardou o celular no bolso e olhou para a pasta repleta de informações sobre os adversários. Toda a sua vontade de estudá-los havia evaporado como água esquecida fervendo. Saiu correndo para a cozinha, pois realmente tinha deixado uma panela no fogo. Suas habilidades culinárias eram tão boas que nem chá conseguia fazer direito. Enquanto praguejava e tentava não queimar as mãos, ouviu uma risada atrás de si. Não precisou se virar para saber a quem pertencia.

— Pensei que só voltaria amanhã — disse ao lanceiro. — Aconteceu alguma coisa?

Xiao se aproximou da bancada da pia e tomou a panela das mãos de Pedro, encheu-a novamente com água e devolveu-a ao fogão. Vê-lo executar tarefas mundanas, vestindo uma armadura completa, era bizarro, para dizer o mínimo.

— Hoje uma trégua foi acertada em Novigrath. Todos estão ansiosos para amanhã, quando a verdadeira batalha começa em todo o mundo.

O calendário de campeonatos era bem organizado, e a maioria dos torneios acontecia nos mesmos dias ao redor do globo.

— Nós vamos fazer o possível — disse Pedro.

Ao se virar, Yeng Xiao trazia duas xícaras fumegantes na mão. O cheiro do chá de hortelã tomou a cozinha, e ele sinalizou para que se sentassem ao redor da mesa. Pedro contou as novidades sobre o reaparecimento de Murilo.

— Você fez bem em aceitá-lo — comentou Xiao.

— Pelo que ele me falou, os casos de pessoas afetadas pelo jogo estão mesmo piorando. — O chá perdeu o sabor adocicado. — Será que nós não devíamos alertar a imprensa? Sei lá, explicar que jogar em excesso pode ser perigoso?

Nunca imaginou que um dia falaria isso. Durante anos, sua vida se resumiu a passar horas e horas no Domo de Batalha de HdN.

— Entendo sua preocupação, mas já vimos que esse tipo de alerta não funciona. Alguma reportagem mudou o comportamento das pessoas? — Xiao descansou sua xícara na mesa. — Só há uma maneira de pararmos isso, e você sabe qual é.

Os dedos de Pedro apertaram a porcelana quente.

— Precisamos ser cautelosos, Epic. Enquanto os Filhos de Asgorth nos considerarem fracos, temos mais chances. Devemos escolher bem as nossas batalhas.

— Você está certo. Desculpe. — Ele tomou o último gole de chá. — Não foi para me ouvir divagar que veio aqui, né?

— Não. — O lanceiro ficou sério. — Ficarei um bom tempo fora. Você vai ter que liderar os garotos na minha ausência.

— Como assim? Você tinha garantido que nos veríamos amanhã! — exclamou Pedro, o nervosismo evidente nas palavras apressadas.

Uma sombra pairou sobre o rosto de Xiao, aumentando ainda mais a expectativa.

— Novigrath precisa de mim. Além disso... — Ele encarou as próprias mãos, parecendo envergonhado. — Não tenho condições de viajar entre os dois mundos com tanta frequência. Preciso me poupar.

A ideia de ficar sem os conselhos do lanceiro apavorava Pedro. E se não fosse capaz de cuidar do time sozinho? Antes que externasse seus temores, Xiao retirou um pergaminho enrolado do meio das vestes e o colocou na mesa.

— Isso é um presente — explicou ele. — Vamos, pegue.

Pedro deixou a xícara de lado e apanhou o papel antigo. Ao desenrolá-lo, sentiu cheiro de carvão queimado. As letras pintadas mostravam uma caligrafia rebuscada, repleta de voltas e curvas, mas que ele não conseguia decifrar.

— Que língua é essa?

— É o alfabeto oficial de Novigrath. Você não precisa saber nosso idioma para usar este presente. É um talismã de proteção.

Pedro não sabia dizer se era impressão sua, mas o pergaminho pareceu mais pesado depois que Xiao revelou seu propósito.

— E o que ele faz? Como vai nos proteger?

O rosto de Xiao permaneceu sério.

— Reze para não descobrir, pois, se usá-lo, quer dizer que eu falhei. Leve-o sempre consigo.

Yeng Xiao se levantou e estendeu a mão para um último cumprimento.

— Tenho certeza de que não vou precisar desse talismã e que nos veremos em breve — falou Pedro, mais para se acalmar do que para aliviar a preocupação do lanceiro.

— Que Lumnia faça jus às suas palavras, Epic. Cuide-se e não desanime.

Pedro retirou o boné do Vira-Latas e o colocou no lanceiro, que ficou bem ridículo, mas não fez nada para impedir.

— Para você se lembrar da gente enquanto estiver longe.

Xiao tocou na aba do boné e desapareceu devagar, deixando Pedro encarando o vazio. Assim que se viu sozinho, o treinador lançou um olhar temeroso para o pergaminho na mesa. O barulho da porta e as vozes altas denunciaram que os garotos haviam retornado.

Ocultou suas preocupações e guardou o presente no bolso. Carregaria o fardo sozinho se fosse para garantir o bom desempenho de seus jogadores. Afinal, esse era seu trabalho como treinador.

Nível 17

Eles estavam prontos. O estádio estava pronto. O Brasil estava pronto. Fogos tingiram o céu com luzes coloridas. A torcida gritava e agitava suas bandeiras. Os gritos do apresentador explodiam nas caixas de som, junto com a música tema da temporada daquele ano. Os dezesseis times subiram no palco, representando suas respectivas chaves. Quando chegou sua vez, Cris sentiu as pernas tremerem e as mãos ficarem úmidas de suor. Os flashes das câmeras fotográficas chegavam a atordoar.

O Campeonato Brasileiro tinha um nível completamente diferente do torneio classificatório. Mesmo que Cris tivesse acompanhado diversas partidas pela televisão, e que os recordes de público fossem divulgados aos quatro ventos, estar no Estádio de eSports Whesley Santos era muito diferente do que ser um mero espectador. Sentia as expectativas de todos sobre seus ombros, ouvia os murmúrios dos adversários, mas a ansiedade para colocar em prática todo o árduo treinamento superava qualquer medo. Iria provar o seu valor.

Depois da apresentação, os capitães das equipes voltaram ao palco para uma breve entrevista, na qual o famoso *trash talk*, repleto de indiretas e provocações, estava liberado. O último a falar foi Tadeu "Pax" Nogueira, capitão do kptas, que prometeu uma vitória rápida contra o Vira-Latas. Cristiano quase deu meia-volta para arrancar o microfone dele, mas Samara o segurou.

— Eles não podem falar babaquices e sair sem resposta! — reclamou Cris.

— Nós vamos responder à altura, Fúria. No jogo.

— Não tenho sangue de barata, Titânia.

— Mas pelo visto parece que tem o cérebro de uma!

Retornaram para a sala exclusiva da equipe, onde Murilo se distraía com a primeira partida, que estava prestes a começar. Os campeões do ano passado protagonizariam o jogo de abertura. Espartanos contra Solaris Team.

Os garotos se reuniram ao redor da televisão, olhos vidrados na escolha dos heróis. A composição final do Espartanos era muito forte. Augusto "KrueL" Pessoa, o caçador espartano, surpreendeu e escolheu Zorrath. Por ser um campeão novo, e muito banido na fase de escolha de campeões, poucos o utilizavam no cenário profissional. Aquilo estava prestes a mudar.

Só de olhar para o avatar do monstro, pelos negros, dentes protuberantes e um rosnado ameaçador, Cris ficou inquieto. O bicho já assustava dentro do jogo, nem queria imaginar o que aconteceria se ele quebrasse a barreira entre as dimensões.

— Isso é péssimo — comentou Pedro. — Milhares de pessoas estão assistindo ao campeonato. A popularidade do Zorrath vai para as alturas.

Cris reconhecia a gravidade da situação. O que impedia os Filhos de Asgorth de ganhar aquela guerra era que o monstrengo ainda não tinha domínio fora de sua realidade. Se aquilo mudasse...

— O que podemos fazer para evitar que isso aconteça? — perguntou Aline.

Pedro ajeitou o boné do Vira-Latas, tentando parecer confiante. Cris já o conhecia bem para saber que era fingimento, mas o admirou pela força de vontade.

— Precisamos vencer. O nosso sucesso aumentará a força de Lumnia.

Os garotos assentiram devagar, mas ter confiança enquanto o Espartanos esmagava seus adversários era algo bem difícil. Ao olhar para o placar do jogo, Cris não teve dúvidas de quem seria o vencedor daquele primeiro embate. Zorrath já tinha sete abates em menos de vinte minutos de jogo.

— É um *stomp*, caras. GG *well played*. — Cris usou a famosa frase que a maioria dos jogadores digitava ao final das partidas.

Percebendo o clima tenso, Pedro colocou a televisão no mudo.

— Nosso foco deve estar no kptas. Vamos discutir nossos *bans*.

Passaram a hora seguinte acertando as estratégias finais; o debate foi acalorado e os ajudou a esquecer o Espartanos. Depois de tudo decidido, aqueceram os reflexos no mouse e no teclado. Foi naquele momento que o chamado nervoso de Murilo os obrigou a voltar sua atenção para a televisão.

— Vocês precisam ver isso. Agora!

Como previsto, o Espartanos venceu a melhor de três. No entanto, os comentaristas e o público estavam mais interessados na reação incomum dos jogadores do Solaris Team. Pálidos e enfraquecidos, eles mal conseguiam se levantar das cadeiras. O técnico da equipe ajudava sua atiradora, segurando-a pela cintura.

— Mas como isso é possível? — perguntou Murilo, bastante tenso. — É só um jogo, caramba!

Enquanto os cinco jogadores eram retirados do palco, os espartanos comemoravam no seu canto. Seus sorrisos irritaram Cristiano.

— Eles sabem exatamente o que está acontecendo e nem se importam.

— O Solaris Team era uma das equipes neutras. Eles não são ajudados pela energia das facções — racionalizou Pedro. — Foi por isso que passaram tão mal com a derrota. Não conseguiram se defender do jogo literalmente drenando as forças deles. É exatamente como os casos que estão acontecendo em todo o mundo.

O que mais o surpreendia era que algo daquele tipo tivesse acontecido no próprio campeonato, na frente de todos. Será que Asgorth já não se preocupava em esconder suas intenções? Não tiveram muito mais tempo para pensar no ocorrido, pois um dos organizadores da Noise Games apareceu, chamando-os para a sua partida. Coube a Pietro dizer palavras motivadoras antes que subissem ao palco.

— Vamos mostrar a eles do que somos capazes. Os vira-latas também mordem! AUUUUUU!

Mesmo contra a vontade, Cris entrou na brincadeira do uivo. Se aquilo fazia seus companheiros se sentirem bem, ele toleraria passar pelo ridículo.

Os preparativos para o início da partida passaram como um filme acelerado. Assim que Cris colocou os fones de ouvido e sentiu a textura do mouse emborrachado sob a mão, foi tomado pelo furor pertencente a Dannisia. Conhecia aquela sensação muito bem e, depois de um longo mês para aprimorá-la, tinha controle total sobre ela. Quando a fase de escolhas e banimentos terminou, o virtual se transformou em real e parte dele se transportou direto para o Domo de Batalha, assumindo a forma e todas as sensações da maga carregadora. Seus companheiros, completamente alertas, também o acompanharam naquela jornada.

Manter-se imerso no jogo trazia desvantagens. Cada golpe era sentido na pele, os abates sofridos atordoavam e enfraqueciam, mas os cinco aprenderam a suportar aquelas dores. A mente extrapolava o imaginário, mas o corpo mantinha-se seguro no palco. Escolheram uma composição que primava pelo combate direto. Aquela era a melhor demonstração de que acreditavam na vitória. E ela veio.

Ao final do dois a zero convincente, não havia analista que discordasse que o Vira-Latas tinha potencial. O capitão do kptas foi obrigado a engolir suas palavras da pior maneira. Não apresentava a mesma estafa dos membros do Solaris Team, pois defendia Asgorth, mas estava visivelmente abalado. Quando trocaram os cumprimentos obrigatórios do fair play, evitou a todo custo o olhar dos vencedores. Cris não resistiu a uma última provocação.

— Você tinha razão. Foi uma vitória bem fácil.

O outro garoto apertou a mão de Cristiano com a clara intenção de machucar. Aline, que fechava a fila de cumprimentos, ergueu as sobrancelhas em surpresa. Os dois times ficaram tensos, prontos para invocarem seus poderes a qualquer novo sinal de hostilidade.

— Você acha que tem alguma chance só porque nos derrotou? — sussurrou o capitão do kptas. — É melhor pensar de novo, perdedor. Os Filhos de Asgorth vão vencer, não importa quanto se esforce.

Os lábios de Cristiano se abriram em seu sorriso mais cínico.

— Olha, parceiro, se depender da sua ajuda, os Filhos já eram. Na moral, você devia se preocupar com a própria pele, já que o Zorrath não parece ser um bichinho muito compreensivo.

Sua última frase causou mais impacto do que imaginava. Todos os membros do kptas empalideceram. O capitão arregalou os olhos, ficando sem palavras. Até mesmo os analistas tinham interrompido seus comentários para tentar descobrir o que se passava entre os jogadores.

— Isso não vai ficar assim — disse o capitão em voz baixa, quando se recuperou. — Vou rir muito no dia da sua queda. E pode acreditar, você vai cair.

Ele cumprimentou Aline só por obrigação, partindo com passos duros. O resto do time o seguiu, cabisbaixo. Talvez não tivessem escolha a não ser defender o lado errado.

Pedro recebeu Cris na sala de treinos com a bronca na ponta da língua. Às vezes, o garoto achava que ele tinha feito um curso intensivo com seu pai. Os dois travavam uma disputa acirrada pelo título de "Maior puxão de orelha do ano".

— Não aconteceu nada, Epic — disse Cris, se jogando na cadeira e apanhando a bolinha de massagem para as mãos. Começou a apertá-la, sentindo vontade de esganar o técnico. — Fico surpreso de você aceitar calado as provocações desses idiotas. Onde está o cara que mostrava o dedo para os haters?

O resto do time se calou na mesma hora, sentindo o clima pesar. Murilo deixou a televisão de lado para ver a briga.

— Eu amadureci — respondeu Pedro, rápido. — Cada provocação que você devolve pode piorar a situação contra nós, contra nossas famílias.

Cris baixou os olhos, mas Pedro estava longe de terminar.

— Só lembra o que aconteceu com Aline e Sam quando foram perseguidas pelo motoqueiro. É isso que vamos arranjar se levarmos a batalha para fora do jogo.

— Tá bem, tá bem.

Ele largou a bolinha na mesa, focando a atenção no seu celular. Antes que procurasse notícias sobre a partida, sentiu a mão do treinador no ombro. Já esperava uma nova bronca, mas ficou surpreso ao encontrar um sorriso amigável, sinalizando uma trégua.

— Parabéns pela vitória. Você jogou muito. Todos vocês fizeram um ótimo trabalho.

Cris não queria transparecer quanto aquele elogio o agradava, mas não foi capaz de esconder a mudança de sua expressão.

— Quem você acha que a gente vai enfrentar? — perguntou Samara. — Elementalz ou Fibra?

— O favorito é o Fibra, mas nós sabemos melhor do que ninguém que isso não quer dizer nada — disse Pedro apontando para a televisão. — A partida vai começar.

A rotina do campeonato era cansativa, mas pelo menos a tensão da estreia já havia passado. Para Cris, os dias seguintes de competição foram um borrão. Arrancaram vitórias com garra, contrariando todas as previsões. O peso dos acontecimentos só foi afetá-lo quando se deu conta de que já estavam na semifinal. Mais uma vitória e conseguiriam a vaga para o Mundial, algo que nem mesmo Pedro havia conquistado como jogador.

Na manhã da partida, a ida até o estádio foi um nervosismo só. Murilo colocou uma música no rádio para amenizar o clima, e Cris ficou grato por isso. Assim que desceram da van, notaram que a torcida também considerava aquele dia mais especial do que os outros. Uma grande aglomeração de pessoas os esperava na entrada reservada aos jogadores. Usavam réplicas dos uniformes, pedindo autógrafos aos gritos. Diante de tantas vitórias, o Vira-Latas havia se tornado a sensação da competição. Afinal, quem não gostava de torcer para um azarão?

Cris fez questão de falar com todos os fãs. Percebeu que não era tão popular quanto Sam ou Adriano, os dois queridinhos, mas ficou satisfeito com as palavras de incentivo que recebeu. Tinha fãs de verdade, pensou rindo. O que seu pai diria se estivesse ali? Será que ao menos imaginava que o filho estava prestes a fazer história? Afastou depressa aquele pensamento. A última coisa de que precisava agora era se lembrar da falta de apoio da família.

Chegaram à sala exclusiva com dez minutos de atraso. Pietro carregava uma sacola cheia de bichos de pelúcia. Tinha criado o costume de pendurar um deles no monitor a cada partida e agora não parava de receber doações. Difícil seria escolher um em meio a tanta variedade. Depois de um aquecimento rápido, fizeram uma rodinha e ouviram as palavras emocionadas de Pedro. Conhecendo a história do treinador, que foi desclassificado do Campeonato Sul-Americano, que antigamente cedia vaga ao Mundial, Cris imaginava que chegar ali reavivava memórias difíceis.

— Não pensem que essa é a partida mais importante, pois a final ainda nos espera. Eu acredito em vocês.

Seu adversário seria o R-Eletros, batizado com o mesmo nome de uma famosa cadeia de lojas de produtos eletrônicos. Tinham um nível de investimento totalmente diferente do Vira-Latas e até haviam contratado um jogador estrangeiro para fortalecer o time. Seu retrospecto perfeito era intimidante, mas a pressão estava sobre eles.

Foi aproveitando essa vantagem que o Vira-Latas arrasou no primeiro confronto. Pareciam jogar de maneira mais leve, enquanto o R-Eletros demorava a tomar decisões simples, cometendo muitos deslizes. As jogadas de Samara, com sua mecânica apurada com a campeã Cibella, fizeram toda a diferença. Sua boa atuação, somada às palavras motivadoras de Pietro, fez com que a partida fosse bem unilateral, decidida de maneira rápida. Um a zero para o Vira-Latas. Só um jogo os separava do Mundial.

Quando a segunda partida começou, Fúria tremia tanto que era difícil controlar o mouse. Aquela partida não valia o título, mas colocava em jogo todo o projeto dos últimos meses e o futuro do mundo que conheciam.

Foram cinquenta e sete minutos de muita tensão. A vantagem mudava de lado a cada instante e nem o mais veterano analista conseguia prever o resultado. Os vira-latas se reuniram na rota central do mapa e avançaram sobre os adversários do outro lado do rio. Não havia mais estratégias ou armadilhas, jogariam com o coração.

O encontro dos dez campeões causou um verdadeiro estrondo. O tempo pareceu se esticar como um elástico, mas tudo não passou de um minuto. Quando o último membro do R-Eletros foi eliminado por LordMetal, completando assim o chamado ACE, Cris teve certeza da vitória. Largou o mouse antes mesmo de o Monumento de Novigrath do adversário ser destruído. O Mundial o esperava! Abriu os braços, sentindo-se no topo do mundo. Cada berro seu era um desabafo aos descrentes que tentaram afastá-lo daquele sonho. Lágrimas rolaram pelas bochechas ao mesmo tempo em que Adriano e os outros se levantavam. A partida estava oficialmente terminada.

Recebeu abraços apertados do atirador, mas sua atenção se prendeu na figura ofegante de Pedro. Desobedecendo ao protocolo, ele entrou no palco e se jogou sobre seus jogadores embolados. Comemorava abertamente, exorcizando também os próprios demônios. O boné voou bem alto, assim como as expectativas para a final.

Que viesse o Espartanos.

Nível 18

Dormir naquela noite foi difícil. Cenas da vitória retornavam à mente de Cristiano a todo instante e ele rolava na cama, inquieto. No outro beliche, Adriano e Pietro enfrentavam o mesmo problema. Resolveram conversar sobre a final que os aguardava dali a três dias. Suas vozes acabaram atraindo passos. A porta se abriu, revelando Aline e Samara de pijama.

— Vocês também não conseguem dormir? — perguntou Sam, entrando no quarto sem nenhum embaraço.

Aline veio atrás, de cabeça baixa. Sentaram-se na cama extra, abaixo da de Cris.

— Eu ainda não acredito que conseguimos — admitiu Adriano.

Samara deu um sorriso largo.

— Minha avó está vindo para a final. O Epic topou pagar a passagem.

— Eu acho que a nossa mãe vem também — comentou Pietro, brincando com o travesseiro. — Depois de hoje, ela ficou bem empolgada com o jogo. E os ingressos de cortesia que a Noise ofereceu foram um bom incentivo. O Fred vai com ela.

Aline e Cris se entreolharam, compartilhando a incerteza da reação dos pais. Cristiano se ressentia mais, pois não recebera uma mísera ligação de parabéns. Pelo menos a mãe da garota se dignou a telefonar.

— Os meus pais não vêm e eu não estou nem aí!

— Não fala isso, cara — repreendeu Samara.

— Nem todo mundo tem pais compreensivos e legais, Sam. Se os seus eram assim, parabéns. Não me enche, tá — disse irritado, escondendo o rosto no travesseiro.

— É melhor a gente tentar dormir — falou Pietro. — Amanhã vamos treinar. Temos que colocar os espartanos no lugar deles.

Os quatro fizeram um pacto pela vitória e se despediram. Cris não levantou o rosto do travesseiro, mas seus olhos estavam bem abertos. Também fez uma promessa silenciosa, mas bem diferente da dos companheiros. Se fosse campeão, daria o braço a torcer e ligaria para os pais. Talvez com a taça na mão, eles finalmente admitissem que estavam errados. Não custava nada sonhar.

Se na semifinal o estádio estava lotado, na partida que definiria o Campeonato Brasileiro não havia espaço nem para caminhar. Desde comentarista televisivo até o torcedor na última fileira do anel superior, todos contavam os minutos para que o jogo começasse. As apostas ainda davam favoritismo ao Espartanos, mas o moral do Vira-Latas cresceu muito depois da vaga garantida para o Mundial. Ninguém ousava diminuir as chances de a grande zebra levar o título.

O nervosismo dos jogadores era bem diferente daquele da semifinal. Já tinham conquistado o objetivo principal da vaga para o Mundial e sabiam que aquela final serviria como um teste. Os times do exterior eram tão bons ou até melhores que o Espartanos. Então, um bom resultado já seria uma indicação de que o Vira-Latas seguia o caminho certo. E um resultado ruim seria uma amostra dos erros que precisava corrigir.

Antes do início da partida, jogadores antigos trouxeram a taça para o palco e a colocaram no pedestal entre as duas fileiras de computadores. De pé, em frente aos seus lugares, os vira-latas e os espartanos não desviaram o olhar daquele objeto de desejo. Uma peça metálica única de cinquenta centímetros que formava uma coroa em seu topo. Havia inúmeros nomes gravados no corpo prateado, nicks de todos os homens e mulheres que a haviam erguido desde o surgimento do Campeonato Brasileiro.

— Eu quero o meu nome naquela belezinha — falou Adriano, assim que tiveram autorização para sentar e colocar os *headsets*. — Sério, o Pato nunca vai ter força para levantar aquilo sozinho!

— Cala a boca, Adi. Nem ganhamos ainda.

Torneios internacionais costumavam ter suas finais disputadas em cinco partidas, mas o Campeonato Brasileiro sempre preferiu inovar, por isso mantinha apenas três, só que com um diferencial: o time que tivesse a melhor campanha já ganhava a vitória de um mapa. O Espartanos fora muito mais incisivo até ali, sem perder uma única partida nas séries que disputou. Por isso, já tinha uma vitória de vantagem. Para o Vira-Latas, não havia segunda chance. Tinham que ganhar de qualquer jeito para forçar a terceira partida. Quando a tela de carregamento tomou os monitores, a consciência dos dez jogadores foi transportada para Novigrath.

Os vira-latas abriram os olhos e se depararam com a base dos Defensores de Lumnia. O Monumento de Novigrath brilhava como um farol, a pirâmide com um rubi em formato de hexágono em seu topo impressionava pelo tamanho e também pela energia que emanava. Todos os campeões eram fortalecidos naquela área, recebendo cura e benefícios, como vida extra e mais dano.

O time saiu da base com passos confiantes. O capitão Roxy dava orientações. Seu avatar de Ayell contribuía para que tivesse uma aura imponente. Junto com o irmão, que havia escolhido o atirador Octavo, rumaram para a rota inferior.

A selva parecia sinistra. Árvores e arbustos secos, uma bruma branca pairando sobre o chão, escondendo raízes e buracos. Entretanto, Titânia conhecia aqueles caminhos muito bem. Virou-se para NomNom, balançando as orelhas de gato de seu avatar, Cibella.

— Vamos juntas pela selva até a metade do caminho, depois você pega o atalho para a rota superior.

A garota concordou. Puxou seu gládio da bainha e retirou o escudo redondo das costas. Seu campeão era Leôncio, o minotauro, um guerreiro que primava pela defesa. O escudo mágico fora criado para aguentar os mais poderosos golpes físicos.

Fúria, como todo mago carregador, teve que enfrentar a solidão da rota central. Acompanhado somente das tropas de soldados, seguiu em frente sem hesitar. A luz que emanava da mão metálica de Dannisia iluminava o percurso acidentado que o levaria ao rio, fronteira natural entre os territórios de Lumnia e Asgorth. Foi lá, no meio das águas rasas, que encontrou seu adversário, Eli, o mago negro.

As tropas se digladiavam em meio a gritos de ordem, enquanto os campeões das duas facções se estudavam. Eli levantou as mãos e invocou uma barreira cinzenta que envolveu seu corpo. Aquele era o sinal de que o embate realmente começara.

Por causa da habilidade defensiva do inimigo, que invocava um campo de força para se proteger, os ataques de Fúria eram facilmente anulados e punidos. Apanhou até que sua vida estivesse por um fio. Continuar na rota seria assinar a própria sentença de morte, por isso resolveu recuar.

Como a primeira torre de proteção ainda estava de pé, ele se sentiu seguro debaixo dela para se teleportar para a base. Puxou o pergaminho que permitiria a execução da magia. No entanto, quando estava prestes a desaparecer, várias raízes brotaram do solo, criando espinhos que se cravaram dolorosamente em seus pés. Seu grito e o de Dannisia se misturaram. Imobilizado, viu outro campeão do Espartanos se revelar, pronto para a emboscada. O corpo esverdeado, formado por folhas, musgos e líquens, mesclava-se muito bem com a paisagem da floresta. Os cabelos eram galhos pontudos que mais pareciam chifres.

Conhecido como Dionaea, o homem-planta era um dos caçadores mais furtivos de Novigrath. Uma vez pego por suas raízes, escapar estava fora de cogitação. Fúria pediu ajuda para os companheiros, mas Titânia auxiliava NomNom do outro lado do mapa. Roxy e LordMetal permaneciam na rota inferior, sofrendo pressão da dupla inimiga. Ele engoliu em seco, sabendo o que o esperava.

Depois que o caçador aprisionou Fúria, o mago Eli avançou sem temer os raios da torre. Placas de pele queimada surgiram em seu corpo, mas tudo valeu a pena quando ele acertou Dannisia no peito. O *ultimate* não se chamava Raio Mortal por acaso. O dano desferido era absurdo e ainda causava Apodrecimento, status negativo que deteriorava o corpo do alvo atingido.

Fúria foi deixado para morrer sob a proteção da própria torre. Mesmo sabendo que o abate duraria apenas alguns segundos, sentiu o medo se espalhar junto com o Apodrecimento. Olhar para as feridas que brotavam na pele o enojava.

No fim, o nada o envolveu. A pior sensação de todas era a espera pela ressurreição. O tempo diminuto parecia se alargar naquela dimensão desconhecida. O retorno foi tão doloroso quanto o abate. Os membros fracos demoraram a encontrar equilíbrio, quase sempre levando-o ao chão. Ouviu a pergunta preocupada de Roxy, querendo saber se ele estava bem. A aura curativa da base começou a fazer efeito, trazendo sua voz de volta.

— Aqueles desgraçados não vão me *gankar* outra vez — prometeu.

No entanto, o massacre do Espartanos só se consolidou depois do primeiro abate. As estratégias não importavam, os adversários sempre estavam um passo à frente dos vira-latas. A diferença de ouro e objetivos alcançados se transformou em um abismo.

— Isso não pode estar acontecendo! — desabafou Titânia quando a última torre antes da sua base foi demolida.

Os vira-latas se enfileiravam em frente ao portão. Eram a última linha de defesa que separava o Espartanos do Monumento de Novigrath. Pietro ainda tentou reacender o moral do time, mas seus esforços foram inúteis. O Espartanos avançava como uma onda incontrolável.

Quando os dois times se encontraram, não houve resistência suficiente. O primeiro a cair foi LordMetal, completamente drenado pelo mago inimigo. NomNom tentou manter a linha de defesa com seu escudo mágico, mas ele se quebrou, incapaz de aguentar tantos golpes seguidos. A explosão a jogou para trás.

Com a força do impacto, Titânia e Fúria foram afastados dos demais. Fúria estava com dificuldade para respirar. Uma pontada na perna esquerda frustrou sua tentativa de se levantar. Virou o rosto, avistando o avatar de Cibella ao seu lado. Os pelos chamuscados e as roupas em frangalhos soltavam uma fumaça cinza. A aura curativa da base os salvou da eliminação, mas as barras de vida estavam quase no fim. Titânia moveu os lábios, mas não se escutava sua voz em meio aos sons da batalha. Lágrimas encheram seus olhos, e Fúria pôde ler o abalo ali. O Espartanos seria o campeão.

Em meio à fumaça, a figura esguia do caçador Dionaea surgiu. Ele caminhava com segurança, ignorando os soldados que se digladiavam ao seu redor. Com as palmas das mãos abertas, conjurou galhos vermelhos que se entrelaçaram rapidamente, formando duas lanças em espiral.

Fúria se orgulhava de conhecer todas as habilidades dos campeões de Novigrath, tanto dos Defensores quanto dos Filhos. Entretanto, ficou chocado ao perceber que aquelas armas eram completamente novas. Augusto "KrueL" não só se aproveitava da força do seu avatar, mas também a aprimorava!

Fúria prendeu a respiração enquanto o via chegar mais perto. Tentou se arrastar, mas mal conseguiu sair do lugar. A perna machucada parecia pesar toneladas e os braços arranhados mal aguentavam o resto do corpo. Quando voltou a olhar para a frente, Dionaea já estava sobre ele e Titânia.

— Não adianta pedir ajuda. — A voz do homem-planta se mesclou com a do garoto que o controlava, criando um eco fantasmagórico. — O Vira-Latas acaba hoje. Preparei essas duas belezinhas especialmente para isso.

Com os braços bem abertos, ele ergueu as lanças. O instinto de Fúria gritava que, com aquelas armas, a morte no jogo serial real. Não haveria Mundial, não haveria mais luta. Apertou a mão de Titânia, chegando a cravar as unhas na pele dela. A garota estava igualmente nervosa, parecia ter chegado à mesma conclusão que ele.

As pontas espiraladas desceram na direção deles como a lâmina de uma guilhotina. No entanto, quando poucos centímetros os separavam da morte, Roxy agiu. Usando o *ultimate* de Ayell, se teleportou para o lado dos amigos e invocou dois escudos de energia. O impacto das armas contra a proteção de luz causou uma verdadeira chuva de faíscas. O suporte não pôde fazer muito mais, pois foi empurrado por uma rajada de vento criada por Daniel "Scar", o mago espartano que controlava Eli.

Com um grito raivoso, Augusto "KrueL" continuou a forçar as lanças vermelhas contra os escudos. A camada de energia rachou como vidro. Fúria só teve tempo de mover o corpo para o lado, evitando o golpe fatal. Seu abdômen foi perfurado e, a julgar pelo berro, Titânia também foi atingida.

Naquele momento, o Monumento de Novigrath virava um monte de entulho sob as mãos das tropas de Asgorth. Fúria sentiu um forte puxão no centro do abdômen, característico do retorno ao seu corpo real. Soltou o ar, aliviado, sabendo que a dor insuportável ia passar. Raios azulados formaram um redemoinho de luz e o símbolo da facção inimiga brilhou no ar. Fúria perdeu a consciência só desejando retornar ao estádio lotado.

Nível 19

Samara acordou assustada, sacudindo-se como se ainda estivesse sob ataque. Um frio intenso afligia sua pele e o ombro latejava como se a lança de Dionaea continuasse a perfurá-la. Sentou-se, inclinando o corpo para a frente. Tocou o peito e o rosto, verificando que já não estava mais na pele de seu avatar. Vestia o uniforme do time em estado bem precário. A camisa cinza tinha rasgos e queimaduras, sua calça jeans azul mudara de cor com a grossa camada de lama.

Observou com atenção as mãos cobertas por arranhões e com unhas repletas de sujeira. Um mau pressentimento a fez tocar no ombro dolorido. Como não estava mais no corpo do seu avatar, o mais lógico seria que todas as feridas tivessem desaparecido. No entanto, a ponta dos dedos logo encontrou sangue.

Tentando entender como continuava machucada, Samara analisou pela primeira vez a paisagem ao seu redor. Definitivamente, não estava no estádio Whesley Santos. A floresta era cinzenta e densa. As folhas volumosas na copa das árvores filtravam os raios do sol, criando uma verdadeira cortina de luz. A mão procurou a correntinha no pescoço enquanto os olhos absorviam aquele novo cenário.

— Isso não faz sentido — disse com um suspiro cansado.

A partida contra o Espartanos havia acabado. A derrota fora incontestável. Então, por que continuava presa no mundo virtual? Como explicar sua aparência verdadeira em vez da representação de um avatar?

Levantou-se devagar, as pernas parecendo feitas de gelatina. Acabou caindo sentada depois de alguns passos e xingou alto. A voz rouca causou uma revoada de pássaros que quase fez seu coração parar. Foi então que ouviu um gemido fraco. Acabou notando um corpo oculto por folhas e terra. Arregalou os olhos quando reconheceu Cristiano.

O garoto balbuciava palavras desconexas e revirava os olhos. Sam retirou a cobertura de folhas que o escondia, verificando seu estado. Estava tão sujo e abatido quanto ela. Havia uma ferida feia no abdômen, causada pela lança vermelha de Dionaea.

Ela precisou de alguns minutos para despertá-lo por completo. Cris franziu a testa quando avistou a copa das árvores.

— Onde estamos? — A pergunta saiu em um sussurro rouco. — O que aconteceu com a partida?

— Nós perdemos — respondeu Sam, sem rodeios. — Foi bem feio.

Cris fez uma careta.

— Pera lá, se nós perdemos... Que lugar é esse?

Com algum esforço, Samara conseguiu levantá-lo. Ele manteve a mão esquerda pressionada contra o ferimento, mas o sangue ainda brotava de maneira preocupante.

— Essa não é a selva que nós conhecemos — continuou Sam, expondo seus receios. — Acho que ainda estamos em Novigrath, mas fora do Domo de Batalha.

Cristiano ficou tenso e olhou para os lados de maneira preocupada.

— Como você sabe?

— Eu sou a caçadora do time. É minha obrigação conhecer a selva — respondeu ela com dureza. Depois se arrependeu e tentou explicar de maneira mais calma. — Este lugar é diferente do Domo, mas também tem semelhanças. As árvores, o cheiro forte... Estamos em Novigrath.

A expressão do garoto ficou mais grave.

— Como viemos parar aqui?

Samara tinha uma teoria. Era um tanto maluca, mas naquela situação não havia mais espaço para o sensato.

— Você se lembra do caçador do Espartanos?

— KrueL — respondeu Cris de pronto. — Usava o Dionaea.

— As lanças com que ele nos atacou não fazem parte do kit de habilidades do Dionaea. Era algo novo, criado pelo jogador e não pelo campeão.

Cris assentiu; também havia percebido aquilo. De maneira inconsciente, segurou com mais força o machucado.

— Acho que as lanças são responsáveis por estarmos aqui — continuou Sam. — As feridas que elas nos causaram não foram curadas...

Cristiano perdeu a fala por alguns instantes. O olhar nervoso voltou a se focar na floresta, como se procurasse uma placa que indicasse a saída.

— Temos que voltar para o nosso mundo!

Sam não gostava do Cris irritado, mas descobriu que a versão assustada era muito pior. Agarrou-o pelo braço, tentando lhe passar segurança.

— Primeiro, precisamos sair desta floresta. Depois, vamos tentar encontrar algum campeão dos Defensores.

— Nós não fazemos ideia de onde estamos ou do tamanho desse lugar. Achar alguém de Lumnia vai ser tão difícil quanto ganhar uma partida com *lag*!

Sam aumentou a pressão no braço dele.

— Eu sei que você está machucado e sentindo dor, eu também estou. Mas caminhar é a única coisa que dá para fazer agora.

Enfiaram-se entre as árvores, desviando como podiam dos galhos afiados e das raízes altas. Samara liderava a marcha de maneira cega. Infelizmente, suas habilidades de caçadora se limitavam ao Domo de Batalha. Tentou usar o poder de Kremin para sobrevoar a mata e ver algo além dos troncos escuros, mas seus pés continuaram grudados no chão. Não havia jeito: longe do seu avatar, era apenas uma garota comum perdida no meio do mato.

Cristiano a seguia calado, mancando e preocupado com as próprias dores. Encontraram um riacho por acaso e puderam finalmente matar a sede e tirar um pouco da sujeira do corpo. Um pouco mais disposta, Sam sugeriu que seguissem a linha sinuosa do riacho. Cris, mais pálido do que antes, nem teve forças para contestar. Mal tinham iniciado o novo caminho quando ouviram uma batida abafada. O som vinha de longe, mas era uma pista que não estavam dispostos a ignorar.

Atravessaram o riacho aos tropeções, seguindo as batidas que pareciam chamá-los. A paisagem mudou aos poucos. As árvores escassearam, o terreno ficou mais pedregoso e firme. Diminuíram o passo e se entreolharam.

— Vamos até a última linha de árvores — sugeriu Sam. — Se encontrarmos confusão, damos o fora rapidinho.

As batidas se aceleraram, como se acompanhassem o pulsar do coração dos dois. Agacharam-se quando chegaram ao limiar da floresta, finalmente encontrando a origem do barulho. A cavalaria dos Filhos de Asgorth avançava, levantando uma poeira densa. Bandeiras pretas flamulavam em todas as direções. Aterrorizada, Samara se jogou no chão e puxou Cris junto. A tropa devia ter mais de cem soldados e passava próxima demais ao limiar da floresta.

Imóveis e quase sem respirar, eles observaram a marcha da cavalaria. Todos montavam criaturas bizarras. Eram maiores e mais entroncados que cavalos, com seis patas musculosas que reviravam o solo como se fossem pás. Rachaduras tomavam a pele desprovida de pelos, atraindo moscas do tamanho de bolas de gude. Chamavam-se zebbius. Samara conhecia seus nomes e origens do site de HdN, mais especificamente graças à página que detalhava cada campeão e monstro das facções.

Os cavaleiros com armaduras envelhecidas pareciam um exército esquecido pelo tempo. Aqueles que carregavam bandeiras ou tambores não usavam elmos, deixando à mostra o rosto putrefato. Quando a última fileira passava pela floresta, o líder da tropa ergueu o braço direito e parou. As entranhas de Samara pareceram dar um nó. Agarrou a mão de Cris.

Dois cavaleiros também pararam, encarando seu capitão à espera de novas ordens. Ele era bem diferente dos demais soldados, tanto na aparência quanto no modo de agir. Não usava armadura, pois um esqueleto não precisava temer o fio de uma espada. Samara conhecia aquele campeão muito bem. Foi um dos poucos com o qual jogou na facção inimiga, antes de optar somente pelo lado de Lumnia.

Na época em que ela iniciou sua jornada em HdN, Elric, ou simplesmente Imperador Esqueleto, era considerado um dos personagens mais fortes dos Filhos de Asgorth. Era conhecido por substituir partes do próprio corpo pelos ossos de suas vítimas. Os relatos diziam que o crânio era o último resquício original que mantinha. Os olhos de Sam passearam pelos ossos tão diferentes entre si. Cada pedaço parecia uma peça de um quebra-cabeça que havia sido forçada em uma posição errada.

O Imperador Esqueleto olhava de um lado para o outro, como se farejasse algo. Os zebbius bufavam, impacientes, enquanto os soldados também observavam os arredores. As unhas de Sam se cravaram na mão de Cris de maneira inconsciente, fazendo o garoto soltar um gemido. Aquele som abafado foi suficiente para atrair a atenção de Elric. Os buracos que um dia abrigaram os globos oculares pareciam poços de escuridão.

Sam se escondeu atrás de um arbusto. O Imperador Esqueleto era conhecido como um dos melhores perseguidores de Novigrath. Nenhuma de suas vítimas havia escapado depois de encarar seu olhar vazio. Ao seu lado, um apavorado Cris prestava atenção nos bufos dos animais e no tilintar das espadas. Sam largou sua mão, agarrou-se na vontade de viver e a expressou em uma única palavra:

— Corre!

Nível 20

—Samara e Cristiano estão em coma. Estamos fazendo vários exames para descobrir mais. Peço que, por favor, tenham paciência.

O médico do Hospital Felipe Barata falava de maneira cautelosa e pausada, como se estivesse diante de cães famintos. Pedro amassava o boné nas mãos. O coração ainda batia acelerado mesmo quase quatro horas após o término da partida. Ao seu lado, a avó de Sam e os pais de Cris — que tinham ido ao campeonato sem o filho saber — enchiam o doutor de perguntas. Queriam respostas concretas, explicações e, acima de tudo, alguém que os assegurasse de que os jovens ficariam bem.

Mais afastados, com o rosto pálido e recém-liberados pela equipe do hospital, Aline, Adriano e Pietro observavam a tentativa fracassada dos adultos em resolver aquela situação. No entanto, seus próprios familiares estavam preocupados demais para permitir que se inteirassem da condição dos amigos. Os pais de Aline já queriam levá-la embora. Joo Sung afirmava que não confiava naqueles médicos contratados pela Noise Games. A mãe dos gêmeos não demonstrara nenhuma raiva, só estava aliviada em ver os dois bem.

Pedro lançou um olhar receoso para os jogadores assustados. Queria falar com eles sem os pais, que não entendiam nada do que estava acontecendo. Contudo, como técnico e responsável por Samara e Cristiano, conversar com o médico e ouvir suas explicações fajutas para algo que não compreendia era uma obrigação.

Deixou que a mente voltasse para o terrível momento em que os computadores explodiram. Ele assistiu à derrota dos seus jogadores com a certeza de que teriam muito trabalho até o Mundial. Sentia um misto de vergonha e irritação por terem caído no jogo do Espartanos de maneira tão amadora.

Mas todas as suas preocupações foram substituídas por pavor quando as chamas altas cresceram sobre seu time.

A explosão aconteceu exatamente quando o símbolo da vitória tomou o telão. A vibração da torcida deu lugar a gritos histéricos. Várias pessoas se levantaram com medo de que o incêndio se espalhasse, causando um tumulto generalizado. O burburinho de vozes fazia com que o estádio parecesse uma panela de pressão pronta para explodir. Nos bastidores, onde a comissão técnica dos times via tudo aquilo com olhos arregalados, Murilo agarrou Pedro pelo braço.

— Epic! Eles não estão se mexendo! Vão ser engolidos pelo fogo!

O treinador nem precisava procurar a face sorridente de Yuri "Maxion" para saber que aquele acidente estava ligado ao Espartanos. Cerrou os punhos, mas engoliu a vontade de esmurrar o rival. A prioridade era ajudar seu time.

Pedro correu para o palco, chegando à mesa em chamas junto com os bombeiros. Dois deles usaram os extintores, enquanto os outros puxavam as cadeiras chamuscadas com os garotos. Pedro seguiu o exemplo. Agarrou o encosto de couro, tirando Cris do meio do fogo. O garoto tinha algumas queimaduras nas bochechas e estava desacordado.

Ao olhar para trás, Pedro verificou que os outros jogadores já tinham sido resgatados. Mais aliviado, acenou para um paramédico. Percebeu que o caso de Cris era sério quando solicitaram uma ambulância. Tentou conseguir informações, mas foi obrigado a se afastar enquanto uma maca chegava ao palco. Olhou para os lados, certificando-se de que Adriano e Pietro estavam bem. Aline respirava com a ajuda de uma máscara de oxigênio, mas também parecia fora de perigo. Samara, porém, atraía a preocupação dos médicos.

Depois que o fogo foi contido, o apresentador do campeonato pediu à plateia que se acalmasse. Ficar no estádio não representava perigo para ninguém, ele repetia com ênfase, e lembrava que a taça ainda seria entregue aos campeões. Pedro ficou indignado. Como podiam pensar em comemorações depois do que aconteceu?

O show tinha que continuar. Esse foi o argumento da organização quando ele tentou convencê-los a não realizar a premiação. Recebeu a orientação de seguir para o hospital e deixar o cerimonial com gente que entendia do assunto. A audiência era a mais elevada de todas as edições do torneio.

Havia algo muito errado quando os números importavam mais do que a vida dos jogadores.

Pedro conseguiu o endereço do hospital com um dos paramédicos, reuniu os parentes de seus jogadores e partiu apressado. O percurso na van foi cheio de tensão. Diante do olhar raivoso que Fred lhe lançava, Pedro sentia vontade de cavar um buraco na terra e sumir lá dentro. A chegada ao hospital trouxe surpresas. Assim que entrou na recepção, Pedro foi agarrado por mãos fortes. Não teve reação para se defender quando suas costas bateram com força contra a parede. O pai de Aline espumava de raiva.

— Se algo acontecer com a minha filha, será o seu fim. Prometo! — gritou ele, ignorando os cartazes com uma enfermeira bonita pedindo silêncio. — Eu sempre soube que essa história de jogar não ia terminar bem.

Pedro queria argumentar, dizer que Aline tinha maturidade suficiente para fazer as próprias escolhas, mas achou melhor não alimentar a raiva daquele homem. Continuou ouvindo suas ameaças, que ficaram mais altas depois que o segurança o obrigou a se afastar.

— Vou processar você por danos morais e péssimas condições de trabalho, está ouvindo? Essa história ridícula de esporte eletrônico está acabada!

Depois que Joo Sung foi controlado, Pedro conseguiu respirar por alguns minutos. Procurou notícias dos garotos e foi informado de que o médico responsável logo viria conversar com ele. Alguns repórteres preferiram deixar de cobrir a premiação para seguirem os vice-campeões feridos. Vendo que não conseguiriam respostas com o técnico, decidiram perturbar os familiares.

O pai de Aline chamou um dos repórteres e praticamente agarrou o seu gravador, dando um depoimento venenoso enquanto lançava olhares acusadores para Pedro. Massageando o topo do nariz, o técnico tentou controlar a frustração. Foi então que os pais de Cris chegaram, fazendo uma confusão ainda maior. Dessa vez, o segurança não foi rápido o suficiente e Pedro levou um soco certeiro no queixo. Dividido entre o choque de ver o casal Santos ali e a pontada dolorosa no maxilar, ele permaneceu caído no chão.

— Vocês vieram... — Sua fala soou tola aos próprios ouvidos. — Cris disse que vocês nem ligaram...

— Ele não ligou — falou a mãe do garoto, Sônia, sem esconder o ressentimento. — Nós recebemos os convites da organização. As passagens também.

Aquilo era incomum. A Noise Games entregava os ingressos ao time e era a equipe que tinha a responsabilidade de falar com as famílias dos jogadores. A dor no maxilar se espalhou até os dentes. Yuri seria tão baixo a ponto de fazer questão de que os pais de todos os jogadores estivessem presentes para testemunhar seu fracasso?

Seus questionamentos foram interrompidos pela fala furiosa de Domingos Santos, o pai de Cristiano:

—Você prometeu que cuidaria do Cris! É assim que cumpre sua palavra?

O homem bufava, atraindo os flashes das máquinas fotográficas. A culpa pairava sobre os ombros de Pedro.

—Acredite em mim, se eu pudesse trocar de lugar com o seu filho ou qualquer um dos garotos, trocaria sem hesitar. Eles são minha família também.

Os pais de Cris não tiveram mais tempo para pressioná-lo, pois o médico que todos aguardavam apareceu. Ao seu lado, Aline, Adriano e Pietro caminhavam com olhares abalados. Foram cobertos por abraços enquanto o doutor dava as más notícias sobre os dois adolescentes que não retornaram.

Depois de saber do coma e de ouvir mais acusações, Pedro se afastou e sentou-se em um banco ao lado da máquina automática de café. Como desejava que Xiao estivesse ali! Ele saberia o que dizer para os pais desesperados.

—Droga, por que você me deixou na mão logo agora?

Pedro escondeu o rosto, respirando fundo. Não podia perder a esperança. Sentiu um toque leve em sua nuca e ergueu o corpo depressa, temendo que Joo Sung ou Domingos tivessem voltado para mais uma sessão de xingamentos. Entretanto, encontrou o olhar preocupado de Pietro.

—Minha mãe e Fred querem nos levar para casa. O médico já nos deu alta. — O garoto tinha algumas escoriações no rosto e as mãos enfaixadas.

Pedro meneou a cabeça. Depois de tudo o que passaram, eles deveriam ficar ao lado da família.

—Você e o Adriano estão bem mesmo, né?

Pietro garantiu que sim, sentando-se ao seu lado.

—Eu queria ficar, mas vai ser impossível convencer o Fred e a nossa mãe. Melhor não criar confusão agora. Amanhã nós voltamos...

—Roxy, eu preciso saber o que aconteceu naquele jogo. Qualquer coisa que possa me ajudar a entender por que a Sam e o Cris estão nesse estado.

Pietro se ajeitou no banco e lançou um olhar para o corredor do hospital, querendo ter certeza de que ninguém além do treinador o ouvia.

— Quando o Espartanos estava na nossa base, aconteceu algo esquisito. O KrueL criou armas estranhas, que não faziam parte das habilidades do Dionaea. Ele tentou atacar o Fúria e a Titânia. Usei o *ulti* do Ayell para impedir, mas tinha tanta coisa acontecendo ao mesmo tempo que eles foram feridos mesmo assim. Depois disso, o nosso Monumento virou pó e perdemos o jogo. Ouvi a voz da Aline e do Adi, mas Cris e Sam pareciam ter sumido. Quando dei por mim, o meu computador estava pegando fogo e minhas mãos doíam pra caramba.

Pedro ouviu o relato em silêncio. Sabia que as partidas para os despertados tinham toques de realidade bastante perturbadores. Mal podia imaginar o que os garotos sentiram quando foram massacrados pelo Espartanos.

— Eu fiquei pensando no que aconteceu com Fúria e Titânia desde que vi os dois nas macas. — Pietro franziu o cenho. — É como se os corpos estivessem vazios, sabe? Eu não *sinto* eles aqui. É como se ainda estivessem no jogo.

— Se isso for mesmo verdade, nós temos que tirar os dois de lá — sussurrou Pedro.

— Você acha que o Xiao pode nos ajudar?

— Vou tentar falar com ele. — Pedro se levantou. Sabia que aquela não era uma boa hora para revelar o sumiço do aliado. — Valeu pela conversa, mas acho que sua mãe e o Fred querem dar o fora.

De fato, os dois lançavam olhares na direção deles. Pedro achou que deveria dizer algo positivo antes que se despedissem de vez.

— Com a ajuda do Xiao ou não, vou dar um jeito nisso, Roxy. Prometo.

O garoto o abraçou com força.

— Não importa o que os nossos pais digam, somos um time, e isso não vai mudar. Ainda temos muito trabalho pela frente.

Pedro sorriu de maneira sincera. Pietro mostrava mais uma vez por que era o capitão do Vira-Latas.

— Fica tranquilo e descansa por hoje. Se algo mudar no quadro da Sam e do Cris, eu te ligo.

O garoto foi embora, e Pedro retornou para a recepção do hospital. Viu que a avó de Samara começara uma nova corrente de orações junto com a mãe de Cris. O pai do garoto mantinha-se mais afastado, de braços cruzados. Pedro foi até Murilo, que passava uma conversa fiada na recepcionista atrás do balcão, tentando arrancar informações.

— Ah, mano, até que enfim você apareceu. Pensei que tinha dado no pé para fugir do pai da NomNom. Caramba, aquele cara dá medo!

— O médico deu mais notícias?

— Os resultados dos exames vão sair daqui a uma hora. — Murilo o encarou com apreensão. — Epic, você acha que essa parada que aconteceu com o Fúria e a Titânia tem algo a ver com os... *Filhos?* — ele falou a última palavra em um sussurro conspiratório, escondendo a boca com a mão espalmada.

— É o que o Roxy acha e, pra ser sincero, eu também.

— Caramba, mano! E o que nós vamos fazer?

Pedro já havia traçado um plano. Não estava nada feliz com ele, mas a outra solução seria usar o talismã de proteção que Xiao lhe entregara. No entanto, ainda receava recitar o texto daquele pergaminho. As palavras do lanceiro, afirmando que o seu uso significava que os Defensores tinham fracassado, pesavam em sua decisão.

— Vou ter que dar uma saída — disse com convicção.

Tentaria outros caminhos antes de partir para o total desespero.

— Como é que é? — perguntou Murilo, nervoso. — Pra onde você vai a essa hora?

Pedro pegou o celular do bolso, verificando o horário. Ficou surpreso por já estarem no meio da madrugada. Tinham passado a noite inteira no hospital e ele nem se tocou. Agora, porém, a exaustão chegava como um caminhão desgovernado. Queria voltar para a *gaming house* e dormir por no mínimo uma semana, mas não podia descansar enquanto seus jogadores ainda corressem risco de vida.

— Eu vou procurar o Maxion.

Murilo empalideceu.

— Tá louco? Ele vai fazer picadinho de você, mano.

— Sam e Cris precisam de ajuda. Enfrentar aquele desgraçado é a única coisa que posso fazer agora. Vou descobrir o que ele fez, nem que precise cair na porrada.

Vendo que não seria capaz de convencê-lo do contrário, Murilo se deu por vencido.

— Então boa sorte, mano. Você vai precisar.

Pedro não ligou para o fatalismo do outro. Apontou para a avó de Sam.

— Cuide dela. Se ela quiser descansar, leve a dona Clô para a *gaming house*.

Até pensou em se despedir da senhora, mas temia seu olhar de censura muito mais do que o dos outros pais. Deixou o hospital com passos apressados, pegando um táxi na rua deserta. O sonolento motorista perguntou para onde iria.

— Siga em frente. — Pedro puxou o celular. — Eu já te falo o nosso destino.

Não sentia medo de enfrentar Yuri. Na verdade, desejava uma revanche.

Nível 21

Na floresta, Samara corria com o coração na boca. A linha de árvores ainda dava espaço para que os zebbius avançassem com facilidade. Além disso, o Imperador Esqueleto já havia lançado a habilidade Chão Enegrecido, que criava um tapete de sombras até seus alvos, destruindo tudo no caminho. Mesmo que Sam e Cris chegassem à mata fechada, a proteção não faria diferença alguma.

— Eles estão… mais perto! — gritou Cristiano, quase sem fôlego. Corria com a mão grudada no ferimento do abdômen. Pela palidez, não aguentaria manter aquele ritmo por muito tempo.

— Não para, Cris!

Ela sabia que apenas prolongava o inevitável. Os olhos se encheram de lágrimas quando imaginou sua avó sozinha. Tentou mais uma vez concentrar a energia de seu avatar, mas a ligação que a unia a Kremin fora desfeita.

— Por que… não consigo lutar? — Cristiano também demonstrou frustração.

Estavam completamente indefesos e correr era a única saída que lhes restava. O terreno ficou mais acidentado, com raízes camufladas pela terra escura e pelas folhas secas. Cris acabou tropeçando, caindo de cara no chão.

Ao ouvir o lamento do colega, Sam virou para trás sem saber o que fazer. Os zebbius já estavam muito próximos e, mesmo que ela corresse como nunca, não seria capaz de levantar Cris e continuar a fuga.

— Vai embora, Sam! — gritou Cris. — Rápido!

Mesmo que parte dela quisesse muito sair correndo, não foi capaz de abandoná-lo. Ele tinha muitos defeitos, mas de jeito nenhum merecia cair nas mãos de Elric. As pernas fraquejaram enquanto se aproximava de Cris. Puxou-o pelo braço.

— Sua doida. Era pra ter fugido logo. Eu não consigo mais correr.

Samara já respirava a poeira que os zebbius levantavam. Tudo o que pôde fazer foi passar seus braços ao redor de Cris, em uma tentativa inútil de protegê-lo. Encarou a caveira cinzenta de Elric, preparando-se para o golpe da espada já em riste.

Antes que seus temores se concretizassem, ouviu o rugir de um felino e um vulto saltou à sua frente, protegendo-a. Era uma pantera-negra com uma mulher no dorso. A guerreira vestia uma manta leve e portava um longo arco. Seu cabelo trançado balançava na brisa, a tez negra brilhava sob o sol. Os olhos dourados se estreitaram enquanto disparava uma flecha diretamente no Imperador Esqueleto.

Tudo aconteceu muito depressa. Com uma flecha cravada na cavidade ocular, Elric parou de avançar. Okon, a amazona, mantinha-se na frente dos garotos, já encaixando uma nova flecha no arco. Sua montaria rosnava, nervosa.

— Não ouse se aproximar, ser das sombras. — A voz dela era melodiosa e com sotaque forte, exatamente como na dublagem do jogo. — Essas crianças estão sob a minha proteção.

A guerreira intimidava os soldados rasos, mas o Imperador Esqueleto não foi afetado por suas palavras. Moveu o maxilar descarnado, dando uma risada que parecia vinda do fundo de um poço abandonado.

— Acha mesmo que tenho medo de você, Okon? Suas flechas são inúteis contra mim.

Ele arrancou a seta e a esmigalhou com um único aperto. Samara estremeceu, mas a amazona não se abalou.

— Você pode ser imune às flechas, mas seus lacaios não têm tanta sorte.

O novo disparo acertou o soldado à esquerda. Ele caiu do zebbius com um baque surdo.

— O que espera conseguir sozinha, sua tola? — Elric não se importou com o aliado morto. — Pode derrubar quantos soldados quiser, mais virão.

A ideia de que o restante da cavalaria já marchava em seu encalço deixou Samara tonta. Okon, porém, atirou novamente, derrubando o lacaio da direita.

— Eu também não estou sozinha, monte de ossos!

Nesse momento, a garota sentiu outra presença. Virou o rosto, com medo de uma emboscada, mas se deparou com uma nova aliada. Com as mãos na cintura e o peito estufado, Cibella pouco se importava com a presença do Imperador Esqueleto. O sorriso zombeteiro revelava os caninos compridos e agitava o bigode no focinho fino. As orelhas de gato eram como as pontas das flechas de Okon. Os olhos púrpura se focaram nos dois adolescentes aterrorizados.

— Olá, crianças. — Cibella emitia leves sibilos ao final de cada palavra. — Peço que se afastem um pouco. As coisas vão ficar explosivas.

Ela enfiou as mãos peludas nas duas bolsas de couro penduradas na cintura, apanhando suas conhecidas bombas. Ao vê-las, Samara puxou Cris para trás. Cibella alargou seu sorriso.

— Garota esperta! — Ela baixou os óculos protetores. As lentes arredondadas refletiam a face cadavérica de Elric.

A gata largou os explosivos no chão, aos seus pés. As pequenas esferas de metal se dividiram em duas partes. Hastes finas e articuladas surgiram da superfície lisa, movendo-se como patas de caranguejo. Com um tique-taque constante, as bombas deslizaram para perto dos zebbius arredios. A explosão aconteceu segundos depois, fazendo o chão tremer tanto que Samara e Cris voltaram a cair.

Sentindo um aperto no peito, Sam fitou a nuvem de poeira levantada pelos engenhos de Cibella. Nem a gata nem a amazona podiam ser vistas. Os sons de lâminas se chocando machucavam os ouvidos. Um vento mais forte soprou e a cortina marrom que bloqueava sua visão foi finalmente levantada. Okon continuava montada na pantera, mas seu arco havia sumido. No lugar, empunhava duas foices curtas. De pé ao seu lado, Cibella segurava um cubo pouco maior do que um tijolo. Dentro da estrutura de metal, engrenagens alimentavam um quartzo vermelho.

O raio surgiu de repente e atingiu o Imperador Esqueleto na altura do esterno. Os ossos ficaram chamuscados pelo calor intenso, e Elric caiu de joelhos, fincando a espada no chão. Cibella gargalhou alto e desligou a Máquina de Luz.

Okon desmontou e se aproximou do inimigo rendido. Uma fumaça malcheirosa subia dos ossos queimados. Elric estremecia de tempos em tempos, em uma luta silenciosa para que suas partes não desmontassem. Samara se permitiu sorrir quando a lâmina da foice de Okon encostou no pescoço do imperador perdedor. No entanto, o golpe final não veio.

— O que está esperando? — falou Cibella incomodada. — Acaba com ele!
Okon ignorou as reclamações, a atenção total no adversário.

— Você sabia sobre os garotos, não é? — perguntou sem rodeios. — Sabia que eles apareceriam aqui. Sua missão era capturar os dois.

— É melhor ouvir a gata, Okon. Não vai obter nenhuma resposta de mim. — O Imperador Esqueleto não tinha medo da morte, afinal, a maldição que o envolvia garantia que sua alma retornasse depois de um tempo. Os ossos separados se juntariam novamente e ele retornaria ainda mais cruel.

— O que fizeram com os humanos? — insistiu a amazona, colando a outra foice na vértebra cervical. — Como os prenderam aqui?

O esqueleto soltou uma risada que prometia terrores e pesadelos.

— Pare de lutar contra o inevitável. Seu querido comandante falhou.

Ele pretendia continuar seu discurso de vitória, mas Okon perdeu a paciência. Moveu as lâminas como se fossem duas partes de uma tesoura, separando o crânio do resto do corpo. Então deu um passo para trás, permitindo que Cibella religasse sua engenhoca. O raio vermelho derreteu a caveira no chão como se ela fosse feita de plástico.

Samara nem acreditava que escapara do Imperador Esqueleto com vida. Queria rir e chorar, gritar em agradecimento e por socorro. Só não desmoronou porque precisava cuidar de Cristiano, que parecia ter perdido qualquer resquício de força. As pálpebras dele tremiam, em uma luta vã para manter a consciência.

— Aguenta mais um pouco, Cris!

Sua voz acabou atraindo a atenção das duas campeãs. Quando elas se aproximaram, Sam sentiu aquele nervosismo característico de quem encontrava um astro do rock ou um ator famoso. Estava diante de Cibella, sua heroína favorita!

A gata se abaixou para ficar na mesma altura que ela.

— Sei que estão assustados, mas nós precisamos sair daqui. Será que conseguem montar?

Sam demorou alguns instantes para compreender que a campeã se referia à pantera. A surpresa ficou evidente no seu rosto, pois arrancou uma risada da gata. Ela estendeu a mão, ajudando-a a se levantar. Em seguida, Cibella focou sua atenção em Cristiano.

— Seu amigo precisa de um curandeiro. — Ela retirou um recipiente de vidro da bolsa. Com os dedos unidos, apanhou uma boa quantidade da gosma esverdeada em seu interior. — Isso aqui vai diminuir o sangramento, mas precisamos nos apressar. Levante a camisa dele.

Samara fez como o ordenado e quase vomitou quando viu o corte feio. Fechou os olhos com força enquanto a gata aplicava o remédio. Cris não parecia muito feliz com o tratamento, mas estava fraco demais para reclamar. Depois disso, foi carregado para a pantera. Já montada, Okon o ajeitou à sua frente, passando os braços por suas axilas e mantendo-o bem seguro.

— Sua vez. — Cibella retirou mais um pouco da gosma de dentro do recipiente, apontando para o ombro ferido da garota.

Samara puxou a gola da camisa, deixando que a gata a tratasse. Com a proximidade, analisou as feições felinas para se distrair do ardume que se espalhava por sua pele negra. O pelo de Cibella era brilhoso, com várias tonalidades de dourado e bege. As orelhas pontudas moviam-se de vez em quando, afastando alguns insetos que se aproximavam. Quando terminou, os olhos púrpura se encontraram com os castanhos da garota, que logo foi tomada por uma vergonha extrema.

Cibella riu, pousando a mão em seu ombro bom.

— Você foi muito corajosa, Titânia. — A menção ao seu nick a fez erguer a cabeça outra vez. — Sim, eu sei quem você é. Conheço os grandes jogadores, principalmente aqueles que honram meu nome.

Se a garota já estava corada antes, depois daquele elogio seu rosto pegou fogo. Cibella a ajudou a subir no dorso da pantera, que já demonstrava impaciência.

— E você? — perguntou Samara, já que não havia mais espaço para a gata.

— Tenho minhas invenções. Aposto que chegarei ao acampamento primeiro.

Okon não parecia muito contente em ter a velocidade de sua montaria contestada. Bufou baixinho, incitando a pantera a partir.

Desde que descobrira a verdade, Samara passara por diversas situações que desafiavam suas crenças e até mesmo sua imaginação. No entanto, a viagem pelo território de Novigrath, montada na pantera de Okon, sem sombra de dúvida ficaria entre os momentos mais marcantes de toda a sua vida. Depois do susto inicial com a velocidade do felino, abriu os olhos e foi tomada pelo deslumbramento. Deixaram a floresta e chegaram a uma planície coberta por relva verde até a altura dos joelhos. Ao fundo, uma cadeia montanhosa ganhou destaque, com seu cume pontilhado por neve branca como as nuvens. A visão era de tirar o fôlego.

Passaram por mais campos verdejantes, por riachos de água gelada, pequenas vilas com casas de madeira e bosques que em nada lembravam a floresta escura de onde tinham saído. Só uma vez a garota viu a silhueta longínqua de uma das grandes capitais de Novigrath. Nuvens escuras pairavam sobre o lugar.

Okon devia ter percebido sua curiosidade, pois resolveu falar:

— Tusmun foi invadida pelos Filhos de Asgorth, mas é alvo de um intenso cerco das nossas tropas. As tentativas de retomar a cidade são lideradas por Kremin.

A campeã fez uma careta de desgosto, como se não fosse a favor daquela ideia. Samara quis perguntar o motivo, mas achou melhor não se intrometer.

— Eu não imaginava que Novigrath fosse um mundo tão vasto — admitiu Titânia, com certa relutância.

A amazona a fitou por cima do ombro e deu um sorriso triste.

— É bem diferente do Domo de Batalha que você conhece, não é mesmo?

Mesmo depois que Pedro e Xiao lhe contaram a verdade, Sam ainda mantivera a ideia errada de que Novigrath se resumia ao mapa cujos caminhos gravara na mente. Seu maior temor era ver os monstros que enfrentava no mundo virtual nas ruas de sua cidade, atormentando pessoas de carne e osso. Entretanto, agora percebia que ignorara algo muito importante: todos os moradores de Novigrath sofriam com o conflito há muito mais tempo. Quantas pessoas já tinham morrido nas batalhas? Quantas cidades haviam sido saqueadas ou destruídas? O caos que Sam e seus amigos lutavam tanto para impedir já se tornara realidade naquele mundo.

Ficou tão absorta naqueles pensamentos que demorou a notar que tinham parado de avançar. Mais à frente, uma silhueta escura os esperava como uma estátua. Quando chegaram mais perto, a garota reconheceu as feições daquele que as aguardava. Vestia-se de maneira diferente do usual, calça e camisa pretas, encobertas por um manto. Parecia-se mais com um ladino do que com um mago. Quando descobriu a cabeça, Tranimor revelou seu rosto preocupado. Os cabelos brancos e trançados contrastavam com a pele escura. Brincos prateados perfuravam toda a extensão das orelhas. Não eram meras joias, mas sim receptores de energia que facilitavam a criação de seus portais.

Se ficou surpreso com a presença de Sam e Cris, não comentou nada. Ele meneou a cabeça para cumprimentar a amazona e, sem dizer uma palavra, esticou o braço e abriu a mão. Raios de luz escaparam dos dedos compridos. A criação do portal não demorou mais do que alguns segundos; brilhava em um intenso tom dourado, emitindo um calor reconfortante.

Okon incitou sua montaria rumo à luz. Antes que entrasse, porém, fitou o mago com intensidade. Apesar das roupas, ele mantinha a postura de um lorde.

— Elric não vai nos atrapalhar por um tempo — disse a amazona. — Eu o derrotei junto com Cibella. Por sinal, ela deve chegar em breve.

— Ela já passou por um de meus portais — falou o mago, pela primeira vez. Sua voz era como um trovão, retumbante e profunda.

Okon não escondeu a surpresa com o fato de a gata ter cumprido a promessa, mas Tranimor não estava preocupado com apostas bobas.

— Leve os humanos para Yeng Xiao. — Ele olhou para os dois jovens de maneira breve, fazendo Sam prender a respiração. — Cuide para que o garoto receba cuidados urgentes de Ayell.

A amazona se endireitou na montaria, assentindo com vigor. O coração de Samara ficou apertado pelo comentário sobre Cris, mas não podia fazer mais nada além de rezar. Passaram pelo portal de luz. A relva verde deu lugar a um solo enlameado, com várias barracas espalhadas e bandeiras estampando o sol de Lumnia. Soldados caminhavam para todos os lados, carregando equipamentos ou se preparando para partir rumo à batalha.

Um cheiro ácido incomodava as narinas, mistura de sujeira, sangue e carvão queimado. Alguns curiosos deixaram seus afazeres de lado, lançando olhares perplexos para Sam e Cris, como se a presença dos dois ali fosse um grande tabu. Ser o centro das atenções deixou a garota inquieta.

Não demorou muito para Cibella aparecer, satisfeita por chegar primeiro. Ao seu lado, vinha o curandeiro Ayell. Era um rapaz jovem e magro. Os cabelos compridos, claros e lisos, chegavam até a cintura. A túnica branca não ocultava o brilho da pedra encravada em seu peito. Os olhos amarelados se dirigiram à figura inconsciente de Cristiano.

Sem perder tempo, ele tomou Cris nos braços e o levou para uma barraca próxima. Samara queria segui-los, mas teve dificuldade para descer da pantera. Assim que ficou de pé, foi assolada por uma forte tontura e só não caiu porque Cibella a segurou.

— Fique calma, Titânia. Ayell vai cuidar do seu amigo e depois de você.

Ela a ajudou a caminhar, depois que Okon avisou que iria até o comando. Por um instante, Sam ficou na dúvida se realmente deveria seguir para a barraca com Cris. Também queria falar com Yeng Xiao.

— Primeiro, sua saúde. Depois, os problemas. — A mão calorosa de Cibella a tirou daqueles pensamentos.

Quando entraram na tenda, encontraram Ayell com as mãos sobre o ferimento de Cris. Uma aura esverdeada fechava o longo corte no abdômen do garoto. Samara foi orientada a se sentar no pequeno catre no canto oposto. Quando largou o corpo no colchão encalombado, foi impossível ignorar o cansaço. Mesmo com Cibella ao seu lado, disposta a conversar, os olhos pesaram e Sam acabou caindo no sono.

Acordou sobressaltada. Por um instante, achou que veria seu beliche na *gaming house* e descobriria que tudo não passara de um sonho maluco. Logo a mente sonolenta voltou a funcionar e ela reconheceu o ambiente abafado. Pelo menos as dores no corpo tinham desaparecido e o corte no ombro se tornara apenas uma lembrança ruim. Ela suspirou.

Olhou para os lados e não avistou o curandeiro. Cris continuava no catre oposto ao seu, dormindo profundamente. Depois de tudo o que passaram, era melhor que ele descansasse o máximo possível. Sam refletia se deveria procurar Xiao sozinha quando a cortina da entrada se moveu. Ela deu um pulo da cama, tentando invocar seu avatar mais uma vez. Tinha a esperança de que os poderes retornariam depois de curada, mas se enganou.

Ayell não ficou nada satisfeito em vê-la de pé. Ela queria dizer que se sentia bem, mas engoliu as palavras ao ver Yeng Xiao entrar na barraca. De maneira pouco usual, ele vestia uma camisa de algodão larga e calças de couro batido. Os cabelos estavam soltos, dando-lhe uma aparência mais jovem. Havia uma tipoia improvisada em seu braço esquerdo.

— Você está bem? — Xiao a abraçou de maneira desajeitada.

Ela nunca o vira tão emotivo e não sabia se gostava daquele seu novo lado.

— O que houve com o seu braço? — perguntou Sam.

Ignorando a pergunta, o lanceiro se sentou no catre e fitou Ayell, que verificava o estado de Cristiano.

— Não há mais nenhum risco — falou o curandeiro. Em seguida, encarou o lanceiro com uma expressão tensa. — Agora, será que posso tratar seu ferimento? Já passou muito tempo com o veneno no corpo.

Samara se sobressaltou, mas Xiao tratou de tranquilizá-la.

— Eu estou ótimo. Não se preocupe.

O suor que se acumulava na testa e nas roupas dizia o contrário. O cenho franzido de Ayell também não a ajudava a acreditar. Ele insistiu em tratar seu general, mas foi ordenado a esperar do lado de fora e o curandeiro saiu resmungando.

— Se morrer, não será culpa minha. Maldito cabeça-dura, pelo sol de Lumnia!

Quando teve certeza de que o curandeiro não iria voltar, Xiao falou, aliviado:

— Estou muito feliz em vê-la, Titânia. Temi por sua segurança e a de Fúria.

— Você sabe o que aconteceu? — A necessidade de respostas despertou com força total. — Por que estamos presos aqui? Como podemos voltar? O que houve com NomNom e os outros?

Ele tentou reconfortá-la com toques leves no braço.

— Acalme-se. NomNom e os outros retornaram seguros. Só você e Fúria permaneceram. Sei que tem muitas questões, mas a situação é complicada.

Ela cerrou os punhos, desvencilhando-se do toque dele. De repente, sentiu uma raiva enorme se espalhar pelo corpo.

— Depois de tudo o que passei, exijo que você fale comigo de igual para igual. Não sou criança, muito menos burra. Por favor, pare de esconder a verdade.

Xiao a encarou de forma intensa. Ela insistiria até que sua garganta secasse, mas o sorriso que se formou nos lábios dele a confundiu.

— Desculpe. — Ele se levantou. — Eu errei em meu julgamento. Você está certa, não precisa ser poupada da verdade.

Xiao caminhou até a entrada da barraca e, por um instante, Samara achou que ele ia embora sem dizer mais nada. Contudo, o campeão apenas chamou Ayell de volta. O curandeiro se mostrou surpreso, mas logo se atarefou com o braço ferido de Xiao. Samara quase desmaiou quando as ataduras e a tipoia foram retiradas.

Todo o antebraço do lanceiro, desde o punho até a junção que formava o cotovelo, estava coberto por uma camada escura, como se a pele estivesse derretida. Sulcos profundos cortavam a carne, permitindo que um líquido igualmente escuro brotasse. Até mesmo Ayell, acostumado com ferimentos terríveis, parecia abalado.

— Você deixou passar tempo demais — falou o curandeiro em um tom sombrio. — Está pior do que eu pensava.

Xiao se fez de forte, pouco ligando para o estado de seu braço, e fitou Samara.

— Não vou poupá-la de mais nada — falou ele, sério.

Xiao acenou para a ferida que Ayell começava a tratar. As mãos encobertas pela aura curativa pairavam sobre a região enegrecida, fazendo com que mais do líquido viscoso pingasse no chão.

— Quem fez isso? — perguntou Sam, depois de muito esforço. Não teve certeza se a careta do lanceiro veio por causa das lembranças ou da agonia com o processo de cura.

— Zorrath. Tentei enfrentá-lo, mas falhei.

— Você sempre fala para sermos cautelosos — repreendeu Ayell. — Mas, no fim, agiu como um soldado raso. Arriscou a vida em troca de nada.

Samara ficou impressionada. Os dois pareciam íntimos, algo além da camaradagem de oficiais. O lanceiro não reclamou da repreensão, mas também parecia pouco disposto a ter aquela conversa.

— Já falamos sobre isso. Tentei salvar vidas.

Pouco convencido, Ayell voltou a se concentrar somente na cura.

— Vou ser bem honesto, Titânia. — Yeng Xiao já não hesitava. — Ainda não sei como você e Fúria vieram parar aqui, mas juro que meus melhores magos estão empenhados em descobrir como mandá-los de volta para casa.

Aquilo não era o que a garota queria ouvir. Um desespero frio pressionou sua garganta, trazendo um ardume incômodo aos olhos. Não queria chorar como uma criança depois de exigir ser tratada como adulta, mas era difícil lidar com a decepção. Olhou para trás, para onde Cris permanecia deitado, e o invejou por alguns instantes. Queria dormir como ele, alheia aos problemas que pareciam não ter fim.

— O que posso fazer para ajudar? — Ela agarrou a correntinha, buscando forças.

— Conte-me o que aconteceu durante a final contra o Espartanos — pediu Xiao. — Pense bem e não tenha pressa.

Ela não precisou se esforçar muito para se lembrar dos detalhes, já que a partida parecia gravada na memória. Xiao ouviu tudo com atenção redobrada e ficou bastante perturbado com a revelação de que o caçador do Espartanos criara uma nova habilidade com Dionaea. Ele trocou olhares preocupados com o curandeiro.

— Nenhum jogador deveria ser capaz de interferir nos poderes de seu avatar... Isso significa que as barreiras que dividem os dois mundos estão enfraquecendo.

A fala do lanceiro a deixou ansiosa.

— Acha que há risco de a invasão se concretizar antes mesmo do Mundial?

— Não. Zorrath precisa de mais poder para chegar ao outro lado. Mesmo assim, essas são notícias perturbadoras.

Ele ficou calado, com a testa franzida e o olhar perdido. Ayell terminou de tratar o braço de Xiao, mas permaneceu ao seu lado. Samara não aguentou aquele silêncio por muito tempo. Havia algo que queria perguntar desde que reencontrara o lanceiro.

— Por que não estava com a gente durante os jogos? Por que nos abandonou daquele jeito?

Xiao pareceu confuso. Depois, deu um sorriso compreensivo.

— Então, Epic não contou nada a vocês. Admito não estar surpreso.

Foi a vez de Sam hesitar.

— Do que você está falando? O que o Epic não contou?

O lanceiro ergueu o braço curado, observando-o com atenção. A carne escura e apodrecida desaparecera por completo, mas uma vermelhidão ainda cobria a pele.

— Vamos precisar de mais duas sessões para que o veneno seja completamente expulso — Ayell logo tratou de explicar. — Como já disse, você demorou demais para se tratar.

Xiao deu de ombros, ignorando aquela última bronca. Voltou a encarar a garota.

— Eu não sei quando poderei retornar ao seu mundo, Titânia. Estou fraco para fazer a viagem tantas vezes e meu exército precisa de mim aqui. Falei isso para o Epic, mas ele preferiu carregar tudo sozinho para protegê-los. Sinto muito.

— Então estamos sozinhos? — Ela não pôde afastar a sensação de abandono.

— Isso não é verdade. — Ele pousou a mão recém-tratada em seu ombro. — Meus pensamentos sempre estão com vocês, mesmo longe. E o seu treinador só estava tentando preservá-los. Não o culpe por se preocupar demais.

Era difícil não se sentir traída. Pedro também os tratava como crianças.

— Eu vou ter uma boa conversa com ele quando voltar. — *Se eu voltar*, pensou. — Chega dessa história de esconder coisas da gente. Somos um time, caramba!

Xiao e Ayell riram.

— Eu disse que ela tinha uma personalidade forte — comentou o lanceiro, e o curandeiro concordou na hora.

Samara sentiu as bochechas esquentarem, mas não se acanhou. Tomou o braço saudável de Xiao entre as mãos e o apertou.

— Promete que vai dar um jeito de nos tirar daqui e que nunca mais vai mentir pra mim, mesmo que a verdade seja horrível. Promete!

Xiao cobriu as mãos dela com a sua.

— Pela minha honra, Titânia. Nunca mais mentirei para você.

Ela acreditou plenamente naquelas palavras, pois diante de si via o general que comandava os exércitos de Lumnia e não mais o homem abatido.

Despediram-se pouco depois. Xiao precisava coordenar as defesas já precárias da sua facção. O lado mais curioso de Samara até desejava ir também, mas a parte cautelosa aceitou o conselho para que descansasse. Sozinha outra vez, não teve muita opção senão checar o estado de Cristiano. Aproximou-se do catre, tocando na testa do garoto. Não estava com febre e a respiração era tranquila. Sam ficou surpresa por vê-lo abrir os olhos devagar.

Cris tossiu algumas vezes para limpar a garganta. Sua atenção logo foi atraída para os poucos móveis no interior da barraca.

— Onde estamos? O que aconteceu depois que escapamos do Imperador Esqueleto?

Sam já imaginava que a memória dele estaria prejudicada depois de tantos desmaios durante a viagem. Sentou-se ao seu lado.

— Estamos bem. Ayell salvou a nossa pele. Xiao acabou de deixar a barraca...

— Por que ele ainda não nos mandou de volta? Precisamos treinar para o Mundial!

Aquilo era tão típico de Cris que a garota não conseguiu segurar o riso. Claro que ele queria voltar logo para treinar.

— Calma, cara. Você acabou de acordar e já quer jogar. Que tal agradecer por estar vivo ou, quem sabe, pensar um pouco antes de fazer cobranças? — Ela manteve o tom bem-humorado, mas não escondeu uma pontadinha de irritação.

— Desculpa. É que eu tô bastante nervoso. Explica o que tá rolando, Sam. Quando a gente vai sair daqui?

Ela respirou fundo; a pior parte da conversa ia começar.

— Na real, é uma longa história, Cris. Por favor, não vai pirar até ouvir tudo.

E, por mais incrível que pudesse parecer, o garoto obedeceu.

Nível 22

A avenida Paulista pulsava naquela manhã. Pedro andava por entre a massa de pedestres apressados, mas não se sentia parte dela. Não pregara o olho desde o acidente. Depois de pegar o táxi e fazer algumas ligações, viu o sol nascer algumas quadras antes. Havia tomado café em uma padaria próxima, matando o tempo que ainda lhe restava antes do encontro. Aos poucos, as pessoas tomaram as ruas. O ritmo lento que marcava a madrugada mudou drasticamente para a confusão de ruídos, vozes e rostos. Mais um dia comum na maior cidade do Brasil. No entanto, vários pedestres pareciam mais cansados que o normal. Gente que arrastava os pés pela calçada, com a aparência descuidada e olheiras profundas no rosto. Não se tratava de apenas um ou dois desconhecidos, mas a maioria, e o primeiro pensamento que lhe veio à mente foi que podiam estar sendo drenados pelos Filhos de Asgorth.

Distraído, ele quase foi atropelado ao ignorar o sinal fechado. Voltou para a calçada a tempo de ouvir alguns xingamentos em meio a buzinas. Não ligou. Do outro lado da rua, avistou Yuri "Maxion". Seu rival o esperava com as mãos escondidas nos bolsos. Vestia um moletom cinza com a estampa do Espartanos. O capuz erguido não escondia seu sorriso debochado.

Pedro comprimiu o maxilar com tanta força que os dentes rangeram. O sinal mudou de cor e as pessoas voltaram a andar, mas os dois homens permaneceram um em cada lado da rua, estudando-se como se fossem sacar as pistolas para um duelo. Mas foi exatamente para evitar confrontos que Pedro escolheu um local tão movimentado.

O sinal abriu e fechou mais duas vezes antes de Yuri decidir atravessar a faixa de pedestres. Pedro tomou aquilo como uma pequena vitória. Podia parecer bobo, mas provava que o rival estava curioso o suficiente para vir até ele. Ainda com as mãos no bolso, Yuri parou ao seu lado. Ombro a ombro, os dois mantiveram o olhar voltado para a frente.

— Fiquei surpreso por você saber meu número, Epic. Por acaso virou meu stalker, foi?

Pedro podia explicar que gastou quase duas horas e todos os créditos do celular em ligações para antigos conhecidos do cenário profissional, mas foi direto ao assunto.

— Quero saber o que fez com meus jogadores.

Yuri riu, sacudindo os ombros.

— Então é sobre isso que queria conversar? Que pena, pensei que tinha me chamado para admitir a derrota.

Pedro o fitou com o canto dos olhos, a raiva borbulhando na boca do estômago.

— Eles estão em coma. Podem morrer. É isso o que você virou agora, Yuri? Um assassino?

O uso do seu nome verdadeiro causou impacto. Eles nunca se chamavam daquela maneira. Yuri puxou o capuz para trás, revelando o rosto branco e os cabelos devidamente alinhados com gel. Os olhos escuros se estreitaram.

— Acha mesmo que vai me pressionar dessa forma? — Yuri virou-se para encará-lo. — Você me chama de assassino, mas não fui eu que coloquei aqueles garotos no palco, não fui eu que os incentivei a lutar. Tentei avisar, falei pra você desistir. E veja só: fui o sensato mais uma vez...

As palavras eram destiladas com muito veneno, e Pedro sentiu o impacto de cada uma delas. Claro que se culpava pelo que aconteceu, faria de tudo para trocar de lugar com seus jogadores. Esforçou-se bastante para disfarçar o abalo.

— Fala sério pelo menos uma vez, Maxion. Faz ideia do que os Filhos vão fazer se invadirem o nosso mundo?

O treinador do Espartanos olhou para os lados, fitando as pessoas exaustas que passavam por eles. Apelar para a sua consciência tinha sido ingenuidade.

— A vida é uma competição, Epic. Olhe para esses pobres coitados que nem fazem ideia de que são lanchinho para os Filhos. Patéticos. Quando a invasão acontecer, não passarão de escravos. Mas há alguns poucos selecionados que vão governar ao lado de Asgorth, que serão reis de tudo isso aqui. — Os braços se abriram, mostrando os prédios que tomavam a avenida. — No fim, só os mais fortes sobrevivem. Já faz tempo que eu sei qual é o lado vencedor. Os outros que garantam a própria sorte.

A frieza daquele pensamento deixou Pedro pasmo. Desde que entrou no cenário competitivo, Yuri sempre fora um cara egoísta. Tinha um talento absurdo, isso ninguém podia negar, mas era como uma bomba-relógio em suas equipes. Não havia limites para chegar ao topo, e isso incluía pisar nos mais fracos ou se aproveitar da ingenuidade alheia. Ele moldou toda a sua carreira daquela forma, avançando como um verdadeiro rolo compressor. Como seu método implacável trazia resultados, as organizações nem pensavam em contrariar as vontades da estrela.

Quando se conheceram, uma rivalidade natural surgiu entre os dois. Compartilhavam a vontade de vencer, mas tinham métodos bastante diferentes. Mesmo com aquele histórico negativo, era duro acreditar que Yuri havia descido ainda mais. Apoiar os Filhos de Asgorth não ressaltava apenas o seu egoísmo; ele agora agia como os monstros que ajudava.

Yuri riu diante da expressão chocada do outro.

— Quem é você para me julgar, Epic? Pensa que não sei dos seus podres, do que fez?

Pedro nunca foi santo, mas se recusava a ser comparado a Yuri.

— Você não sabe nada sobre mim! — disse, e sentiu um frio na espinha quando se deparou com o olhar afiado do rival.

— Ah, não sei? — A voz de Yuri era puro deboche. — E que tal o real motivo da sua derrota na classificatória para o Mundial? Será que as pessoas ainda teriam interesse em descobrir por que você se atrasou naquele dia? Por que jogou tão mal? Será que o seu time imagina o que aconteceu de verdade?

Aquelas palavras foram como um tapa. Pedro sentiu-se acuado, quando na verdade aquele encontro deveria servir para obter respostas.

— Cala a boca! — Ele agarrou o rival pelo moletom.

Aquela explosão só causou satisfação em Yuri.

— Foi você quem me chamou até aqui. Disse que queria conversar, mas agora não quer que eu fale. Não entendo sua lógica, Epic.

A vontade de acertar um soco naquela cara convencida era quase avassaladora.

— Quero saber dos meus jogadores. Eles estão presos dentro do jogo, não é?

Não pretendia revelar a teoria de Pietro, mas Yuri se mostrou um adversário superior. Sem escolhas, só lhe restava usar a última carta na manga. O rival levantou a sobrancelha. Uma pequena rachadura em sua máscara de escárnio.

— Eu estou certo, não estou? — Pedro pressionou. — Como posso tirá-los de lá? Responde!

Yuri perdeu a paciência e se desvencilhou com facilidade, empurrando-o para trás. Um brilho avermelhado passou por seus olhos e as unhas das mãos cresceram alguns centímetros. A conversa amigável havia chegado ao fim.

— Você quer respostas, Epic? Tudo bem. Seus pirralhos estão em Novigrath, mas é tarde demais. A essa altura já devem ter virado ração para o Zorrath.

Um medo irracional tomou conta de Pedro.

— Você está mentindo. Eles ainda estão vivos. Em coma, mas vivos...

— Você pediu a verdade, pois aí está. O plano inicial era acabar com os moleques durante a partida.

— Isso é ridículo! Morrer no jogo não significa morrer na vida real! — interrompeu Pedro.

Yuri revirou os olhos como se achasse o rival um idiota completo.

— A lança de Dionaea — disse, como se tal objeto fosse resposta suficiente. — Ela é a prova do poder de Asgorth. Foi criada justamente para matar o seu time, mas eles escaparam. Agora, são responsabilidade de Asgorth. Acho melhor procurar gente nova, se ainda quiser participar do Mundial.

Aquela foi a gota d'água. Pedro acertou um soco rápido demais para que o rival pudesse se defender. O golpe causou um rebuliço entre os pedestres. Alguns pararam para ver a briga. Yuri limpou o filete de sangue no canto da boca. As unhas das mãos continuavam compridas, mas a transformação havia parado ali.

— Isso não vai ficar assim, Epic. Não vai mesmo.

Ele recolocou o capuz e foi embora. O grupo de curiosos também logo se desfez. Pedro continuou no mesmo lugar, atordoado. Agora tinha certeza de que Sam e Cris estavam mesmo em Novigrath, mas não fazia ideia de como salvá-los. Pior, nem ao menos sabia se estavam vivos.

Enquanto o medo se espalhava como um veneno, sentiu o celular vibrar. Tomado por uma grande apreensão, demorou a atender. E se fossem más notícias? O toque do telefone morreu de repente, mas ele não se arrependeu de ignorá-lo. A tentação de usar o talismã que recebera de Xiao ficava cada vez mais forte, mas não fazia ideia do seu efeito. E se gastasse aquela última arma para fracassar de qualquer maneira?

Em meio a dúvidas, o celular vibrou novamente, acompanhado pelo toque conhecido de uma mensagem chegando. Por mais que Pedro quisesse fugir, obrigou-se a tirar o aparelho do bolso. O que leu não melhorou em nada seu estado de espírito.

Tarântula: *Volta pro hospital, Epic. Tem algo acontecendo com a Sam e o Cris!!!!*

Os pontos de exclamação deixavam bem claro que o assunto era urgente. Pensou em retornar a ligação, mas o medo o impediu. Se o pior acontecesse, preferia ter mais tempo para se preparar. Apressado, pegou o primeiro táxi que viu pela frente.

Nível 23

Aline acordou cedo naquela manhã, mesmo ainda estando cansada. A preocupação com os amigos a impediu de relaxar. Ao contrário do que costumava fazer quando se levantava antes da hora, preferiu continuar deitada na cama. Pelo horário marcado no relógio, o pai ainda se preparava para ir à clínica. Não queria confrontá-lo outra vez, a conversa do dia anterior já fora ruim o suficiente.

Mal haviam chegado em casa e Joo Sung a encheu de acusações. Todo o alívio que podia ter sentido pela segurança da filha foi substituído por raiva. Marta concordava com os argumentos do marido, insistindo que *Heróis de Novigrath* era um atraso na vida de Aline. Ambos ordenaram que ficasse longe do time. Em outros tempos, ela teria ouvido tudo aquilo em silêncio e concordado. Ainda respeitava os pais e não queria decepcioná-los, mas seus companheiros de time a ensinaram a valorizar as próprias decisões.

Quando elevou a voz, deixando claro que não pretendia sair do Vira-Latas, chocou aos pais e a si mesma. Nunca os desafiara antes e a sensação era nova e excitante. Joo Sung ficou furioso. Suas palavras duras chegaram a acordar a própria mãe, que saiu do quarto, assustada. Somente sua presença conseguiu acalmá-lo.

Aline não gostava de lembrar aquele momento. Repetia para si mesma que não podia se sabotar daquela maneira, não quando finalmente havia descoberto quem era de verdade. Por isso mesmo, preferia evitar um novo encontro naquela manhã.

O tempo demorou a passar e ela já estava entediada. Até pensou em jogar uma partida de HdN, mas achou que seria uma afronta muito grande. Afinal, quase fora queimada viva no dia anterior. Pegou o celular da mesa de cabeceira e verificou as ligações e mensagens. Não havia recebido nenhuma novidade de Pedro e aquilo a deixava mais apreensiva. Talvez pudesse ir até o hospital mais tarde, depois que os pais saíssem para o trabalho.

Estava distraída, pensando naquela possibilidade, quando o telefone apitou entre suas mãos. Mordeu o lábio quando viu que o remetente era Adriano. Será que ele tinha alguma notícia sobre Sam e Cris? Com o coração acelerado, leu a mensagem de texto.

Adi: *Está acordada? Vamos nos ver hj?*

Um calor se espalhou pelo rosto dela, fazendo-a se sentir culpada por aquela reação. Era mais do que óbvio que ele queria marcar um encontro para discutir os acontecimentos da final. Nada além disso. Digitou uma resposta igualmente breve. Não queria falar demais e parecer tão boba quanto estava se sentindo.

Aline: *Estou. Queria ir ao hospital mais tarde. O que acha?*

Adi: *Eu vou com vc. Almoçamos juntos e dps vamos pra lá. ;)*

O convite para o almoço parecia descompromissado, mas deixou Aline sem ar. Deu graças por estarem conversando por mensagem, pois tinha certeza de que teria gaguejado ao vivo. Marcaram de se encontrar em um shopping e se despediram com emoticons engraçadinhos. Adriano adorava usar aqueles ícones como se fossem vírgulas e o retorno deles para a conversa indicava que estava se sentindo melhor.

Aline decidiu se levantar de vez. Na cozinha, encontrou a avó comendo torradas e tomando chá. Em coreano, perguntou sobre Joo Sung.

— Ele já saiu, querida.

A velha senhora pousou a xícara na mesa, acenando para que a neta se aproximasse. O cabelo curto e grisalho estava penteado para trás. Seu rosto redondo mantinha alguns traços da juventude.

— Você está diferente — disse ela, ainda em coreano, fitando Aline com carinho.

A garota baixou a cabeça. Era uma reação típica do seu velho eu, que se envergonhava quando fugia dos padrões exigidos pelos pais. O pedido de desculpas morreu em sua garganta e ela se obrigou a encarar a avó.

— Eu me sinto diferente. — Teve coragem para dizer. — E não me arrependo.

A velha senhora sorriu.

— Não deve se arrepender mesmo. Estou orgulhosa de você.

Aline ficou surpresa com o apoio inesperado. Mi Young sempre favoreceu o filho, o que havia mudado? Como se lesse a dúvida em seu rosto, ela continuou:

— Guardar os verdadeiros sentimentos para si nunca faz bem. Uma pessoa tem que ser livre para fazer suas escolhas, para cometer os próprios erros.

Enquanto Aline refletia, a senhora se levantou e levou o prato vazio à pia. Apanhou uma nova xícara, enchendo-a com chá fumegante, e entregou-a para a neta.

— Minha decisão é continuar jogando. Preciso vencer o campeonato, por mim e pelos meus amigos — a garota falou devagar, tropeçando em algumas palavras do idioma que usava apenas com a família.

A avó meneou a cabeça devagar.

— Eu não entendo desse jogo maluco, mas conheço amizade e dever. Se você encontrou algo importante, não deve desistir.

— Meu pai não pensa assim...

— Joo Sung sempre foi cabeça-dura, puxou muito ao pai. — Mi Young a confortou segurando sua mão. — Ele se preocupa com você, mas pode ser bastante intransigente por causa disso.

Depois da noite passada, era difícil acreditar que ele realmente se importava. Tanto o pai quanto a mãe se interessavam somente pelo ideal de filha que tinham na cabeça. Como Aline estava bem distante do caminho que os dois traçaram para a filha, despejavam frustração e raiva sobre ela. A avó apertou sua mão.

— Querida, seus pais vão abrir os olhos. Eles só estão com medo de te perder. O incêndio no campeonato foi muito assustador.

Ela queria acreditar que o medo os movia acima de tudo, pois aquilo ela podia perdoar. Abraçou a avó, agradecendo o apoio. Era bom saber que pelo menos alguém da família a compreendia. Terminou o chá e comeu as torradas. Comentou que almoçaria fora com os companheiros do time.

Mesmo que tivesse se esforçado para dar um ar descompromissado à fala, a velha senhora percebeu sua ansiedade.

— Algum problema? Como estão seus amigos em coma?

— Ainda não sabemos. — Aline suspirou. — Vamos visitar os dois depois do almoço.

A senhora a observou em silêncio, como se soubesse que escondia algo mais. Dizendo que precisava se arrumar, Aline fugiu de volta para o quarto. A conversa séria sobre os pais já tinha sido o suficiente para aquela manhã tão incomum, não precisava conversar também com a avó sobre garotos.

Chegou ao shopping com uma hora de antecedência. Não tinha muito que fazer em casa e os olhares da avó começaram a incomodá-la. Aline vagueou pelos corredores, sem prestar muita atenção nas vitrines. Depois de ter visto quase todo o primeiro e o segundo andares, decidiu ir logo para a praça de alimentação. Escolheu um lugar próximo à escada rolante, assim Adriano poderia avistá-la com facilidade. Mandou uma mensagem para ele, avisando que já tinha chegado, e depois outra para Pedro, perguntando sobre Cris e Sam. Foi ignorada por ambos e suspirou.

Para se distrair, escolheu um joguinho aleatório do celular. Precisava ordenar as bolas coloridas nas cores certas, ganhando pontos e limpando a tela para que novas esferas surgissem. Já estava no nível mais difícil quando sentiu um toque leve no ombro e quase derrubou o telefone com o susto.

— Ei, calma! — falou Adriano, abrindo seu sorriso caloroso e se sentando. — O que você tá jogando aí tão concentrada?

Ele inclinou a cabeça para ver a tela do celular. Aline ficou imóvel com a proximidade. Os cabelos dele estavam molhados e com uma tonalidade mais escura de azul. O cheiro de xampu era agradável, fazendo-a inspirar fundo. Aquilo atraiu a atenção dele.

— Desculpa, eu não quis parecer intrometido. — Adriano endireitou a postura. — Só fiquei curioso.

Ela agradeceu aos céus por ele não ter percebido seu deslize. Olhou para os lados, procurando desesperadamente um novo assunto.

— E o Pietro, não veio?

Chateado, Adriano soprou algumas mechas que caíam nos olhos.

— Ele brigou com o Fred. O clima tá meio pesado lá em casa depois de tudo o que aconteceu. Por isso eu precisava espairecer, saca?

Ela entendia muito bem. Também sentia vontade de desabafar.

— Meu pai quer que eu pare de jogar. Falou até que me expulsava de casa se eu continuasse no time.

— Que filho da... — Adriano parou bem na hora. — Desculpa, Nom-Nom, mas isso é uma baita sacanagem.

— Sem problema. Às vezes eu também sinto vontade de xingar meu pai, mas minha avó não merece — ela admitiu baixinho, espantada com a própria honestidade.

Adriano deu uma risadinha.

— Se ela for tão gente fina quanto a avó da Sam, teremos a melhor torcida da terceira idade de todos os times brasileiros.

Era por isso que Aline gostava tanto dele, o bom humor de Adriano contagiava qualquer um. Sentiu-se realmente tentada a apresentá-lo à avó. O que será que ela pensaria? Com certeza ficaria impressionada com o cabelo azul...

— Vamos comer? — Ele se levantou.

Ela o acompanhou de cabeça baixa. Cada um escolheu seu prato e voltou para a mesa em pouco tempo. Adriano pediu um hambúrguer enorme com bastante batata frita, já Aline preferiu um salgado. O silêncio retornou, e Aline se viu obrigada a puxar assunto mais uma vez.

— Por que Fred e Pietro brigaram?

— Ah, pelo mesmo motivo que você discutiu com os teus velhos. Ele quer que meu mano pare de jogar. Acha perigoso e tal. O pior é que a nossa mãe tá do lado dele. Cara, se a gente pudesse contar a verdade!

— Não acho que seja uma boa. Depois do incêndio, o perigo só aumentou.

Se os Filhos de Asgorth estavam dispostos a atacá-los na frente de uma plateia enorme, nada os impedia de procurar seus familiares. Não podiam dar motivos para eles agirem daquela forma.

— Você tá certa, NomNom. O que eu faria sem seus conselhos? — Ele tocou seu braço. — Você é a garota mais inteligente que já conheci, na real.

Ela devia se sentir bem com aquele elogio, mas sua reação foi o oposto. Inteligente? Claro que Adriano só a enxergaria como uma menina esperta, assim como seus colegas de turma a viam apenas como a nerd. Bonita? Engraçada? Não, aqueles adjetivos estavam muito longe de sua realidade. Afastou-se do toque com discrição, mas Adi percebeu.

— O que foi? Falei bobagem? — perguntou, parecendo genuinamente confuso.

O que Aline mais queria era dizer que estava tudo bem, mas desta vez continuou com o rosto virado, revolvendo os pensamentos depreciativos dos quais nunca conseguia fugir. Era gorda demais, desengonçada demais, tímida demais.

— Ei, Line, fala comigo!

Adriano segurou sua mão, desta vez com mais força. Ela voltou a encará-lo. Tinha um medo profundo de contar a verdade e vê-lo rir na sua cara.

— Ficou chateada porque eu disse que você era inteligente? — Ele chegou mais perto. — Mas é a mais pura verdade! Você é uma garota incrível! Inteligente, companheira, corajosa e...

Foi a vez dele de hesitar. Adriano comprimiu os lábios, parecendo incerto se continuava ou não. Aline prendeu a respiração.

— Eu menti quando te convidei para almoçar — continuou ele, como se pisasse em um terreno perigoso. — Não queria só conversar sobre o incêndio ou ir ao hospital. Eu queria... te ver.

Aline ficou quieta, o coração disparado. Mal acreditou quando viu Adriano corar de leve. Estaria sonhando ou em uma espécie de pegadinha?

— Eu gosto de você, Line. Eu... Ah, droga, não sou bom nisso. — Ele respirou fundo, passando a mão livre nos cabelos úmidos. — Eu queria que você soubesse que estou a fim de você. Depois do incêndio, precisava te contar a verdade. Desculpa se estou forçando a barra, e vou entender completamente se você não quiser mais falar comigo.

A mente de Aline rodava. Quando o peso das palavras de Adriano finalmente se assentou, foi tomada por uma vergonha colossal. Parte de si, aquela traumatizada e magoada, ainda custava a acreditar. No entanto, conhecia Adi bem o suficiente para saber que ele não era de mentir.

Devia afirmar que sentia a mesma coisa, mas as palavras não queriam sair. O garoto tomou aquilo como uma rejeição e se afastou.

— Desculpa. Eu não devia ter falado nada. — Ele olhava para todos os lugares, menos para ela. — Fui um idiota.

O pânico fez Aline agir. Ela pulou da cadeira, agarrando a mão dele como se sua vida dependesse disso.

— Eu também gosto de você! — quase gritou, atraindo olhares das mesas próximas. Pela primeira vez, não se importou com o que os outros pensavam. Só se interessava no olhar arregalado do garoto à sua frente.

— T-t-tá falando sério?

— Nunca falei tão sério. Eu gosto de você, Adi. Gosto muito!

Um abraço apertado calou sua declaração. Teve certeza de que devia estar da cor de um tomate. Ouviu alguns assobios próximos e escondeu o rosto no peito dele. No fundo, tinha medo de que tudo não passasse de um sonho maluco e que a decepção ao acordar fosse insuportável.

Ele a segurou pelos ombros. Encarava-a com uma expressão séria que ela nunca havia visto antes, nem mesmo nos jogos mais importantes. Adriano acariciou seu rosto, colocando uma mecha atrás da orelha dela.

— Eu queria muito te beijar agora, Line. O que você acha?

As pernas dela bambearam.

— S-s-sim — gaguejou. — Eu também quero.

Mil receios tomaram sua mente enquanto os lábios dele se aproximavam. Nunca havia beijado na vida. E se fizesse algo errado ou estivesse com mau hálito? Adriano parou a uma distância mínima e sorriu.

— Às vezes você pensa demais, sabia?

O beijo contrariou todas as suas expectativas medrosas e foi maravilhoso. Aline fechou os olhos. Se aquilo fosse um sonho, não desejava acordar nunca mais. Quando se afastaram, a vergonha voltou com força total. Encarou os próprios sapatos, mexendo os dedos e esperando que Adriano mudasse de ideia a qualquer instante. Ele, por sua vez, parecia bêbado de alegria.

— Vem, vamos terminar de comer.

Foi difícil almoçar de mãos dadas, mas nenhum dos dois tinha vontade de interromper aquele contato. No entanto, uma ligação inesperada para o celular de Aline veio tirá-los das nuvens.

— É o Epic — disse ela, apertando o telefone com força.

A conversa foi breve. Aline não falou muito mais do que monossílabos, escutando atentamente o que Pedro dizia. Quando desligou, Adriano estava quase subindo na mesa de tanta ansiedade.

— O que ele falou? Aconteceu algo com a Sam e o Cris?

Ela engoliu em seco.

— Temos que ir para o hospital. Faz algumas horas que o estado de Sam e Cris mudou.

— Os dois melhoraram? Por que o Epic não ligou pra gente antes?

— Eles não sabem direito o que está acontecendo. Liga pro Pietro. Temos que nos apressar.

Nível 24

Sam e Cris foram convidados para jantar com os outros campeões de Lumnia. A tenda de Yeng Xiao era bem maior do que a de Ayell e protegida por uma quantidade absurda de soldados. Lá dentro, havia uma longa mesa de madeira, coberta por vários mapas e pergaminhos. Velas iluminavam a escuridão da noite junto com tochas presas às pilastras de madeira.

Vários campeões já os esperavam sentados nos bancos. Cris parou na porta, surpreso com tantos rostos que acostumara a ver só *in game*. Mesmo que se sentisse da mesma forma, Sam deu leves empurrões em suas costas.

— Vamos. Eles vão achar que você é um pateta se ficar com essa cara por muito tempo — murmurou ela no ouvido dele.

O garoto se endireitou depressa. Samara desejou ter um chiclete para disfarçar o nervosismo, mas como seria impossível comprar sua marca favorita ali, engoliu em seco e manteve a atenção sobre Xiao. Na cabeceira da mesa, o lanceiro sinalizou para os dois bancos vazios ao seu lado.

Enquanto passavam, receberam acenos de Cibella e Ayell. Okon estava lá também, mas se ocupava com a leitura de um pergaminho. Ao lado dela, Octavo dedilhava uma harpa. Seu olhar enviesado acompanhava o movimento dos jovens. A garota se sentiu exposta, como se todos ali fossem uma espécie de júri que decidiria se ela tinha as qualidades necessárias para lutar ao lado deles.

— Estão com fome? — perguntou Xiao, assim que se sentaram.

Samara assentiu mais por educação, mas quando um prato de sopa e um pedaço de pão foram colocados na sua frente, seu estômago roncou. Cris não se fez de rogado, devorando a comida. Parecia tão esfomeado que quase sujou os pergaminhos mais próximos. Ele recebeu um olhar irritado de Tranimor e engasgou, tossindo alto.

Aquilo fez Tithos, o guaxinim guerreiro, gargalhar.

— Deixa o menino comer em paz, mago — disse, a voz estridente surgindo em meio a risadas. — Com essa cara feia, você acaba com o apetite de qualquer um.

— Cala a boca, animal. — Tranimor não levava desaforo para casa. — Estamos perdendo tempo.

Murmúrios tomaram a mesa e a sopa de Samara perdeu todo o sabor. Ao seu lado, Cris encolheu-se como se esperasse reprimendas a qualquer momento. De maneira inesperada, Xiao se levantou e socou a mesa. Seus subordinados se calaram enquanto os pratos de sopa dançavam sobre pergaminhos e mapas.

— Vocês esperarão por Fúria e Titânia — ordenou ele. — Depois que os dois terminarem, começaremos a reunião.

Samara mal conseguia engolir a comida. Trocou olhares assustados com Cris. Ele também havia perdido boa parte do apetite. Depois de mais alguns minutos intermináveis, ela empurrou as sobras do jantar para o lado.

— Nós estamos prontos.

Um dos soldados retirou a comida rapidamente. Na mesa, só restavam sinais da guerra. Todos se viraram para Yeng Xiao.

— Kremin, a palavra é sua. — O lanceiro encarou a mulher de vermelho, sentada na extremidade oposta.

A maga se levantou. Os cabelos espetados e ruivos se confundiam com a túnica e a capa esvoaçantes que vestia. Os olhos eram igualmente rubros, como se as chamas que invocava estivessem ali dentro, esperando para serem libertadas. Samara estremeceu, nervosa por estar diante da campeã que lhe cedeu seus poderes.

— Depois das últimas informações que Xiao nos trouxe, acredito que descobri um jeito de fazer esses dois retornarem ao seu mundo.

A expressão de Kremin era bastante séria. Seu rosto jovem parecia parado no tempo. Samara sabia, pela história do jogo, que Kremin tinha mais de duzentos anos, mas que as chamas impediam que envelhecesse.

Ela prosseguiu:

— Conversando com Octavo e Tranimor, chegamos à conclusão de que a chave para todo esse estranho caso está no Domo de Batalha. Acreditamos que se Fúria e Titânia tocarem no Monumento de Novigrath, o laço que foi rompido pela arma de Dionaea deve ser refeito. Acreditamos também que são as feridas causadas pela lança que impedem que seus poderes sejam usados aqui. Quando retornarem ao seu próprio mundo, isso deve se normalizar.

As novidades pareciam promissoras, mas os demais campeões não se mostraram satisfeitos. Uma sombra pairou sobre o rosto de Xiao, ressaltando as rugas ao redor de seus olhos. Apressado como sempre, Cris também ficou de pé.

— Se só precisamos entrar no local das partidas, o que estamos esperando?

Octavo riu da ingenuidade do garoto, enquanto Okon e Tranimor fechavam a cara.

— Invadir o Domo de Batalha é algo extremamente perigoso — disse Xiao, mantendo o olhar longe, provavelmente já traçando estratégias. — Lembre-se de que aqui as regras são diferentes, Fúria. O local é de difícil acesso e possui guardiões poderosos. Nem mesmo as tropas de Asgorth têm coragem de se aproximar.

— Se é tão difícil entrar lá, como vocês lutam em cada partida? — perguntou Cris, confuso.

Samara também tinha dificuldades para entender. Aguardou pela resposta de Xiao, mas foi Kremin quem tomou a iniciativa.

— Não somos nós que vamos ao Domo de Batalha. Pelo menos não fisicamente. — Ela fez uma pausa, procurando as melhores palavras. — Assim como vocês utilizam nossa energia na forma de avatares, o jogo age da mesma maneira. Parte de cada campeão, seja de Lumnia ou Asgorth, é transportada para o palco da batalha, mas isso não significa que estejamos lá em carne e osso. É a nossa força vital que luta. Se um de nós perecesse em batalha, por exemplo, o avatar continuaria aparecendo no Domo de Batalha, apenas perderia a ligação com nossa facção, parando de energizá-la.

Aquilo era uma grande novidade para os dois jovens.

— Então quer dizer que vocês nunca pisaram no Domo de Batalha de verdade? — perguntou Sam.

— Como Kremin falou, não fisicamente — continuou o lanceiro. — Mas temos lembranças de todas as partidas que disputamos. Elas retornam com a nossa energia e passam a fazer parte de nós como se tivéssemos realmente vivido aquele combate. Por muito tempo, isso substituiu a guerra contra os

Filhos de Asgorth e poupou muitas vidas. Mas agora, lutar no Domo não é mais suficiente.

Cibella, que estava distraída montando alguma engenhoca com pecinhas retiradas da própria bolsa, levantou a cabeça e abriu seu sorriso maroto.

— Enquanto conversamos, eu já batalhei vinte mil e noventa e sete vezes. Tudo está guardado aqui. — Ela bateu com o indicador na própria têmpora.

Samara mal podia imaginar qual seria a sensação de viver daquela maneira. Com tantos servidores de HdN espalhados pelo mundo, tentar dimensionar a quantidade de informações novas que aqueles campeões recebiam era impossível.

— Se vocês nunca entraram no Domo de Batalha de verdade, como sabem que é possível entrar? — perguntou Cris.

— Não há em Novigrath um lugar inalcançável — respondeu Tranimor. — No entanto, existem locais mais difíceis de chegar do que outros, como o Domo.

— Você não consegue criar um portal para lá? — A pergunta de Cristiano soou como um desafio. O mago estreitou os olhos.

— O local está selado para portais, mas posso criar uma passagem para as proximidades. Só não sei se vocês, crianças, serão capazes de sobreviver aos guardiões que protegem a entrada. — A resposta de Tranimor foi igualmente provocadora.

Antes que Cris comprasse a briga, Samara decidiu intervir:

— O que são esses guardiões? Por que vocês têm tanto medo deles?

A carranca de Tranimor ficou mais grave, e os outros campeões pareceram prender a respiração.

— São criaturas diferentes de tudo o que já vimos — falou Ayell. — Feitas de luz e partículas. Qualquer campeão é um amador perto deles.

O relato não foi animador. Se eram tão perigosos, como ela e Cris passariam por eles? Chegar ao Domo de Batalha parecia uma tarefa cada vez mais complicada.

— Kremin, tem certeza de que não há outra forma? — Xiao encarou a maga de fogo de maneira esperançosa.

— Não vejo outra solução. Octavo e Tranimor concordam comigo.

Os outros dois, mesmo que a contragosto, confirmaram o argumento da maga. Samara viu seu retorno cada vez mais distante e isso a encheu de tristeza. Surpreendeu-se por Cris não pensar daquela maneira.

— Eu a Sam vamos dar um jeito. Faz o portal e a gente vai entrar no Domo.

— Você é muito corajoso ou muito tolo. — Okon levantou-se com seu ar altivo. — É claro que não vão sozinhos nessa jornada. Haverá uma escolta e, desde já, eu me candidato a liderá-la.

— Você não precisa se arriscar desse jeito — disse Xiao. — Eles são minha responsabilidade. Eu devo...

— Bobagem! — ela o interrompeu. — Você é imprescindível no comando. Eu posso cuidar dos seus protegidos. Juro pelo sol de Lumnia que os levarei em segurança ao Domo de Batalha.

Mesmo que as dificuldades e o perigo ainda existissem, Samara ficou mais aliviada em ver o comprometimento nos olhos dourados da amazona.

— E eu me ofereço a acompanhar nossa brava guerreira. — Tithos ficou de pé na cadeira. — Não vou perder essa diversão por nada.

Xiao respirou fundo.

— Não me oporei às suas vontades. Tenho orgulho da coragem com que protegem essas crianças.

Tranimor também se comprometeu com a missão e, assim, o grupo foi fechado. Os três campeões os acompanhariam até a região mais perigosa de Novigrath. Aos poucos a tenda se esvaziou, cada herói retornando ao seu posto.

Sam e Cris permaneceram, pois Xiao ainda queria trocar algumas palavras com eles. Abraçou-os em uma despedida que não poderia fazer na frente dos soldados.

— Minha vontade era ir com vocês — falou, bastante sério.

— Nós sabemos das suas responsabilidades, Xiao. — Samara achou justo tirar aquele fardo dos ombros dele. — E estaremos bem ao lado de Okon. Ela é forte!

Ele meneou a cabeça, mas continuava preocupado.

— Eu não poderei ajudá-los como gostaria, mas vocês terão aliados no Mundial. — Xiao retirou um papel amassado das vestes, entregando-o a Sam.

Ela leu os nomes de duas equipes internacionais conhecidas e de seus respectivos treinadores.

— Repasse essa informação ao Epic — continuou Xiao. — São equipes lideradas por outros campeões, mas estão do lado certo desta maldita guerra.

Samara e Cristiano anuíram. Os aliados não representavam as equipes mais fortes de suas regiões, mas era bom saber que não estariam sozinhos na Coreia do Sul.

A pior parte dos preparativos foi a espera. As horas passaram devagar e nenhum dos dois jovens conseguiu pregar o olho. Samara tentava imaginar os guardiões do Domo de Batalha e sua mente fértil criava mil imagens assustadoras. No fim, sentou-se no catre e desistiu de tentar dormir.

Não demorou muito para que Cristiano afastasse as próprias cobertas.

— Como você acha que o Epic e os outros estão? — perguntou ele.

— Espero que bem.

Sam estava mais preocupada com a avó. Como ela reagiu ao seu desaparecimento? E se tivesse passado mal?

— Você já pensou que é possível que a Noise Games tenha cancelado a partida? Tipo, nós sumimos, né? Claramente, a vitória do Espartanos foi roubada — sugeriu Cris.

Por mais que Sam também desejasse aquele título, não se deixava enganar. No nível em que estavam, não ganhariam do Espartanos nem que jogassem uma melhor de dez. Quando externou aquele pensamento, recebeu um olhar repleto de indignação.

— Você não acredita na gente? É assim que quer vencer o Mundial, com medinho daqueles caras?

— Eu não estou com medo deles — ela se defendeu. — Só estou sendo realista. Temos que melhorar muito para sequer pensar em derrotá-los.

Esperava que Cris a ridicularizasse, mas ele se calou e largou o corpo sobre o colchão.

— Se nós sairmos daqui, juro que vou me esforçar ainda mais. Vou treinar vinte e quatro horas por dia, mas vou chegar ao nível daqueles caras.

A obstinação dele sempre foi admirável, mas não seria o suficiente desta vez.

— Eles conhecem nosso estilo de jogo melhor do que nós mesmos, Cris. Não basta só treinar, temos que mudar radicalmente.

— E como a gente faz isso?

Mesmo diante de tantos problemas, Sam também tivera tempo de pensar na última derrota. Apesar de o Vira-Latas ter melhorado, ainda era muito previsível. Seguia a cartilha das estratégias e isso se dava em parte por culpa dela. Era uma caçadora eficaz, mas pouco criativa. Fazia as rotas básicas e as armadilhas mais conhecidas. Além disso, o estilo agressivo de Cris na rota central gerava mais problemas do que soluções. O que realmente precisavam era de frieza no meio e improviso na selva.

— Sam? — insistiu ele. — Você ouviu o que eu falei?

Não considerava aquele o melhor momento para discutirem formações do time ou estratégias para o Mundial. Afinal, nem sabiam se conseguiriam sair de Novigrath. No entanto, a obstinação de Cris a obrigou a dizer algo.

— Tenho uma ideia, mas você não vai gostar.

Ele ergueu as sobrancelhas. Samara não escondeu a satisfação ao dizer as próximas palavras:

— Vamos trocar de posições. Você já mostrou que é um mago carregador eficiente, mas eu sou melhor. — Ela fez uma pausa, esperando o surto do companheiro. Ele a observava como se não acreditasse no que acabara de ouvir. — Escuta, Cris, você sabe que só ganhou a posição de mago carregador porque eu deixei. Aceitei ficar na selva pelo bem do time, mas agora já vimos que com essa formação não vamos vencer o Mundial. Chegou a sua vez de mostrar que amadureceu de verdade.

Sam não estava pedindo autorização para ocupar o lugar de Cris, aquela era uma decisão do treinador. Falava o que pensava da maneira mais honesta possível e não ligava nem um pouco se aquilo feria alguma espécie de orgulho masculino do companheiro de time.

A expressão do garoto mudou de incrédula para resignada. Ele passou as mãos pelo cabelo.

— Você tem razão — admitiu ele em um sussurro tímido.

Sam pensou ter imaginado aquela resposta.

— O que você falou?

O garoto cerrou os punhos.

— Eu disse que você tem razão! — Ofegante, ele molhou os lábios antes de continuar, de modo mais contido: — Admito que fui um babaca desde que nos conhecemos, mas eu realmente estou tentando mudar. Depois de tudo que a gente passou, aprendi que não sou o dono da verdade, muito menos tenho o direito de exigir que vocês façam o que eu quiser. Se o Epic concordar com a sua ideia, e se isso for mesmo ajudar o nosso time, não vou ser contra. Prometo.

Desta vez, foi ela quem perdeu a fala. Levantou-se e estendeu a mão para o garoto. Um gesto de paz. Mesmo que a convivência tivesse melhorado durante aqueles meses, eram os mais distantes do time. Ela o respeitava como jogador, mas não como pessoa. Aquela era sua primeira tentativa de aproximação.

Cris também ficou de pé, aceitando o cumprimento.

— Desculpa por todas as idiotices que falei.

— Tem que pedir desculpas mesmo. — Ela não estava disposta a passar a mão na cabeça dele tão rápido. — Conviver com você, principalmente no início do time, foi um pé no saco.

Samara viu um brilho de irritação nos olhos dele e adotou uma expressão séria.

— Cris, não mude pelos outros ou porque quer vencer. Mude por saber que sua atitude de antes era muito errada. Se quer respeito, tem que aprender a respeitar.

— Sei disso. Vou me esforçar. E, se fizer alguma bobagem, pode me dar um puxão de orelha, beleza?

Ela não perdeu tempo, puxando a orelha esquerda do garoto com toda a força.

— Ai! — ele reclamou. — O que foi? Já falei algo errado?

— Não, pelo contrário. Essa bronca foi por tudo o que fez antes.

Mesmo massageando o local beliscado, ele deu um sorriso. Parecia realmente disposto a ser uma pessoa melhor.

— E não pense que você está perdoado só por ter se desculpado comigo — continuou a garota. — Vai ter que pedir desculpas à Aline, por ter chamado ela de idiota, ao Pietro, pelas várias piadinhas, e também ao Adriano, porque você implica demais com o pobre coitado!

Cris revirou os olhos.

— Caramba, Sam! Não quer fazer uma lista, não? Com tanta cobrança, acho que vou continuar sendo um babaca, parece mais fácil.

— Claro que ser babaca é mais fácil. É por isso que tem tanta gente assim no mundo. — A garota cruzou os braços. — Não me olhe com essa cara, você pediu para eu te policiar. É o que estou fazendo!

Ele se deu por vencido e levantou os braços.

— Tá bem, tá bem. Eu vou falar com todos eles. Você vai ver só, o novo Fúria será o cara mais zen do cenário competitivo.

E, com aquela promessa, retornar ao mundo real se tornou ainda mais necessário. Afinal, não era todo dia que ela testemunhava um milagre.

— Desse jeito vai ter que mudar o seu nick também. — A garota não resistiu ao comentário. — Fúria Zen.

Os dois riram juntos, e as últimas horas antes de partirem para a missão foram mais fáceis de aguentar.

Quando os primeiros raios de sol entraram na tenda, Xiao apareceu acompanhado de Ayell. Encontraram os dois jovens de pé, esperando em silêncio.

— Pelo visto, vocês não descansaram nada — disse o lanceiro insatisfeito.

— Vamos ter tempo para dormir quando chegarmos em casa — retrucou Cris.

— Okon, Tranimor e Tithos os aguardam lá fora.

Eles seguiram Xiao até o centro do acampamento, onde Okon já esperava montada em sua pantera, que batia as patas dianteiras no solo fofo.

— Ah, já era hora. — O guaxinim Tithos veio cumprimentá-los.

Ele parecia o mais bem-humorado do grupo. Okon mantinha sua tradicional expressão séria e Tranimor mal se dignava a encará-los. Outros campeões vieram para desejar boa sorte ao grupo. Cibella estava entre eles. Ela entregou uma bombinha do tamanho de uma goiaba a cada um dos garotos.

— Esse brinquedinho aqui fará um bom estrago se enfrentarem os guardiões.

Sem mais delongas, Tranimor proferiu os comandos para a criação de um novo portal. Os piercings amplificadores em suas orelhas brilharam enquanto ele costurava a passagem como um alfaiate primoroso.

Ao contrário do portal que levou os jovens ao acampamento, aquele variava de tonalidade entre o laranja e o vermelho. Samara pressentiu que havia algo diferente. Parecia que a luz tinha dificuldade em se manter, piscando como uma lâmpada prestes a queimar.

— Isso é o mais próximo que consigo chegar — falou o mago, com esforço. — Passem de uma vez, não vou aguentar por muito tempo.

Do dorso da pantera, Sam e Cris lançaram um último olhar para Xiao. A despedida silenciosa incomodava a todos, pois ainda havia muito a ser dito. Ele manteve a máscara de general intacta, agindo como se tivesse certeza do sucesso daquela missão. Antes de os garotos sumirem na luz do portal, Sam teve quase certeza de que viu a mão de Ayell se unir à do lanceiro, em um aperto confortador. Ficou mais tranquila que seu amigo tivesse alguém com quem dividir o fardo pesado da liderança.

Do outro lado do portal, a paisagem revelou uma Novigrath bem diferente daquela que os dois adolescentes tinham conhecido até então. O céu tomado por nuvens escuras só se iluminava quando raios dançavam. Pedras e galhos cobriam o solo árido. A trilha de um riacho seco cortava o caminho deles.

A pantera de Okon rosnou, eriçando os pelos. A expressão entusiasmada de Tithos deu lugar a uma carranca de preocupação. Tranimor foi o último a aparecer, fechando o portal às suas costas e observando os arredores.

— Este lugar está ainda pior que da última vez.

— Você já esteve aqui antes? — perguntou Cris.

— Eu sou Tranimor, o mago dos portais. Não há lugar em Novigrath em que ainda não estive, garoto. — Ele tirou o pó das roupas e tomou a dianteira. — Venham por aqui. Os portões para o Domo ficam depois daquela colina.

Caminharam atentos aos possíveis perigos que se escondiam atrás de pedregulhos e arbustos secos. Tithos retirou as duas machadinhas das costas, as orelhas buscando qualquer ruído diferente. Samara ficou impressionada em ver como uma figura pequena e fofinha podia se tornar tão intimidadora. Okon puxou seu arco, mantendo uma flecha preparada.

— Por que aqui é tão deserto? — Cris disfarçou um arrepio.

Tithos se aproximou com as machadinhas apoiadas nos ombros.

— Chamamos este local de Ponto Zero. Foi aqui que Novigrath surgiu, onde ganhamos a primeira centelha de vida — falou ele em voz baixa.

— Mas por que é tão horrível? — A pergunta de Cris fez o guaxinim franzir o cenho. — Desculpe, mas esse Ponto Zero está muito longe de ser um paraíso…

— Ele já foi diferente — falou Okon. — No início era um local repleto de vida, onde vínhamos fazer preces. Os guardiões mantinham-se pacíficos e respeitavam nossa aproximação. — O saudosismo na voz da amazona veio acompanhado de uma profunda tristeza.

— O que fez tudo mudar? — perguntou Sam.

Uma sombra pairou no rosto bonito de Okon. Ao seu lado, Tithos também ficou abalado. Tranimor permanecia mais à frente, ignorando os companheiros.

— O desequilíbrio entre as duas facções envenenou Novigrath, inclusive o Ponto Zero. Os guardiões deste lugar foram afetados por Asgorth, passando a agir de maneira violenta e arredia. O local de nosso nascimento virou sinônimo de medo.

— Se os Filhos de Asgorth são responsáveis por essa mudança, isso quer dizer que eles dominam esse lugar? — perguntou Cris apreensivo.

— Não. Eles também temem o Ponto Zero — explicou Tithos. — Talvez no início seu objetivo tenha sido dominar o Domo de Batalha, mas os guardiões enlouqueceram, em vez de se aliarem a eles.

Interrompendo a conversa, Tranimor ergueu o braço, ordenando que os outros parassem.

— Senti a energia dos guardiões. — O olhar dele se fixou na colina à frente. — Assim que passarmos daquele marco, eles saberão onde estamos.

Retomaram a caminhada com passos mais lentos, sempre parando para observar. Sam mordia o lábio com nervosismo. Chegaram ao topo da colina sem incidentes, mas ela sentia como se olhos invisíveis a observassem. Comentou isso com os outros, recebendo a confirmação trêmula de Cris e um menear imperceptível de Okon. Tithos e Tranimor permaneceram em um silêncio fúnebre, pois a visão do alto da colina abalava até o campeão mais experiente.

O Domo de Batalha se revelava à distância. Circundada por muros de pedra, a arena era imensa. Acostumada a uma visão interna, Samara ficou assombrada ao se deparar com aquela vista de cima: as dimensões lhe pareciam muito mais impressionantes. Via as três rotas bem delimitadas e as torres que protegiam seus caminhos. A selva parecia-lhe impenetrável. No entanto, o que mais chamava atenção eram as inúmeras figuras translúcidas que se digladiavam dentro do mapa.

Como fantasmas, os campeões diáfanos se multiplicavam. Mesmo que forçasse a vista, Samara não era capaz de contá-los. Reconheceu duas ou três Cibellas, usando *skins* diferentes, e pelo menos cinco Illandras, atiradora dos Filhos. A visão era confusa, pois os embates não seguiam lógica alguma e muitos campeões se embaralhavam no corpo de outros. Diante disso, não foi difícil entender que centenas de milhares de partidas ocorriam ao mesmo tempo, sobrepostas.

— Estão vendo os portões?

A amazona apontou para o leste da muralha que protegia o Domo.

Mesmo de longe, Sam e Cris não tiveram dificuldades de encontrar as portas metálicas. O dourado intenso não era natural, havia magia envolvida ali.

Okon era a líder daquela missão, mas havia deixado Tranimor agir como bem queria. Agora, porém, a situação era outra.

— Tranimor, prepare o escudo de proteção. Tithos, espero que as suas pernas estejam descansadas. A única forma de chegar ao Domo é sermos mais rápidos do que eles. — Okon acariciou a cabeça de sua montaria, que ronronou como se fosse um gatinho. — Conto com você, Aktuk. Precisaremos de toda a sua velocidade.

O mago dos portais sentou-se no chão com as pernas cruzadas, murmurou palavras incompreensíveis e, no mesmo instante, um escudo de energia surgiu ao redor da pantera e de seus cavaleiros. Samara prendeu a respiração e se agarrou à cintura de Cris, que já estava bem seguro em Okon.

— Estão prontos? — perguntou a amazona.

Depois de receber a confirmação dos dois, Okon sinalizou para o guaxinim. Ele mostrou os dentinhos afiados, mordendo o cabo de uma machadinha, enquanto a outra retornava para a bainha presa às costas. Ele ficou de quatro e partiu em disparada, deixando um rastro de poeira por onde passava.

A pantera rosnou alto, como se não quisesse ficar para trás. Desta vez, o empuxo que Samara sentiu quase levou seu estômago à boca. Se achava que a montaria da amazona correra rápido na última vez, estava muito enganada. Os saltos largos causavam sacudidas assustadoras e por diversas vezes achou que cairia.

Os dois guardiões vieram de direções opostas. Eram formados por inúmeras partículas azuis e quadradas, que juntas lhes davam uma aparência humanoide. Quando um deles, que corria em perseguição à pantera, se deparou com uma pedra no caminho, nem pensou em desviar dela. Os pequenos quadrados luminosos que montavam seu corpo se separaram em um sopro, apenas para se unirem novamente ao atravessarem o obstáculo. Um som eletrônico os acompanhava, mas não vinha necessariamente deles. Sam teve a estranha sensação de estar ouvindo um daqueles antigos modens de internet discada.

Os guardiões emparelharam com a pantera em pouco tempo, e esticaram seus membros para socar a barreira criada por Tranimor. O impacto soou como unhas arranhando um quadro-negro, mas a proteção resistiu. Okon ergueu seu arco, mirando a criatura da esquerda. Samara estava pronta para perguntar como pretendia acertar alguém dentro daquele escudo quando a amazona atirou. Para sua surpresa, a flecha atravessou a parede de energia como se ela fosse feita de fumaça. O bloqueio só existia para quem estava do lado de fora.

A flecha não se cravou no guardião. Os pixels azulados se separaram no momento exato. No entanto, o tiro serviu para atrasar a criatura, que ficou metros atrás, enquanto a pantera forçava seus músculos para se livrar do outro perseguidor.

O guardião restante jogou-se contra o escudo protetor. Um fedor de fios elétricos queimados tomou o ar enquanto os quadrados pixelados derretiam contra a barreira, deixando um rastro azul que mais se parecia com uma trilha de migalhas.

— A barreira não vai aguentar! — gritou Cris, ao notar as primeiras rachaduras na proteção de Tranimor. — Precisamos fazer alguma coisa!

Okon não respondeu, mas já tinha uma nova flecha encaixada no arco. Atirou exatamente sobre o feixe de luz que ameaçava desfazer a barreira, escorrendo sobre ela. O chiado eletrônico ficou agudo, como se a criatura que os atacava tivesse gritado de dor. A pressão sobre a pantera diminuiu e o brilho que os cegava se apagou. Estavam livres, pelo menos por enquanto, pois, mais atrás, os guardiões já diminuíam a distância com passadas largas e incansáveis.

Foi a vez de Tithos agir. Ele desistiu de correr e fincou as patas no caminho entre as criaturas e seus companheiros. Cuspiu a machadinha de volta para a mão e a atirou no guardião mais próximo, fazendo-o se evaporar para se desviar do ataque. Então ele puxou o par da arma das costas e se preparou para usá-lo. Tithos lançou um rápido olhar para trás e moveu o braço, como se implorasse que Okon acelerasse.

Mesmo de longe, Samara pôde ver quando o guardião restante se jogou sobre o guaxinim, criando uma explosão azulada. Virou o rosto rapidamente, com os olhos repletos de lágrimas. Os lábios de Cris tremiam sem parar enquanto presenciava o sacrifício de Tithos.

Okon parecia ainda mais decidida a chegar aos portões. No entanto, os pixels azulados brotaram do chão, alguns metros à frente. O corpo do guardião se montou como um verdadeiro quebra-cabeça. Os braços compridos se esticaram em frente ao tronco, prontos para agarrar a pantera.

— Não vamos conseguir! — Samara olhou para trás e viu que o outro guardião já havia se livrado de Tithos. — Estamos cercados!

Com a testa franzida, Okon atirou mais duas flechas que se mostraram inúteis. O guardião à frente havia aprendido a lidar com elas. Não desfazia mais o corpo todo, apenas o local que seria alvejado. Sem alternativa, a amazona deixou o arco de lado e puxou suas foices. Com os pés no dorso da pantera, agachou-se em um equilíbrio arriscado.

— Eu cuidarei do guardião — falou ela, sem encarar seus dois passageiros. — Aktuk levará vocês aos portões. Não parem por nada.

A pantera rosnou quando ouviu seu nome. Samara não gostou nada daquela ideia, mas sabia que sua opinião pouco importava. Só lhe restou agradecer o empenho da amazona em levá-los de volta para casa.

— Não faço isso por vocês, mas por Novigrath. Asgorth não pode vencer.

Aquelas foram suas últimas palavras. Okon pulou sobre o guardião, apontando as duas foices na direção do seu corpo quase etéreo. O grito de guerra que deixou sua garganta causou calafrios nos dois garotos. A pantera Aktuk soltou um lamento, mas continuou seu caminho. As lágrimas de Samara já não podiam ser contidas.

— Nós vamos conseguir! — Cris tentava extravasar o medo aos gritos.

Já podiam sentir a forte aura mágica do portão. Os braços se arrepiaram e a paisagem ao redor pareceu diminuir de velocidade, como se alguém tivesse cortado os frames do jogo pela metade. A pantera cravou as garras no chão, freando como podia e levantando uma nuvem de poeira. Faltava menos de dez metros para entrarem no Domo de Batalha, mas ainda havia um último desafio.

Um guardião se materializou bem em frente às duas placas metálicas e moveu o braço como um chicote, esticando-o o suficiente para que se enrolasse no pescoço de Aktuk. A barreira que os protegia não aguentou, explodindo em um jorro de luz. Sam caiu sobre o ombro, escutando um estalo incômodo. Obrigou-se a sufocar os próprios gritos. Não podia desistir agora, não depois dos esforços de Tithos e de Okon.

Ela agarrou Cris pelo braço, obrigando-o a se levantar.

— O presente de Cibella! — gritou para que sua voz vencesse os rugidos da pantera que se mostrava tão guerreira quanto sua mestra.

Cristiano entendeu o recado, tirando a pequena esfera das vestes. Jogaram as bombas no guardião, livrando a pantera de seu aperto sufocante. A passagem para os portões ficou liberada, enquanto o corpo pixelado da criatura se remontava. Os dois não pensaram duas vezes e avançaram. Contudo, quando estavam prestes a tocar na porta dourada, um braço azul recém-formado os derrubou. Tonta, Sam não conseguia coordenar as pernas. Tentou se levantar, mas as dores agudas no ombro e no joelho a levaram ao chão novamente.

O resto do corpo do guardião se remontou. Os punhos dobraram de tamanho, reunindo boa parte dos pixels brilhantes. Aquelas mãos enormes iriam esmagá-los com facilidade se não fosse por Tranimor. O mago dos portais surgiu à direita do adversário. Sangue jorrava de seu nariz e uma palidez doentia tomava seu rosto. Ele agarrou-se ao guardião, criando uma nova barreira que envolveu os dois. Os braços que ameaçavam Sam e Cris foram decepados.

— Vão embora. Agora!

Os berros de Tranimor puseram os dois jovens de pé. Foi como se uma corrente elétrica passasse pelo corpo de Sam. Agarrada a Cris, arrastou-se até o portão do Domo. Com seus quatro metros de altura, era um ponto de cor e beleza no meio das pedras cinza. A garota esticou a mão trêmula. Trocou olhares com o companheiro, que repetiu seu gesto.

Empurraram as portas com toda a força, tentando ignorar os gritos emitidos pelo guardião preso. Atrás da barreira criada por Tranimor, outro monstro se materializava, tentando de tudo para impedir a invasão de seu território sagrado. No entanto, não chegou a tempo. O portão cedeu, rangendo alto como se nunca tivesse sido aberto antes. Os dois jovens o atravessaram, deixando para trás o Ponto Zero para entrar em um ambiente muito mais conhecido.

Só precisavam chegar ao Monumento de Novigrath, poucos metros à frente, para voltar para casa.

Nível 25

Assim que tocou no Monumento de Novigrath, Cris sentiu um puxão forte no abdômen. Em um piscar de olhos, já não estava mais no Domo de Batalha. Rodopiava em um espaço tão branco que ofuscava os olhos. O abraço em Samara foi desfeito de maneira dolorosa e ele a perdeu de vista. Tentou chamar por ela, mas sua voz não saía. Então, a claridade foi diminuindo e os sentidos ofuscados captaram novas informações. O cheiro de cloro e desinfetante. Um bipe insistente e acelerado. Vozes altas ao seu redor. O que estava acontecendo? Alguém gritou seu nome várias vezes, mas ele não foi capaz de responder.

Abriu os olhos e viu paredes esverdeadas, um colchão duro embaixo de si, lençóis revirados na altura dos pés. Ao fundo, um casal familiar o observava com olhos ansiosos. Achou que estava delirando ao reconhecer o pai e a mãe. Quando se sentiu completamente desperto, notou um médico bem ao seu lado. Queria dizer que estava bem, mas a secura na garganta só fez com que tossisse alto.

— Como está se sentindo, Cristiano? — A voz do médico mantinha o ar profissional.

Cris pensou bastante antes de responder. Não sentia dor, apenas uma fraqueza nos membros, como se tivesse passado tempo demais dormindo.

— O que houve?

Ficou surpreso quando soube do coma de quase dois dias e do incêndio que tomou o palco da final do campeonato. Isso justificava a ausência de cabelos do lado direito da cabeça, levados pelas chamas.

— Cadê a Sam? — perguntou. Ela podia ter sofrido mais no incêndio.

O médico se apressou em tranquilizá-lo. Sam estava bem e também tinha acabado de acordar.

— Meu colega está cuidando dela agora, não se preocupe.

Apesar do alívio, ainda queria vê-la. A perda de Okon, Tithos e Tranimor continuava viva na memória. Voltara para casa, mas o custo foi alto demais. O médico ficou no quarto por mais alguns instantes, certificando-se de que estava mesmo bem. Quando se deu por convencido, deixou que os pais tivessem um momento a sós com o garoto.

A voz chorosa da mãe fez Cris prender a respiração. Foi abraçado antes que pudesse dizer algo. O pai se manteve mais afastado, observando-o com emoção genuína. Cris mal acreditou quando lágrimas caíram dos olhos dele. Era a primeira vez em todos os seus dezesseis anos de vida que via aquele homem chorar.

— Como vocês chegaram aqui? — A voz vinha abafada pelo abraço da mãe.

— Nós estávamos no estádio. — Ela acariciou o cabelo que sobrara na cabeça dele.

O garoto ficou pasmo. Os pais tinham ido assistir à final sem que ele convidasse?

— Mas eu pensei que vocês não aprovassem... Chamavam o jogo de perda de tempo, viviam me criticando...

Um resquício de rancor escapou ao se lembrar das intermináveis ameaças do pai de jogar o computador fora. Foi justamente para ele que lançou um olhar perplexo. Domingos deu passos hesitantes na direção da cama.

— Filho... Nós erramos. Eu errei.

Aquilo era tão surreal que Cris chegou a considerar a possibilidade de os Filhos de Asgorth estarem lhe pregando uma peça.

— Vimos todas as suas partidas — continuou o pai. — Agora eu entendo quanto isso é importante para você. O seu talento é incrível, todos estão comentando.

Cris se afastou do abraço da mãe, sentindo-se sufocado. Olhou para ela e para o pai, incrédulo. As mãos se fecharam sobre o lençol branco.

— É muito fácil dizer que sou bom depois que já apareci na televisão e ganhei prêmios, não é? Se viram todos os meus jogos, por que não me ligaram nem uma vez?

— Você não está sendo justo com a gente, Cristiano — falou Domingos, em um tom mais duro. — Você também não fez o mínimo esforço em nos procurar. Saiu de casa com tanto gosto, como se estivesse aliviado de se livrar de nós.

E era verdade. Nunca parou para pensar que sua partida tivesse causado alguma comoção entre eles. Presumira que era só um peso morto para os dois.

— Nós te amamos, Cris. — A mãe segurou sua mão. — Não deixamos de pensar em você nem um instante.

Ele não sabia o que dizer. A convivência com os pais sempre fora difícil, mas reconhecia que também não agira como o melhor dos filhos. Muitas vezes, brigava por estar frustrado na escola ou por não saber como se expressar de outra forma. Baixou os olhos e fitou a mão entrelaçada na da mãe. Seria verdade que eles realmente se importavam?

Antes que pudesse externar suas dúvidas, Pedro abriu a porta do quarto.

— Graças a Deus! — Ele ignorou o olhar perplexo dos outros dois adultos na sala. — Ah, seu moleque, você me assustou pra caramba, sabia?

A reação instintiva de Cris foi sorrir.

— Eu sou duro na queda, Epic. Você já devia saber disso.

Pedro riu. As roupas estavam tão amassadas quanto seu rosto. Cris acenou para que chegasse mais perto. Sua mãe deu um passo para trás, dando espaço para que os dois conversassem. O treinador passou a mão pela cabeça do garoto, como se estivesse cumprimentando uma criança.

— Como se sente, Fúria?

— Estou bem. — Havia muita coisa que precisava contar a Pedro, mas não na frente dos pais. — Só um pouco careca.

O olhar de Pedro se focou na área desbastada. Ele franziu o cenho, mas Cris deu um soco leve em seu ombro.

— Não foi culpa sua, tá?

Pedro meneou a cabeça, os olhos marejados. Como Cris não estava preparado para um acesso de choro, achou melhor mudar de assunto.

— Você já foi ver a Sam?

— Ela tá legal. Acabei de vir do quarto dela. Vocês acordaram quase ao mesmo tempo, depois de horas de incerteza. Eu quase pirei de preocupação. — Pedro encarou-o de maneira significativa, sondando. — Sam perguntou sobre você várias vezes. Não sabia que eram tão amigos.

Cris se lembrou das inúmeras vezes que Sam salvou sua pele em Novigrath. Pisara muito na bola para ter o direito de chamá-la de amiga, mas tinha certeza de que era uma relação que pretendia respeitar.

— Epic... — falou ele com cautela. — Nós vamos mudar de posição no time.

O treinador olhou para trás, desconfiado de que os pais do garoto tivessem algo a ver com aquela história. Cris o acertou com um novo soco.

— Ai! Para com isso, moleque. — Pedro massageou o braço. — Que papo é esse? Por que mudar? Por acaso você tá pensando em sair...

— Claro que não! — Ele nem gostava de cogitar aquela ideia. — Eu vou ser o caçador, e a Sam, a nova maga carregadora.

— Tá falando sério? — O treinador arregalou os olhos.

Cris ficou irritado e deu um novo soco no braço de Pedro.

— Tá certo, entendi o recado. Se vocês querem mudar, eu acho uma boa. Essa formação sempre esteve nos meus planos, você sabe, né?

— Sei... — O garoto ficou envergonhado, mas não desviou o olhar. — Agora entendo o motivo.

Ele recebeu mais um carinho na cabeça antes que Pedro o abraçasse.

— Fica bem, Cris. Vamos ter tempo para falar do jogo depois. — Pedro se afastou com uma piscadela. — Aproveita a companhia dos seus pais.

Pedro acenou para o casal Santos antes de sair. Quando fechou a porta, a mãe de Cris voltou para a beirada da cama.

— Você e o seu treinador são muito próximos, não é? — Havia um pouco de inveja na sua voz.

— Ele é como um irmão mais velho — falou o garoto. — E o resto do time também. Somos todos uma família.

A mulher assentiu, compreensiva, fitando o marido. Pela primeira vez desde que o filho despertou, ele tocou seu ombro.

— Você quer continuar jogando mesmo depois de tudo o que aconteceu? — A pergunta de Domingos trazia uma apreensão genuína.

— Ir para o Campeonato Mundial sempre foi meu sonho. Além disso, meu time precisa de mim. Não vou deixar o Vira-Latas, não importa o que vocês pensem.

O garoto ergueu o queixo, em uma postura desafiadora que os pais conheciam muito bem. A mãe tocou em seu rosto com carinho.

— Nós só queremos ficar do seu lado, Cris. Não é mesmo, querido?

Domingos mantinha a expressão fechada, mas engoliu o desgosto.

— Vamos respeitar sua decisão, mas não quero te ver no hospital de novo.

Ter o apoio da família era território novo e inexplorado, mas Cris agradeceu em um murmúrio fraco. Pousou a mão sobre a de Domingos, pegando-o de surpresa. Não trocavam carinhos daquele jeito desde que tinha uns onze anos. Só lhe restava aproveitar aquele momento raro de paz familiar. Seria dali que tiraria suas maiores forças para vencer os Filhos de Asgorth.

Nível 26

Três dias depois de terem acordado do coma, Sam e Cris já estavam de volta à *gaming house* junto com o restante do time. Mesmo que seus familiares não se mostrassem nada satisfeitos com aquela situação, os dois foram irredutíveis em permanecer na equipe.

O retorno ao treinamento foi difícil, mas motivação era o que não faltava. Além das atividades rotineiras, Epic insistiu que assistissem a vídeos das equipes estrangeiras, estudando-as ao máximo.

— Não adianta nada pensarmos no Espartanos se não formos capazes de passar da fase de grupos. Além disso, nunca jogamos contra times de fora, precisamos nos adaptar ao estilo deles.

Os treinos contra outros times profissionais, ou *scrims* como os jogadores chamavam, foram levados muito mais a sério e jogados como verdadeiras finais de campeonato.

— O foco dessa estratégia é que o LordMetal consiga enganar o outro atirador, atraindo-o para perto da torre, aí nesse momento o Roxy *ulta* e prende ele ali para levar bastante dano — explicou Pedro.

— Consegui! — gritou Adriano, quando, depois de algumas tentativas, realizou a jogada requisitada pelo treinador, ficando de pé na cadeira e levantando os braços. — Campeões!

Apesar de também estarem satisfeitos com o bom resultado, os companheiros de time o observaram com olhos arregalados.

— Senta na cadeira, Adi — Pietro resmungou. — A partida não acabou!

Aquele mês de preparação foi muito importante para que o time se reencontrasse. Sam e Cris precisaram de tempo para se acostumar às novas posições. A sinergia entre os jogadores teve que ser reconstruída, como se fossem um time recém-formado, e para isso as atividades em grupo tiveram grande importância. O difícil era controlar a agitação dos cinco adolescentes quando os exercícios acabavam virando zoação.

— Epic, o Lord amassou o questionário e jogou na minha cara! — reclamou Pietro, indignado.

— Para de ser chato, Pato! — respondeu o gêmeo em meio a risadas. Ia provocar mais, mas foi atingido bem na boca por uma bolinha de papel e se engasgou. Ele olhou para o lado e fingiu mágoa quando viu que Aline fora a responsável. — Até tu, Aline?

Pedro suspirou, vendo sua atividade de listar qualidades e defeitos se transformar em uma guerra de bolinhas de papel. Pelo menos eles estavam se divertindo e fortalecendo os laços; era isso que importava.

Quando o dia da viagem para a Coreia do Sul finalmente chegou, trouxe consigo ansiedade e empolgação. Os garotos não paravam de andar pelo apartamento, procurando os últimos itens para colocar nas malas. Pedro e Murilo deveriam dar o exemplo de pontualidade e organização, mas eram os mais enrolados. No fim, com a ajuda providencial de Pietro e Sam, os dois conseguiram terminar a arrumação antes que a van alugada aparecesse.

Os documentos da viagem foram providenciados com antecedência. Pedro não teve trabalho para conseguir a autorização dos pais de Cris, que era o único menor de idade no time. Mesmo sem precisar da autorização dos responsáveis, foi Aline quem mais sofreu para conseguir viajar. O pai cumpriu suas ameaças e expulsou a filha de casa por ela não ter desistido de jogar. Toda a briga com Joo Sung foi um verdadeiro terremoto na vida da garota. O impacto ainda reverberava mesmo depois de semanas, e Aline se mantinha calada enquanto todos os companheiros vibravam. Samara odiava vê-la daquele jeito.

Chegaram ao aeroporto internacional de Guarulhos duas horas antes do voo. Somente quando pisou ali foi que Sam deixou o nervosismo tomar conta. A viagem era real, o Campeonato Mundial aconteceria. Quando começou a jogar HdN, chegar ali não passava de um sonho distante.

Como tinham feito o check-in pela internet, pularam a fila enorme e foram apenas despachar as malas. Pedro tratou dos detalhes tediosos do embarque, enquanto os garotos conversavam sobre o país sede do Mundial. Por sua ascendência, Aline foi bombardeada com perguntas.

— Gente, eu sei tanto quanto vocês — respondeu ela, sem graça. — Só porque falo um pouco de coreano e conheço algumas bandas de K-pop não significa que sou expert no país da minha avó. Sou brasileira, caramba!

— Mas Line, você pelo menos está melhor do que a gente. Não sabemos nem dizer "oi" em coreano — comentou Adriano. — Não tem jeito, você vai ser nossa tradutora oficial. Agora mesmo que eu não te largo de jeito nenhum.

O namoro de Aline e Adriano foi recebido com alegria pelos demais jogadores. Quando os dois estavam juntos, pareciam mais leves, como se o peso das dificuldades que enfrentariam fosse mais fácil de suportar. Para Sam e os outros, aquilo era tudo o que importava para que apoiassem o novo casal.

A conversa sobre a Coreia ainda estava longe de terminar, mas foi interrompida pela aproximação de um grupo inusitado, formado pela mãe dos gêmeos, Fred, os pais de Cris, a avó e a mãe de Aline e, mais atrás, dona Clô. Uma verdadeira reunião de pais.

Cada adolescente reagiu de maneira diferente. Os gêmeos receberam beijos estalados da mãe, que lhes desejou boa sorte. Fred se manteve um pouco afastado e com expressão nervosa — depois de todas as brigas com Pietro, não sabia se seria recebido bem. Foi um alívio para todos quando o capitão do Vira-Latas beijou o namorado sem nenhum sinal de rancor. Adriano bateu palmas enquanto os dois se reconciliavam e lançou um olhar revelador na direção de Aline. Claramente, queria apresentá-la para a mãe, mas a garota tinha uma conversa importante pela frente.

Ela retorcia os dedos com bastante nervosismo. A mãe a observava com um ar culpado. Coube à dona Mi Young terminar com o silêncio. Samara não pôde prestar muita atenção na conversa, mas só de ver a amiga aceitar o abraço da mãe já se sentiu mais aliviada. Aline merecia um pouco mais de compreensão.

A avó de Sam trazia um embrulho misterioso debaixo do braço. Assim que ganhou um beijo, Sam foi tomada por uma alegria contagiante.

— O que você tá fazendo aqui, vó?

Tinham conversado por telefone no dia anterior e a velha senhora nem sequer deu uma pista sobre sua intenção de voltar a São Paulo.

— Eu não podia deixar você ir para outro país sem me despedir pessoalmente, filha. Foi a Marta, mãe da Aline, quem pagou a minha passagem e a dos pais do Cristiano. Ela parece resolvida a tentar se entender com a filha. — A senhora sorriu, sabendo que aquela notícia alegraria a neta. — Nós também combinamos de assistir a pelo menos a um jogo juntos.

Samara olhou rapidamente para Aline, que ainda conversava com a família, mas parecia bem mais à vontade. Talvez Joo Sung tivesse mudado de ideia quanto a expulsá-la de casa. Aquilo não tinha cabimento. O sorriso largo da avó atraiu de volta sua atenção; ela parecia ansiosa para lhe entregar o embrulho amassado.

— Tenho um presente para esse campeonato.

Sam queria dizer que só a presença dela ali já era o suficiente, mas percebeu que aquele presente tinha um significado especial. Desamarrou as fitas coloridas que fechavam a embalagem, encontrando um casaco leve e bonito. O logo do Vira-Latas fora bordado com bastante cuidado na altura do peito e também nos ombros. A qualidade da roupa era melhor até do que os uniformes oficiais do time.

— Vó, que casaco incrível!

— Sei que lá na Coreia agora é verão, mas você pode sentir frio no voo...

— Foi a senhora que costurou tudo?

— Mas é claro, filha! Ainda sou uma costureira de mão-cheia. E olhe só, deixei uma surpresa no bolso do lado esquerdo.

Ela prontamente procurou pelo bolso na altura do peito, na parte interna do casaco. Havia um novo bordado nele, dessa vez com o troféu idêntico ao do Mundial.

— Veja o que tem dentro — pediu a senhora.

Samara tateou o tecido macio, encontrando o que lhe pareceu um pedaço de papel. Puxou-o de volta, revelando uma fotografia antiga. Os olhos lacrimejaram quando avistou o rosto sorridente dos pais. Eles pareciam muito felizes e ela, uma criança magrela e descabelada, ostentava um riso desdentado. Abraçavam-se forte, como se nunca fossem se separar.

— Eu me lembro desse dia. Nós fomos ao cinema. Era minha primeira vez e eu estava pirando de felicidade... — Seu peito se encheu de saudade.

Dona Clô sorriu em um misto de tristeza e pesar.

— Olhe sempre para essa foto e saiba que eles estão com você. Tenho certeza de que não teria torcedores mais fanáticos.

A garota não duvidava disso. Apertou a foto contra o peito antes de devolvê-la para o casaco. Beijou o rosto da avó, agradecendo por aquele presente tão importante.

As despedidas foram apressadas por Pedro, pois era hora de partir. Os garotos embarcaram no avião com o espírito renovado. Pequenos gestos motivavam mais do que qualquer palestra ou treino. Sam ficou na janela, observando curiosa a paisagem se tornar diminuta enquanto a aeronave ganhava altitude. A mão não saía do peito, sentindo a foto guardada perto do coração.

A viagem foi longa e cansativa. Fizeram uma conexão em Paris e continuaram sua jornada rumo a Seul. Depois de trinta horas, Sam já não conseguia nem pensar com clareza. Duas áreas de instabilidade tornaram o voo ainda mais desagradável, e as sacudidas minaram qualquer pretensão que a garota tinha de dormir. Aline também odiava turbulências, por isso ambas ficaram acordadas até que o avião pousasse no aeroporto internacional de Incheon.

Depois de apanharem as bagagens, todos estavam tão exaustos que demoraram a reconhecer o representante da Noise Games que os esperava na área de desembarque. Foram acomodados em uma van gelada e Samara deu graças por ter ganhado aquele casaco da avó. Chegaram ao hotel, em Seul, quarenta minutos depois. Ninguém tinha ânimo para conversar, então foram direto para os quartos.

Sam ficou junto de Aline. O jet lag era tamanho que precisaram passar o cartão magnético na fechadura eletrônica três vezes até acertarem. Samara não sentia a mínima disposição em mexer na mala, por isso só se jogou na cama. Era estranho se sentir tão cansada quando ainda era dia.

— Sam, nós não podemos dormir — avisou Aline, enquanto tirava roupas limpas da mala e se preparava para tomar banho. — Lembra do que o Epic falou? Temos pouco tempo para nos acostumarmos com o horário daqui.

A garota se obrigou a levantar da cama e foi lavar o rosto no banheiro. Depois, abriu o frigobar e comeu alguns tabletes de chocolate. Não entendia nada do que estava escrito na embalagem, mas o sabor era muito bom.

Quando Aline terminou o banho, que não ajudou em amenizar as olheiras, tentaram conversar um pouco. Sam lhe mostrou a foto dos pais antes de colocá-la na cabeceira da cama.

— A sua avó é incrível, Sam — comentou Aline. Havia um pouco de inveja em sua voz, algo que não passou desapercebido para a outra garota.

Samara se sentou de pernas cruzadas e a encarou.

— A sua mãe foi te ver no aeroporto, Line. Isso foi incrível também! Vocês conseguiram se entender?

— Um pouco — disse Aline, suspirando. — Ela disse que vai torcer por mim e que eu posso voltar para casa quando quiser.

— Mas isso é ótimo! — Sam sorriu, animada, mas recuperou a seriedade diante do desânimo da amiga. — O que foi? Você não acredita nela?

— Eu não sei o que pensar. Ainda acho que meu pai não vai dar o braço a torcer...

— Desculpa, Line, mas o teu pai é um babaca.

— Eu vou ser obrigada a concordar. — A garota sorriu com tristeza.

A conversa morreu depois disso. Sam não queria insistir naquele assunto, então voltou a se deitar. Ligaram a televisão e zapearam os canais até encontrar um de clipes de música. Cinco rapazes magros, extremamente arrumados e maquiados, dançavam uma coreografia agitada. Cada um cantava uma estrofe da música, vozes afinadas e sorrisos convidativos para a câmera. Aline murmurou a letra da música.

— Você não tem um pôster daquele cara loiro no seu quarto? — perguntou Sam.

— Tenho sim. — Aline deu um sorrisinho de canto de lábios. — Mas ainda prefiro o da esquerda.

— Hum... essa não é minha área, você sabe. — Sam deu uma risada. — Mas vem cá, agora que a senhora é uma moça comprometida, não devia ter esses pensamentos impuros! O que o Adi vai dizer, hein?

Ela estava apenas provocando a amiga, mas Aline ficou tão vermelha que escondeu o rosto embaixo do travesseiro. Sam a observou com divertimento. Depois de mais alguns minutos, lutar contra o sono se tornou cada vez mais difícil e acabaram adormecendo antes do anoitecer.

Nível 27

O estádio Sang Hyeok era um dos mais antigos da Coreia do Sul. Sofrera uma reforma impressionante e bem cara na última década e agora não deixava nada a desejar aos mais famosos campos esportivos da cidade. Com capacidade para quarenta mil pessoas, era a maior área para eSports do mundo. Já havia abrigado outra final de *Heróis de Novigrath* antes, mas aquela seria a primeira com a capacidade completa.

Com o formato de meia-lua, ele se destacava também pela beleza de sua arquitetura. As arquibancadas eram divididas em três andares, todos com cadeiras confortáveis e bem niveladas para melhor observação das partidas. O palco se erguia em frente ao paredão que fechava o arco, propiciando uma visão invejável das cadeiras localizadas no pátio central. Duas cabines retangulares se localizavam em cada extremidade do palco. Era ali que os jogadores encontrariam seus computadores de ponta. Microcâmeras localizadas sobre os monitores e também no teto captavam todos os detalhes lá dentro. Entre as cabines, havia um imenso telão quadrado. Com mais de dez metros de altura, ele fazia qualquer um se sentir pequeno, ainda mais quando as imagens de teste vinham do vídeo de apresentação do campeão Zorrath.

Parado no centro do palco, bem em frente ao show em alta definição, Pedro sentiu um grande mal-estar. Não precisava da presença de Xiao para notar a intensa energia sinistra que emanava daquele local. Decidiu observar as cadeiras vazias, imaginando se a aura do estádio seria menos opressora quando estivesse cheio.

Faltavam apenas dois dias para o início do Mundial. Aquela era a primeira visita do Vira-Latas ao estádio, para se adaptarem à grandiosidade e também aos equipamentos utilizados nas cabines. Um membro da organização guiava o time, explicando em um inglês perfeito todos os detalhes de cada dependência e algumas regras básicas. Murilo traduzia para Cris e Adi, que não manjavam tanto da língua estrangeira. Antes de irem para o palco, visitaram uma das salas de descanso, onde havia cinco computadores para treinarem durante os intervalos, além de frigobar com comida à vontade e televisão para assistirem às outras partidas.

Estar naquela meca dos esportes eletrônicos era a realização de um sonho antigo de Pedro. Desde que assumira a posição de técnico, a vontade de voltar a jogar profissionalmente havia passado. No entanto, naquele lugar, ele se lamentou pelos incontáveis erros que encerraram sua carreira prematuramente.

Depois dos testes nas cabines, o time foi guiado até o saguão interior, local que abrigava lanchonetes e lojas de conveniência, além da sala de imprensa. Pedro sentiu alívio ao deixar o megatelão com Zorrath para trás, mesmo que fosse para enfrentar jornalistas curiosos. Chegaram à coletiva com a expectativa baixa, afinal estavam longe de ser o time favorito. Entretanto, encontraram todas as cadeiras ocupadas e repórteres de diversas partes do mundo ansiosos por suas declarações. Aline se escondeu atrás de Adriano, incomodada com o flash das câmeras. Cris, como sempre, esbaldava-se com a fama, acenando sem pudor.

Com a ajuda de um tradutor eletrônico, responderam às questões dos jornalistas por uma hora. Todos queriam saber o que havia acontecido durante o incêndio e como Cristiano e Samara se sentiam depois do acidente. Pedro filtrou a maior parte das perguntas, lidando com as mais inconvenientes. A organização estava pronta para encerrar a coletiva quando um braço magro se ergueu no fundo da sala.

— Eu tenho uma pergunta para o sr. Pedro Gonçalves.

Ele reconheceu a voz de Yuri na mesma hora e prendeu a respiração. Seu rival se levantou, encarando-o com uma expressão desafiadora.

— Você se considera um bom técnico?

Pedro foi pego de surpresa, pois sinceramente esperava algo pior. Considerou não responder a mais nada e simplesmente sair, mas somente atiçaria o faro dos jornalistas, que já estavam agitados por verem o técnico do Espartanos ali.

— Ainda estou no começo e tenho muito que melhorar — disse ele, por fim —, mas acho que os resultados falam por si só.

Yuri assentiu devagar. Por um breve instante, Pedro achou que ele não falaria mais nada, mas o sorrisinho que surgiu no canto de sua boca provou que estava apenas começando.

— Devo supor então que seus jogadores confiam plenamente em você? Todos eles devem saber do seu passado controverso. Estou errado?

Um alarme soou na mente de Pedro. Olhou para o resto do time, que observava Yuri "Maxion" como se esperasse um ataque a qualquer momento. Os outros jornalistas captaram a tensão, aguardando o desenrolar da conversa como testemunhas de uma tragédia.

— Nunca escondi minha reputação de ninguém. Como poderia, com vocês da imprensa me lembrando disso todos os dias?

— Já que é assim, me sinto mais à vontade para fazer minha próxima pergunta. — Os olhos dele brilharam em desafio. — O que seus jogadores acham dos verdadeiros motivos que te levaram a perder a vaga para o Mundial, sete anos atrás?

— Que verdade seria essa? — Um dos poucos repórteres brasileiros resolveu se intrometer enquanto seus colegas de profissão ainda ouviam os tradutores.

Após ouvirem a tradução da pergunta, os outros jornalistas se ajeitaram em seus lugares, saboreando o furo de reportagem. Pedro sentiu como se estivesse caindo do topo de um prédio, pronto para se espatifar no asfalto. Trazer aquele assunto à tona era um golpe muito baixo.

Yuri não hesitou, abrindo seu maior sorriso lupino.

— Na noite anterior ao jogo de classificação, Pedro Gonçalves agiu contra as normas do próprio time e deixou o hotel em que estava hospedado — ele falou devagar, dando tempo para que suas palavras fossem anotadas por todos da sala. — Isso foi muito noticiado no Brasil na época e a desculpa oficial foi que ele saiu para farrear. No entanto, a verdade é outra.

Pedro cerrou os punhos, lembrando-se com pesar da maior burrada da sua vida. Sentiu-se ainda pior ao perceber que seus cinco jogadores prestavam tanta atenção em Yuri quanto os demais repórteres.

— Para onde ele foi? — perguntou um jornalista coreano, em inglês.

— Pedro sempre foi um jogador cheio de si, que nunca se preocupou com as regras por se achar superior aos outros. — Yuri não escondeu a censura na voz. — Por diversas vezes, para conseguir dinheiro mais rápido, aceitou subir o nível da conta de terceiros, o que a comunidade de HdN chama de *elojob*.

O seu segredo mais bem guardado estava finalmente no ar. Pedro sentiu o rosto esquentar de vergonha. Queria se defender, interromper Yuri antes que ele fizesse mais estrago, mas o rival estava com sede de sangue.

— Na véspera da classificatória para o Mundial, quando ela ainda existia, Pedro recebeu uma mensagem anônima. Alguém tinha decidido chantageá-lo. Naquela noite, saiu sem avisar o time e foi se encontrar com o chantagista.

Pedro baixou os olhos, incapaz de sustentar os olhares ao redor. Como foi que Yuri conseguiu aquela informação? O pior de tudo era não poder negar a verdade. Sim, praticou *elojob* por muito tempo. Sim, foi chantageado por isso e gastou quase metade da sua poupança para calar o bico do chantagista. Mesmo assim, o medo de que mais alguém resolvesse denunciá-lo o assombrou durante toda aquela noite. Acabou não voltando ao hotel, preocupado demais com o que aconteceria com seu futuro. Passou horas vagando sem rumo por uma cidade que não conhecia, ignorando qualquer ligação ou mensagem do seu técnico e dos companheiros de time. Quando apareceu no estádio, com meia hora de atraso, seu time já tinha perdido uma partida por W.O.

Pedro tentou justificar a ausência, mas os outros jogadores só aceitaram que jogasse porque a alternativa seria a derrota e a perda da vaga. A falta de concentração cobrou seu preço durante as partidas seguintes, e o que se sucedeu foi uma das piores atuações de sua vida. Aquele foi o início do fim da sua carreira. Mesmo sem a revelação de suas práticas ilegais, Pedro ganhou a fama de jogador irresponsável, que abandonava a equipe para ir para a balada. Os anos que se seguiram foram péssimos, marcados por jogos ruins e até um rebaixamento. A partir daí, mesmo as equipes pequenas pararam de procurá-lo. EpicShot estava acabado.

Quando ele conseguiu emergir daquelas lembranças, Yuri já estava no final do seu relato. O silêncio na sala de imprensa confirmava que causara o impacto desejado.

— O erro que custou a derrota do seu antigo time, o Glória, não foi causado apenas pelo atraso por uma noite de farra, mas também pelo medo de ser pego no *elojob* — continuou ele, em um tom acusador. — Essa conduta seria passiva de expulsão da liga profissional de *Heróis de Novigrath*, mas Pedro soube esconder muito bem seu deslize. Culpou os companheiros de time, tudo para salvar a própria pele. No final das contas, isso não foi suficiente, não é mesmo?

Algumas pessoas insensíveis deram risada com o último comentário. Pedro sabia que uma personalidade como a dele atraía mais desafetos do que amizades, mas ficava abismado em ver que completos estranhos lhe desejavam tanto mal. Pelo canto dos olhos, percebeu que Adriano, Pietro e Aline o observavam com expressões chocadas. Seus olhares doeram mais do que todos os outros. Como podia pedir a eles que o seguissem em uma missão tão importante se guardara tamanho segredo?

A agitação atingiu a sala como um caminhão desgovernado. Pedro queria sair correndo, mas havia mudado muito desde sua grande burrada. Levantou o rosto e tirou o boné. Ele encarou Yuri, que ainda sorria diante do circo que armara. Antes que falasse algo, porém, foi surpreendido com a reação de Samara, que se levantou e socou a mesa com força, derrubando as garrafinhas de água no chão.

— Eu não sei o que vocês pretendem com isso, mas já chega! — A menina quase gritou. — O Epic fez burrada? Fez, sim. Mas isso foi anos atrás, e acho que ele já pagou o suficiente.

Pedro a observava admirado. Não esperava que tomasse seu partido assim tão rápido. Na verdade, já temia os problemas de convivência que isso poderia causar com o time.

— É isso mesmo! — Cris a acompanhou. — Querem jogar a merda no ventilador depois de todo esse tempo? A gente não tá nem aí.

— Somos Vira-Latas até o fim. — Adriano segurava o logo bordado no uniforme.

O sorriso de Yuri foi morrendo à medida que os jogadores se manifestavam. Certamente, não esperava aquela reação.

— Epic sempre me protegeu e me tratou bem. Ele é minha segunda família. — Aline encontrou coragem para falar. — Saber do que aconteceu não vai mudar nada.

Como capitão do time, a palavra de Pietro teria o maior impacto. Os jornalistas pressentiram isso e voltaram sua atenção para o garoto, que se ocupava recolhendo as garrafas de água que Samara derrubara. Quando as colocou na mesa, decidiu dar sua opinião:

— Não vou passar a mão na cabeça do Epic e dizer que ele é inocente. Se a organização quiser puni-lo pelo *elojob*, mesmo depois de tanto tempo, estará coberta de razão. — Ele fez uma pausa, analisando as feições dos presentes. — Mas isso não abala a relação dele com o time. Enfrentaremos as consequências dos seus atos juntos.

Houve mais uma rodada de perguntas invasivas. Queriam saber quais punições eram esperadas, se eles temiam que o técnico fosse expulso do campeonato. Ninguém mais parecia ligar que Pedro estivesse bem ali, ouvindo todas aquelas previsões terríveis. Felizmente, o tempo acabou e o organizador da coletiva fechou o áudio dos microfones e pediu a todos que se retirassem.

Yuri foi o último a sair da sala de conferências. Antes que atravessasse a porta, porém, Pedro saltou da bancada de entrevistas e correu até ele.

— O que você pensa que está fazendo? — Teve que se esforçar para conter a raiva e não dar um soco na cara dele. Já tinha problemas de mais.

Yuri ergueu o queixo, sem se sentir intimidado.

— Só estou expondo a verdade. Seus jogadores tinham o direito de saber quem você realmente é.

Pedro queria berrar que Yuri era muito pior. As palavras quase escaparam dos seus lábios, mas travou o maxilar bem na hora. O adversário aproveitou aquela brecha para pressioná-lo.

— É melhor torcer para que a Noise Games te expulse do campeonato. Se jogarem, será muito pior. Posso garantir.

Depois do que Yuri e seus jogadores fizeram com Cris e Sam, ficar quieto ouvindo aquelas ameaças foi uma tarefa quase impossível. Antes que Pedro perdesse o controle, o organizador empurrou o líder do Espartanos para fora da sala de entrevistas e fechou a porta na cara dele. Quando ficaram sozinhos, o homem baixinho largou o corpo em uma das cadeiras da imprensa.

— Me lembrem de nunca mais marcar uma coletiva com vocês — falou ele, em um inglês arrastado. — Já estou velho demais para isso.

— Você acha que vou ter problemas? — Pedro quis saber. Tinha um vocabulário limitado, mas entendia o suficiente.

O homenzinho endireitou o nó da gravata.

— O que ele contou é verdade?

Pedro desviou o olhar.

— Eu realmente pratiquei *elojob* e fui chantageado.

Balançando a cabeça, o organizador se levantou devagar.

— Eu ainda não sei que problemas isso pode gerar. Faz muito tempo, mas os outros times vão tentar tirar vantagem disso. Recomendo que continue com suas atividades normalmente. Qualquer novidade entrarei em contato.

O time foi guiado de volta para a van fretada. Pedro queria agradecer a cada um dos garotos, mas não na frente do organizador. Quando a porta de correr foi fechada e ele teve certeza de que ninguém mais podia ouvi-lo, além do motorista que só falava coreano, finalmente pôde desabafar.

— Galera, eu não sei nem como pedir desculpas por ter escondido isso de vocês. É algo de que não me orgulho nem um pouco...

— Epic, acho que posso falar por todos aqui — interrompeu Pietro. — Nós entendemos porque nunca disse nada. Você traiu a confiança do seu time antigo, pisou na bola legal.

— Eu sei, e, podem acreditar, nunca me perdoei pelo que fiz. — Pedro apertou o boné que ainda segurava.

— Tudo bem. Nós estamos do seu lado. — Sam tocou sua mão.

Ele agradeceu com um aceno.

— Não sei o que eu faria sem vocês.

— O que eu falei lá na coletiva é exatamente o que penso — falou Pietro com seriedade. — Só me promete uma única coisa: daqui em diante, não vai mais esconder nada da gente.

Em uma reação automática, Pedro enfurnou a mão no bolso fundo do casaco, apalpando o talismã de proteção que Xiao havia lhe dado. Mesmo que quisesse fazer aquela promessa de coração, ainda precisava manter alguns segredos.

— Prometo.

Felizmente, nenhum dos garotos percebeu que já quebrava aquele juramento.

Nível 28

O dia do campeonato chegou, carregado de ansiedade. Os jogos começavam às quatro da tarde, mas os vira-latas chegaram ao estádio com duas horas de antecedência. Deixaram suas coisas na sala de espera e foram para o saguão exclusivo dos jogadores e staff do jogo. Queriam comer alguma coisa antes de os últimos treinos começarem. Ali, encontraram-se pela primeira vez com os membros de outras equipes. Samara apontou para os rapazes de jaleco vermelho e amarelo sentados em uma mesa próxima. Eram os chineses do time GARE5, campeões da sua região.

Apesar de o GARE5 ser um time neutro, Pedro achou melhor manter distância, frustrando os planos de Sam de pedir autógrafos. Além disso, havia pessoas mais importantes para encontrar. Próximo da lanchonete, finalmente avistou os dois técnicos dos times aliados. Helena "Mistral" Sarapova, uma mulher de aproximadamente quarenta anos, técnica do time russo Guardians, e Andrew "Pow" Chen, americano de descendência chinesa que comandava o Bolt 7, equipe dos Estados Unidos.

Aproximaram-se deles e trocaram cumprimentos contidos em inglês.

— Você teve sorte de só levar uma multa depois daquele escândalo do *elojob* — falou Andrew "Pow", sem esconder o desagrado. Era a primeira vez que conversavam e já começavam com o pé esquerdo.

Pedro balançou a cabeça, sentindo um misto de alívio e culpa. A multa foi pesada, mas era muito melhor do que ser expulso do campeonato. No fundo, achava que a intenção de Maxion e dos Filhos com aquela revelação era enfraquecer seus laços com os vira-latas, e não expulsar Pedro do campeonato, já que os jogadores continuariam mesmo em sua ausência. Lançou um olhar tímido para Helena "Mistral", esperando o mesmo tratamento frio. No entanto, a treinadora do Guardians deu de ombros.

— Seu passado não me interessa. O que importa agora é vencermos o campeonato. De acordo com a tabela, não vamos nos enfrentar antes das semifinais. — O inglês dela tinha um sotaque extremamente forte. — Venham, vou apresentar vocês ao meu time.

Em uma mesa próxima, os jogadores do Guardians terminavam seu lanche. Eram três garotas e dois garotos. Helena quebrou o gelo, apresentando cada um dos seus pupilos pelos nicks. As garotas eram Krista, Guns e LuLu. Os garotos se chamavam Pit3 e MaxIch. Somente dois deles sabiam falar inglês fluentemente, mas os cumprimentos de praxe foram trocados junto com alguns sorrisos amarelos.

Enquanto Adriano tentava se comunicar com Pit3 através de sinais e palavras soltas, o time do Bolt 7 chegou com confiança. Os jogadores usavam um uniforme bonito que consistia em calça jeans e camisa preta com um raio amarelo que formava o número sete.

As apresentações foram feitas de maneira apressada, pois Andrew "Pow" desejava estar em qualquer lugar, menos ali. Duas gêmeas lideravam a equipe: Red_Star era a suporte, e Mellus, a caçadora. O topo era LoveCloud. O mago carregador chamava-se Fire. O atirador, Void, era o mais simpático, sorrindo para os vira-latas e apertando suas mãos.

Enquanto os três times tentavam se conhecer um pouco melhor, Andrew se encostou no balcão da lanchonete, ao lado de Pedro e Helena.

— Vocês entraram em contato com o seu campeão nos últimos dias? Ou com qualquer um de Novigrath? — perguntou o treinador do Bolt 7.

Pedro e Helena negaram com a cabeça e Andrew fez uma careta de desgosto antes de continuar:

— Estamos sozinhos aqui. Os Defensores não podem nos ajudar, mas os Filhos de Asgorth apoiam suas equipes com o que há de melhor. Não sei se viram os noticiários nos últimos dias, mas casos de pessoas passando mal depois de jogar estão acontecendo em todo o mundo. É claro que a Noise Games disse que isso não tem nada a ver com o game, mas nós sabemos a verdade. A batalha já está perdida.

— Se acha isso, então por que veio? — perguntou Helena, irritada. — Era melhor ter ficado embaixo da cama, com o rabo entre as pernas!

Andrew estufou o peito, as bochechas corando.

— Eu vim porque dei minha palavra. Mas sou esperto o suficiente para não me iludir. Nós podemos ver a influência dos Filhos aqui no estádio e até mesmo nas ruas, vindo pra cá! Vão dizer que não repararam na quantidade de gente agindo de forma estranha, como se fossem uns zumbis que só sabem falar sobre uma coisa? Estou preparado para o pior. Vocês deveriam fazer o mesmo.

Apesar da fala enérgica, o receio no rosto dele era perceptível. Parecia um homem no corredor da morte. Pedro trocou um olhar cúmplice com Helena, percebendo que ela pensava exatamente a mesma coisa sobre o treinador do Bolt 7. Andrew tinha razão quanto aos sinais da influência dos Filhos de Asgorth. Com a proximidade do Mundial, as pessoas se deixavam drenar sem ao menos perceber o que faziam.

Até mesmo no hotel onde o Vira-Latas estava hospedado acontecera um incidente na sala dos computadores, quando um hóspede praticamente quebrou sua máquina ao perceber que o tempo de uso havia se esgotado. Aquilo com certeza dava mais urgência e peso à missão dos aliados dos Defensores, mas acreditar que tudo estava perdido era ser fatalista demais. Pedro se recusava a se deixar levar pelo medo, e felizmente Helena "Mistral" pensava como ele.

O tempo passou depressa e quando Pedro deu por si já era hora de se preparar. Sua partida seria a quinta daquele dia, então pretendia treinar por pelo menos mais uma hora. Sugeriu a Helena que fizessem um aquecimento, Guardians contra Vira-Latas. Ela aceitou prontamente, avisando seus jogadores.

A abertura do Mundial foi um espetáculo. Fogos de artifício, uma orquestra de mais de cem músicos tocando o tema de *Heróis de Novigrath*. Os antigos campeões da TK T1 e a sensação chinesa Shamans abriram o campeonato. Os dois eram protegidos pelos Filhos de Asgorth. A energia negativa que os envolvia era tão forte que mesmo de longe causava mal-estar em Pedro. Porém, o que o assustou de verdade foi a aparência daqueles jogadores. Todos tinham olheiras profundas, cabelos desgrenhados e uniformes malcuidados. Se até mesmo os protegidos da facção já começavam a apresentar sinais da influência negativa, então Asgorth estava mais faminta para se libertar, recolhendo energia de todas as fontes possíveis.

O descaso com o visual chamou a atenção até mesmo dos comentaristas, que brincaram sobre a quantidade de treinamento que os dois times tiveram. Claro que nenhum deles comentou sobre os diversos casos de desmaios e fadiga que abateram jogadores pelo mundo. Aquilo era má publicidade para a Noise Games, e ninguém queria ser despedido.

O jogo foi disputado, mas a vitória da TK T1 aconteceu de acordo com as previsões dos analistas. Em seguida, Andrew e seu Bolt 7 subiram ao palco e também garantiram seu sucesso contra o time turco HAQ. Os demais jogos passaram rápido, e, quando Pedro se deu conta, já estavam prontos para estrear. Seria a primeira partida oficial de Sam e Cris nas novas posições, por isso seu discurso motivacional se focou neles. Jogariam contra uma equipe taiwanesa, em tese a mais fraca da sua chave.

— A mudança de posições veio pra melhorar nosso jogo. Se tiverem problemas, peçam ajuda ao resto do time. Vão com tudo pra cima deles!

— Nós vamos detonar! — Adriano estendeu a mão, esperando que os outros o imitassem. Fizeram o cumprimento habitual e deram o grito de guerra que aprenderam a amar. — AUUUUUUUU! Vira-Latas!

Com o coração quase saindo pela boca, Pedro viu seus garotos subirem no palco. A torcida se mostrava animada por conhecer mais do time brasileiro que surpreendera nos campeonatos do seu país. Quarenta minutos depois, e quase três unhas a menos, todos tiveram certeza de que o Vira-Latas merecia estar ali.

Foi uma das melhores apresentações do time, jogando com uma sincronia invejável. Como caçador, Cris tinha mais recursos para inovar, surpreendendo os adversários a todo o momento. Sam ganhou o título de MVP da partida. Quando retornaram para a sala de descanso, a empolgação estampava cada olhar.

Infelizmente, aquela alegria não durou muito. O jogo seguinte era de seus conhecidos rivais, o Espartanos, que conseguiram apagar qualquer boa impressão que o Vira-Latas causara no público. A partida prometia ser bem mais difícil, contra o GARE5. No entanto, o Espartanos venceu com pouco mais de vinte minutos, um tempo extremamente rápido para uma partida de HdN. A apresentação deles foi tão avassaladora que impressionou os próprios comentaristas, um deles chegando a afirmar que nunca tinha visto um jogo tão unilateral.

Com um gosto amargo na boca, Pedro soube que precisariam melhorar muito se quisessem chegar ao nível do Espartanos. Olhou para seus jogadores, todos preocupados. Adriano havia se sentado na ponta do sofá, os cotovelos apoiados nos joelhos e a testa franzida em direção à televisão. Quando as estatísticas apareceram na tela, a perplexidade do garoto aumentou.

— Não cometeram mais de dois por cento de erros. Isso é coisa de robôs, cara. Como vamos enfrentar gente assim?

Era incomum Adriano ficar tão abatido. Quando isso acontecia, o time inteiro ficava afetado. Pedro não podia permitir desânimo, não depois de começarem tão bem.

— Vamos nos preocupar com o nosso jogo e não com o deles. Temos tempo para evoluir durante a competição.

— Ele tá certo, Adi. Não fica assim. — Aline acariciou os cabelos azuis do namorado. Estava se acostumando a demonstrar afeto na frente dos amigos.

Pietro, que mantinha uma expressão tensa no rosto, desligou a televisão sem avisar.

— Acho que já vimos jogos demais por hoje. Vamos voltar aos treinos.

Ninguém ousou discordar.

Nível 29

◆◇◆

A rotina do campeonato era estafante. Os vira-latas acordavam cedo e treinavam o máximo possível, principalmente com os times aliados. Os jogos do campeonato começavam na parte da tarde, então tinham tempo apenas de almoçar e já corriam para o estádio. A fase de grupos se mostrou tranquila. Perderam somente uma partida, para um time europeu e neutro chamado Terminum. A derrota foi sentida, claro, mas também serviu para corrigirem vários erros. No último jogo, que definiria as posições de cada equipe no grupo, conseguiram vencer e garantiram o primeiro lugar.

Muitos diziam que o verdadeiro campeonato começava nos playoffs, quando uma melhor de três decidia que times avançavam e quais voltavam para casa. Não havia mais espaço para erros.

O confronto com o GARE5 foi marcado pela tensão. Depois de ganhar o primeiro jogo com bastante dificuldade, o Vira-Latas começou o segundo perdendo, deixando que o time inimigo abrisse uma vantagem de oito abates e duas torres. Foi o pior início que haviam tido no Mundial e as mãos de Samara tremiam sobre o mouse. O caçador inimigo a atacou por três vezes consecutivas, colecionando abates. A dor de cada um deles estava tatuada na memória da garota, dificultando a concentração. A mente ia e voltava entre as realidades, uma hora completamente imersa no ambiente do jogo, dividindo o corpo do campeão, e na outra de volta à cabine.

— Você precisa entrar no jogo, Titânia! — falou Cris.

Sam respirou fundo, lutando para recuperar a calma. Retornou ao mapa de Novigrath, no corpo ágil de Dannisia. Movia-se pela selva ao lado de Fúria, tentando criar uma armadilha para o atirador do GARE5, um ato desesperado para diminuir a vantagem que os adversários possuíam.

Conseguiram o abate em uma boa jogada em conjunto. Fúria berrou em comemoração e o capitão Roxy tomou para si a responsabilidade de manter o time unido. Agruparam-se na rota superior, onde NomNom tinha grandes dificuldades em defender sua torre. Roxy e LordMetal queriam ser cautelosos, só expulsar os inimigos de perto, mas Titânia sentiu que, se não ganhassem uma luta naquele momento, não teriam mais chances de vencer.

Ignorando os avisos do capitão, partiu para cima do suporte do GARE5, que se encontrava mal posicionado. Lançou todas as magias em cima dele, derrubando-o antes que ele pudesse fazer qualquer coisa. Aquele foi o sinal de que seus companheiros precisavam para avançar. A luta foi caótica e rápida, mas resultou em um completo abate da equipe adversária, um ACE.

A partir dali, a retomada veio de forma natural. Enquanto o Vira-Latas crescia na partida, encaixando boas lutas e objetivos, o GARE5 parecia perdido. Meia hora depois, os chineses amargavam a derrota com expressões incrédulas, enquanto Samara e seus companheiros pulavam dentro da cabine, trocando abraços e gritos.

A garota se sentia eufórica quando foi cumprimentar os adversários do outro lado. Não havia nenhuma animosidade em seus olhares, somente decepção profunda por terem falhado. Aparentavam bastante cansaço também, mas aquilo já era algo comum nos jogadores de HdN. Todos sofriam com a energia excessiva que o jogo sugava, a diferença era que alguns podiam se proteger melhor disso, e outros, não.

Pedro ficou tão satisfeito com a vitória que liberou o time mais cedo para aproveitar o restante da tarde. Adriano, Aline e Cris decidiram seguir seu conselho e foram passear junto com Murilo. Sam e Pietro preferiram ficar. A garota estava curiosa para ver como seus aliados se sairiam.

Uma hora depois, os guardians perderam a melhor de três para o TK T1, que defendia Asgorth. Quando a derrota se concretizou, duas das jogadoras russas desmaiaram de exaustão. Da sala de descanso, Pietro e Sam assistiram à cena em um silêncio grave, mas Pedro resolveu agir.

— Vou procurar Mistral, talvez possa ajudar em alguma coisa!

Ele saiu correndo sem esperar resposta. Pietro hesitou alguns instantes, mas decidiu ir atrás dele. Sam ficou na sala, os olhos vidrados na tela, que agora mostrava um contador frio para o próximo jogo, como se nada de mais tivesse acontecido. Aquele descaso causava um mal-estar terrível. Parecia que a organização fazia de tudo para encobrir quanto os jogadores estavam sofrendo. Nem mesmo a imprensa falava muito sobre os casos que aconteciam no campeonato e, em uma quantidade muito maior, fora dele. A influência dos Filhos de Asgorth calava repórteres, governantes e talvez gente ainda mais poderosa. Era assustador pensar no que fariam se tivessem total liberdade para andar no seu mundo.

Para seu alívio, o Bolt 7 venceu a partida contra uma equipe taiwanesa. O destaque do jogo foi Void, que colecionou abates e assistências. Enquanto os jogadores se cumprimentavam no palco, o retorno de Pedro e Pietro quase a fez pular de susto.

— E então, como estão Guns e LuLu? — Sam perguntou, ansiosa. Não conhecia as garotas muito bem, mas se preocupava com elas.

— Vão ficar bem, foi só um susto mesmo — respondeu Pedro, aliviado. — Mas todos estão arrasados.

Ela imaginava como o time deveria estar se sentindo; havia muita coisa em jogo, além da derrota. Todo o esforço que os russos fizeram para chegar ali agora não valia mais nada. Perder, naquele momento, era como enterrar um punhado da já pouca esperança que os Defensores de Lumnia possuíam.

— Pelo menos o Bolt 7 acabou de vencer — comentou ela, ainda triste.

— Isso é bom. — Pedro balançou a cabeça, mas seu olhar continuava perdido.

— Eles devem enfrentar o Espartanos. — Pietro apontou para a televisão, que agora mostrava a última partida do dia. Pela tabela, quem avançasse do embate entre Espartanos e FenixZ pegaria o Bolt 7.

Sam também achava muito difícil que o Espartanos perdesse para o FenixZ, até mesmo porque ambos defendiam os Filhos de Asgorth. Do outro lado da tabela, o TK T1 seria o adversário do Vira-Latas. Obviamente, a garota preferia ter que enfrentar seus aliados que foram derrotados, mas o TK T1, em casa e com tantos talentos, provou ser mais forte. Sentiu um frio na barriga ao imaginar que enfrentaria pessoas que a inspiraram quando começou a jogar e que agora defendiam Asgorth.

Quando o primeiro dia dos playoffs acabou, garantindo a vitória do Espartanos, o público debandou do estádio. Pietro sugeriu que fossem conversar com seus aliados antes de partirem. Sam e Pedro concordaram na hora. Ao chegarem à sala reservada ao Bolt 7, encontraram Helena e o capitão do Guardians de saída.

— Viemos parabenizar vocês e o Bolt 7 — explicou a técnica, com seu forte sotaque. O rosto abatido não escondia a tristeza. O capitão MaxIch estava com os olhos marejados. Helena segurou Pedro pelo braço e o encarou de maneira angustiada.

— Vou repetir o que falei para o Andrew: nós não vamos embora. Conversei com meus jogadores e eles concordaram. Estamos prontos para lutar, se for preciso.

A decisão era admirável, mas não surpreendeu Samara. Se estivesse no lugar deles, faria a mesma coisa. Ainda tinham as habilidades de seus campeões e poderiam ser úteis caso a invasão se concretizasse.

Dentro da sala do Bolt 7, Sam e os outros se depararam com o alívio dos vencedores. Cumprimentaram a todos com elogios sinceros, recebendo sorrisos em retorno. Como esperado, Pedro e Andrew foram para um canto mais isolado discutir sobre a derrota do Guardians e o que fazer a partir dali.

Sam logo puxou conversa com o atirador Void, parabenizando-o pela vitória. O garoto sorriu. As sobrancelhas grossas e escuras lhe davam mais expressividade. Samara devolveu o sorriso, percebendo que Pietro também se aproximava. Ele se sentou ao lado dela e, juntos, conversaram sobre a partida. Não demorou muito para o assunto voltar para a derrota do Guardians. Void demonstrou tristeza com o desânimo dos russos.

— Queria fazer alguma coisa para melhorar o astral deles, mas não sei o quê.

Samara pensou um pouco no assunto. Se tivesse perdido sua partida e se despedido do Mundial, também se sentiria péssima. Como afastar aquela sensação de fracasso quando tanta coisa estava em jogo? Foi Pietro quem teve uma ideia. Como bom capitão, sabia que a companhia de outros seria o melhor para amenizar o sofrimento dos aliados.

— Que tal a gente convidar a galera para um jantar?

Não demorou muito para que os três estivessem discutindo sobre qual era o melhor restaurante e como convidar os guardians sem parecerem desesperados ou com pena. Acertaram horário, local e alguns detalhes. Quem chegasse primeiro esperaria pelo outro do lado de fora. Void se encarregou de falar com MaxIch, já que tinha feito amizade com o capitão russo. Depois de tudo acertado, Sam e Pietro se despediram, ansiosos para chegarem ao hotel e se arrumarem.

Na saída, Pedro elogiou a disposição dos dois.

— Um dos motivos de termos jogado tão mal o início da partida de hoje foi o nervosismo. Acho que esse jantar vai amenizar a pressão e ainda dar força para os meninos do Guardians. Estou orgulhoso.

Mais tarde naquela noite, no restaurante Secret, Void, Pietro e Sam se encontraram com apenas dois jogadores do Guardians. Assim que chegaram, o capitão MaxIch explicou que seus outros companheiros não se sentiam merecedores de um jantar. Ao seu lado, a caçadora Krista assentiu sem esconder a tristeza.

Como o clima já não era bom, Samara se apressou a empurrar os colegas para dentro do restaurante. Se conseguissem fazer com que MaxIch e Krista melhorassem aquele humor abatido, já se sentiria satisfeita. Escolheram uma mesa grande, com mais lugares sobrando, já que Aline, Adi e Cris tinham prometido aparecer mais tarde.

Enquanto conversavam amenidades, esforçando-se para evitar o assunto da derrota daquela tarde, Sam virou o rosto de lado, observando o restaurante. Todas as mesas estavam ocupadas e as pessoas se revezavam em comer e mexer em seus celulares. Sam conseguiu ver alguns aparelhos de mesas mais próximas, todos com notícias sobre o Mundial. Além disso, as televisões nas paredes do restaurante passavam um compacto com os jogos da fase de grupos. A partida transmitida naquele momento era a do TK T1, e muitos ali comemoravam discretamente quando o tipo protegido pelos Filhos fazia uma boa jogada. Será que faziam aquilo por já estarem sob a influência negativa de Asgorth ou simplesmente porque eles representavam seu país? De qualquer forma, alimentavam os monstros inimigos e tornavam a vida dos Defensores cada vez mais difícil. Às vezes, Sam achava que nadavam contra a maré. Era difícil manter a motivação quando via tanta gente torcendo contra Lumnia. Preferiu ignorá-los, afinal, estava ali para animar seus colegas russos, não para ficar tão para baixo quanto eles.

Alguns garçons circulavam, anotando pedidos. Um deles veio atendê-los e Krista pediu seu prato em um coreano perfeito. Perguntou se Sam queria algo e, depois que todos os pedidos foram anotados, viu o garçom se afastar apressado.

— Você fala coreano muito bem! — comentou Samara, impressionada.

— Eu sei o básico — a caçadora explicou, achando graça. — Sempre foi meu sonho visitar este país. Pena que aconteceu de um jeito tão diferente do que eu imaginei...

Seus olhos perderam o foco, a eliminação do campeonato pesando. Sam se remexeu na cadeira, sem saber o que falar. Tomou a mão da garota na sua e a apertou com força.

— Eu não posso prometer que vamos ganhar o Mundial, mas vou dar tudo de mim para fazer isso acontecer, Krista.

Os garotos ao seu lado ficaram em silêncio. MaxIch deu uma fungada baixa, parecendo lutar contra o choro. Krista forçou um sorriso triste.

— Perder é um saco, ainda mais quando tanta coisa está em jogo. Não sei nem explicar o que estamos sentindo agora, mas conversar com vocês ajuda. Obrigada por isso.

Sam devolveu o sorriso. Na falta de um refrigerante para molhar a garganta, retirou um chiclete do bolso e começou a mascá-lo. Ofereceu um à garota, que negou educadamente. Com a mão livre, a russa retirou uma pulseira azulada do bolso da calça e a colocou no pulso de Samara.

— Mesmo sem poder jogar, nós estaremos com vocês. Confiamos que podem vencer.

As palavras de Krista emocionaram Samara. Era por isso que lutava, contra a cegueira da maior parte das pessoas e contra as previsões de derrota dos comentaristas. Tinha gente ao seu lado que, mesmo sendo minoria, fazia todo o seu esforço valer a pena e lhe dava motivação para as próximas partidas. Antes que pudesse agradecer, porém, a voz de Void soou alta e preocupada:

— Pessoal, acho que temos problemas. — Ele apontou para a porta do restaurante, por onde três homens mal-encarados acabavam de passar.

Samara não os conhecia, mas sentiu um grande mal-estar ao vê-los. Vestiam roupas escuras, e seus rostos pálidos mantinham-se fixos nela e em seus colegas. As mãos enfurnadas nos bolsos dos casacos pareciam esconder algo.

— Quem são eles? — Pietro estreitou os olhos, também pressentindo o perigo.

Nervosa, Sam olhou para os lados, procurando em vão outra saída do restaurante. Antes que pudesse dizer algo aos outros adolescentes, um garçom apareceu e quase a fez invocar as chamas de Kremin com o susto. Ele colocou o prato fumegante na frente de Krista, que agradeceu já sem nenhuma intenção de tocar na comida.

Os três homens cessaram sua aproximação por causa da presença do garçom. Sam viu ali uma oportunidade de atrasar o confronto.

— Pede alguma outra coisa pra ele! — ordenou à russa. — Não importa o quê, só fala com ele!

Krista iniciou uma conversa com o garçom na mesma hora, apontando para itens do cardápio e pedindo explicações. Sam se virou para os outros garotos, o medo estava estampado no rosto deles.

— Esses caras são confusão na certa. Não podemos lutar na frente de todas essas pessoas — murmurou ela.

— Eu acho que não temos muita opção — disse Pietro cerrando os punhos e deixando que uma luz fraca cobrisse a pele.

Mesmo que Krista tivesse tentado manter o garçom ali, uma hora ele teve que ir embora. Sam puxou-a pelo braço, trazendo-a para o seu lado. Os estranhos pararam em frente à mesa, com sorrisos falsos e olhares que não escondiam suas intenções verdadeiras. Um deles era coreano, e os outros, ocidentais. O líder do grupo, tão loiro e barbudo quanto um viking, falou em inglês:

— Ora, os jogadores dos três times de Lumnia reunidos em um só lugar, e sem nenhuma proteção. Não podíamos desperdiçar essa chance. Venham conosco.

Claro que Sam não saiu do lugar. As mãos ferviam com o calor das chamas ocultas de Kremin. Ela olhou para a porta do restaurante, tentando prever o que aconteceria se corresse até lá. Em um espaço aberto poderia utilizar o voo da maga, mas sabia que os estranhos não permitiriam que chegasse tão longe.

— O que querem com a gente? — perguntou Void.

O líder do grupo estreitou os olhos.

— Venham conosco agora. Não vou repetir.

Algumas pessoas no restaurante começaram a prestar atenção naquele grupo de pé. Os comentários murmurados se alastraram pelo salão, atraindo um garçom preocupado. O líder o agarrou pelo colarinho, revelando as mãos de pedra, e jogou-o sobre uma mesa próxima, quebrando louças e espalhando comida para todos os lados.

Samara quase ficou surda com os gritos que se sucederam. Os outros dois homens avançaram sobre ela e os colegas. Um deles, que tinha unhas tão compridas e afiadas quanto facas, tentou acertá-la na altura do tórax. Ela reagiu de maneira instintiva: usou os poderes de Kremin para criar uma parede incendiária à sua frente, separando-a dos agressores.

No momento em que o fogo apareceu, o caos irrompeu no restaurante. Os clientes levantaram-se das mesas, em uma debandada cega. Funcionários tentaram controlar o tumulto, mas quase foram pisoteados. Samara aproveitou a confusão para tentar fugir. Entretanto, seu grupo só conseguiu chegar ao balcão de bebidas antes que os homens de Asgorth os alcançassem.

O líder saltou sobre o móvel, aterrissando de maneira tão pesada que afundou as pernas na madeira. Sam esperava que tivesse se machucado, mas percebeu que suas pernas também eram feitas de rocha. Void uniu os punhos, um sobre o outro, chamando pela espada de Yumu.

— Eu cuido dele! — gritou.

Ele atacou o líder, movendo a espada de maneira corajosa. O inimigo não teve dificuldades em deter seus golpes com as mãos de pedra. Sam não queria abandonar o garoto à própria sorte, mas notou que os outros dois homens já tinham vencido sua parede de fogo e se aproximavam de maneira cautelosa. Krista e MaxIch chamaram pelos poderes de seus avatares, conjurando um arco e flecha e um escudo largo.

Sabendo que era tarde demais para evitar uma luta, Samara respirou fundo. Se sobrevivera ao Imperador Esqueleto e aos guardiões do Domo de Batalha, podia enfrentar aqueles caras. As chamas nasceram em seus punhos fechados, tremulando em um laranja intenso.

— Fique atrás de mim — pediu a Pietro, cujo peito já brilhava em verde. — Cure a gente, se precisarmos.

O garoto concordou com um aceno, mas o rosto pálido traía seu nervosismo. Logo, os homens que os cercavam decidiram atacar. Sam não hesitou. Os olhos mudaram de cor, ganhando o vermelho-vivo de Kremin. Ela lançou o primeiro jorro de calor sobre o inimigo mais próximo. Ele berrou, as roupas entrando em combustão com o mínimo contato, e rolou pelo chão, tentando apagar o fogo. Ao seu lado, Krista lançava flechas no coreano com garras, e ele desviou dos disparos com reflexos sobrenaturais. As unhas afiadas só não acertaram a russa porque MaxIch a protegeu com o escudo.

Enquanto Sam recuperava o fôlego, o capanga que havia atingido com as chamas se levantou. Seu rosto queimado fez a garota titubear, retardando sua reação. Ela recebeu um soco que fez sua cabeça inteira rodar. Quando se deu conta, estava de joelhos no chão. Krista e MaxIch, ocupados com o outro inimigo, não podiam ajudá-la. Pietro usava seu poder para curar um corte feio no braço do russo.

O homem queimado mudou de aparência em um piscar de olhos. A pele chamuscada caiu no chão em longos pedaços, virando uma nuvem de pixels azulados. Samara engoliu em seco enquanto o via perder as roupas, os cabelos e as feições. No lugar, surgiu uma criatura esquelética com olhos rubros e dentes podres. Vestia uma armadura leve e trazia nas mãos um escudo torto e uma espada enferrujada. Sam quase não acreditou no que via. Era Limius, um dos campeões zumbis dos Filhos de Asgorth.

Assim que terminou sua transformação, Limius avançou. Samara levantou uma nova barreira de fogo, mas desta vez seu oponente a atravessou sem hesitar. O escudo o protegeu do pior das chamas. Acuada, a garota recuou alguns passos e olhou para os lados, buscando uma saída. Ainda próximo ao balcão, Void travava seu próprio duelo. Seu inimigo também havia mudado de aparência, trocando o terno e a feição humana por um corpo feito todo de pedra. Era Drak, outro Filho de Asgorth.

Aquela era a primeira vez em que ela se deparava com os campeões inimigos no mundo real, sem o uso de seus avatares. Engoliu em seco, sentindo o suor empapar as roupas. A presença deles ali, sem seus jogadores marionetes, era mais do que assustadora. Aproveitavam-se de seu poder cada vez maior e vieram pôr um fim de vez aos Defensores de Lumnia.

O choque daquele encontro quase custou a vida de Sam. A espada de Limius a acertou de raspão e ela caiu de costas no chão. Usou as chamas de Kremin de maneira desesperada, em uma tentativa de manter seu atacante afastado.

Todos os clientes do restaurante já haviam escapado pela porta. Agora, somente o fogo criado por Sam ocupava seus lugares. O calor ficava cada vez mais intenso, grudando as roupas no corpo. As chamas devoravam os móveis e o piso de madeira. A garota podia acabar com aquele incêndio quando bem entendesse, mas ele era a única coisa dificultando a vida dos campeões de Asgorth.

A fumaça ardia nos olhos, mas ela captou um movimento à esquerda. O terceiro inimigo, que ainda enfrentava Krista, MaxIch e Pietro, finalmente revelou sua verdadeira aparência. Era o campeão Kriv, um mago em decomposição. Orelhas pontudas escapavam de seu chapéu e os olhos brilhavam em vermelho. O cajado que trazia na mão direita soltava raios ameaçadores.

Com o coração retumbando no peito, Sam sentiu a sombra de Limius sobre si. Os olhos se arregalaram quando se deu conta de que não podia escapar. A espada atravessou seu ombro em um único golpe. Ela gritou, incapaz de aguentar aquela agonia paralisante. Quando o zumbi estava pronto para desferir o golpe fatal, a garra metálica de Dannisia atravessou o ar com um sopro cortante e agarrou-se à sua cabeça. Ele tombou para o lado, atordoado com o impacto, e logo se desfez em uma nuvem azulada de pixels. Com os olhos marejados, Sam olhou para a entrada do restaurante. Por entre as chamas e a fumaça, avistou a figura magra de Cris. Ao lado dele, Pedro trajava a armadura de Xiao e Adriano dedilhava a guitarra de Octavo.

Aline surgiu de repente, bem ao lado do mago Kriv que atacava Pietro e os russos. A garota usou a habilidade de invisibilidade de Tranimor para chegar perto sem ser notada. Seu escudo protegeu os colegas, dando a oportunidade que Pietro precisava para focar no ataque e não na cura. Suas habilidades eram especialmente efetivas contra mortos-vivos, o que era o caso daquele campeão. O monstro foi atingido pela Rajada Curativa de Ayell e se desfez em pleno ar.

Assim que o mago foi derrotado, Aline correu até Sam e a abraçou com força.

— Vai ficar tudo bem.

Ainda preocupada com Void, a garota apontou para onde ele lutava. No entanto, só encontrou o corpo do garoto imóvel no chão. O campeão de pedra Drak não estava em nenhum lugar visível. O gosto amargo do medo tomou sua boca.

Antes que falasse algo, viu Pedro correr até o atirador do Bolt 7. Ele se ajoelhou ao lado de Void e tomou sua pulsação, então acenou de maneira positiva para Samara, que soltou um suspiro aliviado.

— Sam, você pode desfazer as chamas? — pediu Aline em um tom suave. — Precisamos encontrar quem atacou o Void.

Foi doloroso terminar sua conexão com a magia. Sentiu como se seu corpo quente tivesse sido banhado por água gelada. As pontadas a fizeram fechar os olhos com força. Quando se recuperou, ouviu os sons da luta entre seu treinador e Drak, que já não tinha mais onde se esconder.

Pedro usou a lança de Xiao para cortar o corpo de pedra como se fosse manteiga. Uma chuva de pixels tomou o ar quando o campeão de Asgorth pereceu. No fim, não restou nenhum sinal deles no ambiente destruído do restaurante. Pedro respirou fundo, fazendo a arma de seu avatar desaparecer, então tomou Void nos braços e correu até onde os outros adolescentes se reuniam.

— Abra um portal para o nosso quarto no hotel — ele pediu para Aline. — Agora que o fogo apagou, a polícia não vai demorar a chegar.

A garota assentiu prontamente, criando a passagem ovalada. O primeiro a atravessar foi MaxIch. Tinha algumas escoriações e queimaduras, mas nada sério. Krista foi a próxima, auxiliada por Cris. Sam passou com Pietro e Adriano. Seus ouvidos zumbiam e os olhos captavam rastros disformes. Foi colocada em uma cama macia. Pietro tocou de leve seu rosto.

— Tente ficar acordada. — O toque desceu para o seu ombro, trazendo o conforto da aura curativa de Ayell. — Desculpe por não ter te ajudado tanto. Krista e MaxIch precisavam de mim também...

Ela balançou a cabeça devagar, dispensando explicações. Sabia que o amigo tinha feito o máximo. A luz do portal se fechando chamou sua atenção. Seguiu Pedro com o olhar, enquanto ele colocava Void na outra cama.

O treinador notou sua expressão preocupada e tratou de tranquilizá-la:

— Ele está com o braço quebrado, mas nada além disso. Desmaiou de exaustão mesmo.

Os olhos dela derramaram lágrimas de alívio. Pedro se aproximou da beirada da cama, acariciando seus cachos suados e sujos.

— O que aconteceu no restaurante? — perguntou o treinador. — Por que os campeões e Asgorth decidiram se mostrar no nosso lado?

Aquelas perguntas também a atormentavam. Foi uma terrível surpresa se deparar com as forças de Asgorth daquela maneira. Chegou a temer que a invasão tivesse se concretizado antes da hora.

— Um deles disse que queria aproveitar a oportunidade de ter jogadores dos três times reunidos e sem proteção. — Sam repetiu as palavras de Drak.

— Será que você não consegue falar com o Xiao? — perguntou Adriano. Estava limpando o rosto de MaxIch com uma toalha úmida.

— Não tenho como — disse Pedro, decepcionado. — Vamos ter que descobrir sozinhos o que está acontecendo. Se esse tipo de ataque virar rotina, estamos ferrados.

Ele pegou o celular do bolso e começou a ligar para os treinadores aliados. Mistral e Pow deviam ficar sabendo que seus pupilos passaram por maus bocados.

Enquanto as palavras nervosas de Pedro ecoavam pelo quarto, Samara deixou que o cansaço a vencesse. Seus olhos pesaram com o calor reconfortante da cura de Pietro. Só foi acordar quando ouviu as vozes de MaxIch e Krista. Eles se despediam dos outros, prontos para partir com sua treinadora.

Cris estava sentado ao lado dela, na beirada da cama, e sorriu quando notou que despertara.

— Oi, Bela Adormecida.

Ela se sentou, olhando para os lados e notando que Andrew "Pow" e Void conversavam em voz baixa, também prontos para deixar o quarto. O atirador do Bolt 7 continuava pálido, com uma expressão assustada que não o deixou desde que foram resgatados no restaurante. Samara se sentiu culpada, afinal a ideia do jantar era elevar o moral dos times, mas acabou tendo um efeito completamente oposto. Olhou para a pulseira do Guardians em seu pulso e mordeu o lábio inferior.

— Vocês conseguiram descobrir alguma coisa? — perguntou ela, tentando afastar aqueles pensamentos.

— Helena acha que os Filhos de Asgorth se arriscaram. Como podiam acabar com os três times de uma vez só, aproveitaram que a barreira entre os mundos já está enfraquecida e tentaram vencer a guerra antes mesmo da final. — Cris franziu o cenho, insatisfeito. — Devem ter gasto muita energia fazendo isso, mas não temos como saber se vão tentar de novo... Droga, nós precisamos ganhar de qualquer jeito.

Sam concordou, mas antes que falasse algo, as vozes alteradas de Andrew e Pedro chamaram sua atenção.

— Foi a primeira vez que o Void lutou de verdade contra alguém de

Asgorth. Ele quase morreu, Epic. Isso não é brincadeira! Tenho que zelar pela segurança dos meus jogadores. Eles não estão preparados para isso, nunca estiveram.

— É normal ter medo, ainda mais em uma situação como aquela. — Pedro tentou argumentar, segurando o treinador do Bolt 7 pelo braço e impedindo que deixasse o quarto. — Mas temos que continuar lutando. Se os Filhos vencerem, tudo estará perdido.

— Eu não sei se quero continuar lutando por uma causa perdida. — Cada palavra que Andrew dizia era como um peso colocado para fora. — Talvez seja melhor deixar Asgorth vencer de uma vez...

Um silêncio tenso tomou o quarto. Sam observou os dois técnicos, quase sem respirar. Pedro mantinha a boca aberta, chocado. Andrew suava de nervosismo e lágrimas brilharam em seus olhos, mas ele as limpou antes que caíssem. Ao seu lado, Void parecia pronto para sair correndo.

— Não duvide de si mesmo logo agora, quando está tão perto de chegar na final — pediu Pedro.

— E se eu não chegar? O que vai acontecer se o meu time for derrotado pelo Espartanos e o seu pelo TK T1?

— Isso não vai acontecer.

O treinador americano balançou a cabeça, desolado.

— Eu queria ter a mesma certeza que você, mas é muito difícil. Depois de tudo o que aconteceu hoje, como ainda consegue acreditar?

Pedro apertou ainda mais os dedos ao redor do braço dele.

— Eu acredito porque pessoas dependem de mim. Tudo o que passamos até agora não é nada comparado ao que os Filhos de Asgorth vão fazer se invadirem o nosso mundo. É isso que você quer, Andrew? — perguntou ele com dureza. Em seguida, olhou para o atirador encolhido ao lado do técnico. — E você, Void?

— Eu sou só um garoto! — gritou o atirador, abrindo os braços. — Só quero que esse pesadelo acabe! Por favor, deixa a gente ir.

O soluço angustiado do adolescente serviu para diminuir o ímpeto de Pedro. Ele encolheu os ombros e soltou o braço de Andrew.

— Essa conversa ainda não acabou — alertou Pedro, antes que o treinador e seu atirador saíssem do quarto.

Andrew não olhou para trás, partindo como se a aliança entre os dois times não valesse nada. Samara sentiu vontade de chamá-lo, mas desistiu. Só lhe restava torcer para que a noite de sono ajudasse a amenizar os medos do time americano.

— Como você está, Sam? — perguntou Pedro quando notou que ela despertara.

Samara passou as mãos pelo rosto cansado, mas garantiu que se sentia bem.

— Se tivéssemos chegado um pouco atrasados, não quero nem pensar... — desabafou o treinador, amassando o boné nas mãos.

Sam engoliu em seco, sabendo que ele e os outros tinham mesmo salvado sua vida. Sentiu uma mão confortadora sobre a sua e se surpreendeu quando notou que era a de Cris. Apesar de terem se aproximado bastante depois de retornarem do coma, não tinham tanta intimidade. Desta vez, Sam não ligou para isso. Cristiano era um dos poucos que podia entender seus sentimentos agora.

— Ainda tenho pesadelos sobre o Domo de Batalha, mas hoje não estou preparada para eles. Não mesmo.

Ele pareceu mais pálido com a menção à aventura dentro do jogo.

— Eu também sonho com Novigrath, com Tithos e Okon. Mas vai ficar tudo bem, Sam. Nós não podemos desanimar.

Sam sentiu pela primeira vez que podia considerar Cris um amigo. Ele ainda tinha um longo caminho a percorrer, mas sem dúvida estava empenhado em ser uma pessoa melhor.

Nível 30

O dia seguinte amanheceu nublado. Quando Sam acordou, somente Aline estava no quarto.

— Você expulsou o pessoal daqui que horas? Nem vi quando eles foram embora. — Sam se espreguiçou sem pressa e se sentou na cama.

— Eram umas duas e meia. Tava todo mundo exausto, principalmente o Pietro, que teve que curar você e os outros.

Sam deixou as perguntas de lado e foi para o banheiro tomar banho e finalmente trocar de roupa. Quando saiu de lá, cabelos molhados e cheirosos, sentia-se renovada.

— Pronta para botar o TK T1 para correr? — perguntou Aline.

A garota respirou fundo e assentiu. O medo ainda estava lá, mas ela sabia enfrentá-lo. Encontrou o restante do time reunido no café da manhã. Cris sorriu ao vê-la disposta. Adriano abraçou Aline, que se sentou ao lado dele. Pietro, com olheiras profundas, deu um sorriso fraco enquanto tomava longos goles de café. Não demorou para todos se focarem na semifinal que aconteceria dali a algumas horas.

Quando a van chegou para levá-los, a ansiedade já tinha feito Sam mascar um pacote inteiro de chicletes. Queria jogar, mas também temia que os Filhos resolvessem atacá-los de novo. A viagem até o estádio foi tensa, olhos fixos nas janelas do carro, temendo que monstros aparecessem na rua a qualquer instante. Felizmente, nada aconteceu.

— Eu vou ver como está o pessoal do Bolt 7 — disse Pedro, ao chegarem à sala reservada ao time. — Comecem o treino sem mim. Volto já.

Sam até que queria ir com o treinador, principalmente para ver se Void estava bem. Esperava que o descanso tivesse renovado o garoto, assim como fez com ela. Enfrentar o Espartanos não seria tarefa fácil, mas ela acreditava que o time aliado era capaz. No entanto, suas esperanças não duraram muito.

Pálido, Pedro retornou apressado, atraindo olhares receosos. Ele tirou o boné e o apertou entre as mãos.

— O que houve? — perguntou Sam, sentindo o medo retornar.

— Ninguém do Bolt 7 chegou até agora. O pessoal da organização já está tratando a ausência deles como W.O.

Aquela sigla fez Samara largar o mouse e saltar da cadeira. Não podia acreditar que o Bolt 7, seu único aliado ainda presente na competição, tivesse mesmo abandonando o campeonato.

— Isso só pode ser coisa dos Filhos! — exclamou ela. — Você tentou entrar em contato com o Andrew?

Sua mente nervosa já imaginou os jogadores atacados por monstros da facção inimiga.

— Eu tentei duas vezes, mas o celular dele está desligado — lamentou o técnico, cada vez mais taciturno.

— Podemos ligar para o hotel — sugeriu Aline, pegando o celular na mesma hora e já discando o número.

Depois de uma breve conversa em coreano, a expressão da jogadora ficou tão sombria quanto a do treinador. Quando ela desligou, o coração de Sam já estava pronto para sair pela boca.

— Disseram que o time todo foi embora há mais ou menos uma hora. Pagaram a hospedagem e partiram com malas e tudo.

A notícia atingiu todos como um verdadeiro murro. Sam lembrou do rosto pálido de Void e das palavras desmotivadas de Andrew "Pow". Será que eles deixaram o medo falar mais alto e fugiram?

— Algo deve ter acontecido, gente! E se eles foram atacados? — Adriano externou os mesmos medos que atormentavam Sam.

A comoção do time foi geral, nenhum deles estava disposto a aceitar que o Bolt 7 simplesmente desistira.

Murilo se levantou do sofá e disse:

— Eu vou falar com a organização. Qualquer novidade aviso vocês.

Sam e os outros também estavam prontos para deixar a sala de treinos, mas Pedro os impediu.

— Eu sei que vocês estão preocupados, mas nós ainda temos uma semifinal para vencer. Se o W.O. se concretizar, isso significa que o Espartanos já está na final. Precisamos treinar mais do que nunca.

Por mais que Samara quisesse sair atrás do Bolt 7, sabia que o treinador tinha razão. Voltou ao computador com o coração na mão. Cris xingava baixinho ao seu lado, amaldiçoando a fuga dos aliados.

Uma hora se passou e os treinos não tiveram o resultado desejado. Erraram jogadas bobas e perderam as duas partidas-treino. Murilo voltou à sala trazendo péssimas notícias.

— A Noise Games acabou de confirmar a desistência do Bolt 7. Vão fazer um pronunciamento daqui a alguns minutos. Liguem a televisão.

Não tinham mais nenhuma condição de continuar treinando. Pedro se deu por vencido, apanhando o controle remoto. Não demorou muito para Kate "Lexy" Spring aparecer na tela. Era incomum que ela tratasse de assuntos relacionados aos campeonatos, o que só trouxe a suspeita de que algo realmente inédito havia acontecido. Aquela seria a primeira desistência da história do Mundial. Depois de confirmar o temor de todos, lendo inclusive a carta do time americano que justificava sua desistência com uma desculpa furada de problemas internos, Kate garantiu que a competição continuaria normalmente e que o público que lotou o estádio não teria motivos para se aborrecer.

— O Espartanos já está na final e dentro de alguns minutos vocês saberão se a última partida será brasileira ou se os donos da casa, o TK t1, representarão seu país na busca pelo troféu. Fiquem ligados e vejam o que os primeiros finalistas têm a dizer.

O rosto arrogante de Yuri "Maxion" tomou a tela e todos os vira-latas rosnaram de raiva.

— Mesmo sabendo que venceríamos de qualquer jeito, queríamos mostrar essa vitória aos nossos fãs. Prometemos ir mais fortes ainda para a final. Não importa quem seja o adversário, vamos vencer.

— Esse desgraçado acha mesmo que já ganhou? Filho da...

Cris não conseguiu terminar seu xingamento, pois Pedro desligou a TV.

— Não vamos cair na provocação dele — disse o treinador, sério. — Nossa partida começa em quinze minutos. É só nisso que devemos pensar agora.

Ele saiu apressado, levando Murilo consigo. Talvez fossem procurar mais informações sobre a desistência do Bolt 7, mas Samara já não se importava. A decepção era tamanha que nem mesmo a pulseira que Krista lhe dera ajudava. Os guardians deviam estar tão frustrados quanto ela, já que perderam a vaga lutando e não em uma desistência covarde. Enquanto os companheiros começaram a se preparar para o jogo, ela continuou com os olhos vidrados na televisão desligada.

— Você tá legal, Sam? — Aline chegou mais perto.

— Não consigo aceitar que eles desistiram.

— Eu também não, mas se for verdade, eles fizeram a escolha deles. Agora tudo depende da gente.

Ela sentiu a pressão, mesmo que não tivesse sido a intenção de Aline jogar aquele peso em suas costas. De repente, a sala de treinos se tornou pequena demais, os olhares dos amigos eram como adagas que perfuravam a pele.

— Preciso de ar… — disse Samara, antes de sair correndo pela porta.

Ela vagou pelos corredores do estádio, ignorando os olhares curiosos que lhe eram lançados. A vibração da plateia atravessava as paredes e chegava até ela como o rosnar do próprio Zorrath. Sentia-se responsável pela desistência do Bolt 7. Sabia que era uma ideia ridícula, mas os pensamentos ruins se infiltravam nas frestas de sua mente. O ataque dos Filhos pode não ter feito vítimas, mas foi um sucesso mesmo assim, pois conseguiu tirar um aliado de Lumnia da disputa.

Enfiou as mãos nos bolsos do casaco feito pela avó, buscando um pouco do calor que a velha senhora transmitiria se estivesse ali. Encostou-se na parede e respirou fundo. Deixou que a mente vagasse para longe, retornando ao passado que ainda despertava tanta saudade. Seus pais estavam lá, sorrindo e brincando enquanto montavam o novo, e mais avançado, computador da família. Uma Samara de doze anos observava a máquina com olhos ansiosos.

— Senta, filha. Quer jogar alguma coisa?

A pergunta do pai ecoou em sua mente. Apesar de ter contato com computadores desde pequena, foi ali que seu espírito competitivo ganhou força, a vontade de ser a melhor. Sua família estava presente nos seus primeiros passos, mesmo que *Heróis de Novigrath* nem chamasse sua atenção na época. Será que imaginavam que um dia ela chegaria tão longe? Que fãs viajariam o mundo para vê-la jogar?

A Samara do passado aceitou se sentar na cadeira acolchoada e se divertiu por horas com um jogo de corrida on-line. As risadas do pai e da mãe a acompanhavam durante aquela primeira aventura. No fundo, era por isso que gostava tanto de jogar. Para rir com amigos e pessoas queridas, para despertar sentimentos bons. Vencer era importante, sim, mas a chama que deveria impulsionar o jogador, profissional ou não, era seu amor pelo jogo. Sem isso, tudo não passaria de uma grande e frustrante obrigação. Foi por isso que Void e os outros do Bolt 7 fugiram.

O movimento nos corredores diminuiu com a aproximação da semifinal. O celular no bolso da calça começou a vibrar, e Sam sabia que era seu time procurando-a. Aquele tempo sozinha lhe trouxe a calma de que precisava. Ainda sentia a decepção pesar no peito, mas seu amor pelo jogo era maior.

Olhou com carinho para a pulseira que Krista lhe dera e se lembrou de que ela e os outros guardians estariam no estádio, torcendo pelo Vira-Latas e dispostos a ajudar se as coisas dessem errado. Sorriu, prometendo a si mesma que pediria o telefone da outra jogadora se vencesse aquele campeonato. Não podiam perder o contato.

Movida por uma vontade ainda maior de jogar, Sam correu para o palco onde seu time já devia esperá-la. Provaria que nem todos os escolhidos pelos Defensores de Lumnia eram como os membros do Bolt 7. E, mesmo que no final perdessem para o TK T1 ou para o Espartanos, continuaria lutando com os poderes que seu avatar lhe deu.

— Sam! Onde foi que você se enfiou? — gritou Cris, assim que a avistou.

Ela ignorou as perguntas, sentando-se no seu lugar. A torcida percebeu que o Vira-Latas estava finalmente completo e comemorou. Talvez temesse uma nova desistência e as semifinais mais sem graça da história de HdN.

— Tá tudo bem, Sam? — Aline colocou a mão em seu ombro. — Você saiu da sala tão nervosa... Fiquei preocupada.

— Eu não queria acreditar que o pessoal do Bolt 7 desistiu. Na hora que soube, me senti abandonada também — admitiu ela com olhos focados na imensa plateia que movia bandeiras e bastões de plástico. — Mas já passou. Sei que nunca vou ficar sozinha enquanto vocês estiverem do meu lado.

Sam virou o rosto na direção da amiga e sorriu, exorcizando de vez todos os seus receios. Jogaria por seu time e por si mesma. Essa era a chave da vitória.

Nível 31

Pietro estava tão nervoso com o sumiço de Sam e o abandono do Bolt 7 que, quando a semifinal contra o TK T1 começou, nem fez seu costumeiro discurso de motivação. Seus dedos pesavam mais do que o normal no mouse. As emoções intensas daquele dia, somadas ao combate no restaurante, afetaram até mesmo os seus conhecidos nervos de aço. Talvez devido ao nervosismo, a performance do time foi irregular: uma vitória para o lado do Vira-Latas e uma para os coreanos. Agora a última partida decidiria quem seria o finalista.

Pietro fechou os olhos, deixando-se tomar por aquela sensação calorosa de ser levado para o Domo de Batalha de Novigrath. Ao abri-los novamente, estava na pele de Ayell, sentindo a pedra verde pulsar no lugar do coração. A energia do curandeiro desanuviou sua mente preocupada. Aquele era o jogo, não podiam mais errar. Os gritos animados do irmão também serviram para aliviar a tensão. Lord adorava falar besteira no início de cada partida, e Roxy nunca precisou tanto ouvir piadas sem graça como naquele momento.

— *Gank* nível 2 na *botlane*, Fúria. — O atirador do Vira-Latas falava com tanta certeza que o mais desavisado acharia que era algo sério. — Pode vir, esses noobs estão dormindo. Vamos vencer passando o carreto!

A risada foi geral e serviu para descontrair. Até mesmo os narradores estranharam aquele comportamento.

— Não liga pro Lord, Fúria. Faz seu jogo e se precisarmos de ajuda te avisamos. — Roxy acabou com a graça, mas manteve um tom relaxado.

Os cinco minutos seguintes provaram que os coreanos do TK T1 não estavam dormindo coisa nenhuma. Abateram NomNom na linha do topo e quase obrigaram Adriano e o irmão a voltarem para a base. Os cortes no corpo de Ayell ardiam na pele de Pietro. Ele chamou pela Rajada Curativa, recuperando metade da barra de vida. A dor desapareceu, mas o ataque acuou atirador e suporte embaixo da torre.

— Pessoal, a pressão tá bem forte aqui embaixo. Tentem algo no meio porque o Lord só vai poder *farmar*, por enquanto.

No mesmo momento em que disse isso, Roxy foi surpreendido por um ataque furtivo do caçador do TK T1. Usando o avatar de Friks, o lagarto, ele saiu da floresta atrás da torre, focando seus ataques em Lord.

A gosma verde cuspida nos pés do atirador aprisionou-o antes que usasse a Translocação. Roxy reagiu de maneira instantânea e ativou a Proteção Sagrada, formando um escudo que literalmente tirou o irmão das garras da morte. O atirador do TK T1, usando o avatar de Illandra, também acompanhou seu caçador no *dive* sob a torre, atirando suas flechas sangrentas.

Os gêmeos estavam encurralados e até os narradores já aceitavam a morte dos dois, mas Roxy não queria dar essa vantagem para os coreanos. Invocou o Terreno Sagrado, aumentando o tempo de vida do irmão. A sinergia entre os dois era tão boa que não precisaram nem trocar palavras para entender a estratégia. Lord usou o *ultimate* de Octavo, movendo sua guitarra com os acordes mágicos. A onda sonora atingiu o atirador do TK T1 em cheio. Ele ficou *stunado* por um breve segundo, mas o suficiente para que a torre de Lumnia terminasse o serviço. Abate para Adriano, ouro para os Defensores e moral renovada. Agora só restava o caçador, Friks.

— É isso aí, clã! Jogou muito, Roxy! Exatamente como treinamos! — comemorou Fúria, aparecendo para expulsar o lagarto verde.

A perseguição entre os caçadores rendeu mais um abate para o Vira-Latas e a virada no jogo. Agora a vantagem era do time brasileiro, e Pietro sentiu como se um jorro de ânimo expulsasse os seus receios. Torceu para que Fred e a mãe estivessem vendo aquele jogo. A braçadeira de capitão pesou no braço.

— Ei, vamos nos concentrar. — Sua voz se elevou entre os gritos de comemoração do resto do time. — O jogo ainda não acabou. Nada de dar *throw*, estão ouvindo?

— O que fazemos então, capitão? Qual é a *call*? — perguntou Adriano.

— Vamos manter a linha segura aqui embaixo. Fúria, vai ajudar a Nom-Nom na rota superior. E Titânia, continue sendo incrível aí no meio.

A garota riu do elogio.

— Pode deixar, Roxy. Não pretendo ser solada.

Nos dez minutos seguintes, o Vira-Latas manteve a liderança tanto no ouro quanto nos abates. No entanto, o time do TK T1 adotou uma postura bem mais defensiva, impedindo que aquela vantagem aumentasse. O jogo estava longe do fim, e os coreanos sabiam que uma boa luta podia mudar toda a partida a seu favor.

Roxy não previu que o ataque viria. Estavam todos reunidos na rota central, tentando levar a segunda torre da linha, quando Friks surgiu do meio dos arbustos e acertou um *ultimate* sensacional. Sua gosma colante prendeu os cinco vira-latas por um segundo, tempo suficiente para que o restante do TK T1 usasse suas habilidades para dizimá-los. O ACE virou a partida mais uma vez, para o delírio da torcida.

A dor trouxe Pietro de volta ao palco, expulsando-o do avatar de Ayell. Tossiu alto, fazendo com que o barulho reverberasse do microfone para os ouvidos dos companheiros. Todos estavam tensos, sabendo que aquela luta errada tinha lhes custado muito caro. Observando a tela, que ficava em preto e branco durante o período em que estava morto, ele viu o TK T1 destruir três torres em sequência, chegando à última linha de defesa antes da base. Roeu as unhas, contando os segundos para que seu campeão retornasse à vida.

Os poucos instantes que o separavam da ressurreição pareceram horas. Ele se deixou distrair, olhando para a imensa torcida que vibrava com a vitória parcial do time coreano. Da sua cabine, não conseguia distinguir muitos rostos, só as luzes de celulares brilhando e as bandeiras. Era natural que a maioria do público estivesse do lado do time da casa, mas ele se sentiu um pouco acuado. Parecia que todos torciam pela vitória dos Filhos de Asgorth, que desejavam o domínio daquela facção.

— Roxy, o que fazemos agora? — A voz tensa de Adriano o trouxe de volta. — Se as coisas continuarem assim...

O irmão não terminou a frase, mas todos do time sabiam que a derrota já pairava no ar como um vírus. O suor se acumulou no rosto de Pietro. A mente funcionava em ritmo acelerado. Imaginou Pedro nos bastidores, amassando um de seus bonés. O que o treinador diria em seu lugar?

Com esforço, voltou ao ambiente virtual, tomando o corpo de Ayell. O cheiro de destruição ardia nas narinas e a fumaça das torres demolidas se elevava em colunas sinuosas. Os outros vira-latas aguardavam por instruções ao lado do Monumento de Novigrath. Mesmo sob a máscara de avatares, seus rostos não escondiam o medo de perder. Roxy queria curar aquelas incertezas, mas nenhuma de suas habilidades conseguiria trazer a confiança de volta. Aquilo deveria ser feito com palavras.

— Escutem, nós não chegamos aqui para perder desse jeito. — Ele caminhou até os companheiros, sentindo a força do Monumento de Novigrath cobrir seu corpo. — Eles têm a vantagem, mas o jogo ainda não terminou.

— O que você sugere? — perguntou NomNom. — Estão vindo pelas três rotas. Como vamos vencer?

Roxy respirou fundo. A pedra em seu peito pulsava mais e mais. Não havia mais tempo para hesitar, as tropas inimigas pareciam um paredão escuro de carne, cada vez mais próximas das últimas torres antes da base.

Fúria pareceu se cansar daquele silêncio e se virou na direção da leva de inimigos mais próxima. Ele cerrou os punhos com força, pronto para um avanço suicida. Roxy o deteve na hora, segurando o braço verde de seu avatar, Yumu. O rosto do sapo se contorceu, exatamente como o garoto fazia quando era contrariado fora do jogo.

— Se você não sabe o que fazer, eu vou *fightar* do meu jeito!

— Não! — Roxy apertou ainda mais o pulso de Fúria. — Você só vai se matar se correr contra eles dessa forma.

— E o que você sugere? Quer dar logo o *surrender*? Porque, se ficarmos aqui parados, eles vão ganhar!

Pietro fitou cada um dos companheiros. Sabia que o tempo era curto e que aquele plano tinha muitas falhas, mas não havia outro jeito. Engoliu os receios junto com a saliva e o pó que tomava seus lábios.

— Vocês me colocaram como capitão do time, agora confiem em mim e escutem com atenção. Ainda temos uma chance, só precisamos acertar o timing.

O TK T1 não teve nenhuma dificuldade em destruir as últimas torres e penetrar na base. Os jogadores coreanos avançavam em um grupo compacto, rodeado por seus soldados de carne apodrecida. Confiantes na vitória, nem suspeitaram que o recuo do Vira-Latas era proposital.

O Monumento de Novigrath brilhou em vermelho, como sempre fazia quando inimigos ameaçavam sua segurança, e começou a atirar rajadas de energia. A primeira leva de soldados de Asgorth foi incinerada, mas aquilo não seria o suficiente para deter os coreanos.

No corpo de Ayell, e também no corpo real, Roxy tremia. Quanto mais o time inimigo se aproximava, mais o Vira-Latas ficava perto da derrota. No entanto, aquela era a única forma de conseguirem uma virada. Era arriscado, sim, e qualquer erro poderia pôr tudo a perder. Por isso mesmo os olhos de Pietro permaneciam vidrados no Monumento, observando as bolas de energia explodirem raivosas sobre os inimigos. Ao seu lado, os outros jogadores estavam enrijecidos de tensão.

— Roxy... — murmurou Adriano. — Eles já estão perto demais...

— Calma. — Ele tentou soar confiante. — Só mais um pouco. Lembrem-se do combinado. Primeiro o Fúria, depois o resto. O *combo* tem que ser perfeito.

Quando os cinco campeões do TK T1 começaram a bater no Monumento, Pietro deu o sinal. Cris não precisou de outro incentivo para avançar enlouquecido. Usou a Translocação para se teleportar exatamente no meio dos cinco jogadores do TK T1. Berrava quando ativou o *ultimate*. A língua enorme saiu da boca do sapo Yumu enquanto ele girava. A habilidade se chamava Investida Faminta e atingiu os coreanos em cheio. A língua se enrolou em cada um deles, empurrando-os em um bolo apertado e os paralisando por tempo suficiente para que os vira-latas atacassem.

Titânia invocou o fogo de Kremin e *ultou* exatamente sob os pés dos inimigos. Enquanto as chamas os consumiam, NomNom usou o Grito Bárbaro de Boris para causar lentidão. Os coreanos não conseguiram nem reagir quando Lord e Roxy chegaram. Os tiros sonoros de Octavo sugaram o que restava de vida do TK T1 e a Proteção Sagrada de Ayell concedeu escudos aos companheiros.

Os gritos impressionados da torcida rasgaram a realidade, chegando ao Domo de Batalha. Ninguém esperava que o time brasileiro demonstrasse uma reação como aquela. O Monumento de Novigrath dos Defensores tinha um risco sobrando na sua barra de vida, mais um golpe e a derrota teria sido consumada. Pietro queria sorrir, mas sabia que o jogo ainda não tinha terminado. Mesmo com todos os jogadores inimigos derrotados, os vira-latas precisavam chegar à base de Asgorth e fazer exatamente aquilo que os coreanos não tinham conseguido.

— Vamos dar o GG! — gritou ele, apontando para a rota central. — Agora!

O time se moveu como um bloco, derrubando as tropas inimigas com golpes apressados. A cada passo, Roxy contava o tempo que lhes restava até que os jogadores do TK T1 ressuscitassem. Era uma corrida desesperada, pois os coreanos certamente não cairiam naquele truque outra vez.

As torres de Asgorth derreteram diante dos golpes de Lord e Titânia, enquanto NomNom, Roxy e Fúria cuidavam da fila de soldados que tentava impedir seu avanço. Chegaram ao Monumento de Novigrath faltando exatamente dois segundos para a volta dos campeões da facção sombria.

— Foquem o Monumento, não importa o que aconteça — gritou o capitão.

Enquanto seus amigos cumpriam as ordens, ele se colocou entre o Monumento e os jogadores inimigos que começavam a ressuscitar. Usou a Proteção Sagrada em si mesmo, envolvendo o corpo com um escudo, e avançou com a certeza de que daria o próprio sangue para impedir que os coreanos chegassem perto dos outros. A espada de Friks atravessou seu abdômen, mas ele continuou lutando. Agarrou-se ao lagarto, sabendo que ele era a figura mais perigosa para os companheiros. A fantasma Cynder também entrou na briga, atingindo suas costas com as correntes espectrais. Os ossos estalaram, mas mesmo assim Pietro não fraquejou. Usou o Terreno Sagrado sob os próprios pés, mas as novas feridas se abriam muito mais rápido do que o poder curava as antigas. Quando o ar lhe faltou e seus joelhos cederam, temeu que não tivesse resistido o bastante. Friks colocou o pé verde sobre sua cabeça. A espada de lâmina torta estava pronta para mandá-lo de volta ao mundo dos mortos, mas NomNom chegou no momento exato, esbarrando no lagarto com o ombro enorme de Boris e mandando-o para longe.

— Não... — Pietro tossiu aquela palavra junto com o sangue. — Foque o Monumento. Precisamos vencer.

O rosto duro de Boris amoleceu com um sorriso cansado. Mesmo dentro do avatar de um guerreiro calejado, a doçura de Aline transparecia. Ela estendeu o braço que mais parecia uma tora de madeira.

— Não precisa se preocupar. Acabou, Roxy.

Enfim, ele olhou para o Monumento. Ou melhor, para o que restava dele. A pirâmide havia se transformado em um monte de pedras e pó. A pedra vermelha que brilhava, emitindo as perigosas rajadas de energia, apagou-se com um estalo e se partiu em vários pedaços. Um vento quente tomou conta da base do TK T1. O símbolo de vitória brilhou no céu.

Roxy sorriu ao avistar a prova do seu sucesso. Aceitou a mão estendida de NomNom e se levantou. Sentiu o empuxo conhecido e seu corpo começou a brilhar. O mesmo aconteceu com os amigos ao seu lado e os adversários arrasados.

O turbilhão de energia trouxe Pietro de volta à cabine. Mesmo que seu corpo estivesse sem nenhuma marca da dura batalha, sua memória ainda guardava a dor dos machucados. A mão no mouse tremia tanto que ele acabou derrubando o periférico quando tentou se levantar. Ao seu lado, Adriano parecia tão abatido quanto ele. O suor tinha empapado os cabelos azuis.

— Você tá bem, mano? — perguntou Adi, com um sopro de voz. Se não fosse por seu sorriso largo, alguém de fora poderia jurar que era um dos perdedores.

— Parece que um caminhão me atropelou. — Pietro se apoiou no braço da cadeira. — Mas acho que vou sobreviver.

Ele olhou para os lados, percebendo que todos os seus amigos estavam tão mal quanto ele e Adriano. Samara tinha o rosto vermelho, por causa do sangue que escorreu pelo nariz. Cris estava com olheiras que nada tinham a ver com falta de sono. Aline parecia tão branca quanto um cadáver. Os efeitos colaterais da viagem ao Domo de Batalha cobraram um preço alto dessa vez. Quanto mais a barreira entre os mundos enfraquecia, mais energia era sugada dos jogadores. Agora nem mesmo protegidos por Lumnia eles conseguiam resistir à fome de HdN. Mesmo assim, Pietro via satisfação e alívio no olhar dos amigos. Ganharam a melhor de três por 2 a 1. Enfim, tinham chegado à final.

Pietro nunca sentira tanto orgulho como quando deu as mãos ao resto do time, cada um apoiando o corpo cansado no outro. Eram mais do que o Vira-Latas, mais do que jogadores. Pedro entrou na cabine apressado, o olhar arregalado de medo.

Pietro se virou na direção do treinador e, apesar da dor, sorriu.

— Vem cá, Epic. Tá faltando você no abraço da vitória.

Aliviado, Pedro se aproximou do monte de pernas e braços, entrando na comemoração.

— Vocês foram incríveis — desabafou ele. — Aquela virada no final... Quase morri do coração, mas sei que ela vai entrar para a história.

— A *call* maluca foi do Pato — falou Adriano, orgulhoso. — Se não fosse por ele, estaríamos todos ferrados agora.

— Parabéns, capitão. — Pedro bagunçou o cabelo de Pietro com um afago.

Todos os outros repetiram o gesto, acabando de vez com o que restava de gel no meio de tantas mechas suadas. Pietro sentiu as bochechas esquentarem. O reconhecimento dos amigos fazia tudo valer a pena, inclusive a dor entre as costelas.

Com passos arrastados, saíram da cabine como se sofressem reumatismo. Do lado de fora, a chuva de luzes chegou a desnortear. Pietro levou a mão aos olhos. Mesmo tendo derrotado os donos da casa, parte da torcida parecia eufórica com a vitória do Vira-Latas, dando-lhe esperanças. Nem todos os corações tinham sido corrompidos pelos Filhos de Asgorth. Pietro levantou o braço com o punho cerrado na direção dos milhares de olhos que o focavam. Seria o capitão de todos ali, protegendo-os mesmo que não soubessem.

Quando olhou para o lado, viu os amigos imitarem seu gesto. Todos com os punhos erguidos, prometendo garra na final contra o Espartanos. Muita coisa ainda estava em jogo, mas os vira-latas já se sentiam orgulhosos por terem chegado tão longe.

Nível 32

O sabor da vitória era viciante e, depois da série acirrada contra o TK T1, os vira-latas tiveram mais cinco dias para se prepararem para a disputa mais importante de suas vidas; um tempo que se mostrou valiosíssimo tanto nos treinamentos quanto na recuperação do desgaste da semifinal.

Aline ainda sentia dores nos braços e nas pernas, mesmo depois de boas noites de sono. Os músculos doloridos reclamavam até quando movia o mouse durante os treinos. Seus amigos pareciam se sentir da mesma forma, e até Adriano, agitado por natureza, tinha ficado estranhamente quieto.

Foco foi a palavra principal durante aquele intervalo. Todos do time sabiam que precisariam jogar muito mais para vencer o Espartanos. Pedro montou uma escala de treino puxada durante a manhã e a tarde, mas deixou a noite livre para que os jovens pudessem descansar. Mesmo assim, Cris e Pietro preferiam ficar mais tempo nos computadores, estudando as poucas fraquezas do time adversário.

Aline queria ajudar os amigos nas pesquisas, mas seu corpo chegara ao limite. Os olhos pesavam tanto que nem as bebidas energéticas a mantinham acordada. Observou o namorado se aproximar e sentiu aquela palpitação no coração que já se transformara em algo bem familiar. Ele a beijou na bochecha, dando um suspiro pesado. Também estava exausto.

— Quer dar uma volta e comer alguma coisa, Line? — perguntou Adriano. — Se estiver cansada demais, tudo bem. Vamos direto para o hotel.

Ela estava cansada, e muito. No entanto, não desperdiçaria a chance de ficar algum tempo sozinha com Adi.

— Eu aceito jantar, sim. Tudo bem pelo Epic?

Mesmo mais afastado, o treinador ouviu a pergunta.

— Podem ir, mas fiquem perto do hotel e tomem cuidado.

Depois do ataque no restaurante, todos estavam mais cautelosos ao sair. Mesmo que nenhuma nova ameaça tivesse ocorrido nos dias seguintes — talvez os Filhos de Asgorth estivessem planejando algo maior para a final ou simplesmente confiassem no Espartanos —, Pedro não queria arriscar. Adriano prometeu ser responsável e tomou a mão de Aline na sua, apertando-a com força. Ela queria que aquele contato durasse para sempre.

— Aproveitem o jantar, pombinhos — brincou Samara. — Mas não ousem chegar tarde em casa.

Eles saíram do estádio e decidiram comer em um restaurante bem próximo do hotel, assim poderiam voltar a pé quando tivessem terminado. A viagem de táxi foi agradável, apesar do trânsito agitado. Nuvens de chuva tomavam o céu desde o início daquela semana e agora pareciam cada vez mais escuras. Aline tinha um mau pressentimento toda vez que olhava pela janela, tomando como um sinal de que Asgorth estava à espreita, pronta para concretizar sua invasão.

— Faltam dois dias para a final — Adriano falou devagar, tateando cada dedo da mão dela. — Você acha que estamos preparados?

Ela se encolheu quando um trovão reverberou do lado de fora do carro. Olhou de relance para o motorista, que continuava focado no trânsito raivoso daquele final de tarde. Respirou fundo antes de responder.

— Nós treinamos muito. Vamos fazer o nosso melhor.

Adriano concordou com um aceno, mas não parecia confiante. Normalmente, ele era o sopro de ânimo do time, mas seu humor tomara um rumo sombrio desde a semifinal, assim como o clima de Seul. Aline apertou a mão dele e se virou para encará-lo.

— O que houve? Nunca te vi tão preocupado.

Ele baixou os olhos castanhos. Não era sempre que alguém tão expansivo demonstrava timidez.

— É que antes nós não estávamos a um passo de salvar o mundo — desabafou ele. — Era tudo tão distante, saca? Quer dizer, eu acreditava que a gente podia chegar aqui, mas nunca parei para pensar de verdade no que aconteceria se falhássemos. Nesses últimos dias, principalmente depois de enfrentar os monstros naquele restaurante, não consigo tirar isso da cabeça. E se perdermos? O que vai acontecer com todas essas pessoas? Com a nossa família? Com a gente?

Adriano deu uma fungada, tentando disfarçar a emoção.

— Você está com medo, Adi. Isso é normal.

— Achei que era bobagem minha, que quando começasse a treinar esse aperto no peito iria passar. Mas quanto mais nos aproximamos da final, mais eu sinto vontade de sair correndo que nem o Bolt 7. Estou *tiltando*, pode falar. Sou um idiota.

Ele tentou virar o rosto, mas Aline foi mais rápida e o segurou pelo queixo.

— Você não é um idiota — disse ela, séria. — Eu também estou com medo. Aposto que todo mundo do time já pensou em fugir, mas ainda estamos aqui. É isso que importa. Nada de *tilt*.

Ele não pareceu muito convencido.

— O Pato é um capitão incrível, Sam e Cris são os melhores jogadores do time, você é uma gênia nas táticas... Mas eu só sou um cara que grita e fala bobagens. Sou o elo fraco do time, sei disso.

Aline ficou tão chocada que as palavras custaram a sair. Quando abriu a boca para responder, o carro deu uma freada brusca e o motorista se virou para trás, obrigando o casal a se afastar rapidamente. Estavam na frente do restaurante.

A garota pagou pela corrida, enquanto Adriano já saltava do carro sem olhar para trás. Seguiu na direção oposta à do restaurante, provando que sua fome tinha morrido junto com a conversa. Aline teve que correr para alcançá-lo.

— Adi! Aonde você está indo?

— Não sei, só quero esfriar a cabeça. Desculpa ter falado aquelas bobagens.

— Você pode me contar o que precisar. — Ela fez uma pausa, adotando um olhar sério. — E quanto a ser o elo fraco do time... Você é quem nos mantém unidos, Adi. Se não fosse pela sua confiança, suas piadas nas horas ruins, nem teríamos chegado aqui. Não falo isso porque você é meu namorado, mas porque sei reconhecer todas as suas qualidades.

Ele olhou para os próprios pés, mas Aline não deixou que se retraísse.

— Quando estamos jogando mal, sei que tudo vai terminar bem porque você ainda vibra como se fôssemos vencer. Eu sei que a final vai ser difícil, que estamos em desvantagem pelo poder de Zorrath, mas se você deixar de acreditar na vitória, todos nós também deixaremos.

— Tá falando sério? — Ele parecia genuinamente surpreso. — Não sei se sou tão importante assim...

— Pode perguntar para qualquer um do time. Todos vão dizer a mesma coisa.

Um sorriso tímido escapou dos lábios dele. Adriano levantou o olhar e a encarou como se tivesse encontrado o caminho depois de dias perdido em um labirinto. Ele a abraçou com força, escondendo o rosto em seus cabelos.

— Obrigado, Line — sussurrou em seu ouvido. — Eu precisava ouvir isso.

Afastaram-se com sorrisos constrangidos, retomando o caminho até o restaurante. Adriano mantinha uma expressão pensativa, mas parecia melhor. Aline se sentiu aliviada, mesmo sabendo que ainda tinham muito que conversar.

Comeram e aproveitaram a companhia um do outro, mas sempre de olho nos celulares e nas mensagens que recebiam do time. Desde o ataque no restaurante, era costume que avisassem a cada meia hora que estavam bem. Quando terminaram, já estava escuro do lado de fora, só os raios insistentes iluminavam o céu noturno. A tempestade que estava se formando seria bem forte. Pedro e os outros avisaram que já tinham retornado ao hotel.

— Vamos voltar? — sugeriu ela.

Mesmo que quisesse ficar mais com o namorado, também não se sentia à vontade por tanto tempo fora da proteção do hotel. O garoto assentiu, relembrando os problemas que os aguardavam do outro lado da porta. Pagaram a conta, saindo para a noite ventosa. Voltaram para o hotel abraçados e maravilhados com aquela sensação, que puderam aproveitar tão pouco por tudo o que estava acontecendo. Ao passarem pela porta automática, Aline sentiu uma pontada de tristeza, pois sabia que deveriam retomar o foco na final.

De mãos dadas, os dois chegaram ao saguão do hotel, prontos para apanharem um dos elevadores. Entretanto, um rosto conhecido esperava no sofá escuro. Alguém que Aline jamais imaginou ver ali, tão longe de casa.

— P-p-pai?

Joo Sung se levantou, ajeitando o terno impecável. Mantinha a mesma expressão severa do fatídico dia em que havia expulsado a filha de casa. As lembranças fizeram a mente de Aline girar. Por que o pai tinha se dado ao trabalho de viajar meio mundo para vê-la? Depois da última conversa, achou que ficariam um bom tempo sem se falar. Não conseguiu manter a calma, por mais que tentasse. As batidas do coração reverberavam por todo o corpo. Grudado ao seu lado, Adriano apertou sua mão.

— Você tá bem? Não precisa falar com ele, se não quiser.

Adi não entendia que ignorar Joo Sung era impossível. Respirando fundo, Aline buscou a coragem que cresceu dentro dela durante todos aqueles jogos e embates perigosos. Não sabia explicar por quê, mas enfrentar o pai parecia tão difícil e amedrontador quanto lidar com as forças de Asgorth.

— Eu estou bem, Adi. Pode subir na frente.

— Tem certeza, Line? — perguntou, não parecendo disposto a deixá-la.

Por mais que parte de si quisesse a presença de Adi ali, tinha que lidar com aquela situação sozinha.

— Não leve a mal, mas é um assunto de família. Vou ficar bem, prometo.

O garoto se afastou, caminhando apreensivo até os elevadores.

— Se precisar de alguma coisa, é só gritar que todo o time vai descer na mesma hora. — Ele lançou um olhar irritado para Joo Sung, que respondeu da mesma maneira.

Aline odiou ver tanta animosidade entre eles. Ainda sem dizer uma única palavra, Joo Sung voltou a se sentar no sofá, sinalizando para que a filha o acompanhasse. Ela se aproximou.

— O que está fazendo aqui? — perguntou ela, com bastante esforço.

Não queria parecer uma criança amedrontada com um possível castigo, mas hábitos não sumiam de uma hora para outra. Joo Sung cruzou as pernas e ajeitou o terno antes de falar, como se estivesse tratando de negócios.

— Você já manteve essa infantilidade por tempo demais, minha flor. Vim te buscar.

Apesar do apelido carinhoso de infância, todas as palavras vieram carregadas de censura. Mais uma vez, ele a tratava como um objeto sem vontade própria, que deveria mostrar obediência acima de tudo. A raiva borbulhou na boca do estômago. Mesmo que tivesse aprendido desde cedo a respeitar os pais acima de tudo, não conseguiu mais se controlar.

— Se veio até aqui só para me dizer isso, perdeu seu tempo. Não vou voltar para casa, não até vencer o Mundial.

Aline se obrigou a encarar o rosto insatisfeito do pai. Joo Sung claramente não esperava que ela o enfrentasse.

— Não diga bobagens. Você é minha filha e vai fazer o que eu mandar.

As ordens bruscas foram cautelosamente sussurradas para não chamar a atenção dos hóspedes ou funcionários no saguão. Acima de tudo, seu pai sempre se preocupava em manter as aparências. Por um breve momento, Aline teve vontade de simplesmente deixá-lo ali com suas crenças ridículas. No entanto, partir sem dizer nada era uma espécie de fuga. Não se acovardaria nunca mais.

— Eu já disse que não vou voltar. — Ela apontou um dedo acusador na direção do pai. — Não preciso de alguém me dizendo o que fazer ou como agir.

— Como ousa falar assim comigo? — Ele apertou as mãos nos joelhos, as bochechas vermelhas. — Eu sou seu pai!

— Mas não é meu dono! — Ela elevou a voz. — Não sou a filha perfeita e não aguento mais fingir. Quero viver a *minha* vida, não a que você fantasiou pra mim.

As narinas de Joo Sung se dilataram enquanto ele respirava fundo, seus olhos dobrando de tamanho, como se a filha tivesse se transformado em um pequeno monstro.

— Você está tão cego que se recusa a ver quanto eu mudei. — Agora que Aline havia aberto a represa que continha sua mágoa, nada poderia pará-la. — Pelo menos tem ideia de como minha vida era um inferno antes de entrar nesse time? Passou pela sua cabeça que eu não tinha nenhum amigo de verdade, muito menos um objetivo, um sonho?

Algumas lágrimas escaparam dos olhos dela. Era difícil dizer todas aquelas coisas para alguém tão importante em sua vida. Joo Sung parecia uma estátua assustada.

— Minha flor, esse jogo é um atraso na sua vida, será que não vê isso?

— É você quem não me vê, pai. Faz anos que sou invisível. Eu não sou mais aquela menina boba, nem quero ser. Vou dar orgulho para meu time e meus amigos, pois eles se importam comigo e me veem como eu realmente sou.

Ela limpou o rosto molhado e se afastou do sofá. Alguns funcionários observavam toda a cena com perplexidade. Aline ignorou todos os olhares, incluindo o de Joo Sung, e entrou no elevador. Ainda esperava que o pai tentasse argumentar, mas ele permaneceu calado, olhando para os próprios pés como se seu mundo tivesse virado de cabeça para baixo.

Aline sentiu uma pequena satisfação em ver sua máscara de austeridade cair. Mesmo assim, o coração batia forte e as mãos suadas continuavam grudadas no casaco. Não tinha muitas esperanças de ver o pai mudar de ideia quanto à sua vida como pro-player, mas pelo menos agora não havia mais mentiras entre os dois.

Assim que saiu do elevador, encontrou Pedro à sua espera. Ele estava plantado na frente do seu quarto, praticamente roendo as unhas com ansiedade.

— Está tudo bem, NomNom? — perguntou ele assim que a viu. — O Lord falou sobre o seu pai.

Ela suspirou pesadamente, comovida com a preocupação do treinador.

— Ele não vai me tirar do time, não se preocupe.

— Eu não estou preocupado por causa disso. Quero saber se você tá legal. Brigar com a família é barra.

— É, tem razão. — Ela baixou o rosto. — Mas essa briga foi necessária. Fiz meu pai finalmente me enxergar de verdade.

Ela passou por Pedro e abriu a porta. Dentro do quarto, só encontrou Sam, que também lhe deu todo o espaço de que precisava. Ela desabou na cama, escondendo o rosto no travesseiro. A mente ainda girava com todas as palavras duras que trocou com o pai. Não se arrependia do que disse, mas desejava que as coisas tivessem acontecido de maneira diferente. Pelo menos tinha pessoas importantes que se preocupavam com seu bem-estar. No momento certo, dividiria com elas um pouco do peso daquela briga, mas agora só desejava dormir.

Nível 33

Mesmo antes de conhecer Yeng Xiao e saber a verdade sobre Novigrath, Pedro acreditava em magia. Mas não aquela com feitiços, bolas de fogo ou raios de gelo. Ele acreditava na magia de um estádio lotado, na aura de competição que contagiava corações e que causava uma empolgação impossível de ser contida. Todos eram afetados por ela, desde o narrador mais profissional até o fã que viajou horas para assistir ao jogo de sua vida. Os inúmeros arrepios compartilhados tornavam aquela massa uma unidade, encantada pelo amor ao eSport.

Em sua carreira como jogador, ele já tinha visto momentos de puro deslumbre. A final do Campeonato Brasileiro, do qual se sagrou campeão, jogar no Campeonato Sul-Americano... No entanto, nada se comparava ao que sentiu quando entrou no estádio Sang Hyeok pela última vez. Apesar da tempestade que caía do lado de fora, não havia um único lugar vago, fosse nas cadeiras em frente ao palco ou nas arquibancadas. Os gritos ensurdecedores pareciam reverberar dentro do peito, causando tremores nas pernas que se esforçavam para continuar caminhando. Bandeiras do Brasil se multiplicaram naquela terra estrangeira e alguns fãs mais empolgados até se arriscavam com algumas palavras em português. A maioria apoiava o Espartanos, como era de esperar, mas havia torcedores do Vira-Latas entre a multidão. Um ponto de esperança no meio da influência de Asgorth.

Nunca houve uma final tão aguardada. Mesmo que as pessoas comuns não soubessem o que estava em jogo, cada atitude parecia sobrecarregada por uma ansiedade maior. O tempo do lado de fora era péssimo, com uma ventania que desequilibrava os mais desavisados e com trovões que podiam ser ouvidos mesmo com a barulheira do estádio, aumentando ainda mais a agitação do lado de dentro. Todos sentiam que aquela partida decidiria muito mais do que o simples campeão daquele ano.

Se até mesmo o público e o próprio clima eram afetados, o que dizer dos jogadores? Os vira-latas suavam frio, mas mantinham o foco. Pedro nunca sentiu tanto orgulho como quando os viu tão sérios e concentrados. Os olhares brilhavam com confiança, algo que foi fortalecido ainda mais pela presença de Yeng Xiao.

Quando se reuniram para o café da manhã, ainda no hotel, a surpresa foi geral. O lanceiro os aguardava com um sorriso nos lábios, mas preocupação no olhar. Talvez temesse ser acusado de abandono, mas isso logo foi esquecido quando recebeu um abraço grupal.

— Sei que é injusto da minha parte retornar depois de ter deixado vocês sozinhos por tanto tempo — disse o lanceiro, um tanto envergonhado. — Se me aceitarem, farei de tudo para compensar minha ausência.

A confirmação de que Xiao estava ali para ficar encheu Pedro de alívio. Foi como se seus pedidos mais desesperados tivessem sido atendidos.

— Xiao, você é o dono desse time e sempre fará parte dele. Não precisa pedir permissão de ninguém para voltar. Mesmo enquanto esteve longe, continuamos seguindo o que nos ensinou.

Pedro não era o mestre das palavras, muito menos dos discursos bonitos, mas falou tudo aquilo de coração. O lanceiro passou o braço comprido por seus ombros e o trouxe para perto em um abraço agradecido.

— Todo time requer união, Epic. Tem que se mover como uma unidade, uma força. Você ganha ou perde como uma equipe, como uma família. Não posso prometer o melhor resultado hoje, mas sei que podemos vencer. Enfrentaremos juntos o que vier.

Pela primeira vez, Xiao agia como uma pessoa comum. Usava um casaco do Vira-Latas, um tanto apertado nos braços compridos. Sua roupa inusitada arrancou algumas risadas do time.

Faltavam menos de vinte minutos para a final. A sala de treinos parecia mais apertada enquanto os garotos se aqueciam nos computadores. Mesmo com o coração a mil desde que abriu os olhos, Pedro escondia o nervosismo com sugestões de estratégias.

Murilo também ajudava, separando os uniformes especiais que eles usariam naquela final. A camisa tradicional do Vira-Latas tinha sido substituída por uma verde e amarela. O logo ocupava todo o peito, e atrás, na altura dos ombros, o nick de cada jogador fora estampado.

Eles tinham feito um acordo silencioso de ignorar o que acontecia do lado de fora do estádio. Se deixassem se impressionar com a tempestade que parecia prenunciar a vinda de Asgorth, aquela final já estaria perdida antes mesmo de começar.

— Sei que a preparação é importante — disse Xiao, acabando com o burburinho que tomou a sala. — Mas será que poderíamos conversar um pouco?

Os jogadores se levantaram dos computadores sem pensar duas vezes. Pedro se aproximou e trouxe Murilo junto. Todos faziam parte do time agora.

Fazendo a rodinha tradicional, o lanceiro olhou para cada um de maneira demorada. Aline ficou vermelha, Adriano batia o pé no chão, Pietro devolveu o olhar sem nenhuma vergonha, Sam mastigava seu chiclete como se não houvesse amanhã e Cris comprimia os lábios, provavelmente segurando alguma reclamação.

— Eu poderia dizer quanto a vitória de hoje é importante, poderia lembrá-los das pessoas por quem devem lutar, mas não quero focar no futuro. A final ainda não aconteceu e não importa por enquanto. — Ele fez uma pausa. — Quero lembrar o que vocês fizeram para estarem aqui, do quanto evoluíram nesses meses.

"Eu os escolhi para o time, pois reconheci não apenas a afinidade com os Defensores de Lumnia, mas sua coragem e vontade de vencer. O Vira-Latas honrou sua facção, honrou a mim, mas, acima de tudo, honrou a si mesmo.

"Os motivos para desistir eram muitos, ainda são, e mesmo assim vocês permaneceram. Superaram as dificuldades, as diferenças comuns em um time, e souberam crescer juntos. Epic, eu não poderia expressar quanto devo a você, meu amigo. Você construiu não só uma equipe competitiva, mas foi capaz de transformá-la em uma família. Obrigado por não desistir quando fui obrigado a me afastar. Obrigado por cuidar desses garotos como um verdadeiro pai."

Pedro sentia a garganta apertada. Sabia que não era o momento para ser emotivo, mas Xiao pegou pesado com aquele discurso. Olhou para os lados e viu que todos pareciam lutar contra as lágrimas, e até Murilo fungava baixinho.

— Só tenho a agradecer também por confiar em mim — respondeu

Pedro. — Você não só reavivou minha carreira, mas me transformou em uma pessoa melhor.

Samara, Cris, Aline, Adriano e Pietro fizeram coro àquele agradecimento. O abraço que todos trocavam ficou mais apertado, transmitindo o calor daquele sentimento que os unia. Yeng Xiao sorriu.

— O meu trabalho e o de Epic nunca foi apenas reunir os melhores jogadores, mas também montar a melhor equipe. Tenho certeza de que conseguimos isso.

Ele esticou o braço direito, deixando-o estendido bem no meio do círculo. Os outros logo repetiram o gesto. Mãos sobre mãos, vontade sobre vontade. Um trovão mais alto pareceu fazer o estádio todo tremer. O grupo se entreolhou, sentindo a força do discurso de Xiao diminuir, mas o lanceiro ainda não havia terminado.

— Chegar aqui levou tempo, exigiu dedicação e sacrifícios. Às vezes, doeu demais. Mas acreditem, vai valer a pena. Agora, vão lá fora e mostrem ao Espartanos a sua vontade de vencer.

Adriano aproveitou a deixa para iniciar o grito de guerra do time. Uivaram como se não houvesse amanhã. As batidas na porta eram o aviso de que a hora havia chegado. Devidamente preparados, os jogadores postaram suas expectativas nas redes sociais e deixaram os celulares na sala. Pedro se despediu de cada um com um abraço apertado, sentindo o coração pequeno por ter que ficar na plateia.

— Só joguem o que vocês sabem — falou para Sam, a última a sair. — Confio em você, Titânia. Vai lá e acaba com o joguinho.

Ela deu um sorriso cheio de vontade. Seus olhos brilhavam, e não era medo que Pedro via ali. Aquilo o lembrou de uma frase dita por seu técnico nos tempos do Glória: "Campeões se comportam como campeões antes de ganharem qualquer título". Não duvidava de que aqueles garotos tinham tudo para saírem vencedores.

As luzes do palco podiam iluminar um pequeno bairro. Pedro chegou à cadeira reservada na área da comissão técnica bem a tempo de ver o apresentador berrar os nicks dos dez jovens enfileirados lado a lado. Os espartanos mantinham-se sérios como os guerreiros que davam nome ao seu time.

Peitos estufados, braços unidos atrás das costas e queixos erguidos. Pareciam soldados prontos para a guerra. Os vira-latas se focavam na torcida que agitava bandeiras e cartazes. Em nenhum momento deixaram se afetar pela estratégia dos adversários, ignorando-os mesmo quando o apresentador ordenou o cumprimento tradicional de fair play.

Pedro sorriu ao ver seu time simplesmente virar as costas para as mãos estendidas dos espartanos e entrar na cabine. Aquilo surpreendeu os cinco adversários, fazendo com que a raiva estampasse suas feições. A torcida tomou o gesto como uma afronta e vaiou.

— Assim eles vão se queimar com o público — comentou Murilo, ao seu lado.

Pedro deu de ombros.

— O público já é de Asgorth. Além disso, prefiro que eles sejam tachados de *trolls* a vê-los cair nas provocações dos espartanos. Nunca se sabe o que o desgraçado do Maxion pode ter aprontado para nos desestabilizar.

De maneira discreta, ele procurou o rival na plateia. Não demorou muito para avistá-lo, duas fileiras para a esquerda. Estava de pé, com seu cabelo engomado e os braços cruzados. Seu rosto era uma máscara de confiança que Pedro sentiu vontade de socar.

Perceptivo por natureza, Yuri olhou para o lado, encarando Pedro. Abriu um sorriso provocador, dando um aceno desleixado. Em seguida, os lábios se moveram bem devagar, passando uma mensagem que o outro treinador não conseguiu ignorar.

— Boa derrota, fracassado.

Pedro cerrou os punhos, tentando controlar a vontade de invocar a armadura de Yeng Xiao e começar um embate ali mesmo. A mão do lanceiro sobre seu ombro veio segurá-lo. Ele bufou, limitando-se a erguer o dedo do meio para o rival.

— Você ensinou bem seus garotos, mas quase cometeu o erro que eles souberam evitar. — A voz de Xiao tinha um leve tom de censura.

— Desculpe. — Pedro voltou a focar no palco, onde seu time se preparava para o início da fase de banimentos. — É que eu e Maxion temos uma longa história. Não consigo pensar direito quando olho para aquela cara feia.

— Um time que é movido apenas por cobiça ou egoísmo nunca terá seu verdadeiro potencial alcançado. — Xiao fixou o olhar na televisão que mostrava o Espartanos. — Quando vejo esses garotos, só reconheço a sombra de Asgorth e a ilusão de poder. Eles não sabem no que se meteram.

Pedro não conhecia bem aqueles jogadores, mas também se recusava a acreditar que eram como seu treinador. No fundo, a promessa de sucesso fácil podia ser mais tentadora do que manter a consciência limpa, ainda mais para pessoas tão jovens. Isso só fazia com que sua raiva por Yuri aumentasse, pois ele usara sua autoridade para corromper seu time da pior forma possível.

— Começou, gente!

A voz animada de Murilo o tirou daqueles pensamentos. A hora da verdade havia chegado.

As finais de torneios internacionais eram sempre disputadas em melhores de cinco. Como esperado, as partidas foram acirradas. Quando o último jogo chegou, os times estavam empatados, com dois mapas a dois. Pedro já não tinha mais unhas para roer, e a tempestade do lado de fora rugia como se Zorrath já estivesse naquele mundo.

O Vira-Latas montou uma composição na sua zona de conforto para a última batalha. Tranimor no topo, Xiao na selva, Kremin no meio, Octavo como atirador e Ayell como suporte. Somente Cris não conseguiu escolher o campeão que representava o seu avatar, pois Dannisia fora banida pelo Espartanos. Mesmo assim, Pedro ficou satisfeito. A estratégia era clara, buscariam lutas desde o início da partida. Se Yuri ou os espartanos pensaram que a derrota no Campeonato Brasileiro iria fazê-los jogar acuados, enganaram-se.

O jogo final começou com a gritaria da torcida. A fase de rotas, quando os jogadores ainda se mantinham separados em suas linhas, seria muito importante para definir a vantagem inicial. Depois de *farmar* dois monstros neutros da selva, Fúria seguiu o caminho para a rota inferior, onde Roxy e Lord se digladiavam contra a dupla adversária. Pedro endireitou a postura, reconhecendo a jogada.

— Eles vão fazer o *gank* que treinamos! — falou, empolgado.

Controlando o avatar de Yeng Xiao, Fúria se manteve escondido em uma moita bem próxima à torre do Vira-Latas, aguardando o momento certo. Roxy e Lord recuaram de propósito, tomando mais dano justamente para atrair o duo espartano. A armadilha deu certo. Pedra e Skullknife avançaram, certos de que conseguiriam o primeiro abate. Entretanto, Fúria saltou da moita com a habilidade Grito de Guerra ativada, paralisando os dois espartanos com um único golpe. Depois disso, só coube ao atirador do Vira-Latas fazer o maior estrago possível.

Quando o letreiro de *Double Kill* tomou a tela, Pedro saltou da cadeira, fazendo eco aos milhares de vozes que se elevaram. Murilo bateu palmas ao seu lado e Xiao abriu um sorriso. No entanto, a vantagem não durou muito tempo, pois o caçador espartano, sabendo que Fúria estava na parte inferior do mapa, investiu contra NomNom. O guerreiro e o caçador adversários a encurralaram e abateram com facilidade, aproveitando para também derrubar a primeira torre da partida.

— Droga! — Pedro xingou, voltando a se sentar. O jogo prometia ser duro.

O tempo pareceu se arrastar. Com vinte minutos de partida, tanto Espartanos como Vira-Latas tinham derrubado três torres cada um e estavam com a mesma contagem de abates. A diferença de ouro era mínima, favorecendo levemente o time de Asgorth.

— O Espartanos está conseguindo evitar as *teamfights* muito bem — comentou Murilo. — Não conseguimos encaixar uma boa luta ainda.

A análise estava correta. Sabendo da força da composição do Vira-Latas, o Espartanos adotou a ótima estratégia de apenas puxar linhas e rotacionar com melhor objetividade. Todos os seus abates aconteceram com os chamados *pick-offs*, quando um jogador era pego sozinho.

— A gente precisa fazer alguma coisa logo — observou Pedro. — Nosso pico de poder é agora.

Xiao meneou a cabeça, mas mantinha os olhos fixos no telão. O momento para uma luta parecia inevitável. A plateia começou a murmurar quando os vira-latas se juntaram na rota do meio, prontos para defender a sua segunda torre.

— É agora — disse o lanceiro, tocando no ombro de Pedro.

Sua previsão se concretizou no mesmo instante. Fúria *ultou* e usou a translocação exatamente no meio dos cinco espartanos. A jogada de efeito fez a plateia prender a respiração. O resto do Vira-Latas não pensou duas vezes em seguir a *call* do caçador. NomNom usou o portal de Tranimor para flanquear o inimigo, focando seus ataques no atirador Pedra e impedindo-o de causar dano.

A luta foi tão bem coordenada que Pedro ficou com vontade de gravá-la. LordMetal ficou livre para soltar suas notas musicais, Fúria executou bem a tarefa de levar a maior parte do dano, Roxy usou o Terreno Sagrado para manter a vida de seus companheiros em níveis saudáveis e Titânia derreteu o HP do mago inimigo antes que ele soltasse uma única magia.

— É isso que eu chamo de *burst*! Eles sumiram! — gritou Murilo, comemorando o ACE com o punho no ar. — Chupa essa, Espartanos!

A empolgação tomou conta de Pedro. Dava pequenos pulinhos enquanto via seu time demolir torre atrás de torre. Conseguiram capitalizar muito com aquela luta e agora tinham total domínio do jogo. Pela primeira vez, o campeonato parecia palpável, não apenas um desejo profundo do treinador e dos jogadores. Aquilo estava mesmo acontecendo, e Pedro tirou o boné, amassando-o contra o peito. Foi inevitável olhar para o lado e procurar Yuri.

O treinador do Espartanos não estava com uma cara nada boa. Toda a arrogância fora demolida com o ACE do Vira-Latas. Ele olhava para baixo, como se tivesse perdido a vontade de ver a partida. Mesmo de longe, Pedro percebia que suas mãos pareciam bem mais peludas que o normal.

— Tem algo errado. — A sensação de que Yuri não aceitaria aquela derrota quase o levou ao chão. — O Maxion vai fazer alguma coisa.

O lanceiro virou o rosto bem a tempo de ver Yuri sair correndo na direção dos bastidores. Xiao franziu o cenho, adotando sua melhor expressão de general irritado.

— Vamos atrás dele.

Pedro lançou um rápido olhar para o telão, onde seus jogadores se preparavam para invadir a base do Espartanos. Mais alguns minutos e a vitória estaria selada.

— Tarântula, cuida das coisas por aqui — pediu Pedro.

— Toma cuidado, cara! — Murilo parecia temeroso.

Pedro agradeceu sua preocupação com um aceno e saiu correndo atrás de Xiao.

— Ainda não acabou! — gritou Roxy, tentando conter a euforia dos companheiros depois do ACE. — Fiquem calmos. Foco!

Eles derrubaram a terceira torre da rota do meio e agora tinham acesso à base do Espartanos. A vontade de terminar aquela partida de uma vez era enorme, mas o capitão ordenou que recuassem. Tinham os bolsos cheios de ouro depois dos abates e das torres caídas, comprariam itens antes de partir para um último ataque.

— A gente vai vencer. Caramba, a gente vai vencer! — LordMetal se agitou.

— Ainda é cedo pra comemorar, mano. — O capitão manteve o tom sério. — Um passo de cada vez. Vamos entrar na base deles com cuidado.

NomNom concordou com um aceno. Mesmo no corpo de Tranimor, seu olhar paciente transparecia.

— Lembrem-se do que o Epic falou. Em HdN, ganha quem errar menos. Vamos fazer tudo da maneira mais segura possível, este é o último jogo. A vantagem é nossa.

Depois de gastarem seus recursos na loja da base de Lumnia, os cinco partiram para a rota do meio. Os espartanos continuavam na própria base, limpando as levas de soldados que ameaçavam invadi-los.

As tropas só aumentavam, e os jogadores adversários já não conseguiam mais derrubá-las com a mesma velocidade. Foi o momento certo para que o capitão do Vira-Latas desse o sinal para o ataque.

NomNom iniciou com um ótimo portal no flanco inimigo, permitindo que Fúria entrasse na retaguarda sem levar dano algum. No entanto, os espartanos aprenderam com seus erros e focaram no caçador do Vira-Latas, que só conseguiu abater Skullknife, o suporte inimigo. Sem o *stun* de Yeng Xiao, o meio e o atirador dos Filhos de Asgorth tiveram total liberdade para fazer o máximo de dano possível.

Fúria e NomNom foram os primeiros a cair. O ataque tão bem calculado por Roxy parecia fadado ao fracasso, mas ele não ousou recuar. Se fugissem agora, o time adversário os perseguiria e eliminaria um a um. A única saída era proteger Titânia e Lord.

Usou o Terreno Sagrado para criar uma área de cura bem embaixo do seu irmão e *ultou* sobre Titânia, que já havia levado algumas flechadas do atirador Espartano. Aquela proteção preciosa garantiu que a maga carregadora ativasse seu próprio *ultimate*. O pilar de fogo atingiu o atirador Pedra em cheio, sem dar a ele nenhuma chance de escapar. Um a menos. Agora a briga era três contra três.

LordMetal focou os acordes de Octavo sobre Scar, o mago carregador Espartano, diminuindo sua vida pela metade. Quando o caçador e o topo dos Filhos perceberam que suas principais fontes de dano estavam em perigo, era tarde demais.

No final, os dois espartanos que sobraram tiveram que recuar para a proteção do Monumento de Novigrath.

— O que fazemos agora? Voltamos e esperamos o Fúria e a NomNom renascerem? — perguntou Titânia, sem fôlego.

Roxy olhou para os lados. A base do Espartanos estava aberta e a leva de soldados de Lumnia era muito boa.

— Não. Vamos terminar isso agora. É GG ou nada.

Por muito pouco Pedro não perdeu Yuri de vista. O movimento nos bastidores do palco era intenso, principalmente porque o jogo parecia prestes a terminar. Membros da organização se preparavam para a premiação e os fotógrafos queriam ficar próximos dos futuros campeões. Yuri se enfurnou em meio à multidão, mas Xiao tinha olhos de águia e apontou o caminho certo.

Passaram por camarins e áreas comuns, entrando ainda mais nos fundos do palco. Pedro notou que Yuri seguia os diversos cabos pendurados no teto, e sentiu um frio na espinha ao se dar conta de que seguiam para a sala do servidor do torneio, onde o jogo era armazenado em uma rede fechada exclusiva para o campeonato.

Yuri acenou para os dois vigias inusitados que guardavam a sala do servidor. Um elfo pálido, com roupas sujas de sangue e cicatrizes no rosto, a outra uma bruxa com nariz longo e verruguento, que segurava um tridente em uma das mãos esqueléticas. Eram campeões de Asgorth, Merl e Tilly. Os dois deram autorização para que Yuri entrasse, como se fossem os próprios organizadores do evento. Pedro xingou ao vê-los. Então os Filhos de Asgorth estavam infiltrados pelo estádio. Aquilo era péssimo.

Assim que abriu a porta, o técnico do Espartanos finalmente percebeu que o lanceiro e Pedro o seguiam. Por um breve instante, seu rosto empalideceu. Entretanto, a surpresa logo foi substituída por raiva. Ele franziu a testa, chamando pelo avatar de Drynarion. Os pelos do lobisomem cobriram seu corpo em uma camada espessa.

— Vocês não vão me impedir! — A voz de Yuri tornou-se gutural e ele fechou a porta atrás de si, deixando os vigias para lidar com Pedro e Xiao.

Os dois se entreolharam enquanto os Filhos de Asgorth se aproximavam no corredor deserto. Pedro começou a suar frio. Sozinho com o servidor do jogo, Yuri podia acabar com a partida antes que o Vira-Latas garantisse a vitória. Ou pior... Quais eram as chances de ele influenciar os rumos do jogo com os poderes de seu avatar? Tinham que impedi-lo quanto antes!

Foi preciso que o lanceiro gritasse para que Pedro saísse daquele transe. Respirou fundo, tentando controlar o coração que se agitava no peito.

— Vamos unir nossas forças — falou Xiao, indicando com um aceno a luta que teriam pela frente.

Pedro concordou. Em meio aos gritos vindos do público, ele fechou os olhos e se concentrou em materializar a armadura no corpo. Só podia torcer para que toda a animação lá fora não fosse sinal de uma virada inesperada na partida. O peso das placas metálicas o fez tremer um pouco. A lança presa às costas era como uma antena que atraía a vontade de lutar. Olhou para o lado e avistou Yeng Xiao igualmente paramentado. Pareciam cópias, mas uma exalava confiança enquanto a outra era desengonçada e temerosa.

— Prepare-se.

Os Filhos de Asgorth foram para cima deles. A bruxa Tilly deu estocadas com seu tridente, que Xiao habilmente defendeu com a lança. Pedro teve que lidar com o elfo, que tentava esfaqueá-lo, mas acabou com as adagas presas na manopla em seu antebraço. O espaço era apertado para lutarem com liberdade, por isso todos os golpes pareciam atrapalhados.

Xiao usou sua força para pressionar Tilly contra uma das paredes do corredor, e a lâmina da lança quebrou o cabo do tridente da bruxa; no golpe seguinte, ela virou uma nuvem de pixels. Pedro estava em sérios apuros contra o elfo Merl. Apesar da proteção da armadura, ganhou alguns cortes nos locais expostos. Por sorte, o lanceiro correu para ajudá-lo, acertando o elfo pelas costas e fazendo-o desaparecer.

Tossindo e sem fôlego, Pedro agradeceu aos céus por ter Xiao ao seu lado. Sabia que se o campeão não estivesse ali para enfrentar os Filhos de Asgorth, aquela luta não teria sido tão fácil.

— Você acha que há mais deles?

Xiao assentiu, o rosto tenso.

— Soube do ataque contra vocês que fez o Bolt 7 desistir. Aposto que eles não tentaram algo depois porque estavam planejando usar toda a energia restante hoje, para garantir a união completa entre os mundos.

Aquilo fazia sentido. Depois da confusão no restaurante, Pedro e os outros vira-latas ficaram esperando uma nova armadilha, pressentindo que a quietude dos Filhos era motivo para mais preocupação. Naquele instante, deparava-se com o resultado do plano deles. Campeões se materializando no mundo real, dispostos a tudo para alcançar seu objetivo.

Não teve muito mais tempo para pensar nos riscos que o público ali no estádio corria, pois o som pesado de passos ecoou no corredor e um grupo apareceu. Eram mais Filhos de Asgorth. Dez deles, monstros que pareciam saídos de pesadelos, marchando na direção de Pedro com um brilho assassino no olhar.

O grupo de Asgorth atacou Xiao e Pedro sem hesitação. Desta vez, a desvantagem numérica era demais e os dois foram cercados rapidamente. Socos pesados, golpes de espadas que ricocheteavam na armadura, garras que arranhavam. Os ataques eram tantos que Pedro se sentiu sufocado pelo medo de morrer ali e falhar com seus jogadores.

O tempo estava contra eles. Xiao empurrou um zumbi para longe e acertou um chute que fez o monstro de lama à sua esquerda se desmontar. Com isso, conseguiu um breve instante para respirar e encarou Pedro com uma expressão tensa. A situação não era nada boa.

Novos monstros logo ocupavam o espaço daqueles que caíam. Já estavam prontos para atacar outra vez quando gritos no corredor atraíram sua atenção. O olhar de Pedro também seguiu a barulheira e ele não conteve a surpresa quando avistou Helena "Mistral", seus cinco jogadores do Guardians e a campeã Lauren correndo com seus avatares invocados.

— A cavalaria chegou! — falou Xiao.

Pedro sorriu sem acreditar no que via.

— Você pediu ajuda? — perguntou para o lanceiro, que confirmou com a cabeça.

— Chamei por Lauren e seus protegidos. Sabia que eles viriam nos salvar.

Os russos e a campeã de Lumnia não demonstraram medo. Pularam sobre os Filhos de Asgorth aos berros, jogando-os contra as paredes do corredor e abrindo caminho na marra. Com as pistolas na mão, Lauren cravava tiros certeiros em alguns deles. O ataque surpresa surtiu efeito. O Guardians inteiro parou na frente de seus aliados e fez uma verdadeira parede protetora.

— Nós seguramos esses caras! — disse Helena, ofegante com todo o esforço de chegar ali. — Vão atrás do Yuri.

Pedro não queria deixar seus aliados sozinhos contra aqueles monstros, mas sabia que deter Yuri era mais importante. A mão de Xiao em seu ombro, apressando-o a continuar, provava que o lanceiro pensava o mesmo.

— Sua lealdade não será esquecida — falou Xiao, encarando a arqueira Lauren e os jogadores com respeito.

A campeã de Lumnia sorriu, mas não pôde dizer nada. Os campeões de Asgorth avançaram sobre ela e o Guardians, obrigando-os a usar toda a atenção para detê-los.

Xiao socou a porta metálica da sala dos servidores onde Yuri se escondia, desprendendo-a da parede com um estrondo. A nuvem de poeira que se ergueu não o impediu de entrar junto com Pedro. Tinham pressa, pois não sabiam por quanto tempo o Guardians seguraria Asgorth. O local era espaçoso para abrigar os quase dez gabinetes interligados por cabos azulados. Eram os servidores que mantinham o jogo rodando. Na frente deles, Yuri, completamente transformado em Drynarion, estava com as mãos peludas erguidas, como se fizesse uma espécie de oração. Das unhas compridas, estranhos raios vermelhos deslizavam pelo ar até os computadores.

— Eu não vou perder! — gritou ele, encarando Pedro. As mãos pareceram brilhar ainda mais e um dos computadores começou a soltar faíscas. — Zorrath vai despertar, mesmo que o Espartanos não seja campeão!

Pedro avançou sobre o lobisomem. Não entendia como ele pretendia mudar os rumos da partida com a própria energia, mas jamais deixaria aquilo acontecer. Agarrou-o pela cintura, sentindo o calor dos pelos apesar da armadura. Yuri rosnou alto, completamente tomado por sua parte animal. As garras não chegaram a atravessar o metal que protegia Pedro, mas o impacto foi suficiente para que ele conseguisse se soltar e tomasse as rédeas da luta.

Enquanto os dois se socavam, Yeng Xiao se aproximou dos servidores, que continuavam brilhando com a estranha luz vermelha. O lanceiro ergueu as mãos e chamou pela própria energia, que jorrou em um forte tom amarelo.

— Não! — O grito de Yuri se mesclou aos rosnados de seu avatar. Ele socou Pedro mais duas vezes e o deixou caído no chão.

Enquanto se recuperava dos golpes, Pedro vislumbrou o lobisomem e o lanceiro brigando em frente aos gabinetes que agora brilhavam nas duas cores. Limpou o sangue que escorria da boca e se colocou de pé. Aguardou o momento em que Xiao acertou um chute no peito de Yuri, empurrando-o para trás. Com o espaço, teve facilidade para se colocar na frente do adversário, permitindo que o lanceiro continuasse a cuidar dos servidores.

— Sua luta é comigo! — berrou antes de golpear com a lança.

Yuri desviou com facilidade dos golpes da lança e tentou acertar uma rasteira em Pedro. Ele pulou no último instante, um tanto desengonçado por causa do peso da armadura. Estava claramente levando a pior.

Do lado de fora, onde o campeonato ainda acontecia, a torcida deu um grito mais alto que o normal. O barulho pareceu um urro do próprio estádio, como se ele estivesse despertando de um sono ancestral. Xiao baixou os braços, olhando para os lados como se tentasse decifrar aquele som.

A partida chegara ao fim. A grande dúvida era quem tinha sido o vencedor.

A resposta veio com o sorriso tímido que tomou os lábios de Yeng Xiao. Ao vê-lo, Pedro foi tomado por um alívio tão grande que até se esqueceu do perigo. A reação de Yuri foi bem diferente. Seu rosto lupino se contorceu.

— NÃÃÃO!

Ele usou o que lhe restava de força para empurrar Pedro e atacar Yeng Xiao, que ainda mantinha uma expressão vitoriosa. O lanceiro não teve tempo de se proteger e foi jogado contra a parede oposta da sala.

Nove gabinetes se inundaram de luzes vermelhas e, quando Yuri levantou as mãos luminosas, elas ficaram ainda mais fortes.

— Desista, Asgorth perdeu — falou Xiao, de pé novamente.

Yuri nem ao menos olhou para ele. Parecia completamente transtornado, murmurando palavras incompreensíveis. O corpo peludo tremia enquanto a luz vermelha se alastrava para o último servidor e tomava a sala.

— Aceite a derrota, Yuri. Acabou! — gritou Pedro.

De repente, uma ventania quente se espalhou pela sala. Parecia que todos os *coolers* dos gabinetes tinham sido ligados no máximo, cuspindo o calor das placas. O lobisomem virou o rosto para ele e sorriu. Então a luz avermelhada explodiu e uma onda de energia atingiu Pedro em cheio. Ele perdeu a noção de onde estava, pois a sala pareceu se expandir. Rolou em pleno ar, lutando para controlar o estômago.

As pernas de Titânia tremiam enquanto se aproximava do Monumento de Novigrath. O tempo para destruir aquela imensa pirâmide era curto e os dois espartanos restantes não deixariam sua base cair sem uma luta. Ao seu lado, LordMetal e Roxy estavam igualmente nervosos. A decisão do capitão de seguir com o ataque era arriscada, mas a garota sabia que não havia mais espaço para dúvidas.

Com as mãos cobertas pelas chamas da maga Kremin, ela derrubou as tropas inimigas que tentavam inutilmente conter o avanço das tropas de Lumnia. Faltavam apenas dez segundos para Fúria e NomNom retornarem ao mapa e a seus avatares, mas eles gritavam instruções como se já estivessem ao lado de seus companheiros. Foi graças a um aviso do caçador Vira-Lata que Titânia conseguiu escapar do ataque inesperado de Gromp, o topo Espartano. Antes mesmo que resolvesse revidar, Roxy já estava do seu lado, envolvendo-a com seu escudo de luz.

— Eu vou te defender. — O garoto tinha a voz rouca de tanto gritar. — Esqueça aqueles dois, ataque o Monumento com tudo!

Titânia nem pensou em questionar a decisão de seu capitão e lançou as chamas de Kremin sobre a pirâmide. Esgotaria toda a sua *mana*, mas continuaria atacando até que não sobrasse uma pedra inteira na base do Espartanos.

— Galera, nós voltamos. Estamos indo. Segurem a onda por aí! — disse Fúria, sua voz ecoando pela mente dos outros jogadores como se fosse uma mensagem telepática. Aquela era a forma com que seus avatares reagiam aos *headsets*.

— Se eles já renasceram, isso significa que Pedra, Skullknife e Scar também voltaram. — Lord olhou para os lados.

Confirmando as suspeitas do atirador, três feixes de luz desceram do céu, bem atrás do Monumento de Novigrath, que já estava com menos da metade da vida. Entretanto, o tempo para lutas se esgotara. Diante dos golpes de Titânia, o último pixel da barra de vida do Monumento de Novigrath se apagou.

— É isso aí! — comemorou Lord.

A garota, porém, não sorriu. Assim que a pirâmide se desfez em destroços, algo estranho aconteceu. Uma luz vermelha tomou a base do Espartanos, espalhando-se junto com um vento quente que mais parecia a baforada de um vulcão ativo. Titânia se desequilibrou, exausta e sem condição de invocar mais habilidades. Só não caiu no chão porque NomNom a segurou, com os braços fortes de seu avatar Tranimor.

— O que está acontecendo?

A luz os cegava, e a ventania só aumentou. Titânia tentou se segurar em NomNom, mas uma força invisível a puxava. Mesmo sem ver, sentiu os pés saírem do chão e seu corpo começou a rodar, como um destroço desgovernado no coração de um furacão. Os berros de seus companheiros de time ecoavam em seus ouvidos junto a uma estática aguda. E, no meio de toda aquela cacofonia, uma voz se destacava. O mundo podia estar de cabeça para baixo, mas ela sempre reconheceria o grito de seu treinador.

Pedro estava em apuros.

Mesmo com a proteção da armadura, a queda causou estalos perigosos nas costelas de Pedro. De cara no chão, ele percebeu que estava bem longe do estádio. Sentiu a areia fina pinicar os olhos e o fundo da garganta. Tossiu, sem saber direito o que havia acontecido. O braço forte de Xiao veio ao seu auxílio, levantando-o.

— Ainda não acabou. — O lanceiro mantinha o olhar focado mais à frente, e Pedro não perdeu tempo em segui-lo.

Avistou Yuri na mesma posição de antes da explosão. Boa parte do seu pelo estava chamuscada, mas a expressão era de deleite. Às suas costas, uma criatura feita de escuridão, que mais parecia uma pequena montanha, batia as patas grossas no chão, levantando uma verdadeira cortina de pó. Zorrath.

Nos vídeos, Zorrath parecia cruel e furioso, mas ao vivo era possível sentir o cheiro de carniça que vinha da sua bocarra entreaberta, e os pelos negros eram muito mais duros por estarem banhados com lama e sangue dos inimigos. As garras que saíam das patas enormes pareciam facões afiados. Pedro nunca se sentira tão pequeno como no momento em que seu olhar cruzou com os globos avermelhados do monstro. Teria sido levado pelo medo se não fosse o incentivo de Yeng Xiao.

De maneira inesperada, uma nova explosão de luz tomou o deserto. Quando Pedro recuperou a visão, deparou-se com cinco pessoas muito especiais.

— Epic! O que aconteceu? Como chegamos aqui? Você tá legal? — A voz preocupada de Pietro o fez prender a respiração. Encontrou os olhos arregalados do suporte, que usava a túnica esvoaçante de Ayell, incluindo a pedra encravada no meio do peito. O garoto parecia mais confuso do que nunca, principalmente ao avistar o monstro que rosnava distante.

O instinto de proteger seus jogadores tomou conta do técnico. Recuperou a compostura, segurando a lança com mais força.

— Chegou a hora da batalha final, pessoal.

Aquelas poucas palavras foram o suficiente para que os adolescentes entendessem o que precisavam fazer.

Assim como Roxy, os outros também usavam o poder máximo dos seus avatares, ao contrário do que aconteceu com Sam e Cris, que foram privados de suas habilidades na primeira vez que visitaram Novigrath devido às feridas da lança de Dionaea. Titânia planava alguns centímetros acima do chão arenoso, seu corpo tomado por tantas chamas que somente os cabelos esvoaçantes se destacavam no meio do vermelho fervente. Fúria matinha a garra de Dannisia apontada para Zorrath, e uma aura arroxeada cobria seu corpo e fazia a manta de mago dançar. LordMetal dedilhava algumas notas na guitarra. NomNom brilhava com as luzes de Tranimor, pronta para criar portais e barreiras.

— Não sei como a gente veio parar aqui, mas sacanear a nossa vitória não foi nada legal, cara! — falou Adriano, os olhos fixos em Yuri e Zorrath.
— Pode tentar roubar, mas a gente vai ganhar quantas vezes for preciso. Não é mesmo, clã?

Os outros gritaram com uma segurança que impressionou Pedro. Estavam em Novigrath, cara a cara com o monstro mais perigoso já criado em HdN, mas mesmo assim não hesitavam. Aquela atitude lhe deu forças para lutar também.

Yeng Xiao não demorou para assumir a liderança. Com a lança em riste, apontou para a criatura como se prometesse uma morte rápida.

— Lembrem-se do que treinamos — falou ele, sem desviar o olhar dos inimigos. — Esta é a última batalha, Vira-Latas, vamos precisar não só da força dos avatares, mas também do conhecimento de jogo. Pensem que estamos em uma grande *teamfight*.

A garra na mão de Fúria se abria e fechava, em uma ansiedade muda por ser usada. As chamas no corpo de Titânia ficaram mais fortes. LordMetal começou a dedilhar a guitarra com mais velocidade e NomNom já murmurava as palavras para conjurar um portal. Roxy se colocou mais para trás do grupo, pronto para curar quem precisasse. Parecia que já haviam feito aquilo milhares de vezes.

— Epic. — A mão pesada de Xiao em seu ombro o assustou. — Fique perto de mim.

O treinador do Vira-Latas virou-se na direção da criatura do abismo. Yuri continuava na frente dela, com um sorriso debochado no rosto lupino.

— Lutem quanto quiserem. Zorrath vai acabar com vocês e depois disso não haverá Defensores de Lumnia para nos impedir. A invasão pode ter falhado agora, mas os Filhos de Asgorth vão vencer mais cedo ou mais tarde.

Não houve mais tempo para provocações. Zorrath perdeu a paciência e avançou com sede de sangue. Para uma criatura tão grande, ele se movia com uma rapidez inconcebível. Pedro e os outros se jogaram para o lado, evitando que os dentes afiados os abocanhassem.

Com areia por todo o corpo, Pedro mal conseguiu se recuperar do primeiro ataque e já teve que desviar de uma nova investida, dessa vez de Yuri, que parecia tê-lo escolhido como alvo principal. Deteve os golpes afiados do lobisomem com a manopla da armadura, empurrando-o para trás com um chute na barriga. Livrou-se dele bem a tempo de ver seus companheiros iniciando o primeiro ataque a Zorrath.

NomNom abriu uma série de portais que rodearam a criatura e Fúria não pensou duas vezes para entrar neles, escapando dos socos monstruosos por um triz. Em um instante ele estava às costas de Zorrath, no outro apareceu à frente do monstro, pronto para atirar sua garra. O metal se cravou no focinho da fera, causando um rugido alto que fez algumas dunas se deslocarem. Titânia e LordMetal usaram todo o seu repertório de rajadas de fogo e de som.

Chamuscado e furioso, Zorrath investiu cegamente e por muito pouco não engoliu os três garotos que o incomodavam. Foi Xiao quem os salvou, aproveitando-se de um dos portais de Aline para cortar caminho e tirar os adolescentes da boca da morte. Aquilo fez com que Pedro sentisse o impulso de agir. Não podia ficar parado enquanto seus jogadores se arriscavam tanto. No entanto, Yuri colocou-se na frente dele outra vez e uivou.

Pedro queria arrancar aquele lobisomem do caminho, mas o desgraçado era ágil demais. Seu olhar brilhava de maneira diferente, quase ensandecida, enquanto a boca entreaberta mostrava a língua roxa balançando. Acertou dois golpes fortes o suficiente para abrir vincos na armadura já bastante avariada de Pedro, que caiu de costas no chão e foi esmagado pelo peso de Yuri sobre seu peito.

— Por que está fazendo isso, Maxion? Será que não percebe que Asgorth vai acabar com tudo o que conhecemos?

— Eu não estou nem aí! — respondeu ele, enquanto suas garras passavam perigosamente perto do pescoço de Pedro. — Se receber tudo o que me prometeram, o resto do mundo pode ir pro inferno!

A raiva serviu de combustível para Pedro. Defendeu mais dois socos do lobisomem e sentiu que a manopla do braço direito era atravessada. Sangue quente escorreu por seu braço e lhe deu uma sensação de urgência. Sabia que o peso da armadura o prendia ao chão tanto quanto o corpo do lobisomem. Agora, precisava de agilidade e não de proteção. Respirou fundo, concentrando-se para desativar seu avatar.

A armadura evaporou no ar, permitindo que pudesse se mover muito mais rápido. O rosto lupino de Yuri se contorceu em surpresa, atrasando o movimento de seus braços, algo crucial para que Pedro escapasse com vida. De maneira escorregadia, ele puxou as pernas para cima e rolou para o lado antes que o lobisomem o acertasse. No entanto, não saiu ileso. As unhas afiadas acertaram suas costas, abrindo rasgos feios no moletom do time e também nos músculos abaixo.

Engolindo o grito, Pedro se colocou de pé o mais rápido possível. O sangue escorria quente, molhando suas roupas. Virou-se para Yuri, que rosnava enfurecido.

— Eu não preciso de armadura para vencer você, Maxion. Pode vir. Você não passa de um cão sarnento — disse Pedro, querendo desestabilizá-lo.

O lobisomem avançou correndo nas quatro patas. Mesmo tremendo, Pedro conseguiu se concentrar o suficiente para invocar a lança de Xiao. Acertou Yuri na altura do ombro, arrancando um bom pedaço de couro e pelos. O ganido soou alto e sua corrida furiosa se tornou uma cambalhota descontrolada, passando por Pedro como uma bola de areia até parar aos pés do próprio Zorrath.

Com a respiração entrecortada, Epic finalmente pôde observar a situação do seu time. Ficou chocado em constatar que não estavam muito melhores do que ele. Agachado ao lado de LordMetal, Roxy curava um rasgo feio em seu braço. Mais à frente, NomNom estava coberta de areia, cabelos grudados no rosto arranhado. Fúria e Titânia também tinham cortes por todos os lados e manchas de sangue. Yeng Xiao se mantinha ao lado dos dois, sua lança partida e a armadura amassada o impedindo de se mover com facilidade.

Quando Yuri caiu aos pés de Zorrath, interrompeu um dos ataques da fera, dando o tempo necessário para que os vira-latas tentassem se recuperar. Yeng Xiao finalmente notou a aproximação de Pedro. Seus olhares se cruzaram e o treinador sentiu tamanha urgência que pequenos choques percorreram seu corpo cansado. Não teve nem tempo de perguntar qual seria o plano, pois Xiao já o recebeu com uma ordem que fez suas entranhas darem um nó.

— O talismã. Use-o agora!

A mão trêmula de Epic foi até o bolso interno do moletom, tateando o pergaminho amassado. Ao puxá-lo, uma sensação de que se arrependeria daquilo o atingiu com força. No entanto, olhando para o rosto abatido dos seus jogadores e para a dureza de Xiao, sabia que aquela era sua última chance.

Como o lanceiro havia falado quando lhe deu o talismã, as palavras eram desconhecidas, mas sua leitura veio de maneira natural. O conhecimento entranhado no fundo do seu inconsciente despertava só agora. A cada sílaba pronunciada, Pedro sentia o pergaminho esquentar.

Zorrath percebeu que algo acontecia e rugiu, furioso. Como estava longe dos vira-latas, descontou sua raiva na figura trêmula de Yuri, que havia voltado a ser um mero humano. O treinador do Espartanos mal teve tempo para se recuperar. Ao olhar para cima, segurando o ombro ensanguentado, deparou-se com a bocarra do monstro, pronta para engoli-lo. Suas feições empalideceram e o grito que deixou sua garganta foi uma mistura de dor e incompreensão. Foi devorado pelo mal que ajudara a despertar.

Epic sentiu o estômago se revirar com a cena. Mesmo que não tivesse simpatia por Yuri, jamais desejara aquele destino horrível para ele. Seus jogadores também se mostravam igualmente assombrados. Fúria chegou a vomitar. Aquilo só aumentou a obstinação de Pedro em terminar a leitura do pergaminho. Mesmo com a voz falhando, leu as três frases restantes. Então seu mundo se encheu de luz, junto com a voz profunda de Yeng Xiao.

O corpo do lanceiro explodiu em um jorro de energia que paralisou a todos, incluindo o próprio Zorrath. A armadura que usava caiu no chão, enterrando-se na areia quente. Xiao ficou completamente nu, um homem que brilhava como um segundo sol no meio do deserto. Seis raios deixaram aquele corpo luminoso, atingindo Pedro e os vira-latas.

O contato fez com que Pedro se sentisse mergulhando em lava. Largou o pergaminho no chão, sem saber ao certo que poder tinha invocado. Lembrou-se das palavras sombrias de Xiao, no dia em que lhe entregou o talismã: "Se usá-lo, quer dizer que eu falhei". Um amargor tomou sua boca quando a voz distorcida do lanceiro trovejou em seus ouvidos:

— O poder de todos os Defensores de Lumnia agora está em vocês. Cibella, Yumu, Tithos, Ayell, eu e tantos outros... Demos nossa força vital para que acabem com esse pesadelo. Lutem por nós, honrem esse sacrifício.

Incontáveis timbres e sotaques pronunciavam aquelas palavras. Epic fitou seus jogadores, percebendo que também ouviam o mesmo que ele. Seu corpo inteiro vibrava, como se pequenos insetos caminhassem sob a pele. Em um movimento automático, ergueu o braço direito e levantou o dedo indicador. Aquele era o sinal para um ataque coordenado, algo que Yeng Xiao e seu exército criaram para derrotar Zorrath, mas com o qual nunca chegaram a obter sucesso. Nem Pedro muito menos os garotos tinham conhecimento de tal estratégia. No entanto, com suas mentes povoadas pelo poder de toda uma facção, era como se tivessem treinado aquilo à exaustão.

Pedro respirou fundo, ouvindo e vendo muito mais do que seus sentidos normais podiam captar. A armadura de Xiao voltou a protegê-lo, materializando-se em um sopro de vento. No entanto, ela não veio sozinha. Outros avatares a acompanharam. No lugar da lança, ele agora segurava a katana de Yumu. Suas botas não eram de ferro, mas de couro curtido e com uma aura avermelhada nas solas, que o fariam correr insanamente rápido, exatamente como o campeão Grun. No punho ainda erguido, uma chama vermelha de Kremin se acendeu. Era o farol que guiaria o resto do time para o ataque.

O restante do Vira-Latas também mudou. Fúria ainda mantinha a garra de Dannisia presa no punho direito, mas ganhou o corpete de armadura leve de Dent e uma das lâminas de Tithos. Titânia deixou que o fogo se concentrasse apenas em seus braços, pois passou a montar Aktuk, a pantera-negra de Okon. Roxy tinha nas mãos todo o poder curativo de Ayell, mas também a proteção de Brion, o suporte mais ofensivo do jogo. Além da guitarra melodiosa e perigosa, LordMetal contava com as quatro armas de Lauren. Aline continuava envolta na magia de Tranimor, mas também segurava o grande escudo de Leôncio.

Epic baixou o braço, apontando-o diretamente para a fera de pelos negros que urrava. Seus jogadores não perderam mais tempo e atenderam ao chamado.

Titânia atirou duas fortes rajadas de fogo no focinho de Zorrath, que devolveu o ataque com uma patada poderosa. Aktuk teve que usar todos os seus reflexos felinos para escapar do golpe que abriu um verdadeiro buraco no chão. Enquanto a garota era o foco do monstro, NomNom e LordMetal avançaram pelo flanco. O atirador usou as pistolas de Lauren, cravando o dorso peludo com balas explosivas. NomNom ficou ao seu lado, agindo como uma verdadeira guarda-costas com o escudo em riste.

Zorrath se virou na direção dos novos atacantes. A cauda longa veio como um chicote e só não partiu os dois garotos ao meio porque NomNom foi rápida em criar um portal que os levou para o lado oposto. Voltaram a atacar assim que deixaram a passagem de luz, cravando mais uma saraivada de tiros no corpo da fera.

Fúria aproveitou a brecha para entrar na luta também. Usou a garra de Dannisia no momento exato em que Zorrath abria a bocarra. As hastes metálicas se cravaram na língua do animal, em um aperto tão forte que o fez recuar.

Atormentado com a dor, Zorrath entrou em um verdadeiro estado de fúria. Suas patadas e mordidas se tornaram mais urgentes. A ira incontrolável acabou atingindo NomNom. Bastou um encontrão de raspão para ela ser jogada para longe. Se não fosse pelo escudo de Boris, teria sido feita em pedaços. Em meio aos gritos preocupados de LordMetal, Roxy correu até a garota e usou a Rajada Curativa, sinalizando para o irmão que tudo estava sob controle. O atirador respirou fundo e voltou a atirar.

Usando a lâmina de Tithos, Fúria correu até Zorrath e saltou sobre ele sem temer que as patas grossas o atingissem. Afundou a arma na carne da criatura como se fosse uma picareta de escalada, subindo a montanha de pelos mesmo com todas as sacudidas que ameaçavam derrubá-lo. Do outro lado, Titânia o imitou, ganhando impulso nas costas de Aktuk e pulando diretamente para o dorso da fera ensandecida.

Enquanto seus dois melhores jogadores se arriscavam em um rodeio mortal, Epic cobriu a lâmina da katana com raios nascidos direto da tempestade. Era a conhecida habilidade Corte dos Céus, de Yumu. Com a espada faiscando diante de seus olhos, ele dobrou os joelhos, ativando a bota de velocidade. Quando correu, o impulso abriu uma verdadeira trilha de pó. Foi como um borrão, percorrendo a distância que o separava de Zorrath em um piscar de olhos. Ao frear, já estava do outro lado da fera. Da ponta afiada da lâmina, sangue escuro pingava. Durante a corrida, conseguiu cortar as quatro patas do animal nas articulações.

Não precisou olhar para trás para saber que a criatura do abismo caía. O tremor sob seus pés foi evidência suficiente. Pedro se virou devagar, observando Zorrath bufar. Titânia e Fúria saltaram das costas dele, colocando-se ao lado do treinador juntamente com LordMetal. Com esforço, Roxy levantou NomNom e a arrastou até os companheiros. Todos deveriam dar o golpe final.

Ergueram os braços e chamaram pela magia de Lumnia. As chamas de Kremin, os raios de Yumu, a energia de Tranimor, as bombas de Cibella, a música de Octavo, a lança de Xiao. Todos os campeões juntos em um único e último golpe, que iluminou o deserto.

O corpo imenso de Zorrath se desintegrou em uma verdadeira chuva de pixels, que foi levada pelo vento quente para nunca mais voltar. Pedro não soube descrever o que sentiu naquele momento. Alívio e cansaço, dor e alegria... Ao seu lado, os vira-latas pareciam sentir o mesmo. Suas expressões continuavam sérias, observando a paisagem árida. Seus avatares começaram a se apagar. A energia que os envolvia redemoinhou em uma pequena espiral e formou uma figura humana. O sorriso luminoso do lanceiro os atingiu em cheio; ele não precisou falar nada para que sentissem sua imensa gratidão.

A luz que cobria Xiao abriu um grande portal, o caminho de volta para o estádio que ainda abrigava a final do Campeonato Mundial. Pedro pôde jurar ter escutado a vibração da torcida atravessar as dimensões. Deixou que seus jogadores passassem primeiro, para que retornassem logo aos seus corpos abandonados em frente aos computadores, presos naquele último instante da partida em que a vitória foi anunciada. Quando sua vez chegou, seu corpo foi banhado pela energia vinda do lanceiro, causando um empuxo forte na altura do umbigo. Tudo durou apenas alguns segundos, mas ao abrir os olhos de novo, o enjoo da viagem permaneceu.

Estava novamente na sala dos servidores, caído ao lado do corpo inerte de Yuri. Vê-lo ali só aumentou o impacto de sua morte. Tocou no pulso frio e pediu perdão em silêncio. Queria ter feito algo para salvá-lo. Enquanto se lamentava, sentiu uma nova presença às suas costas, então se virou e encarou a figura fulgurosa de Yeng Xiao. A energia ainda era forte, mas piscava como uma lâmpada que estava prestes a queimar. Seu tempo ali era curto.

— Vocês conseguiram, Epic. Zorrath foi derrotado e os planos de Asgorth fracassaram. — Sua voz ainda soava com um eco sobrenatural, como se carregasse resquícios dos outros campeões da facção.

— Mas o preço foi alto demais — lamentou Pedro. — Você e os outros...

— Era o único jeito. Todos nós escolhemos esse destino. Não há nada mais honrado do que perecer no campo de batalha. Partimos como desejamos.

Pedro queria compartilhar do mesmo senso de dever, mas o pesar era muito mais forte. Só de imaginar que jamais veria seu amigo outra vez...

— Ainda não acabou, Epic. Precisamos garantir que Asgorth nunca mais se levante, ainda mais agora que os Defensores não estarão presentes para detê-los.

Pedro sentiu um calafrio percorrer suas costas doloridas. Xiao continuou, ignorando sua expressão receosa:

— Preciso que destrua os servidores. *Heróis de Novigrath* deve ser encerrado de uma vez por todas. É a única forma de impedir que uma nova invasão aconteça.

— Mas esse servidor é isolado. — Pedro abriu os braços, exasperado com a ideia. — Mesmo que eu destrua, os outros vão continuar funcionando. Não faz sentido!

— Faz todo o sentido, Epic. O pergaminho que você leu também tinha outro propósito. Ele criou uma nova rede entre todos os servidores do jogo. Agora, não importa o lugar no mundo, quando esses gabinetes à sua frente deixarem de funcionar, os outros vão seguir o mesmo destino. Será um efeito em cascata.

Pedro cerrou os punhos. O que seria da sua carreira recém-ressurgida? E dos seus jogadores que tinham acabado de conquistar o topo? Sabia que estava sendo egoísta, mas o jogo tinha um valor afetivo imenso e destruí-lo era como arrancar uma parte de si. Além disso, acabar com HdN também significava dar adeus em definitivo ao mundo fantástico que nunca chegou a conhecer de verdade.

— Você não tem escolha, Epic — disse o lanceiro, lendo bem a dúvida em seu olhar. — Tudo chega ao fim, e o tempo de *Heróis de Novigrath* já passou.

— Mas o que vai acontecer com o mundo de vocês? E com o povo que vive nele?

Xiao sorriu diante da preocupação do amigo.

— Meu povo estará protegido. Novigrath perderá tamanho, mas continuará longe daqui. Enquanto vocês nos guardarem no coração, jamais deixaremos de existir.

Aceitar a vontade de Yeng Xiao foi uma das decisões mais difíceis que Pedro tomou em toda a sua vida. Quando ergueu a mão aberta, concentrando o que restava da energia dos avatares de Lumnia, foi impossível não se lembrar de todas as experiências que o transformaram no homem que era hoje. A primeira partida de HdN, quando o jogo ainda estava em *open beta* e era feio de doer. O primeiro clã, formado por cinco desconhecidos que só tinham em comum o amor por jogar. As amizades que o levaram ao cenário profissional. O caminho errado, com seus *elojobs* e promessas de dinheiro fácil. A conquista do Campeonato Brasileiro e o gosto viciante da glória. A queda inevitável. Haters. Fãs. Rivais. Amores. Times. Troféus. Alegrias. Desgostos. Uma vida dentro de um jogo, mas não por isso menos real.

Os servidores queimaram com estalos altos, soltando faíscas brilhantes. O plástico derreteu, junto com placas e circuitos, empestando o ar com um cheiro que ardia nas narinas. Pedro baixou o braço devagar, sentindo que toda a energia vinda do talismã finalmente se esgotara. Apesar das chamas altas que subiam dos gabinetes, foi tomado por um frio repentino. Ao seu lado, Xiao meneou a cabeça.

— Agora sim, acabou. — A voz do lanceiro soou como um desabafo.

— Eu não sei como vou viver sem esse jogo. — Pedro cruzou os braços, tentando conter os tremores.

— Há mais, meu amigo. Sempre há mais.

Enquanto tentava passar um pouco de confiança ao abalado treinador, o corpo luminoso de Xiao aos poucos se tornou translúcido. Em uma tentativa inútil, Pedro tentou agarrar o braço do amigo e só encontrou o ar. O lanceiro sorriu.

— Foi uma honra lutar ao lado de vocês, Vira-Latas.

— Eu nunca vou me esquecer de você e de Novigrath! — Pedro deixou que as primeiras lágrimas caíssem. Xiao não passava de um mero relance. — Obrigado. Por tudo.

O lanceiro não teve tempo de responder. Um estalo mais forte em um gabinete próximo o calou para sempre. Esvaneceu, misturando-se às faíscas que tomavam a sala. Um alarme de incêndio já soava distante, como o choro de milhares de jogadores que perdiam sua maior diversão. Pedro secou o rosto molhado e deu as costas aos servidores queimados. Seu lugar era ao lado dos seus jogadores, os últimos e merecedores campeões mundiais de *Heróis de Novigrath*.

Encerramento

Uma semana depois da final conturbada, a sala de imprensa do estádio de eSports Sang Hyeok estava cheia. Todos queriam saber o que causara o colapso global nos servidores do jogo, apagando todos os dados e deixando a Noise Games em uma terrível situação financeira. Kate "Lexy" Spring tentava dar explicações, mas parecia mais perdida e arrasada do que os outros funcionários. Observando-a, Pedro podia notar alguns resquícios da influência de Asgorth. Os tremores, muito semelhantes àqueles que afetaram os jogadores espartanos após a partida e tantas outras pessoas ao redor do globo, e os olhos arregalados, como se tivesse despertado de um pesadelo muito longo. Sua fala alquebrada deixava claro que a situação do jogo mais famoso do mundo era irreversível.

—As circunstâncias da perda de dados ainda são um mistério para nós, mas infelizmente a realidade é essa. Não é uma questão de apenas comprar novos servidores, tudo foi apagado. Teríamos que recriar o jogo do zero e, infelizmente, nossa situação atual nos impossibilita de fazer isso. Sinto muito.

Ela baixou o rosto, claramente envergonhada. A imprensa entrou em um furor, pois o fim de HdN também significava que seus empregos estavam em risco. Não havia motivo para contratar jornalistas especializados se o jogo deixou de existir.

Sentado a poucos metros da própria Lexy, Pedro cruzou os braços. O impacto da destruição dos servidores não se limitava apenas aos jogadores, mas a uma indústria que sobrevivia graças ao jogo. Todos ali deveriam procurar novos caminhos. Olhou para a esquerda, onde seus jogadores aguardavam, enfileirados. Não sabia por que a premiação fora marcada junto com o anúncio de falência da Noise Games; talvez a empresa quisesse terminar sua história em um tom mais positivo, sem a melancolia dos processos de milhares de jogadores e dos prejuízos.

Kate se recusou a responder a novas perguntas. Voltou a se sentar em seu lugar, dando a deixa para o Vira-Latas. O mediador pigarreou no microfone para iniciar a cerimônia de premiação.

— Sabemos que estão nervosos com os rumos desse caso, mas agora é hora de falarmos sobre os campeões que estão aqui para, enfim, receberem seu troféu.

As palmas forçadas só serviram para aumentar o clima tenso da coletiva. Apenas Murilo e os russos do Guardians, sentados na última fileira do auditório, pareciam realmente entusiasmados. Sabiam que aquela premiação não era somente pela conquista do campeonato, mas principalmente por terem derrotado os Filhos de Asgorth.

Como capitão, foi Pietro quem recebeu a taça. Deu um beijo no metal gelado e o levantou sobre a cabeça, ignorando o mau humor dos jornalistas e a total falta de empolgação dos próprios representantes da Noise Games. Comemorava por si e por seus companheiros. As dificuldades, os acertos, as novas amizades, a família que com certeza o assistia agora, e o namorado. Era para eles que dedicava aquele campeonato. Não para uma plateia que se importava mais com a perda de contratos de publicidade e o fim de um mercado altamente lucrativo.

O troféu passou na mão de todo o time. Cris o agarrou como se nunca mais quisesse largá-lo. Foi uma luta deixar que os outros também tivessem seu momento. Sam tirou uma rápida selfie com a taça e a passou para Aline que, desajeitada, a ergueu junto com Adriano. Quando chegou a vez de Pedro, ele não sabia muito bem como agir. Era o treinador do time, mas o que falou mais alto foi o seu lado jogador. Beijou a base metálica e sorriu. Aquela não era apenas a concretização de um sonho antigo, mas também marcava o fim de uma jornada. Podia dizer sem mais nenhum arrependimento que sua carreira chegara ao fim.

Quando baixou a taça e observou os jornalistas, já sabia quais seriam as perguntas. O foco não foi a conquista, muito menos como se sentia dando a volta por cima, mas os estranhos acontecimentos que marcaram a grande final, principalmente o desmaio inexplicável dos jogadores e de várias outras pessoas da plateia, logo após a partida, e a morte de Yuri.

— A perda de Maxion foi uma grande tristeza — respondeu com sinceridade. — Não éramos amigos, mas jamais desejei tal tragédia. Era um dos grandes nomes do cenário brasileiro e mundial. Queria que as coisas tivessem terminado de maneira diferente.

— E quanto aos boatos de que foi ele quem incendiou o servidor do torneio? — perguntou em inglês um repórter mais atrevido. — Você acredita nisso?

Pedro franziu o cenho. Mesmo que Yuri tivesse uma conduta questionável, de que adiantaria acabar com sua reputação agora? Ele já pagara um preço alto demais por suas escolhas erradas.

— Não importa o que eu penso. Deixem Yuri descansar em paz, pelo amor de Deus. Já pararam para se preocupar com os espartanos? O que eles estão sentindo sem o técnico? Parem de procurar culpados para o fim do jogo e pensem nas pessoas!

Ele saiu de trás da mesa de entrevistas ignorando todos os outros chamados. Deixou a coletiva sem olhar para trás, seguido pelo restante do Vira-Latas. O troféu permaneceu sobre a mesa, pois o verdadeiro significado de vencer estava dentro de cada um deles, não em um símbolo.

Já do lado de fora, caminhando pela última vez pelo estádio que precisaria de um novo eSport para abrigar, Pedro esperou os jogadores se juntarem a ele, junto com Murilo e o Guardians.

— O que vamos fazer agora? Quando voltarmos ao Brasil, o Vira-Latas vai acabar? — Adriano externou o que todos ali temiam.

Sem HdN, haveria uma razão para o time existir?

Pedro demorou a dar sua resposta. Olhou para Aline e Adriano de mãos dadas, para Samara que segurava a correntinha no pescoço enquanto conversava com Krista, para Cristiano, que provou que podia ser uma pessoa melhor, para Pietro, o capitão mais competente com quem teve a honra de jogar, para Murilo, que entrou no time de penetra, mas mesmo assim se mostrou fundamental para o seu sucesso. Deu um largo sorriso, pois sabia que a amizade que tinha com aquelas pessoas jamais terminaria junto com o jogo.

— Sabe, ouvi dizer que um game novo tá em *open beta*. Pensei que seria uma boa a gente conferir. Quem sabe o Vira-Latas não encontra uma nova redondeza para uivar?

Como resposta, recebeu o grito de guerra do time e a aprovação de todos os integrantes. Era hora de recomeçar. Seriam noobs outra vez e com muitos níveis a *upar*. Novo jogo, novos desafios.

Agradecimentos

Heróis de Novigrath tem um lugar especial no meu coração e eu não poderia estar mais feliz em vê-lo publicado. Para chegar aqui, o percurso foi longo e eu contei com a ajuda e o apoio de muitas pessoas especiais.

Primeiro, preciso agradecer aos meus pais, que sempre acreditaram em mim. À minha irmã Paula, que mesmo do outro lado do mundo teve um tempinho para ler essa história e até perdeu o ponto do ônibus por causa dela. Ao Rodrigo, que um dia me mostrou o que eram os eSports e que, mesmo sem querer, foi um dos grandes responsáveis por HdN existir hoje.

Agradeço à Agência Página 7, em especial minha agente literária Taissa Reis, que reconheceu o potencial de HdN logo de cara e foi essencial para que o livro encontrasse uma casa tão maravilhosa. Gui e Tassi, obrigada pelo profissionalismo, competência e gifs empolgados!

A toda equipe da Editora Suma, pelo excelente trabalho, principalmente à Beatriz D'Oliveira, que cuidou deste livro com carinho e empolgação. Foi muito bom trabalhar com todos vocês e lapidar HdN para que ele ficasse do jeitinho certo.

Um abraço especial para Juliana Dias e Fernanda Karen, que foram minhas leitoras betas e me passaram a confiança de que a história estava no caminho certo.

Por fim, todo meu carinho a vocês, leitores. Obrigada por me acompanharem até aqui. Sem vocês nada disso seria possível! Espero que tenham se apaixonado pelos eSports, e quem sabe a gente não se encontra em uma partidinha de algum game por aí.

ESTA OBRA FOI COMPOSTA PELA ABREU'S SYSTEM EM WHITMAN ROMAN
E IMPRESSA EM OFSETE PELA BARTIRA SOBRE PAPEL PÓLEN SOFT
DA SUZANO PAPEL E CELULOSE PARA A EDITORA SCHWARCZ EM MARÇO DE 2018

A marca FSC® é a garantia de que a madeira utilizada na fabricação do papel deste livro provém de florestas que foram gerenciadas de maneira ambientalmente correta, socialmente justa e economicamente viável, além de outras fontes de origem controlada.